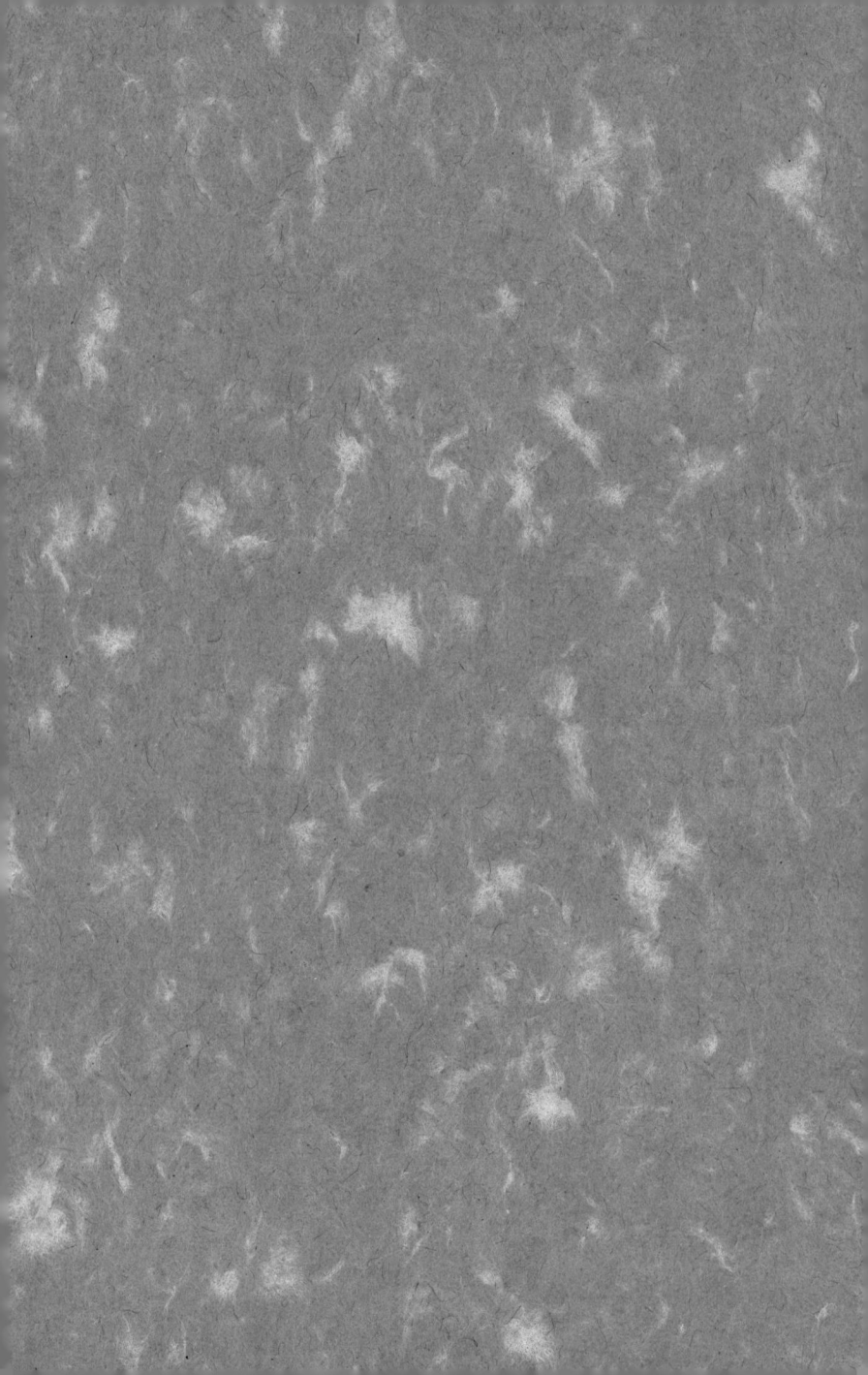

百年後に漱石を読む

宮崎かすみ
Miyazaki Kasumi

トランスビュー

百年後に漱石を読む＊目次

I　モナ・リザと吸血鬼　『それから』を循環する血と金

II　エロスの変容　『門』のホモソーシャルな欲望

III もう一つの聖書物語 『心』における血の盟約

Ⅳ 作家の誕生 『吾輩は猫である』の虚と実

装幀　間村俊一

注記

・本文中の漱石作品の引用は、一九九三年十二月に刊行が開始された岩波書店版『漱石全集』（および二〇〇二年より刊行の同第二版）による。

・ただし振り仮名は、同全集を参照しつつ、読者の読みやすさを考え著者が適宜付した。振り仮名はすべて現代仮名遣いとした。

・作品の引用中に、現在では差別を助長すると考えられる表現があるが、執筆年代を考慮し、また本書の性質上、原文のままとした。

百年後に漱石を読む

余は吾文を以て百代の後に伝へんと欲するの野心家なり。

——明治三十九年十月二十一日付、森田草平宛書簡より

I　モナ・リザと吸血鬼

『それから』を循環する血と金

1「宿命の女」

漱石は『文学論』の中で、ウォルター・ペイターの『ルネッサンス』の一節を引用して、レオナルド・ダ・ヴィンチの「モナ・リザ」を論じている。

水辺にかくのごとく奇怪に立ち現れたるその姿は、千年もの長きに渡り男たちが欲望するに至ったものの顕現である。（中略）世のありとあらゆる思想と経験とがこの女において洗練され美しい形姿を与える力を得て、ギリシャの獣的欲望、ローマの淫蕩、霊的渇望と想像上の愛を伴った中世の夢想、異教的世界の回帰、ボルジア家の罪業などをその上に刻み象《かたど》った。この女は自らの座を取り囲む岩よりも長く生きながらえており、吸血鬼のように何度も死んで墓の中の秘密を知った。海女として深海に潜ったこともあり、水底のほのかな光を今も纏《まと》っている。さらには東方の商人と風変わりな織物を交易もした。レダとしてはトロイのヘレンの母親となり、聖アンナとしてはマリアの母でもあった。（中略）近代の思想は人間性の理想を、思考と生活のありとあらゆる様式によって作られ、またそれ自らのうちに要約されているものとして思い描く。さすれば確かにリザ夫人は古の幻想の形姿、かつ近代の思想の象徴なのである。(1)

漱石はこれを、「斯の如く解剖的なる記述は複雑なる今日に於ても容易に見るべからず。斯の如く綜合的に一種まとまりたる情緒を吾人に与ふる記述も亦儔《たぐい》すくなかるべし」として最上級の賛辞を捧げている。

だが漱石が魅了されていたのは、文章の妙だけではなかったはずだ。ペイターが描く、永遠の生命を持ち、深海に潜み、男性を水の深みに誘い込む人魚、あるいは男たちの生血を吸う吸血鬼のようなモナ・リザのイメージは、世紀末の唯美主義者たち同様、漱石をも惹きつけてやまなかったと思われる。『永日小品』に収められた「モナリサ」と題する短篇では、その謎の微笑について、この画の前の持ち主が以下のようにコメントしている。「モナリサの唇には女性の謎がある。原始以降此謎を描き得たものはダギンチ丈《だけ》である。此の謎を解き得たものは一人もない」。

有史以来のあらゆる時代に通じる、「女」というものの形姿たるモナ・リザが投げかけるこの謎とは、歴史性や個別的生命を超越した、世のすべての「女」という族《うから》が、深い所に通底して持つ謎である。漱石は「解き得たものは一人もない」というこの謎を解く、最初の一人になろうと格闘したのだった。

尹相仁《ユン・サンイン》が、このモナ・リザのイメージが『草枕』の那美に重ねられていることを指摘しているが、確かに『草枕』には水のイメージの氾濫といい、那美の「宿命の女」ぶりといい、ペイターの描くモナ・リザに重なるものがある。(2) 尹は、水底に潜む女としてのモナ・リザから、水の女としての那美との共通点を浮かび上がらせているのだが、むしろここでは、吸血鬼としてのモナ・リザに注目したい。

実は『草枕』の中に、右の引用に呼応すると思われる箇所がいくつかある。以下はその一つである。

底には細長い水草が、往生して沈んで居る。(中略)百年待つても動きさうもない、水の底に沈められた此水草は、動くべき凡ての姿勢を調《ととの》へて、朝な夕なに、弄《なぶ》らるゝ期を、待ち暮らし、待ち明かし、幾代の思を茎の先に籠めながら、今に至る迄遂に動き得ずに、又死に切れずに、生きて居るらしい。(十、強調引用者)

この水草は「幾代」もの間、「死に切れずに、生きて居るらしい」。幾代もの時間を生きながらえることはできないはずだが、とは言っても、「弄らるゝ期を」今か今かと待ちながら百年も「動き得ず」にいるのだから、死んでいるのでもない。このような死と生との境界にある者らが「不死者」、あるいは吸血鬼と呼ばれてきたのだ。だからこの水草とは、吸血鬼のことであり、水底に沈んでいることからしても、ペイターのモナ・リザを想起させる。また「スヰンバーンの何とか云ふ詩に、女が水の底で往生して嬉しがつて居る感じを書いてあつた」（七）とあるように、これははるか昔、鏡が池に身投げしたという「長良《ながら》の乙女」のことでもあり、またその娘の甦りとしての那美のことでもあるかもしれない。生きてもいないが死んでもいず、永の年月水底に潜み続けている女として、モナ・リザは確かに『草枕』の那美に通じている。

ヨーロッパの世紀末には、吸血鬼の表象は盛んに生産されていた。吸血鬼小説として最も有名なブラム・ストーカーの『ドラキュラ』は一八九七年の発表だが、早い時期には、十九世紀初頭のポリドリの吸血鬼小説、半ばにはボードレールによる詩があり、さらに一八七〇年代にはレ・ファニュの手になる、近代最初の女性吸血鬼小説『吸血鬼カーミラ』が出た。

この後、世紀の転換期にかけて、吸血鬼を女性の退化的本能や獣性と結びつける表象は続出し、有名なところではムンクの「吸血鬼」と題する絵画がある。一九〇〇年頃までには、性愛と金を媒介する記号として、吸血鬼という表象は大いに流通していた。とりわけ性愛を金で売るとされる娼婦を吸血鬼にたとえる例がよく見られたが、娼婦に限らず女性一般に適用されると、異性愛や婚姻の制度が根本のところで経済的動機によって支えられていることへの、男たちによる不満と不信の表現ともなった(3)。

漱石が『ドラキュラ』を読んだという証拠こそないが、しかし一九〇〇年に渡英した彼が、こうした女吸血鬼の表象に触れる機会に恵まれなかったと考えるのは困難である。実際、漱石の作品には、血液が重要な意味を担っているものが少なくない。例えば『心』では先生が遺書の中で、

「私」に向かって「私（＝先生）の心臓を立ち割つて、温かく流れる血潮を啜らうとした」と綴っている。また『道草』では、作者の分身たる健三自身が、吸血鬼のように描かれている。健三は、元養父に無心された金を何とか工面するために原稿を書き、その労働は彼を貶めずにはいなかった。彼は吸血鬼のように、血を啜る獣に成り下がっている。

彼は血に餓えた。しかも他を屠《ほふ》る事が出来ないので已《やむ》を得ず自分の血を啜つて満足した。

予定の枚数を書き了《お》へた時、彼は筆を投げて畳の上に倒れた。

「あゝ、あゝ」

彼は獣と同じやうな声を揚げた。

書いたものを金に換へる段になつて、彼は大した困難にも遭遇せずに済んだ。（百一）

健三は、ここで自らの頭脳を酷使し、貴重なエネルギーを浪費する。つまり知性の精髄である血液を喪失する。「自分の血を啜つて満足し」ても、喪失した分の補塡が本当にできたわけではないから、血に飢えた状態は変わっていない。彼はこうして獣に成り下がったものの、労働（＝血液の喪失）の対価として金銭を得ることはできた。こうまでして得た百円を養父にやると聞いた姉の、「でも健ちやんは好いね。御金を取らうとすれば幾何《いくら》でも取れるんだから」という言葉に、姉の夫は「此方《こち》とらとは少し頭の寸法が違ふんだ」と返す。健三の場合、金は頭脳労働の交換物であり、つまりは頭脳から幾分か喪失した血液の交換物である。健三は自らが「血を啜る」

吸血鬼のようになるが、この文脈で本当に吸血鬼であるのは、彼に寄生して金を巻き上げようと企む元養父である。だが、この記号のより一般的な含意では、血を啜るのは女たちだ。つまり自らは働かずに夫たる男性に寄生して、夫が労働して血液と交換に得た金銭を浪費する妻たちが、吸血鬼として表象されているのである。

血液と金銭のこうした交換関係の背景にあるのは、近代のブルジョアジーの精神世界で象徴的に流通していたもう一つの経済活動、スパーマティック・エコノミーである。スパームとは精液の謂であるが、西欧の身体観において、血液と精液は交換可能な体液の様々な相の一つであり、精液は血液が凝縮されたエッセンスと考えられていた。健三の場合のように、労働の次元で交換されるのは、血液と金銭であるが、婚姻、および性愛の次元においては、血液が精液になり代わり、これと金銭が交換されることになる。漱石が生涯の最後まで追求していたのは、まさに愛を金で買うことができると信じて憚《はばか》ることのない、近代の男と女の愛の堕落であり、その行方であった。遺作となった『明暗』の津田やお延《のぶ》は、近代における愛の不毛を宿命づけるスパーマティック・エコノミーの中で翻弄されつつ、その中で叶うことのない愛を追い求め続ける、不幸な近代人である。

本章では、スパーマティック・エコノミーという補助線を引き、それによって見えてくるであろう愛と性の問題から、漱石作品を読み直してみたい。ここでは、血液のメタファーが特に際立っている『それから』を取り上げる。これを血液のメタファーから読むことによって、三千代を『草枕』の那美の末裔として位置づける。『それから』は、漱石にとって異性愛の重要なテーマであった三角関係および姦通を、正面から扱ったものとして重要である。『三四郎』に始まる初期三部作の中心をなすこの作品では、美禰子が投げかけた「謎」、つまり「永遠に女性的なるもの」の「謎」が引き継がれ、それとの格闘が本格的に展開されている。

道にはずれた男女の恋愛に真っ向から取り組んだこの作品では、恋愛小説には欠かせない性的欲望が、際立って重要な要素をなしている。性的欲望という、フーコーが近代ブルジョアジーの発明品であると看破したところのものが、日本の近代小説においてどう受容され、またその中で創られていったのか。性的欲望は、フーコーが言うように、権力が算出した言説によって個人の内面に着床されていった、というだけではない。これは、個人の身体を超えた大きな社会的回路の中を流通してもいた。その意味では、スパーマティック・エコノミーとは、近代ブルジョアジーの想像力の中で、貨幣が流通するポリティカル・エコノミーとパラレルに展開していた、もう一つの経済体制だった。

ということは、個人の内面をもっぱらのテーマとする近代文学が描き始めた恋愛や性的欲望とて、個人のみに還元できない、社会的・経済的負荷を帯びてもいたということである。そうすると、『それから』というテクストに書き込まれた近代的エロスと性的欲望の表象を、我々は、明治四十年代の日本の資本主義に対してなされた、一つの批評としても読むことができるだろう。

まずは『草枕』の那美を手がかりに、漱石の女性表象と吸血鬼との関わりをしばらく辿ってみたい。

2 那美という形象

明治三十九年（一九〇六）に書かれた『草枕』は、画工である「余」が、那古井という架空の土地を旅するという筋立てである。小説の体裁を取ってはいるものの、これは漱石の美学批評である。漱石は、自分は小説家でありながら通常の小説の手法で書くのではない、小説を画工として絵画のように描くのだという立場を、ここで表明している。「余」という、作者の分身たる主人公が画工であること自体が、この批評的態度の表れである。

絵画のように小説を書くとは、とりもなおさず、二次元の平面において人物を捉えるということである。それはつまり、「心理作用に立ち入つたり、人事葛藤の詮議《せんぎ》立《だ》てをしては俗になる」（一）から、「普通の小説家の様に」人間の内面（＝人情、心理）に立ち入ることはしないという手法である。これを漱石は「非人情」と称している。「船でも岡でも、かいてある通り」（九）を「芸術の方面から観察する」、言い換えると「余念もなく美か美でないかと鑑識する」（一）のが、「非人情」の手法である。それを「何故と聞き出す」、つまり内面の心理を探ると「探偵になつて仕舞ふ」。これが人情的な「普通の小説」のやり方であり、「普通の小説はみんな探偵が発明したもの」である、と語り手は述べる。

ここで展開されている批評的態度には、世紀末イギリス文壇と社交界の寵児にして唯美主義芸術家の旗手だったオスカー・ワイルドの影響が、かなりの程度認められる。そもそもこの作品には、漱石の作中唯一、ワイルドの名が言及されている。「基督は最高度に芸術家の態度を具足したるものなりとは、オスカー、ワイルドの説と記憶してゐる」（十二）とあるが、これはワイルドが男色の廉で断罪された後、傷心と失意のどん底で書いた『獄中記』[4]の一節である。初期の作である『草枕』には、ワイルドに限らず英文学への直接的な言及が多いが、この作品の基底には、ワイルドの唯美主義と表層批評が認められる。後者は、内面や内部に侵入する視線や意識をさえぎり、顕れた表層にのみ意味を見出すべきであるとする批評の立場である。

語り手がここで「探偵」と言っているものは、近代的権力の象徴と解釈できる。漱石は、フーコーが「生－権力の勃興」と呼んだ事態、つまり医者、教師、警察などの専門職集団が、老若男女の精神の内面を管理するという事態を、まさに、人間の内面を暴こうとする探偵的眼差しとして捉えたのだ。漱石は、フーコーに先駆けて近代的権力の探偵的側面を批判していた。

漱石が近代的権力に対してこれほど透徹した批評性を持ちえたのには、今挙げたように、ワイルドの影響がある。ここでの漱石の批評は、芸術における道徳性を否定し、ただ美しいか美しくないかだけを問題にし、さらには内面や深部を否定したワイルドの唯美主義と芸術批評の焼き直しと言ってよい。ワイルドが権力の特質をこのように見据えることができたのは、彼自身が同性愛者として、まさにこの医学的権力によって病理化され、断罪され、監獄に繋がれたからに他ならない。

この権力が狙う究極の標的は個人のセクシュアリティだった。なぜなら性こそは、個人の内面の最も内奥にあり、それゆえにこそ、特別に個人の真実を秘めているとされたからである。性科学という近代の権力によってつくられた、ワイルドのいわゆる「同性愛的本性」なるものが、それによってつけ狙われ、嗅ぎまわられた。そしてあげくに、その視線は、彼の作品からそれを「診断」できると称し、これをずたずたに踏みにじったのである。『獄中記』は、ワイルドが痛恨と悲哀の中で書き綴った、恋人アルフレッド・ダグラスへ向けた非難と痛罵の言葉である。漱石はこれに深い感銘を受けた。蔵書には、至る所に傍線が引かれている。

名にし負う男色文化の伝統を擁する国に生まれ育った漱石にとって、ワイルドの罪は他人事ではなかっただろう。『草枕』の探偵は、「人のひる屁の勘定をして」、「御前は屁をいくつ、ひつた、いくつ、ひつたと頼みもせぬ事を教へる」とまで言い募る。(十一)。勘定だけではすまずに、「人の屁を分析して、臀の穴が三角だの、四角だの」とまで言い募る。衛生学という外皮をまとった医学的学問知と絡み合った警察権力が、かくも身体の細部を監視の対象にしている。臀の穴の形までもが問題になるのは、その部分が人のセクシュアリティのある傾向を指し示す徴候とされていたからである。つまりこれほどデリケートな身体の一部分の形状までもが、その人物の男色行為の履歴を知る指標としての有効性を獲得し、そのあげく、権力の顕微鏡的視線にさらされたのだ。こう見ると、確かに我々の前には、ワイルドの同時代人として、程度の差こそあれ、同じ敵と戦っていた漱石が現れてくる。

『草枕』は写生文である。近代小説の第一要件である筋や趣向といったものには拘泥せず、本来筋などない現実の世の中をあるがままに描写する、そうした文章が写生文である、と漱石は述べる。那美は、画工に向けて、小説の「筋を読まなけりや何を読むんです。筋の外に何か読むものがありますか」（九）と問う。それに対して「画工《えかき》だから、小説なんか初から仕舞迄《しまいまで》読む必要はない」、つまり小説に筋の展開など求めていない、と答える。それは、これが普通の小説ではなく、画工の描く絵＝写生の文だからである。もし『草枕』が筋を尊重する小説ならば、那美に惚れた画工は彼女と夫婦になるのだと言う。しかし画工の惚れ方は非人情なのだから、夫婦になるという人情小説のプロットをなぞる必要などない。男女の恋情といった人情には目もくれず、那美という女性の一つの典型を通して、レオナルドがモナ・リザという形象において女の謎を描いたように、有史以来の謎を絵画のように描く／書くのである。

そうすると、『草枕』の那美とは、レオナルドが絵画に表し、ペイターが文章にものした、あの謎を引き継ぐ形象であると考えられる。那美とは、漱石が女の謎として感知した女性性の表象であり、それを心理分析のように心の深部を穿つのではなく、形象として表したものである。形象としての那美はまず、幽霊である。那古井の宿の第一夜に、下女以外に人の気配の無いことを画工は気味悪がっている。その後、那美が初めて画工の眼に触れた、というよりは触れそうで触れなかった場面でも、彼女は「朦朧たる影法師」（三）に過ぎなかった。次にも「奇麗な影」（六）として現れるが、この時の彼女は振袖を身にまとい、二階の縁側をただ行きつ戻りつし続ける。その姿を画、あるいは能の一場面としてみた画工は、その本質を幽霊と捉える。「黒い所が本来の住居」である彼女は、本当は冥府の住人、つまり死者なのであり、彼女の今の「華やかなる姿」は「しばらくの幻影」、すなわちこの世のかりそめの姿にすぎないというのである。

このように「夜と昼との境」、つまり生と死の境を行き来するこの女は吸血鬼でもある。彼女に恋文を書いた僧侶に向かって、寺の本堂で「そんなに可愛いなら、仏様の前で、一所に寐ようつて、出し抜けに、泰安《たいあん》さんの頸つ玉へかぢりついた」（五、強調引用者）と伝えられる。那美を象徴している花は椿であるが、この花の毒々しい赤い色は血を連想させる。鏡が池で長良の乙女の伝説を想起していた画工の眼に突如現れた那美は、「帯の間に椿の花の如く赤いもの」（十）をちらつかせて高い岩の上から飛び降りる。実はこの場面の直前に、画工は池の近くの「岩角を、奥へ二三間遠退《とおの》い」た所に咲き誇る椿について、思考を巡らせていた。

あれ程人を欺す花はない。余は深山《みやま》椿を見る度にいつでも妖女の姿を連想する。黒い眼で人を釣り寄せて、知らぬ間に、嫣《えん》然たる毒を血管に吹く。欺かれたと悟つた頃は既に遅い。向ふ側の椿が眼に入つた時、余は、えゝ、見なければよかつたと思つた。あの花の色は唯の赤ではない。眼を醒す程の派手やかさの奥に、言ふに言はれぬ沈んだ調子を持つてゐる。（中略）黒ずんだ、毒気のある、恐ろし味を帯びた調子である。此調子を底に持つて、上部《うわべ》はどこ迄も派手に装つてゐる。然も人に媚ぶる態もなければ、ことさらに人を招く様子も見えぬ。ぱつと咲き、ぽたりと落ち、ぽたりと落ち、ぱつと咲いて、幾百年の星霜を、人目にかゝらぬ山陰に落ち付き払つて暮らしてゐる。只一眼見たが最後！　見た人は彼女の魔力から金輪際、免るゝ事は出来ない。あの色は只の赤ではない。屠《ほふ》られたる囚人の血が、自づから人の眼を惹いて、自から人の心を不快にする如く一種異様な赤である。（十、強調引用者）

椿の赤が「唯の赤ではない」のは、血を連想させるからだ。そして血を連想させる椿がこれほどに恐ろしげなのは、血液が生と死の秘密を握っているからである。この引用において、明らかに椿は吸血鬼に喩えられている。文中の「妖女」とはヴァンパイアのことであるし、「毒を血管に吹く」のは吸血行為のことだろう。また「幾百年」という年月を、「人目にかゝらぬ山陰に落ち付き払つて暮らしてゐる」様子は、ペイターのモナ・リザを髣髴とさせる。さらに、その花を「見た人は彼女の魔力から金輪際、免るゝ事」ができないという点で、この花は男性を虜にしてその身を滅ぼさせる「宿命の女」のようでもある。この引用の後には、椿の花が水の上に落ちる様子が描かれている。しばらくの間静かに水に浮いている椿は、鏡が池へ「身を投げて浮いて居る所を（中略）――奇麗な画にかいて下さい」（九）と言って画工をからかう那美の、その浮いている姿を呼び起こす。事実、那美の先祖の志保田の嬢様が、この池に身を投げたことがあったという。ここで、モナ・リザ、吸血鬼、那美のイメージが一つになるのである。

那美の吸血鬼の素性を思わせる手がかりが、もう一つある。先の『ドラキュラ』の女性主人公、ミナ・ハーカーとの名前の相似／反転である。この作品はドラキュラを退化した先祖返りとして描いている。ダーウィンの進化論によって、人類種は今の地位に安泰でいられると保証されているわけではなく、進化もすれば退化することもある、不安定な存在であることが明らかになった。人類の退化を脅すのは、変質した悪しき遺伝子を抱え持つ者らとの交雑である。しかもそうした遺伝子は、精神病や性倒錯、生来性犯罪者など、中流階級的規範を侵犯するかもしれぬ様々な異端分子として発現するというのだ。先祖返りした退化者とは、ポスト・ダーウィニズムの変質

（ディジェネレーション＝退化）(5)論のパラダイムでは、精神病者とも等価だった。だからドラキュラ征伐隊の隊長ヘルシング博士は、精神科医だったのだ。那美も、「志保田の家には、代々気狂が出来ます」（十）と噂される一族の一人とされている。彼女も衰亡に向かう古い一族の末裔であり、病み疲れた遺伝のしるしを、狂気と噂される奇行の形で烙印された女ドラキュラと解されるのである。

ところで、那美の前夫は、「こゝの城下で随一の物持ち」（二）の家の息子で、銀行に勤めていた。ところが戦争でその銀行がつぶれたために、彼女は那古井に帰ってきたのだった。つまり那美の嫁ぎ先は金に溢れていたのだが、勤め先の銀行が倒産して金が途絶えると、彼女は夫を見捨てた。まるで金の切れ目が縁の切れ目と言わんばかりに。だが、那美の本性が吸血鬼だとしたら、確かに金の切れ目は離縁の立派な理由になる。金の貯蔵所から金をもたらすことのなくなった男からは、何も吸い取るものなどない。この男は、金の形をした血液であれ精液であれ、彼女に与えるものがなくなったのだから、那美にとってはもう用済みなのだ。

結末近く、那美はこの男に金を与える。元の亭主は「貧乏して、日本に居られないからつて、私に御金を貰ひに来たのです」（十二）。那美はこの男に、金子《きんす》の入った紫色の財布を渡す。この財布は、象徴的には九寸五部の懐剣である。直前に「余」が那美を見たとき、彼女は剣を持った手を「颪の如く動かし」、稲妻のように閃かせて「二折れ三折れ胸のあたりを、するりと走」らせる、という芝居がかった所作をして「余」を驚かせていた。だから彼女が男を呼びとめ、右手が帯の間へ落ちたとき、「余」はひやりとした。「抜け出たのは、九寸五分かと思ひの外、財布の様な包み物である」。那美は男を斬りつける代わりに、紫の財布を差し出したのである。

この財布が血を象徴する赤色ではなく、死を意味する紫色であることに注意されたい。ダヌンツィオよろしく、人生の情調を赤色と青色とで表していた漱石作品にとって、紫とは、赤と青とが渾然一体となって混じり合った色である。そしてこの色は、漱石の作品世界においては死の標識である。

例えば、人生の二大基調を赤と紺によって象徴させた『彼岸過迄』において、生は、占いの婆さんによって、赤と紺の二本の糸を縒り合わせて「二筋の糸が一本の糸」（停留所・十八）に喩えられていた。つまり、派手な赤と地道な紺の要素とが織り混ぜられて、「紺糸で地道を踏んで行けば、其間にちら〳〵派手な赤い色が出て来る」、というようなものだった。ここで紺と赤とは、混然と混ぜ合わされ紫になるのではなく、縒り合わされているだけで、紺と赤の色はそのまま残り、それぞれが人生の彩りとされていた。

ところが、『彼岸過迄』で死の象徴を一身に集めている宵子は、一貫して紫に彩られている。この娘は生前から、日光に照らされた髪の毛の色が「潤沢《うるおい》の多い紫」（雨の降る日・二）を含むと形容され、死の直後は「唇にもう薄く紫の色」（同・四）が差したのが死のしるしとされて、納棺の前に裸にしたときには、背中に「紫色の斑点が一面に出てゐた」（同・五）と描写されている。さらには、焼き場で、宵子の竈の「扉の上に紫の幕が張つてあつた」（同・八）という念の入れようだ。

人生の派手と地味という二つの基調が、それぞれの色を残したまま交じり合うのとは異なり、紫は赤と紺とが一体となって融合し、差異が消滅してしまったことを示す色である。差異が無化してすべてが一つに溶け合った世界とは、死の領域である。あるいは人が生まれてくる前の。宵子は、生まれる前に帰属していた未分化で混沌とした紫の世界に、生を得てほどなく、再び吸い込まれるように戻って行ったのである。

本題に戻ると、男が女に金を与える通常の流れとは反対の向きに金が移動する時、金は、男を刺す剣となる。こうして女の場に位置づけられた男は、象徴的には刀によって去勢される。画工が垣間見た絵画のような一瞬のこの場面の深部には、これだけの意味が込められていた。だが、画工が表面の画としてしかその場面を見ないように、作者も「写生文」として、内面の心理描写をしない。テクストの表面で、ただ「女の謎」として提示するだけなのだ。

結局那美の懐中にあった短刀は、従軍する従兄弟の久一に餞別として渡される。そして彼女は「短刀なんぞ貰ふと、一寸《ちよつと》戦争に出て見たくなりやしないか」（十三）などと言い、久一を戦へとけしかける。この時の彼女の口のきき方はまるで男のようだ。いよいよ汽車に乗り込む久一に、那美は「死んで御出で」という、不吉な餞《はなむけ》の言葉をかける。「那美さんが軍人になつたら嘸《さぞ》強からう」と評されるこの女は、もはや吸血鬼に止まらず、男たちを使嗾《しそう》し、戦へと駆り立て、死へと誘う死の女神でもある。

これまで『草枕』の那美を、女性の謎が形象されたものとして読み、ペイターのモナ・リザに通ずる、吸血鬼としての本性を表層のテクストに垣間見てきた。次に、ここで読み解いた吸血鬼たる女性、那美の系譜を『それから』の三千代へと手繰り寄せたい。なぜなら『それから』は椿の花から始まる物語であり、その意味で『草枕』の椿を、隔世遺伝的に継承したテクストだと思われるからである。

「枕元を見ると、八重の椿が一輪畳の上に落ちてゐる」（一）。「赤ん坊の頭程もある」椿の花が、主人公・代助の就寝中ぽたりと落ちた。この椿の花が何色かについて、作者はあえて言及していない。この花の色を見つめていた代助が心臓に手を当て、「紅の血潮」が流れる様を想像していることから、その血のような色を浮かび上がらせているだけである。だが、そのせいでこの赤の毒々しさは一層きわだつ。この椿は『草枕』の赤い椿であり、『それから』というテクストを、個別の作品を超え、他の作品との連関で読むことを、我々に促している。

そしてこの解釈は、三千代を、椿の女たる那美の系譜として読むことをも促していやしないか。確かに三千代を特徴づけている花は白百合であり、顔色の悪い、古風な趣の女性として描かれている彼女は、椿とは趣を異にする。しかし、この三千代とて時として椿になることがある。それが、漱石が見据えた、近代という毒に当てられた女たちの本性なのであった。

3　三千代の顔色

「上部はどこ迄も派手に装つている」那美とは異なり、三千代は、古風な趣の女性として作品に登場する。派手な外見の底に「沈んだ調子」を潜ませている椿と対照的に、彼女は愛想をつけ加えた時でさえ「其調子は沈んでゐ」（四）て、それが「此女の持調子」だと評されている。そもそも彼女は、お産の折に心臓弁膜症を患ったらしく、「心臓から動脈へ出る血が、少しづゝ、後戻りをする難症」（四）だと、医者に宣告された。三千代の身体を巡る血液は常に静脈血が混じり、彼女の身体は効率の悪い循環システムによって条件づけられているのである。三年ぶりに代助の前に現れた彼女の顔色の悪さは度々指摘されており、その点からも、彼女の日常の色は椿の赤ではない。

小森陽一は、代助が三千代との愛を自覚していく過程で、金銭の貸借と授受の関係が重要な役割を果たしていることを指摘している。(6) 小森は、漱石が描く女たちは、あたかも彼女らが売り買いされる商品であることを暗示するかのように、常に金銭と共に現れることを指摘しているのだが、これは『それから』における三千代のありようを突く卓見である。まさに三千代は、借金の申し出をする女、つまり代助に金を要求する女という、決定的に重要な意味を帯びている。そして金の貸借関係だったものが、ついに代助から三千代へ生活費を「上げる」という段階に至る時点を、小森は二人の関係が逸脱し、代助は象徴的には三千代の夫となったのだと解釈する。生活費を渡すのは夫の役割だからである。

ここで指摘したいのは、この金銭の貸借なり授受なりが、必ずや三千代の顔の赤らみを伴っていることだ。引越しのあと初めて代助の家を訪ねた三千代が、借金の申し出をするとき、「三千代は少し挨拶に困つた色を、額の所へあらはして、一寸下を見たが、やがて頬を上げた。それが薄赤く染まつて居た」（四）。また、借金の返済に充てるためと言って借りた金を、別な目的に使ってしまったことを白状しようとした際にも、三千代は顔を赤らめている。

「彼方《あっち》の方は差し当り責められる様な事もないんですか」と聞いた。

「彼方の方つて――」と少し逡巡《ためら》つてゐた三千代は、急に顔を赧らめた。

「私、実は今日夫《それ》で御詫《おわび》に上つたのよ」と云ひながら、一度俯向《うつむ》いた顔を又上げた。

代助は少しでも気不味《きまず》い様子を見せて、此上にも、女の優しい血潮を動かすに堪えなかつた。（十）

あるいは、いよいよ手元が不如意になって、代助からもらった指輪を売ってしまったことをほのめかした時にも、「三千代は手を引き込めると同時に、ぽつと赤い顔をした」（十二）。三千代の顔色は、このテクストでは特権的な意味記号となっている。今まで赤くなった例を挙げてきたが、蒼い色についても逐一報告されているのだ。例えばこの会見の冒頭、「十の四」の書き出しの一行は、「三千代の顔は此前逢つた時よりは寧ろ蒼白かつた」。そして次の節の書き出しは、「三千代の頰に漸やく色が出て来た」とある。さらに、平岡の留守に三千代を訪ねた折、彼女が自分の心細い境遇を代助に訴えた直後の、「十三の五」の書き出しはこうだ。「しばらく黙然として三千代の顔を見てゐるうちに、女の頰から血の色が次第に退ぞいて行つて、普通よりは目に付く程蒼白くなつた」。

節《せつ》の冒頭というのは、言うまでもなく大変重い。その一文の多くが、三千代の顔色への言及であることは、女の顔色が物語の展開において大きな意味を持っているということに他ならない。

それに呼応するように、代助の顔色も話題に上っている。「大変顔の色が悪い様ですね。何《ど》うかなさいましたか」というのは、先の会見から帰宅した代助に投げかける、門野の言葉である。血液への言及は佐川の令嬢にも及ぶ。「後の窓から射す光線の影響を受け」た令嬢の耳に光線が当たり、血潮が透けて薄紅に見える。「殊に小さい耳が、日の光を透してゐるかの如くデリケートに見えた」。興味深いことに、漱石は死の直前まで、日の光を透して見える女の耳たぶの血潮にこだわり続けていた。

彼女の耳朶は薄かつた。さうして位置の関係から、肉の裏側に差し込んだ日光が、其所に寄つた彼女の血潮を通過して、始めて津田の眼に映つてくるやうに思はれた。(『明暗』一八四)

漱石が生涯をかけて解き明かそうとした「女の謎」、その謎を解く鍵はまさに、女の皮膚の下を流れるこの血潮にこそあった。『明暗』の清子ほどに天真爛漫で、お延とは異なり近代の自我に毒されていないように見える女性においてさえ、作者はその皮膚の下を流れる赤い血液を容赦なく言語化している。この血液は、ほどなく、彼女がその時剝いていたもう一つの赤い椿、吉川夫人からもたらされたりんごによって毒されるだろうことが予感される。

4　スパーマティック・エコノミー

『それから』における血液の表象の意味を考察する前に、スパーマティック・エコノミーについてもう一度触れておきたい。女性が金銭との交換物のように表現されていること、その際に血液が前景化する、といった一連の表象の連関は、金と血液および精液の交換という、想像力の次元における経済体制によって、背後から支持される。

ヒポクラテス医学以降の西欧の身体観では、すべての体液は身体の中で交換可能であり、中でも一オンスの精液は四十倍の血液に相当すると言ったティソ、あのマスターベーション撲滅キャンペーンの始祖となった、彼の有名な定式に見られるように、精液は血液の凝縮されたエッセンスであり、男性的知性および活力の源泉と見なされていた。十九世紀のブルジョア男性たちの思考において、身体は経済システムになぞらえて理解されたが、この同じ思考は、身体の貴重な資源である血液＝精液を経済システムに移植し、貨幣価値と等価な記号として流通させる、スパーマティック・エコノミーと呼ばれる心的体制を形成した。「ダナエの黄金のシャワー」としても有名な、精液を豊穣な黄金に喩えるメタファーは、十九世紀によく見られた、経済とセクシュアリティとが相互浸透していたことを示す一例である。こうした現象は、金銭と精液、つまり経済とセクシュアリティとが中流階級男性の最も重要な関心事であり、またアイデンティティの源泉ともなっていたことを明らかにしてくれる。(7)

このスパーマティック・エコノミーの文脈から読むと、三千代が代助に借金を申し込むという行為が、にわかにエロチックな様相を呈し始める。彼女が無心する金とは、象徴的には精液を意味すると解釈できる。金の話と共に彼女の薄い皮膚に映される血潮の赤色は、金と精液との交換性の媒介項となり、濃度の高い血液であるもの、すなわち白い血液たる精液を喚起するのである。だがここで確認すべきは、代助は自らの手でその金を得ているわけではないのだから、彼の持っている金は代助自身の血液、もしくは精液の交換物ではないということだ。代助が今、三千代に渡すことのできる金は所詮、父や兄が実業から得た利益の分け前にすぎない。だから代助は、いまだまっとうな男性ではない。三千代に金＝血液（＝精液）を注いでいるように見えても、その実、人のものを仲立ちしているだけなのである。

他方、三千代の法律上の夫である平岡は、「赤」にまみれている。この男は酒を飲むとすぐに「赤い眼」（二）になり、また酒を飲んでいない時でも「眼が血ばし」（五）り、眼だけでなく耳まで赤くして手紙を書く（六）。酒に酔って「胸毛の奥迄赤くなつた胸を突き出して」いるが、その身体を覆っているのは、三千代が死んだ赤ん坊のものとお揃いに作ったという赤いネルの重ねである。平岡を「赤」として表象しうるのは血の気が多いからだが、そのことからも、彼が三千代に、自分の「血」を分け与えていないことが窺える。死んだ赤ん坊とお揃いの重ねを身にまとわされた平岡は、死んだ赤ん坊と等価なものにされている。三千代にとって、平岡の赤とは、死んだ赤ん坊の赤と同じ意味であろう。彼女にとって、平岡はもう死んだも同然なのだ。

赤ん坊にされた平岡に比べると、代助はよほど度々「蒼く」なっている。自ら金を稼ぐことのない代助は、常に父のところで金＝血液を補給してもらわねばならない。そんな代助が曲がりなりにも三千代との恋愛に至ることができたのは、直前に父の家で振る舞われた到来物の葡萄酒のお蔭である。代助はこの赤い液体の功徳に気づいていた。「旨いですね」（九）と言い、「帰りに一本貫つて」行くつもりでいる。この液体は貴重である。「当てゝ御覧なさい。どの位古いんだか」と梅子が謎をかけたほどの、古い過去からもたらされたものである。

象徴としてのこの葡萄酒の意味は、聖餐のイエスの血である。彼らはこの酒と共に、「肴の代りに薄いウエーファー」を食べているからだ。イエスの血を表す葡萄酒と、その肉を象徴する「ウエーファー」（聖餅）は、聖餐式のお決まりの道具立てである。代助は、この遠い過去に由来する由緒正しき血液を補給されることによって、旧時代の男たちのファルス（男根に象徴される男性性）の力を、一時的にせよ得た。その力のせいか、直後に代助は父の機嫌を損ねて、父の顔を赤くさせてしまう。佐川の娘との縁談を進めようとする父に対して、代助は言う。

「そんなに佐川の娘を貰ふ必要があるんですか」と代助が仕舞に聞いた。すると父の顔が赤くなつた。（九）

これは代助の失言である。恐らくは葡萄酒の力によってより男性化された代助が、父に刃を向けたのである。この赤は血液の赤であるにしても、女性のそれがエロスの交歓を思わせるのと異なり、刃傷《にんじょう》沙汰に比せられている。「怒つた人の顔色が、如何に不愉快にわが眼に映ずるかと云ふ点に於て、大切なわが生命を傷ける打撃に外ならぬと心得てゐた」。「人を斬つたものゝ受くる罰は、斬られた人の肉から出る血潮であると固く信じてゐた。迸《ほとば》しる血の色を見て、清い心の迷乱を引き起さないものはあるまいと感ずるからである。代助は夫程《それほど》神経の鋭どい男であつた。だから顔の色を赤くした父を見た時、妙に不快になつた」。ここからも明らかなように、男性にとっての赤色はファルスの色であり、勃起したファルスは皮膚を突き破る剣となるのである。

その後、二、三日は、代助は庭の隅に咲いた薔薇の花の赤い色にさえ反応し、避けるように緑色の擬宝珠《ぎぼし》に眼を移している。これほど明白に赤い色によって不快感を覚え、その色を避けている代助が、直後に三千代と会い、その顔色が蒼から赤に変わるのを目の当たりにする。代助にとって、女の顔に上る赤だけが苦にならないとは思えない。次の引用では、明らかに代助は、三千代の血潮による刺激を避けようとしている。

> すると、三千代は急に思ひ出した様に、此間の小切手の礼を述べ出した。其時何だか少し頬を赤くした様に思はれた。視感の鋭敏な代助にはそれが善く分つた。彼はそれを、貸借に関係した羞恥の血潮とのみ解釈した。そこで話をすぐ他所へ外した。（十、強調引用者）

彼が話題を変えたのは、表面上、羞恥心で顔を赤らめている三千代への思いやりからと解釈できる。だが、これまでの読解から浮かび上がるのは、赤い色を逃れようとする、代助の意志があるのではないかという疑念である。またすでに紹介したところでも、顔を赤らめた三千代に対して「代助は少しでも気不味い様子を見せて、此上にも、女の優しい血潮を動かすに堪えなかつた」、とある。いずれも表面上は、三千代に対する思いやり、優しさから、三千代の赤面を抑えようとしている。だが本当にそれだけだろうか。もう少し仔細に、三千代の赤面を彼女の側から検討してみたい。

先の引用文中にある、「彼はそれを、貸借に関係した羞恥の血潮とのみ解釈した」という表現に注目したい。語り手は代助を突き放して、一体化していない。だから「解釈した」のはあくまでも代助であり、その解釈を語り手が共有しているとは限らないし、むしろ代助の解釈とは違う可能性を逆にほのめかしている。ここで、テクストが言語化されるぎりぎりの手前で匂わされているのは、逆に三千代の赤面が、「貸借に関係した羞恥」とは別の感情によるらしい、ということなのだ。

三千代が「思ひ出した様に」切り出す直前、彼女は、「繊《ほそ》い指を反《そら》して穿《は》めてゐる指環を見」ていた。彼女は、生活費の算段のためにこの指輪を質に出すことを一度は考えたのだろう、後にそうしたように。だが、代助から借りた金のお蔭でその事態を免れたのだ。指輪を失うことと、代助からの金で生活することとの、どちらかの選択を迫られた三千代は、この逡巡のうちに代助への愛を確認せずにはいられなかったはずだ。小切手を生活費に回し、代助から借りた金によって日々の生業を賄い、そのお蔭で指輪を失わずにすんだ。この事実は、小森が指摘するように、三千代が象徴的に代助の妻になったことを意味する。三千代はむろん、選択に際して、この象徴の意味を無意識にではあれ、理解したはずだ。彼女が、金銭に関する羞恥以外で顔を赤らめたとすれば、そのせいであろう。

この話題は、後に再び取り上げられ、また三千代は顔を赤らめる。借金の返済に充てると言って借りた金を、日々の営みに費やしたことを詫びようとして。だがこれは、詫びというよりは、愛の告白によほど近いだろう。三千代にとって代助に借金の申し出をするのは、夫の愛がもう自分にないことを告白するのに等しく、それと同じ意味で代助に自分を養ってくれと言っているのと同義である。三千代は、自分の申し出がそこまでの意味を喚起することを自覚しているからこそ、恥らい、頬を赤らめるのだし、その赤い色に、代助はかくも反応している。これらの文脈では常に、金銭の貸借に伴い血潮の赤い色が言語化されている。金と血液が等価交換物であるかのように。

後に三千代は貧血と神経衰弱で倒れることになるが、「色光沢《つや》がことに可《よ》くない」(四)女性として物語に登場した当初から、彼女の貧血性は前景に据えられていた。しかもその顔色の悪さは、子供の死産をきっかけに始まった。彼女は子供を、この世に健やかに産み落とすことのできなかった、母になりそこねた女である。この病を得た後は、もはや母になることは望めない。この女の血液は生命を養うことなく、ただ無駄に流出し続けるだけだろう。三千代の貧血は、そのセクシュアリティを正しい生殖、種族の繁栄に使うことのできない、逸脱した女のしるしである。

こうして血に飢えた女が、自らの血を奮い立たせてその赤をきわだたせ、もう一つの血液である金銭を男に要求する。「古版の浮世絵」を思わせる蒼白の美女、しかしいざという時には椿のように赤くなり、男を魅了する。そうすると、男の頸に齧りついて生き血を吸い取る吸血鬼たる本性も、垣間見えはしないだろうか。

漱石がこだわり続けた、女たちの赤い血潮という表現に込められた意味を理解するために、ここで漱石自身が「諷語」(『趣味の遺伝』)、あるいは「仮対法」(『文学論』)と呼ぶレトリックに即して、これを考えてみたい。漱石は『文学論』で、文学作品の読解と、その意味の解釈について、以下のように述べている。

現象は視聴に訴ふるを以て終局の目的とするものにあらず。吾人の頭脳は視聴を経て認識せる諸現象に一種の解釈を附せずんば已まざるものなり。解釈とは視覚聴覚以外にある意義を此現象に認めたるの謂にして、此現象が吾人の脳裏にもたらし来る内部の消息に過ぎず。此消息を得たるものは単に世相を観察したるのみならず、又実に実相を看破したるものなり。
（第四編）

文学言語という現象は、ただその字面を読んだり聞いたりすることだけが目的なのではなく、その現象にある意味を各人の経験に即して認める、つまりそれを解釈するということも必然的に伴う言語の様態である。そして解釈とは、言語の表層よりも内部にある「消息」、つまり「実相」を摑むことである、と言う。我々の読解の作法が、漱石本人の意思に沿うことを確認した上で、次に進みたい。

漱石が『趣味の遺伝』の中で諷語の説明をするのは、寂光院《じゃっこういん》という古びた物寂しい古刹の墓地に、美しい若い女を見出したときの感興について述べるくだりである。周囲の古びた風情の中に、生命感に満ちた花のように美しい乙女が対照的に佇んでいるとき、その姿がきわだって目立つというわけでなく、むしろ「父母未生以前に溯ったと思ふ位、古い、物寂びた、憐れの多い、捕へる程確とした痕迹もなき迄、淡く消極的な情緒」(二)を感じたというのである。その情景は「毫も矛盾の感を与へなかつたのみならず」、「却つて一層の深きを加へた」。

このような極端な対照をなす一対がもたらす文学的効果を、漱石は「諷語」、あるいは「仮対法」と呼ぶ。なぜこうした正反対の対照にもかかわらず、それらが調和するのかを、英文学者・夏目金之助はシェイクスピアの『マクベス』を使って説明する。マクベス夫妻が共謀して主君のダンカンを殺す。その直後に門を立て続けに敲《たた》く者がいる。そこに門番が「酔漢の管を捲く様なたわいもない事を呂律の廻らぬ調子で述べ立てる。是が対照だ」。ところが妙なことに、この滑稽を並べたからといって殺人の凄惨さが和らげられるとか、おかしみが加わるということはない。「それでは何等の功果もないかと云ふと大変ある。劇全体を通じての物凄さ、怖しさは此一段の諧謔の為めに白熱度に引き上げらるゝのである」。

なぜならそれが「諷語」だからである。諷語とは、正反対の意味の言葉を諧謔的・婉曲的に使う用法で、「大将」という呼称を身分の低い者に使う場合などのことをいう。このように諷語は表裏二面の意味を有しており、諷語のレトリックでいけば、称揚すればするほど馬鹿にしたことになる。「褒め殺し」というのも諷語の一種だ。表面の意味が強ければ強いほど、裏側の含蓄は益々深くなる。言語のもつこうした含蓄を理解すれば、「吾々が使用する大抵の命題は反対の意味に解釈が出来る事とならう」。だから、マクベスを読んでいた者が、凄惨な殺人の直後の門番の妄語のうちに、「身の毛もよだつ程の畏懼《いく》の念」を感じ取ることができるのである。

元来諷語は正語よりも皮肉なる丈《だけ》正語よりも深刻で猛烈なものである。虫さへ厭う美人の根性を透見して、毒蛇の化身即ち此天女なりと判断し得たる刹那に、其罪悪は同程度の罪悪よりも一層怖るべき感じを引き起す。全く人間の諷語であるからだ。（『趣味の遺伝』二、強調引用者）

諷語についてのこの説明は、まさに三千代の赤面という現象の意味を理解する助けとなるだろう。血色の悪さ、蒼白さによって特徴づけられている女が、一瞬頰を赤らめる。それを、金銭の貸借に起因した羞恥心と解釈するのは正語である。だがこれを諷語で解釈すれば、羞恥心などというものよりも、もっと物凄いものを感じ取ることができないだろうか。物凄いもの、それは三千代という「虫さえ厭う」美女の中に潜む、「毒蛇の化身」たる本性である。ふだん血色の悪い女が、頰を赤らめる。それをいつになく健康的であるとか、処女のような初々しい恥じらいとは感じられない。漱石が説明するように、「小説を読むときにも全篇を通じた調子があって、此調子が読者、観客の心に反応すると矢張り一種の惰性になる」（『趣味の遺伝』二）からであり、この全体の調子に相反する要素が突然出てきても、にわかにその語の文字通りの意味は現れない。それよりも、諷語のレトリックにより、全体の調子とは正反対の調子をもたらすはずの新味が、逆に全体の調子を猛烈に支持する反対の含蓄を醸し出すのである。だから蒼白い三千代に差す突然の赤味は、三千代の蒼白さを猛烈に強調することになるはずである。そのような三千代の表情とは、ほとんど亡者の形相ではあるまいか。血に飢えた吸血鬼から搾り出された血の色ではないのか。

さらに、血液を思わせる赤色が及ぼした印象を、代助の側から考えてみたい。先に触れたように、彼は父の怒りによる赤面を見て明らかな不快を感じていた。彼にとって人の顔に映る赤い色は、「人を斬つたものの受くる罰」に喩えられるようなものであり、人を怒らせることは、「怒つた人の顔色が、如何に不愉快にわが眼に映ずるかと云ふ点に於て、大切なわが生命を傷ける打撃」なのである。こう言い放つ代助が三千代の赤面を見て、その諷語として羞恥心の裏面にある含蓄を感じたとすれば、そこには血腥《ちなまぐさ》い刃傷《にんじよう》と、ぱっくりと斬りつけられた傷口から流れ出る血液が、喚起されていたはずなのだ。しかもそれは、三千代の顔に映った、後に「わが生命」の「傷」から流れ出ることになる、代助自身の血液であるだろう。三千代の顔に時折現れる紅い血潮は、代助の流血の予兆である。

これまで、金の貸借に際して三千代が赤くなる場面を中心に見てきた。これまでの考察で、三千代が『草枕』の那美の系譜に属すること、赤い椿を潜ませていることが確認できたと思う。次に白百合という、もう一つの三千代の表象について考えてゆきたい。

5　白百合の香を嗅ぐ

先に示した引用で、三千代の赤面を「貸借に関係した羞恥の血潮と解釈した」代助が、話をそらした結果行き着いた話題は、白い百合の花だった。眼の刺激を避けたのに、今度は「重苦しい刺激を鼻の先に置く」のに耐えねばならなくなったのだ。白百合は、明治期において処女性のシンボルとして大流行し、その文脈からすると一見、三千代の清純さを象徴しているようではある。(8) だが、「諷語」についての考察を経た我々にとって、もはやそうした表面の意味だけを白百合に読み取ることは困難である。

この直前に、三千代の技巧を代助が疑う場面として、鈴蘭の花を活けた鉢の水を飲む行為がある。「何故あんなものを飲んだんですか」と代助が呆れて聞くほど、これは酔狂な行為である。それに対して三千代は、「だつて毒ぢやないでせう」（十）と答える。代助は三千代の行為を、自分の気を惹くための技巧なのかと疑念を持つが、とりあえず目の前の三千代の息を切らした様子から「追窮する勇気も出な」いままに、「生理上の作用に促がされて飲んだ」ものと解釈する。代助はここで明らかに、三千代の大胆な行動に気圧され、恐れを抱き、萎縮している。

ところで、三千代の「毒ぢやないでせう」という言葉とは裏腹に、鈴蘭は毒草である。三千代はこの毒を含んだ水を飲み、「頬に漸やく色が出て来た」、つまり生き返った。ということは、三千代自身がすでに毒を含んでいるのだと考えられる。毒を飲んで元気になる三千代。彼女は恐らくは、見かけほど天真爛漫なわけでない。しかも、水を飲んで生き返るというモチーフは、キリスト教の「生命の水」(living water) の象徴を想起させるが、だがその場合、水は living という形容詞が示しているように「流れる水」でなくてはならない。鉢に溜め置かれた水ではないのだ。切り花を活けてある水、もうすでに根から切断され生命を絶たれた花を活かしておく、つまりかりそめの生命を生かしておく擬態のための水は、もはや「生命の水」ではない。死者に捧げられた供物である。そのような水を飲み、活力を取り戻す三千代は、確かにあれら水底に棲む美女たちの系譜に連なってくるようだ。

この訪問の前、代助が昼寝をしている間に、すでに一度、彼女は来ていた。彼は眠っている間に「誰かすうと来て、又すうと出て行つた様な心持がし」ていた。眠っている代助は、意外にも三千代の本質を感得しているのかもしれない。眠りから覚めた直後の代助は、こう描写される。

一時間の後、代助は大きな黒い眼を開いた。其眼は、しばらくの間一つ所に留まつて全く動かなかつた。手も足も寐てゐた時の姿勢を少しも崩さずに、丸で死人のそれの様であつた。其時一匹の黒い蟻が、ネルの襟を伝はつて、代助の咽喉に落ちた。代助はすぐ右の手を動かして咽喉を抑へた。さうして、額に皺を寄せて、指の股に挟んだ小さな動物を、鼻の上迄持つて来て眺めた。其時蟻はもう死んでゐた。代助は人指指の先に着いた黒いものを、親指の爪で向へ弾いた。さうして起き上がつた。

膝の周囲に、まだ三四匹這つてゐたのを、薄い象牙の紙小刀《ペーパーナイフ》で打ち殺した。（十、強調引用者）

この「十の一」の書き出しはこうだ、「蟻の座敷へ上がる時候になつた」。その後、一節中に蟻への言及はなく、右に引用した二節の書き出しにおいて、ようやくこの「黒い蟻」が現れる。この短い一段落の中に二度出てくる「死」という語、そのうち一つは蟻に関するものだ。しかもこの引用の最後でも、蟻はことごとく殺される。午睡から覚めた気だるい雰囲気の中に、さりげなく蟻がもたらす「死」の気配。漱石の見事というほかない筆が冴える。しかもこれらの蟻たちは、「座敷へ上が」ってくる前には土の中にいたのである。そうすると、黒い蟻とは土の中の死者たちの住処《すみか》、黄泉《よみ》の国からの使いのようである。そのように見ると、引用文中の代助は、もう一つの土の中からの甦り、吸血鬼に血を吸われて脱力しているかのように見える。彼は睡眠中に吸血鬼に血を吸われた。だから死人のように「全く動かなかつた」。そうすると咽喉《のど》に落ちた黒い蟻は、吸血鬼に血を吸われた跡なのではないか。吸血鬼とは、むろん、「すうと来て、又すうと出て行つた」三千代である。

この直後に、「リリー、オフ、ゼ、ヴレー」（lily of the valley）と白百合の香のむせ返る中で、二人が愛を確認し合う有名な場面が続くのだが、しかしその前に、三千代の身辺には、死の気配が周到に配置されていることが認められる。この影を引きずって、三千代は、あの白い花の香の惑溺の中に入るのである。

「此花は何うしたんです。買て来たんですか」と聞いた。三千代は黙つて首肯《うなず》いた。さうして、

「好い香でせう」と云つて、自分の鼻を、瓣《はなびら》の傍迄持つて来て、ふんと嗅いで見せた。代助は思はず足を真直に踏ん張つて、身を後の方へ反らした。

「さう傍で嗅いぢや不可ない」

「あら何故」
「何故つて理由もないんだが、不可ない」（十）

百合の香を嗅ぐ三千代に対する代助の制止は唐突である。その直前の、この花の「重苦しい刺激を鼻の先に置くに堪へない」という記述からも、代助がこの香に対してある距離を取っていたことは窺える。だがその禁止の理由は答えられない。「理由もない」、つまり言葉では説明できないこの行動は、それだけに一層異様なのである。

それまで代助は、百合の香への反応とは対照的に、「極めて淡い、甘味の軽い、花の香」である鈴蘭の香の中で、昼寝をしていたのだった。代助が敏感な嗅覚を持ち、花の香りにも様々な違いを認め、うるさい好みを有しているという事実は、代助の洗練された感受性と近代的身体の表現であるだろう。さらに注目すべきは、君子蘭の緑の葉の中に鼻を突っ込んでいることである。

代助の買つた大きな鉢植の君子蘭はとう〳〵縁側で散つて仕舞つた。其代り脇差程も幅のある緑の葉が、茎を押し分けて長く延びて来た。古い葉は黒ずんだ儘、日に光つてゐる。其一枚が何かの拍子に半分から折れて、茎を去る五寸許《ばかり》の所で、急に鋭く下つたのが、代助には見苦しく見えた。代助は鋏を持つて椽に出た。さうして其葉を折れ込んだ手前から、剪つて棄てた。時に厚い切り口が、急に煮染《にじ》む様に見えて、しばらく眺めてゐるうちに、ぽたりと椽に音がした。切口に集まつたのは緑色の濃い重い汁であつた。代助は其香を嗅がうと思つ

て、乱れる葉の中に鼻を突つ込んだ。(八、強調引用者)

葉を「脇差」に喩えているうえに、折れた葉を鋏で剪っていることからして、この場面は『草枕』の那美が、元亭主に象徴的な刀(財布)を突きつけた情景を思い起こさせる。さらに葉の切り口から滲んできている「緑色の濃い重い汁」は、我々が読んできた血液のメタファーと解釈できるだろう。華やかな花の散った後の緑色の世界。この切り落とされた葉を、小森陽一は平岡と解釈しているが、確かに緑色の液体が流れるこの世界は、男たちのエロスの世界を表象していると思われる。そして注目すべきは、代助が緑の液体の香の方は、自ら進んで意志的に嗅いでいることである。この香を嗅ぐという行為には、一体どんな意味があったのだろうか。

百合の花に鼻をつけて嗅ぐという行為は、官能の世界に惑溺することであると同時に、昔三千代の兄が生きていた時分、代助が買ってきた百合の花に、自分で「鼻を着けて嗅」いだ、という過去を甦らせることを意味していた。例えば、明治三十四年の断片に、以下の記述がある。「或る香をかぐと或る過去の時代を臆起して歴々と眼前に浮んで来る朋友に此事を話すと皆笑つてそんな事があるものかと云ふシヨーペンハワーを読んだら丁度同じ事が書いてあつた」(「断片」一二、第十九巻)。漱石にとって香りは、明らかに過去を甦らせるものだった。香りが、過ぎ去った過去を呼び起こすという機能を有しているのは、それがはかなく一瞬のうちに消え去るものだからである。

代助の昔の行為を繰り返そうとする三千代を制止する彼に、三千代がこの花を嫌いになったのかと問うているのは、この花を嗅いだ過去を切り捨てたのかと問い詰めているのである。共に百合の花を嗅いだ過去とは、三千代の兄が生きていた時を意味する。より限定的に言えば、三千代の兄、菅沼のことでもある。だから代助は三千代に思いを告白する時に、自分でも百合の香りを使って過去を再現する。「彼は此嗅覚の刺激のうちに、三千代の過去を分明《ふんみよう》に認めた」（十四）。だが、「三千代の過去」と言うとき、それは菅沼という過去でもあったはずだ。

では、この香りの源である白百合にはいかなる意味が込められているのだろうか。先に明治期の日本において処女性を象徴する花として白百合のブームがあったことに触れたように、聖母マリアの受胎告知のシンボルであるこの花は、キリスト教にとっても純潔の重要な象徴である。この花を十九世紀後半に流行させたのは、まずラファエロ前派であったが、彼らとの結びつきをも凌駕するほどに百合にこだわり、その百合崇拝ぶりで知られていたのは、オスカー・ワイルドである。彼は白百合を一種の護符にし、その崇拝ぶりはギルバートとサリバンの、世紀末の唯美主義を風刺して人気を博したミュージカル『ペイシェンス』（一八八一）の中でも、揶揄されるほどだった。

そもそもワイルドの百合崇拝は、ラファエロ前派だけでなく、ラスキンの『ベニスの石』（一八五一～五三）中の、この花の賛美にインスピレーションを受けたものだった。[9] ラスキンは、『草枕』の中で画工も読んでいたこの書の中で、「世の中でこれほど美しく、かつかくも役に立たないものはない」として、百合を崇めているのである。これは芸術を、道徳や社会に役立たせるのではない、純粋に美を追求するためのものとして、芸術のための芸術を唱えた唯美主義者たちの精神でもあった。

白百合が、英文学の文脈でこれだけの背景を持つことがわかった以上、我々としてもこの花の持つもう一つの象徴的意味について、もはや無視することはできない。百合は、美しいがこの世の役には立たない唯美主義者のシンボルだった。そして香りへのこだわりといい、無為徒食ぶりといい、代助が、彼ら世紀末イギリスの唯美主義者たちを気取っていることも明らかだ。

だが、百合の花のもっと重要な含意は、ファルス的シンボリズムであり、花瓶に活けられたそれの両性具有性である。右に紹介したワイルドの百合崇拝は、一八九五年の裁判によって彼の同性愛が明らかになるよりも前のことであるが、漱石がこの作品を書いているのは、監獄から出たワイルドが一九〇〇年にパリで惨めな死を遂げた後の、一九〇九年のことである。この時点ですでに漱石は、ワイルドの悲劇の結末を知っていた。その上で、漱石が次のような文章を書いたと知れば、この花が喚起する香りの中に、確かに男性間エロスの匂いを嗅ぎ当てられるのである。

昔し三千代の兄がまだ生きてゐる時分、ある日何かのはづみに、長い百合を買つて、代助が谷中の家を訪ねた事があつた。其時彼は三千代に危《あや》しげな花瓶の掃除をさして、自分で、大事さうに買つて来た花を活けて、三千代にも、三千代の兄にも、床へ向直つて眺めさした事があつた。三千代はそれを覚えてゐたのである。

「貴方だつて、鼻を着けて嗅いで入らしつたぢやありませんか」と云つた。代助はそんな事があつた様にも思つて、仕方なしに苦笑した。（十、強調引用者）

代助はここで明らかにワイルドの身振りを真似ている。唯美主義者としてのワイルドと、そして男色家としてのワイルドの。百合はその茎の長さが強調されると、ファルスのシンボルとなる。そして花瓶はなぜだか「危《あや》しげ」とされている。これが「危しげ」なのは、花瓶という用途とそのまっとうな意味以外の何ものかを、象徴的に召喚するからである。花瓶の「まっとうな」象徴は女性器である。まっとうではない、「危しげ」な象徴、逸脱した偏頗な象徴とは、もう一つの女性器、というよりも女性器の代替物であるアヌスをほのめかしている。

これまでに三千代が過去を再現しようとしている、その意志は明らかになった。では、それは何のためか。死んだ兄を呼び出すためである。代助と菅沼には、一方ならぬ関係があったと推測される。百合の香りを嗅ごうとした三千代を制止した、代助の無意識の行動には、何がしかの罪の意識が内面化されていることが窺える。自分も鼻をつけて嗅いだことを、三千代に指摘されるまで忘れていることからも、その行動は、無意識の層に封印されたのかもしれない。つまり、代助はその時、百合の香りの中にその身を放擲し、禁断のエロスの淵を覗いてしまったか、その閾を越えてしまったと考えられる。そうした関係をほのめかす表現が、作品中にもいくつかある。

例えば、菅沼は趣味人を気取る代助に、「何処からか arbiter《アービター》 elegantiarum《エレガンシアルム》 と云ふ字を見付出して来て、それを代助の異名の様に濫用」（十四）していたという。この横文字は、ラテン語で「趣味の審判者」という意であるが、全集の注によれば、タキトゥスの『年代記』、第十六巻十八節にある、皇帝ネロの側近ペトロニウスに当てられていた語だった。ところで、ギボンの『ローマ帝国衰亡史』（一七七六〜八八年）によれば、皇帝ネロの性愛の好みは「完全に正常」ではなかったし、ペトロニウスとの関係もその伝で大いに疑われた。[10] 菅沼がネロだとすると、代助はペトロニウスだったのではないか。隣室で聞いていた三千代までもがその言葉を覚えてしまって、男たちを大いに驚かせている。彼ら二人の関係は三千代によって確認され、言語化されてもいたのだ。

6　禁じられた男性間エロス

ここで、白百合に封印されたエロスを導くために、明治期日本において個人のエロスがいかなる近代的変容の波を被ったかを、視野に入れておくことにしたい。

西洋は男色をタブーとする長い歴史を有してきたが、十九世紀以降のナショナリズムの発達や中流階級の覇権によって、ジェンダーの二極分化が強化され、男色を排除する社会的圧力はさらに強まった。十九世紀後半以降のダーウィンによる思想革命によって、性に対する認識が一変し、人類進化の鍵をなすものとしてこれを科学的に研究しようという気運が生じ、性科学なる学問分野も成立した。ここにおいて男色は同性愛として装いを新たにし、近代の性のテクノロジーの中に組み込まれる。同性愛が学問的対象になったということは、それが病理や遺伝的変異として語られる枠組みの中に取り込まれたことを意味していた。同性愛タブーの長い歴史を持つ西洋においても、性の近代的編制は十九世紀も末になってからのことであり、じつは日本が開国をして近代国家へと歩みを始めた同時期に、この変革は進行していたのだった。

日本が近代国家の道を歩み始め、文明国の仲間入りをすることは、西洋の性の体制に否応なく組み込まれるということも意味していた。そしてそれは、男色もしくは同性愛を最高度のタブーとする文化であった。

一方、日本には男色に対するタブーや嫌悪感はあまりなかったし、もちろんそれを取り締まる法律も基本的にはなかった。[11] 日本が開国当初、西洋列強と締結させられた不平等条約や治外法権などの不利益を撤廃して、対等な立場に立つために、時の明治政府は、彼らに野蛮と思われないよう、性や身体の習俗を西洋化する必要に迫られたのである。手始めは刑法の制定であり、これによって性的行動の文明化された基準が法律的に体系化された。こうした性習俗規範の核にあったのは、国家が裁可する婚姻制度における男女間の性愛のみであった。これまで女性を対等な人間としては見てこなかった男たちが、こうしていきなり恋愛の対象として女性と一対一で向き合わねばならなくなったのである。

それ自体も個人の心性にとっては大きな衝撃であったに違いないが、より大きな影響を受けたのは、男性間のセクシュアリティだった。一連の法制度の整備によって、ほとんど野放し状態にあり、学生の間ではむしろ女性に向けるエロスよりも上等であると思われていた男性間のエロスは、ここにおいて突如犯罪となったのである。男性個人の心と身体に対して、近代という制度はこのように暴力的権力を行使し、同性愛は犯罪であるという刻印を押したのである。

こうして明治の日本において、男性間エロスは禁断の愛となり、法律だけでなく、人々の言葉や意識においても、周縁化されてゆくこととなる。周縁化とは、沈黙の領域に押しやられ、「口にしてはならない罪」とされた西欧のように、その名を剝奪されるか、あるいは過去という時間の中に閉じ込めることであった。男色を、過ぎ去り行く過去と結びつける言説が、明治国家の権力者によって盛んに生産された。男色は、封建的徳川の時代に属する「蛮行」あるいは「過去の悪徳」であり、そのような習慣との断絶こそが、旧時代から脱皮して、新しい時代に羽ばたいていくために必要なこととされたのだ[12]。

過去への周縁化とともに、人生の若い時代、つまり青春期に特定されるという形での周縁化も行われ、男性間エロスは青春の一時期と結び付けられた。そのような学生の風習を扱ったものとして、鷗外の『ヰタ・セクスアリス』が有名であるが、実際に男子学生たちの間にそうしたことはよくあったようだ。東京帝国大学の学生だった二十五歳の夏目金之助も、同性愛詩人として名高かったホイットマンについての論考を書いている（「文壇に於ける平等主義の代表者「ウォルト、ホイットマン」Walt Whitman の詩について」、十三巻所収）。この中でホイットマンが謳う「男性的同胞愛」（manly love of comrades）に触れて、男性同士の友愛にこうした表現を与えた詩人はかつていなかったと称え、また「女を恋ふて男を愛せず抔《など》と云ふるは「ホイットマン」の主義に反する」といささか誇らしげに述べ、詩人への共感を表明している。世紀末になると、ジャーナリズムや医学的言説が青年を蝕む悪習として書き立てるようになり、タブー視されるようになってゆくものの、完全な成人男性としての振る舞いを要求されない、青春という大人と子供の中間領域においては、そうした「蛮行」も若気の至りとして大目にみられた。

同性愛を青春という人生の一時期と結びつける言説を流行させることによって、同性愛と、「文明化された」成人の世界のセクシュアリティとの間に、しかるべき距離を維持できたという指摘がある。(13) 人はいつまでも若者であり続けるわけではない。いずれはこの「蛮行」を卒業して、成人男性にふさわしい異性愛の世界に参入するだろう。そのせいか、学生間の同性愛を描いた言説は、フィクションであれ自伝であれ、皆その出来事を過去のものとして回想している。これは若さゆえの愚行であり、もう現在を脅かすことはないのだ、と。それは、我々が検討している『それから』も例外ではない。

三千代の兄、菅沼を交えての交流は四、五年前とされる。平岡と三千代との結婚が三年前。この物語で、「昔」とか「過去」と強調されている時がせいぜい五年前、という時間の構造は奇妙であるが、それはこの物語において、菅沼の生が一つの時代を凝縮して表しているという構造を取っているからである。と同時に、菅沼が生きていた時を過去として周縁化し、かつ神話化して現在と切り離そうという、同性愛の周縁化という時代のイデオロギーに、この作品も与していたのだと考えられる。

菅沼と三千代とが暮らしていた谷中の家には、死の気配があった。縁側から見える「上野の森の古い杉」(七)は、「錆た鉄の様に、頗る異《あや》しい色をして」おり、「其一本は殆んど枯れ掛かつて、上の方には丸裸の骨許《ばかり》残つた所に、夕方になると烏が沢山集まつて鳴いてゐた」。谷中は徳川の菩提寺をはじめ、寺や墓の多い土地である。そして「隣には若い画家が住んでゐた」。ということはこの時空が、すでに画家によって絵画に描かれたことを意味するだろう。

絵画に描かれた、とはその時間がすでに完了したということである。絵に描かれた時点で、その対象は時間を紡ぐことを止める。『三四郎』の中で広田先生が、夢の中に現れた二十年前に出会った少女が全くその時と変わらずにいることに対して、「あなたは画だ」（十一）と言う。漱石にあって絵には、時間の完了という意味が込められているから、菅沼が生きて谷中に暮らしていた時間は、すでに完了した過去の時間に属する。

菅沼は、田舎から出てきていた母がチフスに罹ったのを見舞い、それに感染して母と共に亡くなった。菅沼という人物が一つの時代を象徴しているというこの物語の構造からして、この二人の死は、ただの登場人物の死ではなく、一つの時代、もしくは文化の死であり、その終焉と解すべきである。チフスは、日本に古来からあった病ではなく、西欧から伝わった伝染病である。他にも、近来の生活欲の膨張を「欧洲から押し寄せた海嘯《つなみ》」（九）と表現している箇所がある。チフスを海嘯の隠喩で解釈すれば、菅沼とは、過去の時代に青年たちが交歓していた男性同士の友情の、一つの型と精神だったと思われる。それがチフスに罹って死ぬということは、そうした男性同士のエロスを含んだ友情の交歓という文化が、西洋からもたらされた性的規範の波によって滅んでしまった、と理解できる。

一方、この母は、例えば前作の『三四郎』の母とは異なり、しばしば上京したとある。こうして田舎という前近代の地から、文明の最先端であり転変絶え間ない東京に出てくることによって、彼女は近代に毒されてしまったのだ。三四郎の母が手紙しかよこさず、その手紙を通して三四郎に、変わることのない豊かな田舎の暮らしぶりとのどかな時間を伝えて心を和ませ、また東京の刺激の中で翻弄され、心身ともに疲弊する三四郎に慰藉を与えていたのとは対照的である。

　三四郎の母は、あくまでもその土地の女である「三輪田のお光さん」を、息子の嫁に娶らせようとしている。お光さんとは、その名前からして、近代という時代と西欧から流入した女性観に毒され死に絶えようとしている、明治の女性文化の救世主たるべき存在だったろう。何しろ三輪の光が彼女の後光として射している、そのような名前を作者に与えられているのだから。母と兄と、そして旧時代に帰属していた故郷の文化を喪失してしまった三千代には、むろんこのような光は射さない。

　こうして見ると、母の死とは、娘たちが目指すべき女性らしさの目標であり、エロスの健全な導き手として彼女らを一人前の女へと育て上げた、旧時代の女たちの文化の崩壊の隠喩と解釈できるだろう。菅沼家では、老いた父と三千代だけが残された。父は、財産を喪失し、家長として新しい時代に生き延びることは到底かなわず、北海道という周縁の地に追いやられてしまう。三千代はこうして、故郷と、自分が根差していた土壌としての文化を失い、根無し草になってしまった。女性としては、範と仰ぐべき母を失い、いまだかつて経験したことのない、新時代の新しい女として、人生を手探りで歩まねばならなくなった。さらに、かつてなら男性社会への橋渡しをしてくれたであろう兄をも失った。兄の喪失とは、家父長制のホモソーシャルな文化が、つまり三千代を女として男たちの間で交換・流通させ、別の男性の家政へと滞りなく嫁がせてくれるはずだった、そうした文化が、「欧洲から押し寄せた海嘯《つなみ》」によって滅び去ってしまった、ということなのである。

三千代がそのことを認識していたらしいのは、兄が死んだから代助が自分を棄てたのだと、代助に訴えていることからもわかる。だから彼女は、意図的に過去を再現しようとして、百合の花を買い、当時の銀杏返しに結っている。こうして死んだ兄を呼び出して、そのホモソーシャル／ホモセクシュアルな牽引力を借りて、代助を自分に惹きつけようとしているのである。代助は三千代を待つ間、ブランギンとおぼしき絵画に描かれた(14)裸体の男性労働者を見て、「常の如く」(十)眼を輝かせていた。

それは何処かの港の図であつた。背景に船と檣《ほばしら》と帆を大きく描いて、其余つた所に、際立つて花やかな空の雲と、蒼黒い水の色をあらはした前に、裸体の労働者が四五人ゐた。代助は是等の男性の、山の如くに怒らした筋肉の張り具合や、彼等の肩から脊へかけて、肉塊と肉塊が落ち合つて、其間に渦の様な谷を作つてゐる模様を見て、其所にしばらく肉の力の快感を認めたが、やがて、画帖を開けた儘、眼を放して耳を立てた。(十)

ここに三千代がやってきたのだ。確認しておこう。あの有名な愛のシーンが展開される直前まで、じつに代助は男性の裸体画を見て眼を輝かせていたのだ。こうなると、代助が本当に女性としての三千代に惹かれたのか、それとも菅沼のエロスの力に導かれて、三千代に辿り着いたのかわからなくなってくる。さらに、三千代が家へ帰る時には、寒かろうと「セルの上へ男の羽織を着せやう」とまでしている。三千代に笑って拒絶されるほどの馬鹿げた所作である。人妻と昼日中に会い、その女に自分の男物の羽織を着せて帰らせる間抜けな間男が、どこの世界にいようか。そんな自分の行為の愚かしさに、しかし代助は気づいていない。なぜなら、再現された過去の中で、代助にとって三千代とその兄とを分け隔てる境界線はなくなっていただろうから。この時、確かに三千代は代助にとって、菅沼の影を帯びていたはずだ。

赤い血潮を見ると不快を感じるという代助の感受性のとおり、実は代助は三千代に惹きつけられつつも、同時に避けるような素振りも見せている。三千代は人妻なのだから、代助が、姦通となる恐れのある二人の関係を、進展させまいとする理由は十分にある。しかし、平岡を裏切り罪を犯すことを恐れる気持ちとは別に、三千代を避けている様子が窺えるのである。次に、三千代という女性に焦点を当てて、彼女の側から、この恋愛の進行を見てゆきたい。

7　神経衰弱と変質論

以下では、道を踏み外した人妻としての三千代を中心に見てゆきたい。

次の引用ではそうした彼女が、入念に象徴に封じ込められつつ描かれており、そんな彼女に代助は、ある距離を保とうとしているように見える。

「御待遠さま」と云つて、代助を誘《いざな》ふ様に、一足横へ退いた。代助は三千代とすれ〳〵になつて内へ這入つた。座敷へ来て見ると、平岡の机の前に、紫の座蒲団がちやんと据ゑてあつた。代助はそれを見た時一寸厭な心持がした。土の和《な》れない庭の色が黄色に光る所に、長い草が見苦しく生えた。（十三、強調引用者）

三千代が代助を「誘ふ」様子がはっきりと書き込まれている以上に注目したいのは、最後の一文である。『三四郎』の中に、庭の土の肌理《きめ》の美しさが、美禰子の登場を誘っている箇所がある。三四郎が広田先生の新しい借家に引越しの手伝いに来て、庭を眺めていた時のことである。

此外には何にもない。気の毒な様な庭である。たゞ土丈は平らで、肌理が細かで甚だ美くしい。三四郎は土を見てゐた。実際土を見る様に出来た庭である。

そのうち高等学校で天長節の式の始まる号鐘が鳴り出した。（中略）また縁側へ腰を掛けた。掛けて二分もしたかと思ふと、庭木戸がすうと明いた。さうして思も寄らぬ池の女が庭の中にあらはれた。（四、強調引用者）

「池の女」とは、もちろん美禰子のことである。興味深いのは、このお粗末な庭が「土を見る様に出来」ているという事である。そしてその土は「肌理が細か」であるなどと、女性の肌を形容するような言葉で評されている。美禰子は垢抜けた都会の女でありながら、肌が小麦色である点が、三四郎に強く、かつ好ましい印象を与えていた。明らかにこの「土」は、美禰子の肌の隠喩として表現されている。土の他には見るべきものがない、ということはつまり、土を導くための庭であったのだ。そもそも、土もしくは大地は、極めて一般的な女性性の象徴である。

土を女性と読むならば、先の『それから』の引用でも、「黄色に光る所」とは、「色沢が良くない」と常に形容される三千代を想起させるだろう。「長い草が見苦しく生えた」とあるような、伸び放題に生えた草を形容する英語に"wanton"という語があるが、この言葉には「野生の」とか「浮気女」という意味がある。つまり人の手によって制御されていない伸び放題の草とは、野生の自然であり、社会の掟には服しきれない人間の本能の謂なのである。しかも作者は注意深く、この長く伸びた草を代助が「見苦しく」感じる直前に、平岡の座布団に注意を払わせている。座布団の主が平岡であるように、三千代の主も平岡である。このとき代助は、自分たち二人の関係の不道徳性を、痛切に認識したはずだ。この引用の後に、三千代は生活費の足しにと渡された金で、質草に入れた指輪を請け出したことを代助に伝えるが、それは秘めた愛を告白したことに他ならない。しかし、

代助は指環に就ては何事も語らなかつた。庭の方を見て、

「そんなに閑なら、庭の草でも取つたら、何《ど》うです」と云つた。すると今度は三千代の方が黙つて仕舞つた。


土が三千代であるなら、「長い草」は代助を暗示しているかもしれない。彼はこの時「長く延び過ぎた髪」をしていた。帰宅後、彼は門野に顔色の悪さを指摘された後、風呂場へ行き、「長

く延び過ぎた髪を冷水に浸し」ている。いずれにせよ草が伸び放題の庭は、その家の住人が家庭のことなどもはや眼中になく、外に愛の対象を見出してしまったことの象徴であろう。「庭の草でも取つたら、何うです」という代助の言葉は、夫ある身で自分をこれほどまでに愛する三千代への暗黙の批判である。そうして、家庭に戻れ、という無意識の促しである。だから三千代は「黙つて仕舞つた」のだ。

三千代はこの他にも、代助から閑居を指摘されている。

平岡の家の近所へ来ると、暗い人影が蝙蝠の如く静かに其所、此所に動いた。粗末な板塀の隙間から、洋燈《ランプ》の灯が往来へ映つた。三千代は其光の下で新聞を読んでゐた。今頃新聞を読むのかと聞いたら、二返目だと答へた。

「そんなに閑なんですか」と代助は座蒲団を敷居の上に移して、椽側へ半分身体を出しながら、障子へ倚りかゝつた。（十二）

このように暇をもてあます三千代が前景化されていることの意味を考えてみたい。そもそも近代の性的欲望装置の発達を促した戦略の一つが、「有閑」婦人の身体を性的欲望で充満させることである、というのはフーコーの指摘だった。(15) ブルジョア婦人らは、夫の経済力を誇示するための飾りものとしてしか、社会的には存在意味がなく、いかに「家庭の天使」などともてはやされようが、主体性を奪われた存在だった。完全に受動的な場に追いやられ、家庭という牢獄に閉じ込められた彼女らは、「神経を病む女」として出現することになる。これが、フーコーが性的欲望装置の戦略の一つとして挙げる、「女性の身体のヒステリー化」という現象である。実際、三千代は「貧血」と「強い神経衰弱」にかかり倒れる。

「神経衰弱」の他に「歇私的里《ヒステリ》」という言葉も、三千代に当てられている（十六）。物語の後半に至って三千代は確かにヒステリーを起こし病人になる。ヒステリーは典型的な「女の病」であり、こうした精神疾患にとりわけ女性が罹りやすいという神話は、広く流布していた。十九世紀には、精神科医が広めていた医学の言説でもあった。医者たちはもっぱら、女性の生殖組織の不安定な性質に病の原因を求めたが、しかし、実際には、中流階級婦人たちが精神活動や社会活動の面で主体性を奪われ行動を制限されていたことに、むしろ原因があった。彼女らは日光や戸外の空気から遮断され、運動不足で家の中に閉じ込められた生活を余儀なくされており、病気にならずにはすまないような境遇にあったし、またこうした病弱さを崇拝するような風潮すら、十九世紀後期の社会には存在していた。

一方、神経衰弱（neurasthenia）とは、アメリカ人の医師、ジョージ・M・ベアードが一八七九年に定義した、新しく作られたばかりの病であり、神経刺激の伝達能力の低下や神経システムでの容量の減少によって惹き起こされる症状一般を指した。この曖昧な定義ゆえに、説明不可能な病気や厄介な病を引き受ける合切袋のような病名となり、その意味でも、次に述べる「変質論」によく似ていた。[16]

変質論は、現在では退化論と訳され、もっぱら進化の負の側面としてダーウィニズムの文脈で考えられているが、この思想はダーウィニズムよりもはるか以前から、ヨーロッパの人種に関する思想の根源にあった。十九世紀後半の文脈に特定して要約すれば、古典古代からヨーロッパにあった堕落・衰退・頽廃といった概念が、この時代、精神医学、人類学、性科学、犯罪学など諸学問の言説に取り込まれ、「変質」という、特殊に社会生物学的用語によって装いを新たにした。ダーウィニズム以降の変質論とは、これらの諸学問を動員した逸脱の医学的・生物学的モデルだった。特に一八七五年から一九二〇年代にかけて、優生学の興隆ともあいまって、変質論は広範に流布し影響力をもった。この説は、精神病、性的倒錯、犯罪といった現象が、遺伝によって伝わる「変質」が発現することによって生じ、相互に関連していると説明した。つまり、社会問題の原因を遺伝に帰し、その該当者を、遺伝によって社会を汚染する「変質者」として社会から排除することを正当化したのだった。

そもそも変質論は人種論の一つだった。聖書は、地球上にさまざまな人種が存在するのは、ノアの子孫が各地域に移住して、生来の地から離れたところで環境に適応した結果こうむった身体的変化のゆえである、と説明していた。それを受けて、人種論では、この環境適応を「変質」と呼びならわしていた。その後、異人種間交配、つまり混血によって生じる形質の変異も、「変質」に追加された。この文脈からすると、「変質」とは、ヨーロッパの白人にとって異人種の位置を規定する概念だった。白人からみると、黄色人種や黒色人種は多かれ少なかれ、「変質」しているることになる。

この「変質」した異人種という概念をヨーロッパの内部に移植したのが、十九世紀半ば、最初に精神医学の分野で唱えられた変質という発想である。フランスの精神科医であるベネディクト・モレルが、ヨーロッパの中にさえも植民地原住民に等しい段階の人々がいるとして、彼らを異人種にたとえて、それを「変質」と新たに定義し直したのである。つまりモレルはクレチン病や風土病の患者を、植民地原住民に比されるべき人種的な他者とした。これはダーウィンの『種の起源』(一八五九)に二年さかのぼる。

狂気、犯罪、セクシュアリティの近代的編制を浩瀚に描き出したフーコーの仕事は、まさにこの現象を対象にしている。変質論をフーコーに即してまとめると、規範化を志向する近代の権力が、狂人、犯罪者、非行少年、異性を愛さない者らを、ヨーロッパ内部の一つの新たな種族として定義づけ、編制し、「植民地的に支配」するために生み出した言説だった。この言説の編制において、日本人には変質あるいは退化の位置が割り当てられた。衰亡の途にある民族という位置づけである。西欧が生み出したこれらの言説を漱石が知らなかったはずはない。漱石の文学的営みを総体としてみると、ある意味で、衰亡への宿命という、変質論が突きつけた予言を超克する可能性を探ることに他ならなかったと言えるだろう。

神経衰弱に戻ると、この病の症状として挙げられていたものは、十八世紀の自慰非難の論客たちが挙げていた症状——体力および気力の衰え、不能、倦怠感、ふるえ、目眩、消化不良、知的障害、早死等——と、ほぼ合致するものだった。神経衰弱とは、十九世紀末のアメリカから発せられた、約二世紀の先行する歴史を持つ自慰攻撃キャンペーンの焼き直しとも言えた。さらに言うと、自慰に始まり変質から神経衰弱へと至る一連の疾病は、原因が特定できない病や身体の不調一切を引き受け説明するために、医学が考え出した疾患モデルだった。近代西欧が、このような不調や病の原因を性に帰していたことは確かである。

そしてこれが「文明の病」であるという認識も、変質論と共通していた。神経衰弱を引き起こす文明の要素としてベアードが挙げているのは、「蒸気機関、週刊誌、電報、科学、そして女性の精神活動」[17]だった。つまり、文明の発達により、人間の脳が受容しなくてはならない情報量が途方もなく増大し、かつ高速移動手段の発達により人間が移動する空間が拡大し、情報が世界を駆けめぐる。人間の身体は、経験したことのない高速移動にさらされ、いずれも神経系や脳に、とてつもない負担がかかっているのではないか。この種の不安と懸念が、こうした疾患を生み出したのだと言える。

8　自慰の問題の核心

この疾患モデルにおいて、とりわけ女性は自慰と結びつけられた。先の「アメリカの病」でも、精神的にも経済的にも自立し、家事労働から解放されつつあり、従来の女性の枠を逸脱した女たちの性的な堕落が、この病の一因をなしているとされていた。暇をもてあました有閑夫人たちが、夫の留守を守る間、一体何をしているのかと、十九世紀のブルジョア男性たちは悩ましい想像を勝手に繰り広げたのだった。そしてそれらは彼らの欲望に見合った、大いにいかがわしい想像だった。ここで問題なのは、家庭に閉じ込められた女性たちが、本当にそうした行為に耽っていたか否かということではなく、そうしたイメージが、小説や絵画などを通して男性の文化生産者たちによって伝えられ、流布していたという事実である。

ヨーロッパ近代が取った、自慰に対する歴史的にも極めて特殊な反応の解釈として、現在最も説得力があるのは、トマス・ラカーの見解である。[18] それによると、自慰に対する非難は、十八世紀のごく初期に突然、イギリスにおいて匿名の作者の手になるパンフレット（*Onania*, 1712）から始まり、これが評判を呼んで、大陸にまで波及した。スイスの医師ティソが、この匿名パンフレットに触発されて『オナニズム』を出版したのは一七五九年のことだ。

著名な医師であったティソの影響力は大きく、この書はたちまちヨーロッパ中を席巻した。ヨーロッパ文化史の潮流に、自慰という問題系——名前のない、秘密の、それまで人々が気にもとめていなかった悪徳——が定着したのである。

ラカーによれば、自慰が問題になったのは、第一にその欲望が、実在する対象によって掻き立てられたのではなく、想像力が思い描いた幻像によるという点。第二にセックスは本来、二人の人間によって営まれる社会的な行為であるのに、自慰は孤独かつプライベートに行われる点。第三に、自慰の欲望は他と違って、満ち足りることもなく、際限もない。自分の心の中の創造物によって駆り立てられ、一人で行うために、安易に陥りやすい悪徳だった。こうした欲望の際限のない過剰は、かつてはローマ皇帝の特権であったのに、今や突然に、そうした過剰な欲望への惑溺の突破口が万人に——女性にも、そして子どもにさえも——開かれたのである。

自慰の問題の核心に、こうした過剰さ——欠乏ではなく——があったことは注意しておきたい。

先にスパーマティック・エコノミーに触れた折には、精液が貴重な体液であるから、これを消失することは、身体に大きなダメージを与えると説明した。そして、自慰の非難に、この貴重な体液の損失という論理はつきものだった。確かに、血液や精液といった液体モデルによるスパーマティック・エコノミーの中に、自慰の問題系は収まった。しかしこの問題系は、従来の形而上学や宗教的権威とは異なる、自然と理性に根拠をもつ新しい倫理の提唱者たちの身体観によって促されたのだと、ラカーは主張する。

感受性を生み出したのと同じ親から、自慰は生まれた。それは、血液や精液よりもにわかに注目を集め始めた、神経と神経流動体が中心に位置する身体観であった。神経に刺激を与える感覚が、外界と人間の内奥とを直接結びつける。興奮、喜び、欲望、怯えなどが身体をなだめたり、苦しめたりする。そうした神経系の終着点は脳だった。だから人間は、常に外界からの刺激にさらされている。近代とは、かつてない贅沢や過剰な欲望が、歴史上例がないほどに民主的に誰にでも開かれている時代であり、近代人は、そうした刺激に常に無防備にさらされているのだ。しかも感受性が洗練され、欲望が掻き立てられた個人の存在は、資本主義経済が発達するために必須の前提条件であり、当然、そうしたことは美徳とされ、推奨されたのである。

他方、この時代の医者や道徳家たちは、誤った刺激、不適切な刺激が脳に伝わり、それが狂気や消耗、そして死へと導くのだと、いともたやすく説明することができた。ここで問題になるのは、流失・喪失による欠乏という概念ではなく、過剰とそれによって起こる消耗、疲労だった。この文脈に、十九世紀半ば以降から精神医学において展開されることになる、ディジェネレーション（変質・退化）のイデオロギー——そのヴァリエーションとしての神経衰弱も——が接ぎ木されたのである。

自慰が非難されたのは、欲望の不自然な状態——過剰な欲望——を作り出すとされたからだ。現実には存在しない何ものか、実体のない何ものかが興奮を作り出すという意味で、不自然なのだ。目の前にいる恋人の肉体への欲望ならば、リアルな実在性に根ざした健全なものである。だが自慰は、想像力によって生み出された幻像、あるいは幽霊のようなものに掻き立てられたものにすぎない。しかもそうした欲望は、現実の必要もしくは欲求に根ざしていないだけに際限がなく、どこまで肥大するのか見当もつかない。このような欲望によって常なる刺激を受けていれば、神経、ひいては脳は、死に至るダメージを与えられるだろう。

想像力という可変性と創造的なポテンシャルの高さゆえに、優位に置かれている知的能力が、これほど危険な淵にまで導かれることもある。そこに導くのが自慰だとされた。自慰とは、想像力という最も有為な心の能力の倒錯である。(19) だからこそ、強く嫌悪され危険視されたのだ。

また、これにつきまとう孤独とプライバシーという、近代的個人の成立の条件となる概念も脅かされた。自慰とは、秘密で孤独な悪徳である。これほどまでに隠され、見透かすことができない、暴露される心配のない秘密はない。自慰は、十八世紀には「秘密の悪徳」という呼び名を得た。しかし、自慰につきまとった、秘密、孤独、プライベートといった形容語は、同じ時期に近代的自己の内面を他者から画し、形成するものとして、プラスの価値を与えられ奨励さえされていたものだった。個人の心の奥底、内奥は、真の自己の基盤をなすものとされ、我々の感情、反応、感受性の鎮座する場である。さらにそれらを陶冶して管理する自己管理という営みこそは、正当なる個人の拠って立つ基盤ともなるものだった。自慰は、この形成されつつあった近代的自己の聖域への侵犯として、何ものにもまして許しがたいものとされたのである。

フーコーは、近代的自己の内面が、言説によって構築されたものであることを慧眼にも看破したが、まさにこの内面性が作られていった過程の暗い裏面において、自慰という悪徳も同時に生まれたのである。世間で称揚されていたプライバシーという新しい領域の、「その倒錯した分身」[20]が自慰だった。自慰とは、近代的個人に固有のセクシュアリティから生まれた、鬼子なのである。

神経衰弱という十九世紀末に認定された病も、神経と脳に与えられた過剰な刺激による消耗という、実に約二世紀も前に生まれた、自慰を生み出したのと同じシステムの中から生まれた。こうした妄想的欲望によって惹き起こされる神経衰弱とは、消耗して過敏になってしまった神経が生み出した幻想の病だった。

「何だか明日にも危《あや》しくなりさうですな。どうも先生見た様に身体を気にしちや、——仕舞には本当の病気に取つ付かれるかも知れませんよ」

「もう病気ですよ」

門野は只へえゝと云つた限《ぎり》、代助の光沢《つや》の好い顔色や肉の豊かな肩のあたりを羽織の上から眺めてゐる。（中略）其上頑強一点張りの肉体を笠に着て、却《かえ》つて主人の神経的な局所へ肉薄して来る。自分の神経は、自分に特有なる細緻な思索力と、鋭敏な感応性に対して払ふ

租税である。（一）

ここで代助に与えられている身体は、微細な外界の刺激を受容する鋭敏な知覚・感覚と、纖細な感覚器官が受容するいちいちの刺激を脳に伝達する神経を具えた、文明人の身体である。しかも代助のこの身体は、書生の門野と対比された、階級の特権であり、美しくさえある。その感受性と鋭敏な感覚によって常に刺激を受けている彼の脳細胞は、いささか疲れてきているらしい。何しろ代助は、人一倍過敏な感受性を誇る「天爵的」な「貴族」なのだ。そしてその疲労は、特権的身体を具えた代助が払わねばならない「租税」である。他にも、腹具合が悪いと言う代助に向かって「又神経だ」（六）と誠太郎が決めつけている箇所がある。それに対する代助の返答は、「神経ぢやない本当だよ」。「神経」とは、「本物」つまり実在するものに対立する何ものかなのである。

「神経」という言葉が特権化されているこのテクストには、そうすると、「本当」ではない幻想の亡霊が跋扈していることになる。代助の腹具合は、そして脳の不調は、本当に単なる「神経」のせいであり、幻想の病にすぎないのか。それとも、これだけは彼の他の邪まな欲望や幻想とは異なる、「本当」に実在する病なのか。この答えは提出されないままである。次の文章だけが、脳細胞の変質の気配を秘かに伝えている。

代助の頭には今具体的な何物をも留めてゐない。恰《あた》かも戸外の天気の様に、それが静かに凝《じつ》と働らいてゐる。が、其底には微塵の如き本体の分らぬものが無数に押し合つてゐた。乾酪《チーズ》の中で、いくら虫が動いても、乾酪が元の位置にある間は、気が付かないと同じ事で、代助も此微震には殆んど自覚を有してゐなかつた。（六）

乾酪、つまり脳の中には、虫が蠢いている。代助の脳は、常に自分でも自覚しない刺激にさえ反応して、一時も休まる暇がない。しかも虫が乾酪を蝕むように、彼の脳もまた蝕まれつつあるだろう。代助の脳は、内部から秘かに変質を始めている。彼は、変質と退化を西欧によってつきつけられた日本民族にふさわしく、その身体と精神にいつの日か変質の相貌を顕わにし、それを忌む社会から追放される憂き目に遭うだろう、オスカー・ワイルドのように。

この作品における、脳と心の対立は見過ごすことができない。人は脳と心の、どちらで人を愛するのか。代助の三千代への愛は、消耗した脳ゆえの、狂気の沙汰の幻なのか。とりあえず、我々はこの問いを最後まで保留しておきたい。最後の場面で、作者は一つの答えを用意していると思われるから。

三千代に戻ろう。自慰と神経衰弱という問題を俯瞰してみると、「貧血」と「神経衰弱」で倒れた三千代の身体には、相異なる二つの身体観が拮抗していることになる。貧血とは、言うまでもなく欠乏であり、他方、神経衰弱は、過剰な刺激による消耗である。物語の終わり近くになって、吸血鬼の影を帯びていたこの女の身体は、突然、欠乏と過剰という分裂した二つの記号を与えられる。ここにおいて、三千代は吸血鬼の真の記号になる。半ばは死者の領分に足を踏み入れながら、再び生命を得るために血を渇望する吸血鬼。死者であることと欲望の過剰という、相容れない二つの要素が、吸血鬼という表象において初めて完全に両立する。三千代とは、欠乏であり、同時に過剰でもある何ものかである。そしてそれは、女性の身体一般に対して男たちが投影した欲望のありようでもあった。

かくも分裂し、矛盾した欲望を投影された女性身体を語るべき言葉を、作者はもはや見出せない。だから三千代は、この後、物語の後景に退くしかないのだ。生きているか死んでいるかさえわからない状態で、作者の代理としての夫に監禁される。怪物たる女は監禁しなくてはならない。それが男たちの社会の掟である。この時代においては、女性の性的欲望は、身体の病理としてしか表象し得なかった。女性の性的欲望とはモンスターであり、吸血鬼である。それは物語の余白にしか存在を許されなかったのである。

こうして表象の彼方に追いやられた三千代の不在は、実は代助が無意識裡に望んでいたことかもしれない。この物語は、恋愛小説だというのに、最後のクライマックスにおいて二人の愛が成就するどころか、二人の恋人が相まみえることすらかなわない。正気を逸した代助が一人、街を彷徨するだけなのである。

代助は最後に、赤の世界に突入する。女のエロスが支配する世界に。しかし、そこにすら女は存在せず、太陽がじりじりと彼を焼き尽くそうとする。太陽が支配するこの赤い世界は、もはや女の血液というよりは、赤のもう一つの含意であるファルスを導いているかのようである。明治期において確立した近代的恋愛小説なるものも、実のところ、男性間エロスに導かれた異性愛の物語なのであり、そしてその異性愛は、成立しているかどうかさえすこぶる怪しい。もしかするとこれは、成立し得ない異性愛の物語、と読むべき小説なのかもしれない。

9　夢の中で逢う

こうしてみると、完治することがない心臓の患いを抱えた三千代という女性を想い続ける代助も、愛する女性によってエロスの充足を得ることのできない自慰者の相貌を見せる。彼は芸者買いをしている。だが、三千代への愛はそれとは対照的で、死に近いところにいる三千代への、肉体を離れたエロスを志向しているようでもある。しかも三千代は吸血鬼に比されていた。生者と死者のどちらにも属さない吸血鬼たる三千代を愛することは、幻を愛することに他ならない。つまり、芸者を買ってもなお満たされることのないエロス、論理で突きつめていってもなお残る「因子」、頭では否定できても心が否定しきれない思い、それが三千代への愛なのである。

このような愛を現世で成就することは不可能だ。恋焦がれながらも永遠に一つになることのかなわないエロス。それが、漱石の見すえた近代という時代における、恋愛の本質なのだ。

こうした「満たされることのないエロス」は、この作品の通奏低音をなしている。自分の想い人だった三千代を友人に周旋し、物語が始まる時まで約三年間独身だった代助は、三千代を忘れるでもなく、会うこともままならず、芸者買いをしながら、自らの思いにどう折り合いをつけていたのだろうか。次の引用は、この点について示唆的である。

……何かの拍子に、ふと、日清戦争の当時、大倉組に起つた逸話を代助に吹聴した。その時、大倉組は広島で、軍隊用の食料品として、何百頭かの牛を陸軍に納める筈になつてゐた。それを毎日何頭かづつ、納めて置いては、夜になると、そつと行つて偸《ぬす》み出して来た。さうして、知らぬ顔をして、翌日同じ牛を又納めた。役人は毎日々々同じ牛を何遍も買つてゐた。が仕舞に気が付いて、一遍受取つた牛には焼印を押した。所がそれを知らずに、又偸み出した。のみならず、それを平気に翌日連れて行つたので、とう〳〵露見して仕舞つたのださうである。（十三、強調引用者）

この文中の「牛」とは、暗に三千代のことを指している。なぜならこの牛には「焼印」が押されているからだ。「焼印」は烙印とも言い（英語では stigma あるいは brand）、所有者を表すために、奴隷や家畜に焼いたコテで付ける印のことだが、『旧約聖書』のカインの額に押された烙印の逸話からも明らかなように、罪を犯したしるしに由来する。『門』でも、罪を犯した宗助とお米は「蒼白い額を素直に前に出して、其所に焔に似た烙印を受け」（十四）ている。そうすると、三千代であるところの牛を毎晩盗み出していた大倉組とは代助のことであり、泥棒にあっていた役人は平岡を指す。そもそも平岡の妻である三千代を横恋慕する代助は、人の物を盗む泥棒である。[21] 代助は毎晩、三千代を平岡の所から盗み出し、代助の周旋で平岡に嫁いだ三千代も、夜の間は代助のものになっていた。つまり夢の中で、彼らは毎晩愛し合っていたのである。

代助は「神経」の過敏な都会人のご多分に漏れず、夜ごとの睡りを得るのも容易ではなく、睡眠は彼の関心の的となっている。次の引用は、三千代が長襦袢の裾を翻して引越し作業をしている姿を見た後、代助が突然姿をくらまし、しかも帰りが大変遅かったという夜のことである。

実を云ふと、自分は昨夕寐つかれないで大変難義したのである。例に依つて、枕の傍へ置いた袂時計が、大変大きな音を出す。（中略）其音を聞きながら、つい、うと〳〵する間に、凡ての外の意識は、全く暗窖《あんこう》の裡に降下した。が、たゞ独り夜を縫ふミシンの針丈が刻み足に頭の中を断えず通つてゐた事を自覚してゐた。所が其音が何時かりん〳〵といふ虫の音に変つて、奇麗な玄関の傍の植込みの奥で鳴いてゐる様になつた。（五）

代助の半覚醒の意識の中で、時を刻む針がいつの間にか二枚の布を縫い合わせる針になる。この、布を貫き、二つのものを一つにする針は性交のメタファーであろう。それが「奇麗な玄関の傍の植込みの奥」で鳴く虫の音に変わる。この「奇麗」という語で形容される「玄関」とは、三千代の身体の入り口と解釈できる。女を買ったと思しき夜にさえ、夢の中に現れる女性は三千代以外ではありえない。これらの象徴群は、この夢が性的なものであることを暗示している。そして、夢の中で代助が、三千代への欲望を充たしているであろうことも。そうすると、この物語が代助の夢から始まることの意味も明らかになってくる。

誰か慌たゞしく門前を馳けて行く足音がした時、代助の頭の中には、大きな俎下駄が空から、ぶら下つてゐた。けれども、その俎下駄は、足音の遠退くに従つて、すうと頭から抜け出して消えて仕舞つた。さうして眼が覚めた。

枕元を見ると、八重の椿が一輪畳の上に落ちてゐる。（一）

俎下駄がぶら下がっている情景は、椿の花が畳の上に落ちるという表現と相俟って、処刑を連想させる。前者は絞首刑で、後者は斬首刑である。事実、後に読むことになるアンドレーエフの『七刑人』の最後、処刑された死体の「唇の上に咲いた、怖ろしい花の様な血の泡」（四）とは、『草枕』で「屠られたる囚人の血」の色に喩えられた椿に呼応している。またこの直後、代助が自分の心臓の鼓動を確かめ、同時に死を強く意識することからしても、ここには、血なまぐさい死の臭いが充満している。それは、代助が夢の中で罪を犯したからだ。その罪悪感が、こうした死の恐怖を招いているのだ。夢の中で犯した罪、それは三千代との姦淫にほかならない。

先に述べたように、夢の中でしか果たすことのできないエロス、現実の世界においては決して充足することのない欲望が、この物語の基調をなしている。人妻への許されざる恋という形を取ったこの欲望は、しかし代助一人のものではない。『新約聖書』中の強欲の神、マモンに取り憑かれた、近代資本主義システムに生きる近代人一般が苛まれているものでもある。三千代の女性的身体は、性的欲求不満の象徴である。自らも欲望を抱き、また欲望を煽りはするものの、その身体が他者の欲望を充足させることはない。それは自らが思い描く幻想によって、自己完結的に充足するだけの自慰的欲望である。掻き立てられはするものの、決して満たされることのない欲望、それはむしろ、近代という欲望駆動装置が際限なく吹き込み続ける幻想によって生み出された幻像に他ならない。

10　愛するのは心か脳か

現実の必要なり需要に裏打ちされているのではない、幻想や妄想によって掻き立てられた物質的欲望と性的欲望。これらの欲望は、現実の必要に根ざしていないがために際限がない。とどまるところを知らず、どこまでも肥大化し畸形化してゆく。真の必要や需要に迫られているわけでなくとも、欲望はつくられねばならない。そうでなくては、欲望の常なる拡大を前提とした資本主義経済システムが維持できないからだ。こうして個人は、資本主義という欲望駆動装置によって投影された亡霊を、欲望させられる。さらなる欲望を創出するために、版図は自国の外にまで拡げられ、そこにまた新たな欲望の対象を探し当て、侵略を正当化する。欲望の肥大と拡張にしか自らの生き延びる道を見出せない近代資本主義が、帝国主義という局面を迎えるのは必然的な成り行きだった。明治の日本が近代化を推し進め、西洋列強に伍して歩むことを決断したことは、この帝国主義的資本主義経済システムに組み込まれることに他ならなかった。

ヨーロッパ近代の思考において、性と経済とは相互浸透しており、これらはほぼ同じ用語によって語られた。例えば人口の問題を、身体の維持に必要な食糧の絶対量と、それを必要とする人間を生む性的欲望の充足との拮抗、という観点から考察したマルサスの思考において、経済と性のパラレルな展開を典型的に見出すことができる。あるいは、生殖という意味のリプロダクション（reproduction）を経済学に移植したマルクスの、産婦人科的比喩がちりばめられた言葉を想起することもできるだろう。

先に考察した自慰非難という現象も、経済的な背景に由来すると、ラカーは解釈している。この現象は、信用決済による新しい形態の近代的市場経済の出現という、より大きな問題の特殊な一側面だったのだと言う。(22) 約束手形などによる信用決済を中心とした近代的市場経済は、現実にある商品とサービスというリアリティとは無関係に、それらの具体的な裏づけのない規模の取り引きを可能にした。想像力によって作られた偽の欲望に根ざす自慰的欲望という非難と、ほとんど同じ語彙が、この新しい市場経済に対する不安や不信の言葉にも現れる。自慰攻撃は、新しく勃興したばかりの市場経済に対する不安に裏打ちされてもいたのである。この経済における信用は、自慰と同じように、眼に見えない亡霊だった。

亡霊のような自慰的欲望、つまり近代的欲望とは、漱石作品において汽車が象徴しているものでもある。文明と進歩の象徴として時代の先端を疾駆する汽車、その東進と共に三部作の第一作『三四郎』の語りが始まった。汽車は文明の利器ではあるものの、他方で乗客を一つの箱に詰め込んで、彼らの個性に「寸毫の注意をだに払は」（『草枕』十三）ない。汽車は、「あらゆる限りの手段をつくして、個性を発達せしめたる後、あらゆる限りの方法によつて此個性を踏み付け様とする」近代的文明の象徴であり、同時にその「客車のうちに閉ぢ籠められたる個人」の欲望の象徴でもある。これらの個人は、自由を与えられ「虎の如く猛からしめたる後、之を檻穽《かんせい》の内に投げ込」まれた。つまり彼らは欲望を鼓舞されながら、近代の斉一的な権力に支配されているから、それぞれの欲望を充足することはかなわない。

　こうした欲望を抱えた社会の断面が、兄誠吾の四方山話としてさり気なく語られている。「横浜にある外国船の船底に大蛇が飼ってあつた、誰が鉄道で轢かれた」（五）、などと。大蛇は、『草枕』で汽車に喩えられた近代的欲望の隠喩であり、それは西洋からもたらされたのだと、この話は伝えている。しかも大蛇のような欲望を船底、つまり腹の奥底に飼っていたというのである。それは近代的個人の欲望の正しいありかには違いない。腹の奥底、内奥にある自己の真実とは、個人の赤裸々な欲望の謂だった。そうした欲望を腹に潜ませる近代的個人が社会に充満しているから、行き場のない欲望が「おさき真闇《まつくら》に盲動」（『草枕』十三）し、「鉄道で轢かれ」る人があとを絶たない。轢死とは、近代的欲望、自慰的欲望の末路なのである。

『それから』の代助も、そうした欲望に駆り立てられて、「自分の行くべき先は天下中何処にも無い」（十二）のに、「無理にも何処かへ行かうと」する悲しき近代人である。彼は電車によって度々不愉快にさせられているが、それは本当は行くべき所などどこにもないのに、それを見るとどこかへ行かなければならないという、強迫観念に駆り立てられるからである。これが腹の底に大蛇を飼っている近代人の宿命だ。とりあえず代助は乗り合わせた電車に「頭が焼け尽きる迄」（十七）乗って行こうと決心した。その電車は、皇居の濠の周りをぐるぐると回り続けるだけだろう[23]。それは、本当は行くべき所のない代助が、さらにはどこに行ったらよいかわからない明治四十二年（一九〇九）の日本が、乗り合わせるのにふさわしい電車だったと言うべきであろう。

だが、「頭が焼け尽きる迄」という表現には救いがある。あの灼熱の太陽は、内部から変質を始めた、虫が食み腐敗しかけた代助の脳を焼き尽くしてくれるというのだ。脳が焼き尽くされた後でさえ、彼は三千代を求めるのだろうか。もしそうなら、三千代への道ならぬ愛は、狂気の沙汰なのではない。彼の心からの愛である。

代助は、脳（＝頭）では三千代を愛してはいけないことを理解していた。だが、心が彼女を愛してしまったのだ。だからこそ、人は、愛において過ちを犯す。頭で理解しているだけですむならば、つまり人への愛のありかが脳であれば、人間にとって最大の懊悩の原因、愛の過ちなるものなど存在しない。道ならぬ人妻との愛に身を投げ出す愚か者などありはしない。代助が三千代との道ならぬ愛に一歩を踏み出したのは、変質した脳細胞ゆえの狂気の沙汰なのではない。

人はどこで人を愛するのか。脳か、心か。唯物主義が侵略しつつあった当時、心は、脳を支持する精神科医たちの猛追によって駆逐されかけていた。ましてや、ダーウィニズムによって、かつては心と魂の牙城であったキリスト教は、壊滅の危機に瀕していた。今や、欲望のありかは脳である。性的欲望もしかり。すべての精神は、脳という物質に還元されるとさえ考える者の中には、生来性犯罪者説を唱えるイタリアの犯罪学者、チェーザレ・ロンブローゾもいた。だが、代助は三千代を性的に欲望しているというよりは、心で愛している。だから作者は、この腐敗しかけた、変質という呪いの根源たる脳を焼き尽くそうとした。恋愛に脳はいらない。

しかし、この仕掛けだけによって、変質という呪いから日本人の運命が解き放たれることはなかった。なぜなら、『それから』には、異性愛という限界があるからだ。三千代が、愛の主体としては力不足であることはすでに触れた。彼女には召喚された兄の守護霊が必要だった。後にまさに、脳ではなく心に真っ向から取り組んだ作品である『心』において、作者は異性愛というプロットを捨て、退化・変質の暗い宿命から解放される可能性を追求することになる。だが、それはまた、別の話である。

註

（1）Walter Pater, *The Renaissance* (1873). 引用（英文のまま）は漱石による。『漱石全集』第十四巻、二三九〜二四〇頁。日本語訳は筆者。
（2）尹相仁『世紀末と漱石』岩波書店、一九九四年、二三八〜二四八頁。
（3）ブラム・ダイクストラ『倒錯の偶像』富士川義之他訳、パピルス、一九九四年、五三五頁。
（4）原題は、*De Profundis* で、ワイルドが獄中からアルフレッド・ダグラス卿に宛てて書いた哀切な非難の手紙からなる。漱石は大幅に簡略化された一九〇五年版を持っており、感銘を受けたらしい傍線が随所に引かれている。
（5）"degeneration" に相当する語を、ダーウィニズムの文脈では進化に対する「退化」と訳し、漱石もそれに従っているが、一般的にこの語が十九世紀後半の知的世界を席巻するきっかけとなったのは、フランスの精神科医モレルの定義した概念であり、これは通常「変質」が定訳になっているので、本書でもこれに従う。尚、この同じ語が文脈によっては「頽廃」と訳されることもある。
（6）小森陽一「漱石の女たち—妹たちの系譜—」『文学』、一九九一年一月号、岩波書店。
（7）G. J. Barker-Benfield, 'The Spermatic Economy : A Nineteenth-Century View of Sexuality', in Michael Gordon, ed., *The American Family in Social-Historical Perspective*, 2nd ed., New York : St.

Martin's Press, 1978, pp. 377-9.

（8）当時の乙女の純潔の象徴としての白百合の流行については以下を参照。渡部周子『〈少女〉像の誕生―近代日本における「少女」規範の形成―』（新泉社、二〇〇七年）、第八章「白百合に象徴される規範としての「少女」像」。

（9）Richard Ellman, *Oscar Wilde*, Harmondsworth : Penguin Books, 1988, p. 84. John Ruskin, *The Stones of Venice, Vol. 1*, 1886 ; Mineola & New York ; Dover Publications, 2005, p. 44.

（10）この指摘は、ジョン・ボズウェル『キリスト教と同性愛―1～14世紀西欧のゲイ・ピープル―』（大越愛子・下田立行訳、国文社、一九九〇年）、八二頁による。それによると「最初の十五人の皇帝のなかで、クラウディウスのみが、愛に関する好みの完全に正常な唯一の皇帝であった」とギボンは述べている。Edward Gibbon, *History of the Decline and Fall of the Roman Empire* (1789), 1 : 78, n. 40.

（11）以下の記述は次を参照。Gregory Pflugfelder, *Cartopgraphies of Desire : Male-Male Sexuality in Japanese Discourse, 1600-1950*, Berkeley : University of California Press, 1999, pp. 146-192.

（12）*Ibid.*, p. 204.

（13）*Ibid.*, p. 212.

（14）尹前掲書、一六三頁。

（15）ミシェル・フーコー『性の歴史Ｉ――知への意志』渡辺守章訳、新潮社、一九八六年、一三四頁。

（16）Sander L. Gilman, *Difference and Pathology*, Ithaca & London : Cornell U. P., 1985, p. 199. 尚、漱石蔵書中のエリスの書にも「神経衰弱」についての説明があるが、そこでも原因を自慰と結び付けている。Havelock Ellis, *The Studies in the Psychology of Sex I*, Philadelphia : F. A. Davis Company, 1905, p. 186. 蔵書には傍線こそないが、確かに読んだ形跡を認めることができる。

（17）George M. Beard, *American Nervousness*, pp. vi-vii, quoted by Gilman, *op. cit.*, p. 202.

（18）こうした資本主義的経済体制と自慰攻撃の結びつきを指摘しているものとして以下を参照。Thomas W. Laquer, *Solitary Sex : A Cultural History of Masturbation*, New York : Zone Books, 2003. 以下で

展開する自慰に関する議論は本書による。

(19) *Ibid.*, p. 221.

(20) *Ibid.*, p. 233.

(21) 漱石文庫蔵書中、Letourneau, CH., *The Evolution of Marriage and of the Family* (London : Walter Scott) に、「adultery (姦通——挿入引用者) は一種の盗賊なり」(p. 208) という書き込みがある。

(22) Laquer, *op. cit.*, pp. 278-302.

(23) 代助が乗った電車が宮城を循環する外濠線であることは以下を参照。余吾育信「『それから』とテクスト構造—意識の識末と〈F〉とが廻る—」(『学習院大学人文科学論集』二号、一九九三年)。

Ⅱ エロスの変容

『門』のホモソーシャルな欲望

1 身体の近代化

『門』という作品は、三角関係に陥って友人を裏切り、その妻（あるいは内縁の妻）を奪った過去を持つ主人公が、犯した罪により社会から放逐されたのち、仲睦まじく暮らす夫婦の和合琴瑟を描いたものとして理解されている。本章ではこうした理解を覆すべく、この作品の中心プロットの、安井と野中宗助と御米《およね》との三角関係の基軸に、宗助と安井との間に交わされたエロスを据えて読み直してみたい。

ルネ・ジラールの「欲望の模倣」説を展開して、イヴ・コゾフスキー・セジウィックは、男女の三角関係の二点をなす男性二人の間に、ホモソーシャルな欲望を読みとった。(1) 一人の女を争う男性二人は、女の魅力が卓越しているがために同じ女を欲望するのではなく、最初に女に惚れた友人の欲望をもう一人の男性が模倣した結果、同じ一人の女を争うことになる、というのである。

男の友人が抱く欲望を模倣するのは、その友人が他ならぬ、自分の好敵手であるからだ。自分のライバルとして一目置いている特別な存在、ある意味では自己の分身ともいえるその友人が好きになった女性だからこそ、その女性に価値がある。他ならぬ「あいつ」が好きになった女だからこそ特別なのであって、女性自身に価値があるわけではない。

こうしてライバルを蹴落として女性をめでたく手に入れた男性は、それで幸福になるかと言えば、そうではない。所詮、女性は男性的主体にとっての対象でしかないのだから、いったん我が物にしてしまえば、彼女への関心はじきになくなってしまう。彼女に価値があったのは、自己の分身でもある、他ならぬあの友人が欲望していたからだった。多くの場合、この恋の闘争のはてに男性の友人を失うことになる。結局、本当にほしかったわけでもない女だけが手元に残り、この欲望をそもそも駆動した当のライバルたる親友は、自分の元から去ってしまう。

これが、セジウィックが家父長制社会における男性間の絆のうちに読み取った「欲望の三角形」の大筋である。本章では、『門』の三角関係をこの線に即して読み解いてゆきたい。ホモソーシャルとは、セジウィックが、家父長制の基本構造をなす男性同士の紐帯を指した言葉である。家父長制社会においてこれは、男性間の肛門性交を含む概念であるホモセクシュアルとは厳密に区別される。ホモソーシャルは家父長制社会での男性同士の正しい関係性であり、こうした絆があるお蔭で男性は、公的な領域（＝社会）と私的な領域（＝家庭）の両方を自由に行き来することができる。ホモソーシャルな絆はその意味で、男たちの特権である。

一方、ホモセクシュアルは、社会の基本単位である婚姻制度を侵犯する恐れがあるために、絶対に認められないものだった。西欧の社会は、こうしてホモソーシャルとホモセクシュアルを峻別し、後者を社会から排除しようと躍起になってきた。ホモフォビアと呼ばれる、同性愛を嫌悪する強烈な感情が社会的に醸成され、これら二つの間に境界線が引かれていたのである。この境界線をなすもう一つの要素は、ミソジニーと呼ばれる女性嫌悪の感情である。これは、現実の女性を見下し、服従させもするが、男性のなかにある女性的要素を一切認めず、排除しようとする形でも現れる。ホモフォビアとミソジニーによって、ホモセクシュアルとホモソーシャルが厳密に区別される。また社会において、男たちは男性同士の絆を維持しつつ、異性愛の制度である家庭生活を守ることができた。だが、セジウィックが慧眼にも指摘したように、本質的には、ホモセクシュアルとホモソーシャルはつながっている。だからこそ、ホモフォビアとミソジニーが必要なのだ。

漱石作品の後景には、西欧的な男性的紐帯の導入も含めた、エロスの近代的編制という、感情生活の大きな変革があった。明治維新後の近代化の波は、国家や統治機構のみならず、新たに国民として立ち上げられた日本人の身体や意識にまで及んだ。とりあえずそれは、近代的文明人として日本人の身体を作り直すこととして始まったが、身体を近代化しようとするこの権力の視線は、とりわけ性や排泄など身体のプライベートな部分に向けられた。たとえば、男女の混浴の禁止や、公の場所で裸体になることや排泄行為の禁止など、近代に西欧が発達させた、身体にまつわる作法全般は、リスペクタビリティと呼ばれる。これは本来、西欧の中流階級の人々の上品ぶった態度全般を揶揄して指す言葉であるが、最近の歴史学などでは、身体（とりわけ性）にまつわる習俗や意識にまで敷衍して使われている。

明治期の日本が近代国家として国際社会に名乗りを上げた以上、西欧のリスペクタビリティを採用するのは、避けることのできない道程《みちのり》だった。この身体意識と習俗の大変革は、性愛全般に及ぶ変化をも伴っていた。しかも、明治の日本が西洋のリスペクタビリティを取り入れた時期は、西欧でも、性愛がダーウィニズムに取り込まれて性科学が台頭し、性をめぐる知的布置が大きな変化を被りつつある時期と重なっていた。日本は、エロスを西欧的に編制するのと同時に、当時西欧の性愛の思考に革命をもたらしていた性科学の最前線の言説をも摂取しなくてはならなかった。

明治期の日本において、西欧の列強に伍して近代国家としての体裁を整えるためになされた諸変革の中でも、性道徳・習俗は、このように二重の意味での近代化を被っていたのである。漱石が西欧に発見したのは、男色をこの上ないタブーとする文化的伝統であり、と同時に、男色（ソドミー）が同性愛（ホモセクシュアリティ）へと変容する歴史的プロセスでもあった。世紀の変わり目のロンドンで、漱石はその激変のドラマの証人となりながら、いかにこの欲望を表現するか、というよりは隠蔽しつつ表現するかという手法を、英文学の研究から学んだのだった。

本章では、欧米でのセクシュアリティを取り巻く知的枠組みとその変容という後景から照射しながら、明治期の日本で進行していたエロスの近代的編制の視点から、『門』を読み直すことにしたい。この変容の要因としては、進化論のパラダイムがあり、さらに、進化の反対の、退化の恐怖を振りまいた変質論も挙げられよう。こうした後景を視界に入れつつ『門』を読解することによって、欧米が生産した学問的言説を摂取する渦中にあって、そこで突きつけられた日本国民の衰亡の宿命に呻吟していた作者の精神が、垣間見えてくるはずである。

2　泥棒のモチーフ

坂口曜子が卓抜な『門』論で指摘したように[2]、本作品で重要なプロットをなす、家主の坂井家に押し入った泥棒とは、宗助である。坂口の指摘を待つまでもなく、漱石作品には泥棒モチーフが頻繁に現れるし、しかも『門』の他にも、『吾輩は猫である』や『心』において泥棒は、結婚ないし求愛する男性の象徴となっている。花婿を泥棒に擬した象徴は、当時盛んだった婚姻の歴史の人類学的研究[3]によって明らかにされつつあった、略奪婚をモチーフにしていると考えられる。文字通りの略奪婚ではなくとも、家父長制社会における婚姻とは、そもそも花嫁を「もの」として一族から別の一族へと贈与、もしくは交換することである。とすると、通常の結婚とて、男性が両親の所有にあった女性を彼らの手元から奪い去るという意味で、多かれ少なかれ略奪の要素があるといえる。

『猫』では、苦沙弥の家に入り山の芋を盗んでいった泥棒は、「水島寒月君に瓜二つ」(五)という特徴を有しているし、その時眠り惚けていた主人は寝ぼけて「寒月だ」と大声を出してもいる。寒月は新興成金の金田家の令嬢の心を射止めた、博士号を取得予定の好男子であり、金田家は寒月が娘の婿にふさわしいかどうか、探りを入れていた。金田の令嬢を花嫁に貰おうとする寒月は、娘を慈しみ育てた親から奪おうとしたという意味で、泥棒に比されたのである。

さらに『心』でも、泥棒モチーフのヴァリエーションが使われている。「私」は、「先生」の留守中、「先生」の家で泥棒の番をするよう頼まれた。そこで、「先生」の、奥さんへの愛をめぐる心を割った親密な会話を、奥さんとするうちに「丸で泥棒の事を忘れて仕舞つた」（十八）。不思議なほど機嫌よく帰ってきた「先生」は、「泥棒は来ませんでしたか」（二十）とたずねている。続けて、「来ないんで張合《はりあい》が抜けやしませんか」。「先生」の留守宅で泥棒の番をしてくれと依頼するのも尋常でないが、「先生」のこの台詞もやはり尋常ではない。

「先生」は「私」に自分の、つまり夫の代理となって、妻を泥棒から守ってくれと頼んだ。泥棒が来なかったから張り合いが抜けたのではないかと「先生」は言うが、「私」は張り合いが抜けたどころか、奥さんから「先生」についての胸の内を明かされて、大きな張り合いを感じていた。「疑ひの塊りを其日〳〵の情合《じようあい》で包んで、そつと胸の奥に仕舞つて置いた奥さんは、其晩その包みの中を私の前で開けて見せた」（十九）。心の奥深くに秘めていた包みを開いて見せ、奥さんは「私」とその秘密を共有した。

「私」はこの時、奥さんの心を盗んだ。泥棒は来なかったのではない。奥さんの胸の奥にしまわれていた疑いの塊の包みを開けられた「私」は、奥さんの心を盗み、心の中は「張合」で満たされた。ミイラ取りがミイラになるように、泥棒番だった「私」は、自らが泥棒になってしまったのだ。だから「丸で泥棒の事を忘れて仕舞つた」のである。

他方、泥棒モチーフの原型と思われる『猫』の泥棒は、実際に漱石が遭遇した山の芋盗難事件を元にしている。(4)『猫』中では、この泥棒は現実の泥棒と同様に、山の芋などというつまらないものを盗んだことを嘲笑されている。また、「いなせな唐桟《とうざん》づくめの男」（九）である泥棒が、巡査より「男振りがいゝ」ために、主人が泥棒と巡査を取り違えて泥棒に挨拶をしたという滑稽談も、漱石自身の経験に由来するだろう。この泥棒のイメージが、『門』の泥棒とどうつながるのだろうか。

坂口が指摘するように、泥棒が出現したのは、宗助夫妻が土手の上に住む家主の噂話をした晩のことである。このとき彼はいつになく家主の噂に深入りし、「四十格好の髯のない人であると云ふ事やら、（中略）又外《ほか》の家《うち》の小供が遊びに来ても、ブランコへ乗せて遣《や》らないと云ふ事やら」（七）を話した。そしてその晩の宗助は「万象《ばんしょう》に疲れた人の様に鼾《いびき》をかい」て眠った。この眠りの深さの形容は尋常ではない。この表現は、この眠りが普通の意味での睡眠ではないことをほのめかしている。深い眠りによって、意識による抑圧から解き放たれ、深い無意識の水底に沈んでいるもう一人の自己が召喚されてくるのである。

この読みの根拠は、ウィルキー・コリンズの『月長石』（一八六八）である。これは、英文学史上最初の本格的推理小説であり、かつ夢遊病のような無意識の状態で犯された犯罪というプロットを、当時の最先端の精神医学の知見を取り入れてつくりあげた、画期的な作品である。主要な語り手であるフランクリン・ブレークという青年は、亡き伯父がインドでヒンドゥー教徒から略奪したとてつもなく大きなダイヤモンドを、伯父の遺言に従い、従姉妹で伯父の姪にあたるレイチェル・ヴェリンダー嬢へ委譲した。だがその夜、このダイヤモンドは忽然と消えてしまう。

フランクリンはダイヤモンドの委譲を任された者として、このダイヤの行方を追い、真相の解明に尽力する。紆余曲折の後、この物語は結末に至って、誰も予想しえない意外な真相を語り出す。その頃、急に禁煙をしたために不眠を訴えていたフランクリンは、ヴェリンダー嬢の誕生パーティで、彼に喧嘩を売られた近所の医師の、軽い意趣返しから犯したいたずらのために、その夜知らないうちに阿片を飲まされていた。彼は薬の作用でいつになく熟睡した。熟睡しただけでなく、薬の副作用によって夢遊病のように邸内をさまよい、愛するヴェリンダー嬢の寝室へ堂々と入り込み、ヴェリンダー嬢の目の前でダイヤモンドを盗み去る（そのダイヤモンドは直後に別の人間に奪われる）ということを、自分では全く意識のないままやってのけていたのである。

コリンズは、その後に登場するホームズ物語をはるかに凌ぐ、奇想天外などんでん返しへと至るプロットを、最先端の精神医学の知識を援用して作りあげた。阿片の服用によって夢遊病状態になり、意識下に抑圧された本来の自己の欲望を表出させたフランクリンは、大変貴重で珍しい、この世に二つとないダイヤモンドに象徴された、愛する女性の心を盗んだのだ。

このように、常ならぬ深さの睡眠によって、意識的自己の内に秘められたもう一つの無意識の自己が解き放たれて、真に欲望するものを盗むという意味において、漱石はコリンズのプロットを「盗んだ」。漱石は催眠術という現象に一方ならぬ関心を抱いており、アーネスト・ハートという心理学者の『催眠術』と題する論文を翻訳してもいた(5)。

作者の自伝色の濃い『道草』では、妻のヒステリーの発作に怯える主人公の心理が細やかに描写されている。たとえば発作中の妻の描写は次のようだ。「彼女の意識は何時でも朦朧《もうろう》として夢よりも分別がなかつた。瞳孔が大きく開いていた。外界はたゞ幻影のやうに映るらしかつた」（七十八）。また、流産した直後の妻は譫言《うわごと》で、「御《お》天道《てんとう》さまが来ました。五色の雲へ乗つて来ました。大変よ、貴夫《あなた》」などと不思議なことを口走る。妻のこうした発作は主人公にとって「大いなる不安」ではあったが、細君を「可哀想」にも思い、真心を込めて介抱する。そうすると、いつもは自我が勝って夫と和合できずにいる妻も、この時ばかりは素直に「嬉しさうな顔をした」。

妻のヒステリーの発作は、この夫婦のささくれだった日頃の関係の、「重宝な緩和剤《かんわざい》」として働いている。ここで妻のヒステリーの発作とは、夢遊病の状態、つまり催眠術にかかり、自我に抑圧されている本来の自己が表出している状態、と読むことができる。漱石にとって催眠状態とは、近代に特有の肥大した自意識に抑圧され、ふだんは表面に現れることのない真の自己が現れる特別な瞬間なのだった。

『門』に戻ろう。『月長石』のプロットとの類推から、泥棒のメタファーは以下のように解釈できる。泥棒とは、深い睡眠によって無意識下にあるもう一人の自己が自意識の抑圧から解かれてする泥棒行為によって、主人公が真に欲するものを露見させる存在である。『門』にあてはめると、泥棒は宗助であり、宗助は家主の坂井本人、ないしは坂井の持ち物を欲していることが類推される。この直前には、宗助が坂井のように羽振りのいい人間に対して、嫉妬や憎悪を通り越して「無頓着」の感情しか持っていない、「両方共始から別種類の人間だから、たゞ人間として生息する以外に、何の交渉も利害もないのだと考へる様になつ」（七）たと書かれている。にもかかわらず、宗助はその心の深いところで坂井への関心を熾火《おきび》のように抱えていたのだ。そして坂井を羨み、坂井のようになりたい、もしくは坂井の持ち物を横取りしたいという欲望を断ち切れずにいたらしい。

　宗助は、御米をめぐる三角関係の闘争のはてに安井という親友を失い、その喪失感に苛まれている。そんな宗助が餓《かつ》えているのは、自分と同じ程度の教育を受け、自分と匹敵する精神性を有する男性の友人である。[6] それが、坂井なのだ。宗助は御米との夫婦生活に、心から満足はしていない。いったんは罪を犯した身として自らに禁じた男性同士の絆によって、御米との生活の空虚感を満たすことを、秘かに渇望している。坂井に対して無頓着になったのは、自らにそれを禁じようとする彼の意志の力によってであった。本文には、その意志とは裏腹に、秘かに坂井との交友を求める宗助の心理が細やかに描写されている。

　宗助夫妻は、あまりに手元が不如意な日々の生活にゆとりをもたらそうとして、父の唯一の形見である抱一作の屛風を近くの古道具屋に売り捌き、いくばくかの金銭を得た。ところがこの屛風を坂井が買い上げることになる。泥棒の一件以来、顔見知りになった宗助と坂井は偶然この古道具屋の店先で出会い、坂井の口から道具屋の素性を聞くうち、偶然、その屛風を買った者が坂井であると知る。以下はその直後の様子である。

　其内二人は坂の上へ出た。坂井は其所を右へ曲がる、宗助は其所を下へ下りなければならなかつた。宗助はもう少し一所に歩いて、屛風の事を聞きたかつたが、わざ〳〵回り路をするのも変だと心付いて、夫《それ》なり分れた。分れる時、

「近い中《うち》御邪魔に出ても宜う御座いますか」と聞くと、坂井は、
「どうぞ」と快よく答へた。（九、強調引用者）

こうして屛風が機縁となって坂井との交際が始まろうとしているが、ここで、屛風のことを聞きたいという口実の裏で、宗助の本心は坂井と別れたくなかったらしいことが窺える。しかしこの坂の上は、二人が帰属する場所を分け隔てる運命の岐路である。宗助のいる場所は坂の上にはない。彼は下へ下りなければ「ならない」人なのだが、この表現は坂の上の坂井の場所への、内心の未練を露呈している。単に屛風のことだけを聞きたかったのではない。それは、次に引用する帰宅後の様子によって明らかになる。帰宅すると御米が座敷の真ん中に炬燵を拵え、「夫の帰りを待ち受けてゐた」。宗助は炬燵蒲団の中へ潜り込んで横になり、一人物思いに耽る。

一方口に崖を控えてゐる座敷には、もう暮方の色が萌してゐた。宗助は手枕をして、何を考へるともなく、たゞ此暗く狭い景色を眺めてゐた。すると御米と清が台所で働く音が、自分に関係のない隣の人の活動の如くに聞えた。そのうち、障子丈がたゞ薄白く宗助の眼に映る様に、部屋の中が暮れて来た。彼はそれでも凝《じつ》として動かずにゐた。声を出して洋燈《らんぷ》の催促もしなかつた。（九、強調引用者）

この場面で宗助は明らかに御米を疎外している。恐らくは襖一枚を隔てただけの台所にいる御

米が、彼の心の中では「自分に関係のない隣の人」としか感じられない。「障子丈がたゞ薄白く」なっていく暗い部屋の中で彼が想っていたのは、抱一の屏風のことだけのはずがない。もしそうなら、屏風は御米が売ったのだから、屏風の消息を真っ先に彼女に伝えていたはずだ。現に宗助が御米にそのことを「漸く」伝えたのは、食事時だ。このとき彼が想っていたのは、坂井のことであり、坂井のような男たちとの交情を当たり前のように結び、その有り難さにも気づかずに享受していた昔の日々のことなのだ。そしてそれらを失った代わりに手に入れたのは、眼の前に広がる「暗く狭い景色」なのである。

3　喪われた絆を求めて

別の折に、宗助は歯の治療のため、歯医者に行った。その待合室は女ばかりだったのだが、そこで暇つぶしに『成功』という雑誌を手に取った。

其初めに、成功の秘訣といふ様なものが箇条書にしてあつたうちに、何でも猛進しなくつては不可《いけ》ないと云ふ一ヶ条と、たゞ猛進しても不可ない、立派な根底の上に立つて、猛進しなくつてはならないと云ふ一ヶ条を読んで、それなり雑誌を伏せた。「成功」と宗助は非常に縁の遠いものであつた。宗助は斯《こ》ういふ名の雑誌があると云ふ事さへ、今日迄知らなかつた。それで又珍らしくなつて、一旦伏せたのを又開けて見ると、不図《ふと》仮名の交らない四角な字が二行程並んでゐた。夫には風碧落《へきらく》を吹いて浮雲《ふうん》尽き、月東山に上つて玉一団《ぎょくいちだん》とあつた。宗助は詩とか歌とかいふものには、元から余り興味を持たない男であつたが、どう云ふ訳か此二句を読んだ時に大変感心した。対句が旨く出来たとか何とか云ふ意味ではなくつて、斯んな景色と同じ様な心持になれたら、人間も嘸《さぞ》嬉しからうと、ひよつと心が動いたのである。
(五、強調引用者)

女ばかりがいる歯医者の待合室とは、いわゆる「待合」を連想させる。ここで宗助のエロスは刺激されたのか、最初は婦人用の雑誌を手に取り、「女の写真を、何枚も繰り返して眺め」ている。御米との生活に心底から満足しているわけではない宗助は、女性への執着も容易に断ち切れるものではない。だが、そのあとで出会った漢詩には心を動かされ、この景色と同じ様な気持になりたい、とまで思っている。宗助は、なぜこれほどまでにこの句にこだわるのだろうか。この漢詩で謡われている景色が、安井と共に京都で見たものに他ならないからである。

彼は安井の案内で新らしい土地の印象を酒の如く吸ひ込んだ。(中略)橋の真中に立つて鴨川の水を眺めた。東山の上に出る静かな月を見た。さうして京都の月は東京の月よりも丸くて大きい様に感じた。(十四、強調引用者)

宗助はこのときの月を無意識のうちに思い出していた。安井と共に京都で過ごした青春の日々を懐かしみ、できることならその日々に戻りたいと望んでいるのだ。ちなみに、この雑誌、『成功』明治四十三年元旦号（第十七巻五号）中の該当する原文は、「風吹碧落浮雲尽、月上青山玉一団」（強調引用者）である。原文で「青山」だったものが、作品では「東山」に改変されている。むろん、安井と共に見た月を喚起するため以外の理由は考えられない。

「四五年来斯《こ》ういふ景色に出逢つた事がなかつた」と宗助が慨嘆しているのは、安井との友情が壊れて以来、男同士の社会から断ち切られてしまったと嘆いているのである。御米とのこぢんまりとした平穏な日々の営みは、男性同士のホモソーシャルな絆を犠牲にして成り立っているものだ。宗助はそれを手に入れたために、結果としてホモソーシャルな絆を失った。家父長制社会にあってホモソーシャルな絆は、男性が家庭という私的領域と社会という公領域とを自由に行き来するための、乗り降り自由のフリーパスのようなものだ。その特権を喪失した宗助は、かろうじて役所に勤めて給料をもらってはいるものの、男たちのパブリックな空間からは締め出され、家庭という女が切り盛りする牢獄に監禁されているのに等しい。宗助は、女ばかりの待合室という閉塞的な女の空間に身をおきながら、男たちとの交際を焦がれているのである。

宗助が御米にたいして軽い失望と怨嗟の情を感じていることは、作品の随所に表現されている。こうした例をしばらく拾ってゆきたい。

作品の冒頭の日曜日、宗助が「東京と云ふ所はこんな所だと云ふ印象をはつきり頭の中へ刻み付けて、さうして夫《それ》を今日の日曜の土産に家へ帰」（二）ろうという考えを起こして、街をぶらついていた時のことである。彼は時計屋の店先を冷やかしながら、「金時計だの金鎖が幾つも並べてある」のを「たゞ美しい色や恰好として、彼の眸《ひとみ》に映」すが、「買ひたい了見を誘致」されるには至らない。「其癖彼は一々絹糸で釣るした価格札を読んで、品物と見較べて見た。さうして実際金時計の安価なのに驚ろいた」。さらに、何軒かを冷やかした後、「京都の襟新と云ふ家の出店の前で」「精巧に刺繡《ぬい》をした女の半襟」の中から細君に似合いそうな上品なものを見つけ、「買つて行つて遣らうかといふ気が一寸起るや否や、そりや五六年前の事だと云ふ考が後から出て来て、折角心持の好い思ひ付をすぐ揉み消して仕舞つた」。その後の「半町程の間は何だか詰らない様な気分がして」歩き続けた。しばらく後、彼は次のような場面に遭遇する。

此店の曲り角の影になつた所で、黒い山高帽を被《かぶ》つた三十位の男が地面の上へ気楽さうに胡坐《あぐら》をかいて、えゝ御子供衆の御慰みと云ひながら、大きな護謨《ごむ》風船を膨らましてゐる。それが膨れると自然と達磨の恰好になつて、好加減な所に眼口迄墨で書いてあるのに宗助は感心した。其上一度息を入れると、何時迄も膨れてゐる。且指の先へでも、手の平の上へでも自由に尻が据《すわ》る。それが尻の穴へ楊枝の様な細いものを突つ込むとしゆうつと一度に収縮して仕舞ふ。

忙がしい往来の人は何人でも通るが、誰も立ち留つて見る程のものはない。山高帽の男は賑やかな町の隅に、冷やかに胡坐をかいて、身の周囲に何事が起りつゝあるかを感ぜざるものゝ如くに、えゝ御子供衆の御慰みと云つては、達磨を膨らましてゐる。宗助は、一銭五厘出して、其風船を一つ買つて、しゆつと縮ましてもらつて、それを袂《たもと》へ入れた。奇麗な床屋へ行つて、髪を刈りたくなつたが、何処にそんな奇麗なのがあるか、一寸見付からないうちに、日が限つて来たので、又電車へ乗つて、宅《うち》の方へ向つた。（二、強調引用者）

この一連の描写をどう読むか。まず、「ただ美しい色や恰好として」眼に映ったという金時計や金鎖の、外見の美しさに目を留めはするものの、宗助はこれをほしがっているわけではない。その値札を見ると予想に反して安かった。つまり金時計は見かけほどには価値がないものだということがわかった。この、きらびやかな光で人々の欲望を掻き立てる金時計は、西洋化された近代の象徴であろう。同時に自我に目覚め、男の視線を意識して自らを飾ることを覚えた近代の女性の象徴でもある。この時、宗助の無意識は、これらのものにかつては眼が眩み、道を誤った自分だったが、実はそれらには見かけほどの価値がないことを認識する。その認識の下に、彼ら夫婦の過去の地である京都の半襟屋の出店で見かけた美しい刺繍の半襟にも目を留める。金時計や金鎖には食指を動かさなかった宗助であるのに、半襟を見て、妻に買ってやろうかと、一瞬心を動かす。彼は金時計が象徴する西洋近代には、もうさほど惹きつけられない。むしろ過去の日々を思い起こさせる半襟に心魅かれている。だが、京都を想起させる半襟が気になるのは、妻への愛情からではない。もう妻へのそんな華やいだ気持は、「五六年前の事だと」思い至る。宗助はそれらを見た後、「何だか詰らない様な気分がし」た。彼の心を京都の半襟に引き寄せるものは、妻への思いではなく、もっと別の何かである。その何かの正体は、次に遭遇した達磨売りのエピソードに書き込まれた象徴から、読み取ることができる。

そもそもなぜ、子供もいない宗助が、達磨売りから「御子供衆の御慰み」である達磨の風船なぞを買ったのか。山高帽の男は、その超然とした態度からして、テクストの表面に微妙な亀裂をもたらす者である。この達磨は一度膨らませるといつまでも膨らんでいて、しかも指の先にさえ「自由に尻が据る」ほど安定しているのだという。「不安な不定な弱々しい自分」(十八)、と自らを認める宗助にとっては、憧れだ。

と同時に、この光景は、過去に安井との間に交わした濃密な同性愛エロスを甦らせたはずだ。「尻の穴へ楊枝の様な細いものを突っ込むとしゅうっと一度に収縮して仕舞ふ」という表現は、肛門性交の暗示であろう。そのゴム風船を「しゅっと縮ましてもらつて」袂へ入れた後に、突然彼は「奇麗な床屋へ行つて、髪を刈りたくなつた」。なぜ唐突にそんな気持ちになったのか。それは安井を思い出したからである。かつて彼らが京都で親密な一年を過ごした後、安井が、長い夏休みの間、いっしょに行くはずにしていた旅行を突如キャンセルし、宗助の前からしばらく姿を消したことがあった。その後に初めて会った時、彼は久しぶりに見る友達の姿に、「新らしい何物かゞ更に付け加へられた」(十四)ように思った。

安井は黒い髪に油を塗つて、目立つ程奇麗に頭を分けてゐた。さうして今床屋へ行つて来た所だと言訳らしい事を云つた。

達磨の風船売りを見た宗助は、この時の安井を思い出したに違いない。「奇麗な床屋」に行きたいとは、官能の満足を求めるエロスの覚醒を暗示する表現であろう。そしてこの官能は、かつての友との交情の記憶が想起されることによって、呼び覚まされたものである。眼の前にいる、女を知っていささかの変化を示す友人にその時出会うまで、宗助はまるで恋人に待ちぼうけを食らった者のように、「今日は安井の顔が見えるか、明日は安井の声がするか」とそわそわしていたのだった。秘密を持つ者として宗助の目の前に再び現れた安井は、彼にとって謎めいた魅力を放っていたにちがいない。夏休みの前には、宗助は安井と共に「一と通り古い都の臭を嗅いで歩くうちに、凡《すべ》てがやがて、平板に見えだして来」て、「もう斯《こ》んな古臭い所には厭きた」と豪語していたのだ。これはつまり、安井に厭きたということでもあった。

だがその安井が女という謎を伴って現れることで、宗助は安井とその謎に否応なく惹きつけられてゆく。この時の安井は、まさにセジウィックの図式の通り、まるで宗助の気を惹くために女を利用しているかのようである。久しぶりに宗助と再会した安井は、すでに同居していた御米のことを紹介しなかった。彼女の影だけを感じた宗助は、謎めいた女の影に惹きつけられながらも、紹介されない以上、黙っているほかなかった。しばらくの間、痛烈に彼女の存在は意識されながら、言語化されずにいた。そこに突然、安井が妹として御米を紹介した。その後、二人の新しい所帯を訪ねたりするうち、宗助も御米に親しみ、ほどなくして冗談を言い合うほどの仲になる。

安井と二人で過ごした京都の秋を、今度は御米を交えた三者の交流のなかで迎えることになる。宗助は、京都の秋の空気に「又新しい香を見出し」、再び京都を楽しむようになる。すると「京都は全く好い所の様に思はれた」。つまり宗助は、新たに紡がれ始めた三つ巴の関係によって、安井と京都からなる過去の世界に繋ぎ止められたのである。

この作品には、追いすがる過去と逃げまどう現在とでも言えるような過去と現在の相克が、通奏低音としてある。過去と現在という観点からすると、宗助がのちに安井から逃げまどうようになることからしても、安井は過去の象徴である。また安井との日々をすごした京都も然り。しかるに、宗助がすごしている現在の時間とは、女を愛することをおぼえ、女の「黒い長い髪で縛られた時の心持」(『心』十三)を知って初めて流れ出す時間のことである。こうして女に絡み取られ、女のエロスに支配されることから、日々の糊口を求めてあくせく労働する日々が始まるのである。

宗助の生活が御米の、ということは女のエロスに支配されていることを象徴するのは、この家の床の間に懸けられた「変な軸」(十五)である。この軸の絵柄は、「如何《いか》がはしい墨画《すみえ》の梅が、蛤《はまぐり》の格好をした月を吐いて」いるというものだ。この絵のなかの梅は御米の象徴である。京都時代、安井と御米が初めて所帯を持った頃、まだ彼女の存在を紹介されていなかった時分に安井宅を訪ねた宗助は、人の気配のない家の中で、それでもどこかに潜んでいるらしい御米の存在を、「垣根に沿ふた小さな梅の木」(十四)を見て思い出している。この直後に彼女を紹介されたのだ。

宗助はこの墨画の梅が御米だとは気づいていないが、「蛤の格好をした月」というさらなる女性性のシンボルに満ち満ちたこの絵を、彼の無意識は気に入らない。だから「此変な軸の前に、橙と御供《おそなえ》を置く」という行為が納得できず、不信の念を抱くのである。『心』でも先生は、自分の部屋の床の間に活けられた花と、その横に立て懸けられた琴を気に入らなかった。唐風の趣味に馴染んだ先生には、「斯《こ》ういふ艶《なま》めかしい装飾を何時《いつ》の間にか軽蔑する癖が付いてゐた」（『心』六十五）のだった。宗助の床の間に飾られた絵も、充分に「艶めかしい」ではないか。女の趣味で飾り立てられた「艶めかしい」装飾をされた家の中で、内心の不満足を抱えながらも、彼はそれを封印して、日々の生業に追われている。

4　宗助が盗んだもの

坂井家を襲った泥棒が宗助だという、本来の筋に戻ろう。泥棒が坂井家から盗んだものは、黒塗りの蒔絵の手文庫と金時計だった。しかし、文庫の方は大したものでないと思ったのか、崖下の宗助の家の間の路地に放り出してあった。文庫の中の手紙や書き付けがあたり一面に散らばっていた上に、「比較的長い一通がわざわざ二尺許《ばかり》広げられて、其先が紙屑の如く丸めてあつた」（七）。その下には「大便が垂れてあつた」。

宗助は出勤前に取りあえず、文庫を坂井に届けに行く。

坂井では定めて騒いでるだらうと云ふので、文庫は宗助が自分で持つて行つて遣《や》る事にした。蒔絵ではあるが、たゞ黒地に亀甲形《きつこうがた》を金で置いた丈の事で、別に大して金目の物とも思へなかつた。御米は唐桟の風呂敷を出してそれを包《くる》んだ。風呂敷が少し小さいので、四隅を対《むこ》ふ

同志繋いで、真中にこま結びを二つ拵《こしら》えた。宗助がそれを提げた所は、丸で進物の菓子折の様であつた。（七、強調引用者）

「唐桟」は、すでに見たように泥棒の符号である。『猫』の泥棒は、「唐桟の半天」を羽織って泥棒を働いたし、巡査に連れられて来た時も「いなせな唐桟づくめ」だった。宗助は文庫を唐桟の風呂敷に包んで、「丸で進物の菓子折」のように坂井に返しに行く。この時坂井家で、宗助はいみじくも子供たちにその本性を言い当てられる、「泥棒よ」と。宗助は文庫を下女に届けただけで帰るつもりでいたのだが、坂井家の応対は、彼が「痛み入る」ほど丁寧だ。そのうち主人自らが出てきて丁重に礼を言い、座布団の上に宗助を座らせた。

それもそのはずだ。宗助が「唐桟の風呂敷」で「進物の菓子折」にして持って行った文庫は、ただの文庫ではない。それは重要なメッセージが込められたシンボルなのだ。あなたと親しくしたい、あなたのようになりたい、あなたの持ちものを私も所有したい、という。そのメッセージを伝えるために、この男はわざわざ自分で泥棒を働き、こうして「菓子折」を提げて訪ねてきたのだ。目ざとい坂井は、そのシンボルを読み取った。まずこの「菓子折」の返礼として、坂井は下女に「坂井の名刺を添へた立派な菓子折」（九）、つまり本物の菓子折を持たせた。こうして「裏の坂井と宗助とは文庫が縁になつて思はぬ関係が付いた」のである。

この二、三日後にまた坂井がやって来て、思いがけないことを明かした。取られた金時計が戻ってきたと言う。

規則だから警察へ届ける事は届けたが、実は大分古い時計なので、取られても夫程《それほど》惜くもない位に諦らめてゐたら、昨日になつて、突然差出人の不明な小包が着いて、其中にちやんと自分の失くしたのが包《くる》んであつたんだと云ふ。

「泥棒も持ち扱《あつ》かつたんでせう。それとも余り金にならないんで、已《やむ》を得ず返して呉れる気になつたんですかね。何しろ珍らしい事で」と坂井は笑つてゐた。それから、

「何私から云ふと、実はあの文庫の方が寧ろ大切な品でしてね。祖母《ばば》が昔し御殿へ勤めてゐた時分、戴いたんだとか云つて、まあ記念《かたみ》の様なものですから」と云ふ様な事も説明して聞かした。（九）

金時計にはそれほど価値がなかった。泥棒は金時計のきらびやかさに目が眩んで盗んだものの、このことに気がつき持ち主に返してよこした。一方、由緒正しき文庫の真の価値は正当に理解できずに、こちらは投げ捨ててしまった。この泥棒は、山の芋を盗んだ『猫』の泥棒同様、物の正しい価値がわからない。ところで、金時計の見かけに騙され、後で価値がないことに気づいた者とは、先に見たように、宗助その人である。過去から受け継がれてきた本当に価値あるものの真価に気づかず、崖下にぶちまけるように、二束三文で抱一の屛風を売り払ったのも宗助である。こう読めば、金時計とは御米のことである。そして抱一の屛風と文庫は、安井だ。

金時計を御米の象徴とするさらなる手掛かりとして、宗助が御米を安井に返そうとする素振り

を見せるということがある。宗助は、安井という親友を失ってまで手に入れた御米のことを、そこまでする価値がなかったと悔やんでいる。宗助は、御米という女性を友人から奪い、女を知り、女と共に生きることで現在、つまり近代の時間を生き始めた。だが、その代償に失ったものの大きさを、今痛感している。この喪失の痛手から、いまだ立ち直れずにいる。子供を生《な》すことのできない二人は、まず男女として自然から呪われている。雨が降れば家の中にも靴の中にも水が迫ってくるような、じめじめした地下を思わせる宗助の住む土地は、水の中を暗示しているようだ。水中を思わせる彼らの住居は、『草枕』の「鏡が池」を思い起こさせる。あの池の底では、幾代もの間、「死に切れずに生きて居る」という、吸血鬼のような水草が沈んでいた。

宗助が御米と送っている二人だけのささやかな生活とは、まるでローレライのような女に水底に引きずり込まれて送る、亡者としての暮らしのようだ。宗助は、女のエロスにからめとられて身動きもままならない、なかばは亡者である。男たちの盟友関係から放逐された彼が、女と共に紡ぐその生とは、家父長制社会にあっては、半分死んでいるも同然なのだ。

彼は、この水底の生にも喩えられる御米との暮らしに満足してはいない。内心では崖の上の坂井一家が羨ましくて仕方がない。青春時代に謳歌した、あの男同士の絆を、宗助は取り戻したいのだ。自由に、闊達に、無垢に、人生を、あるいは希望や挫折した夢について語り合い、精神を分かち合える自己の分身としての友人。実にそれこそが、女との生活の代償に彼が失ったものにほかならない。

できることならば、金時計を返してきた泥棒のように、御米を安井の元につき返したい。そうすることで、彼が喪失したものを取り返すことができさえするのならば。それが、金時計というメタファーが暗示する、宗助の言語化されざる願望である。その証拠に、彼が安井との接近、遭遇を恐れて鎌倉の寺に籠もった折り、御米を一人家に残していた。御米は下女と共に、崖下の家で主人の不在を守っていた。この間、安井は坂井の弟に連れられて、坂井家の門をくぐった。このとき、安井と御米は異常に接近している。しかもそうなることを、宗助は十分予測できた。それどころか、御米一人を安井に接近させる状況を、彼自身が周到に用意したと言ってもいいほどだ。それは、彼が御米を安井に返したかったからとしか解釈のしようがない。

ここで、ジラールやセジウィックが看破した家父長制社会における三角関係のからくりを、もう一度思い出したい。この欲望の三角形において、女性は結局、自分の所有物となる対象にすぎない。一人の女性を巡って散らされたかのように見える火花も、じつに男同士の関係性をめぐってのものだった。漱石の描く三角関係が、セジウィックのそれと違うところがあるとすれば、漱石の男性は女性と引き替えに男性同士の絆を失う――しかも永遠に――という点である。それは、漱石にあって、ホモソーシャリティと異性愛の関係性が、同時に成立するものではなく、それぞれ時間軸に沿って配置されていることによるだろう。男性同士の強烈な情愛は異性愛に先立つもの、そこを経由して異性愛というゴールへ辿り着くものと捉えられているのである。

宗助の現在の時間は、女を知ることから流れ始めた。この意味での「女」とは、自我に目覚めた近代の「女」のことであり、西洋的近代そのものでもある。過去とは、明治維新以前の、女という「他者」と対峙・対決することを迫られることのない時代、男性共同体の中で、自己の分身たる男たちとともに同じ夢を言祝《ことほ》いでいられた時代のことである。泥棒（＝宗助）は古ぼけた文庫の価値を正当に評価できなかったが、坂井が明かすように、それこそが御殿から払い下げられた過去の「形見」の品だった。宗助が羨む坂井家の子沢山な繁栄ぶりは、近代のシンボル、金時計によってもたらされたのではなく、徳川にまで遡る根の深い過去によってもたらされたものなのである。

この文庫は、坂井が所有する前近代的ファルスの象徴でもある。泥棒が崖下に下り、文庫の中身をぶちまけた時に、彼はもう一つ、「御馳走」を置いていった。大便である。泥棒の御馳走、つまり贈り物たる糞便。これをフロイト的に解釈すれば、肛門愛のシンボルである。いや、フロイト的に解釈しなくとも、糞便は肛門性交をほのめかす。しかも宗助が冷やかしで買い求めた達磨のゴム風船にも、肛門性交の暗示があった。泥棒（＝宗助）は、ひそかに坂井に対して肛門性交的欲望を持っている。泥棒＝宗助が、坂井の家に泥棒に入ってまで欲しかったものとは、坂井の持つ、過去の時代に根ざした大らかなファルスなのだ。かつて安井という過去を切り捨ててしまったがゆえに過去に呪われている宗助が、呪いから解かれるために必要なのは、坂井のこの持ち物、つまり江戸的ファルスを措いて他にはない。

ところで坂井という人物は、宗助のあるべき分身である。彼は坂井のことを、「自分がもし順当に発展して来たら、斯んな人物になりはしなかつたらうかと考へた」（十六）。つまり坂井は、宗助がこうなりたかったがなれなかったという人物であり、自分では果たせなかった自己同一化のゴールなのだ。だから、「一般の社交を嫌つてゐた」宗助にして、「世の中で尤《もっと》も社交的の人」

である坂井とは意気投合し、泥棒事件以来、親交が始まった。

坂井は、さらに「境」でもある。彼が極めて社交的で、待合などにも出没し、様々な社会に通じた「大変談話の材料に富んだ人だ」ということは、夫婦の間でも驚きをもって確認されている。「これは酒も呑み、茶も呑み、飯も菓子も食へる様に出来た、重宝で健康な男であつた」（二十二）。彼の所には到来ものの菓子折がよく集まっている。安井の消息を初めて聞く直前、宗助は主人がある所からもらって来て、今「蒸し返さした」饅頭を振る舞われた後、安井との過去を「蒸し返さ」れた。また、参禅から戻って、安井の消息を盗み聞きしようとして赴いた際にも、「ある人の銀婚式に呼ばれて、貰つて来た」すこぶるおめでたい金玉糖という菓子を、めでたさにあやかるという名目で馳走になる。到来の菓子とは、神への贈り物の象徴であり、それを振舞われるというのは、その贈り物からなにがしかの功徳にあずかることだ。そうした神聖な贈り物が到来し、その有難い功徳がさらに人々に分け与えられるのだから、そこは、聖と俗の「境」である。

坂井は風貌からしても、境界線上にいる人物である。当初、夫婦の会話に坂井は「四十恰好の髯のない人」（七）として現れたが、泥棒の入った翌朝、宗助が会った時には「髭のない男ではなかつた。鼻の下に短かく刈り込んだのを生やして、たゞ頰から腮を奇麗に蒼くしてゐた」、と描写されている。その後坂井に会った御米が「坂井さんは矢っ張り髭を生やしてゐてよ」（九）と注意するほど、坂井の髭は重要な意味をもっている。『三四郎』の広田先生は正体が明かされない間、「髭のある男」と称されていた。ちなみに美禰子の結婚相手は「髭を奇麗に剃つてゐる」

立派な人だ。この対比からすると、「髭のある男」とは、近代化を目指して突き進む社会の蚊帳の外で、名利や成功を求めるのとは別の信条によって生きている人々の表象である。一方、「髭のない人」とは、「上っ滑りな」日本の開化に迎合し、経済世界で上手に立ち回っている人々を、暗に指していると思われる。ところが坂井は、広田先生と美禰子の夫のように、二分されていない。生やしていたとしても、「髭のない人」と思われる程度の髭だった。坂井の髭をめぐる曖昧さは、彼の境界性の象徴である。

坂井は、世間とは没交渉で御米と二人の世界に沈殿している宗助とも話が合うし、広い世間にも通じているという、二つの世界を股にかけた男である。坂井は「旧幕の頃何とかの守《かみ》と名乗つたもので、此界隈では一番古い門閥家」（九）である。この意味で、彼は先祖ゆかりの土地に住み、過去とのよすがを断ち切らずにいる。だから過去から伝わる尊い価値ある品に眼が利き、宗助が売り払った親の形見の屏風を、法外な値で手に入れることができる。他方で、娘にはピアノを買い与え、ブランコを庭に置くというハイカラな暮らしぶりも窺える。この男は、さらに猟犬を飼い、猟を趣味とするような人間だ。猟銃を手に、獲物に狙いを定めるハンターでもあるのだ。仕留めた獲物目がけて、飼い犬が一目散に飛びかかる。そういう坂井は、西洋化された近代に帰属している。この男にはこうした一面もあるのだ。ただし、その猟犬は病気になり入院していた。坂井も最近は神経痛で猟にはあまり行かないという。ハンターたる坂井の近代性は、明治も四十年余を過ぎ、多少病んできているらしい。

この物語で坂井が果たす役割のうち重要なものは、安井を避けて暮らす宗助に、その安井と引き合わせようとした、つまり過去と引き合わせようとしたことである。ここでも、坂井は現在と過去との境にいる。ところでこれまでの読解からすれば、坂井の現在と過去の両義性とは、エロスの両義性の意でもある。この作品においてエロスは時系列に沿って配置されている。現在のエロスとは女性との間で主に婚姻という形に結実し、過去のエロスとは男性間のホモセクシュアルな関係を暗示する。すると坂井のセクシュアリティは、こう読める。妻との間にたくさんの子供を生《な》し、一見幸福そうな家庭を営みつつ、男色も享受している、と。

坂井は芸者遊びもしている。彼は宗助に、「昨夕行つた料理屋で逢つたとか云つて妙な芸者の話」を披露する。そして「其話の様子からして考へると、彼はのべつに斯ういふ場所に出入して、其刺戟にはとうに麻痺しながら、因習の結果、依然として月に何度となく同じ事を繰り返してゐるらしかつた」（十六）。「酒も呑み、茶も呑み、飯も菓子も食へる様に出来た」という彼についての形容は、この男の何もかもを享受することのできる、旺盛なファルスの含意でもあった。現在と過去との境にいるこの男は、宗助のように現在と過去に引き裂かれて懊悩することなく、両者を自由に往来できる。それは坂井が、過去と断絶せずに現在を生きているからだ。男たちとのエロスと異性愛とが、過去と現在に分断されることなく、並存している。この男の境界性が、宗助に救済をもたらすことになる。

5 夜の冒険者たち

どこにでも出入りしてそこかしこに腰を据えることのできる坂井は、まるで宗助が買った達磨の風船のようだ。そんな坂井自身は、婚姻外の性愛を貪欲に享受しながら、エロスの餌食となり果てることのない幸福な人間である。しかし彼が出入りさせている弟と、その連れの安井は違う。坂井には派手好きな弟がいて、事業に色気を出し、経済的な成功を夢見ては失敗している。そしてついに蒙古にまで流れ着いたという。

宗助は此派手好《はでずき》な弟が、其後何《ど》んな径路を取つて、何う発展したかを、気味の悪い運命の意志を窺ふ一端として、主人に聞いて見た。主人は卒然「冒険者《アドヹンチユアラー》」と、頭も尾《しつぽ》もない一句を投げる様に吐いた。(十六)

坂井は、弟が蒙古で何をしているかと問われた時に、これと同じ言葉をもう一度吐いている。この唐突な一語に、坂井は一体どんな意味を込めているのか。この言葉はよほど印象的だったらしく、宗助の耳にも焼きついている。

坂井が一昨日《おととい》の晩、自分の弟を評して、一口に「冒険者《アドヹンチユアラー》」と云つた、その音《おん》が今宗助

> の耳に高く響き渡つた。宗助は此一語の中に、あらゆる自暴と自棄と、不平と憎悪と、乱倫と悖徳《はいとく》と、盲断と決行とを想像して、是等の一角に触れなければならない程の坂井の弟と、それと利害を共にすべく満洲から一所に出て来た安井が、如何なる程度の人物になつたかを、頭の中で描いて見た。描かれた画は無論冒険《アドヹンチュアラー》者の字面の許す範囲内で、尤も強い色彩を帯びたものであつた。
>
> 斯様に、堕落の方面をとくに誇張した冒険《アドヹンチュアラー》者を頭の中で拵《こしら》え上た宗助は、其責任を自身一人で全く負はなければならない様な気がした。(十七)

これだけの意味を喚起する「冒険者」とは、一体いかなる者か。何を「冒険」する者なのか。しかもこの語には振り仮名がふってあることからして、発想の源は英文学だと思われる。当時、英文学の作品で冒険者が登場するジャンルと言えば、「男性的ロマンス」と呼ばれる、帝国植民地を舞台にした男たちの勇ましい冒険物語が人気を博していた。この「男性的ロマンス」の主な書き手は、スティーヴンソンやライダー・ハガード、ラドヤード・キプリングらだった。彼らは、植民地の過酷な自然を舞台にした男たちの命がけの冒険を活き活きと描いた。それは、まさにホモソーシャルな絆が帝国の前線で編制されてゆく過程であり、彼らが作品にそれを書くことによって、男たちの絆が讃えられ、帝国主義的男性性の理想がつくられもしたのである。

こうした冒険譚の中でも、漱石が「冒険者」として念頭に置いていたのは、スティーヴンソンの『新しいアラビアの夜話』(一八八二)中の第一作『自殺クラブ』の主人公、ボヘミアの冒険愛好者、フロリゼル王子とジェラルディン大佐ではないかと推測される。『自殺クラブ』は、フロリゼル王子とその家臣が、変装して身分を隠し、夜のロンドンの裏世界を探険する話である。彼らは、冒険の最中に、「自殺クラブ」といういかがわしいクラブに加入する羽目に陥る。このクラブのメンバーは、会長が配るカードによって、殺す者と殺される者が決められる死のゲームに打ち興じている。彼らはあまりに多くの悦楽と刺激にさらされたために神経が麻痺してしまい、通常のゲームでは興奮することができなくなってしまった、頽廃の極みにある人々なのである。

この奇妙な作品に書かれた「自殺クラブ」とは、当時ロンドンの裏の世界で栄えていた男色者たちの秘密クラブと解釈できる。この話に出てくる人々は、昼間は立派な紳士として生活しているが、夜は秘密の隠れ家で男色に耽る二つの顔を持つ二重生活者であり、クラブは彼らが夜の姿を発揮する隠れ家である。フロリゼル王子とジェラルディン大佐が変装して身をやつしている点に、男色者特有の二重性がすでにほのめかされている。こうした二重生活を描いた作品で、同じ作者の手になるもっと有名なものに、『ジキル博士とハイド氏』(一八八六)がある。ジキル博士のように、当時のロンドンでは表向きは支配的な性の規範に従い人々の尊敬を勝ち得ながら、裏で「秘密の悪徳」に耽る人々は少なくなかった。そして当時、「秘密の悪徳」といえば、売春や姦通などよりはるかに男色や自慰の意が強かった。

『自殺クラブ』に出てくるマルサス氏という御仁は、ありとあらゆる放蕩に耽った結果、すでに廃人同様になってしまった麻痺者として描かれるが、この姿は当時、「秘密の悪徳」に耽る者の人相・風体として喧伝されていた観相学的特徴をすべて具えている。この男は、同性愛もしくは自慰に耽ったあげくに自らの身を滅ぼしはしたものの、彼と同じ名前の経済学者つまりトマス・マルサスが危惧する、人口の幾何級数的増加という事態を招くことなく、性的欲望の満足を得たのである。

トマス・マルサスは、『人口論』(一七九八)で知られる経済学者である。彼は、食物摂取と性欲の充足という、身体の二つの主要な欲求を基点にして、社会の経済活動を考えた。人間の肉体は、日々の食物摂取の必要性と、両性間の性的な情熱を具えている。肉体のこれら基本的な欲求は、しかしながら逆説的な関係にある。性欲を充足させて子どもがたくさん生まれれば、生まれてきた子どもたちの口を糊するだけの食糧が絶対的に不足する。人間という動物の数は生殖によって幾何級数的に増加するが、食糧生産の増加は、いかな技術の改良をもってしても、せいぜい算術級数的なレベルにとどまるからだ。

つまり、人間が人間という労働力を再生産する能力(=生殖力)は、同時に飢餓や赤貧を生み出しもする。人間が性的欲望を充足させれば、その結果生まれてきたものたちは、空腹を満たすというもう一つの欲求を叶えることができない。これが、人間の身体に内在する絶対的な逆説であり、この逆説をマルサスは「自然法」によるものとみなした。身体の再生産能力によってもたらされる困窮や不幸を避けるための処方としてマルサスが考えたのは、人間が、ということは男性が、情欲の衝動を鎮めることができるよう、自分たちの身体を律し、統御できるような身体管理の作法を学ぶことである。

あまり知られていないが、『人口論』のなかには、「悪徳」(vice)という言葉でもって、自慰のことが言及されている。自慰も男色と同様、西欧では名指しで言及することのできない、「名前のない」悪徳であった。だからこの書物でも、その名は言及されていない。しかしそもそも、マルサスの憂慮にとって、生殖につながらずに性的欲望を充たすことのできる自慰や同性愛は、福音となるべきものである。ところがマルサスが主張したのは、まさにそれとは正反対の方向だった。彼は、人口が増えることを回避するという名目ゆえに、悪徳とされる性行為を許すのは、間違っていると唱えたのだ。そこで必要なのが、男性が自分の身体を適切に管理し、有意義な目的に使うことなのであった。

『自殺クラブ』のマルサス氏は、『人口論』の著者であるトマス・マルサスの皮肉な分身だ。というよりも、自己の身体の適切な管理には失敗したものの、人口増をもたらさない性を実践した男にマルサスという名前を与えたスティーヴンソンの意図が、皮肉なのである。ボヘミアの王子たちが冒険する夜のロンドンとは、「秘密の悪徳」が栄える禁断のエロスの世界である。つまりこれは、ロンドンの中にも存在するオリエントの世界であり、この小説はそこを舞台にした新しい「アラビアの夜話」だというのだ。

漱石がスティーヴンソンの端正な英文を崇拝していたことは、『文学評論』などの記述から知られるし、この作品のことも『彼岸過迄』で言及されている。恐らくは、『彼岸過迄』という作品は『新しいアラビアの夜話』をいくらかモデルとしているだろう。『彼岸過迄』の敬太郎という青年は、『自殺クラブ』を、夏目金之助をモデルにしたとおぼしき教師の授業で読んでからというもの、冒険熱に取りつかれる。

漱石は確かに、スティーヴンソンの冒険譚に親しんでいた。このことを視野に入れれば、坂井の弟と安井が「アドエンチユアラー」と呼ばれたわけが理解されよう。しかもこの言葉がなぜ、「あらゆる自暴と自棄と、不平と憎悪と、乱倫と悖徳と、盲断と決行」（強調引用者）の一角に触れるほどの堕落と結び付けられるのかも、納得される。坂井は、なぜあんなに唐突に、吐き捨てるように、この言葉を吐いたのか。ついでに指摘すると、作者漱石も、坂井のこの語の発話の前は突然改行している。坂井はその語をただ発するのみで、説明を一切拒んでいる。あたかもそれが「語ることができない」ものであるかのように。彼らは言葉によっては表現できない、「秘密の悪徳」の世界の「アドエンチユアラー」であるに違いない。フロリゼル王子とジェラルディン大佐よろしく、彼らは、夜のロンドンならぬ、オリエントのさらに東の辺境の地、蒙古をさまよい歩く冒険者たちなのである。

6　落魄の予感

ところで漱石作品には、主人公が没落し零落する運命の予感が、数多く描かれている。宗助夫婦もさらなる漂泊に身をさらさねばならない予感があるし、『それから』で描かれる主人公、代助の落魄の予感もすさまじい。

凡ての職業を見渡した後、彼の眼は漂泊者の上に来て、そこで留まつた。彼は明らかに自分の影を、犬と人の境を迷ふ乞食《こつじき》の群の中に見出した。生活の堕落は精神の自由を殺す点に於て彼の尤も苦痛とする所であつた。彼は自分の肉体に、あらゆる醜穢《しゆうえ》を塗り付けた後《あと》、自分の心の状態が如何に落魄するだらうと考へて、ぞつと身振《みぶるい》をした。（十六）

この主人公は人妻を愛したがゆえに、ついには「犬と人の境を迷ふ乞食」になり果てるのだという。代助は、いやこの物語の作者は、一体何にこれほど怯えているのか。人を愛することによって、これほどの堕落を余儀なくされねばならないのだろうか。人を愛するとはそれほどまでに罪なのか。確かに明治の刑法には姦通罪の規定があった。漱石が表向き描いているのは、姦通である。だが宗助と御米、代助と三千代、先生と静子の夫婦は、法的にこの罪を犯したわけではなさそうだ。彼らが苦しめられているのは良心ゆえである。とすると、この堕落ぶりは理不尽だ。犬にまで喩えられる落魄の表現といい、「アドヱンチユアラー」の一語によって宗助が連想した「あらゆる自暴と自棄と、不平と憎悪と、乱倫と悖徳と、盲断と決行」といい、ここには語られていない謎がある。「言フニ忍ヒサル」(7) 何かが隠されている。

人を愛したことが犯罪になり、その罪ゆえに得意の絶頂から乞食の群にまで身を落とさねばならない。それは、現に生きられた一人の人間の生涯であった。オスカー・ワイルドである。彼は、男性を愛したがゆえに罪に問われ、帰属する社会から追放され、破産し、獄中で健康を損ない、たぐいまれな才能により成功を約束されていた生涯を棒に振った。文壇の寵児だったワイルドは、クィーンズベリー侯爵の三男、アルフレッド・ダグラス卿と人目も憚らぬ関係を結び、これを嫌った侯爵との軋轢が高じ、一八九五年に裁判沙汰となった。ワイルドには一八八五年に改正された刑法によって「重大猥褻罪」が適用され、二年の服役と重労働が課せられた。この裁判は、世紀末のロンドンを揺るがす大スキャンダルとなった。しかも逮捕の直前、彼は戯曲『真面目が肝心』で大成功を収め、まさに作家として成功の道を上り詰めた直後の暗転だった。

英文学徒としてワイルドの作品を愛読していた漱石に、この事件はなにがしかの影を投げかけたにちがいない。しかもワイルドが服役を終えた後、国を棄て、諸所を放浪し、乞食のように知己から金を無心する日々を過ごしたあげくに、パリの安ホテルで客死したのは、一九〇〇年の十一月三十日、漱石がロンドンに到着した直後のことである。彼はロンドンへの途次、十月下旬にパリに立ち寄っていた。まさにワイルドが断末魔の苦しみに呻いていた頃のことである。(8)

漱石は、男色者として法廷で裁かれたワイルドについての言及は残していない。明治維新後の日本でも、文明国になるためキリスト教文化圏にならい、男色が禁句となっていたからである。(9)英文学において、男色はアルフレッド・ダグラスによって「あえて名を名乗らぬ愛」と表現されたことからもわかるように、その名で表象されることはなかった。先の『自殺クラブ』でも、男色をほのめかす表現には事欠かないが、決してその名では言及されない。漱石は男色のそのような表現方法を、英文学の中に発見したに違いない。そして恐らくは、エロスの罪を犯したことによる落魄のイメージの発想源も、そこにあると思われる。

西欧では、男色は最上級のタブーだった。同性愛を禁忌とする西欧的習慣は、紀元三世紀のローマ帝国でこれを取り締まる法的措置が取られたのに始まる。五三三年、東ローマ皇帝ユスティニアヌスはすべての男性間の性関係に火あぶりの刑を適用した。[10] 男色に対するこうした厳しい態度はその後約十三世紀の間、西欧の立法と世論の基礎をなしたが、この事態を一変させたのはナポレオン法典である。これは男色を宗教的な罪（sin）と見なし、男色者を罰することをやめた。[11] 世俗的な犯罪（crime）と宗教的な罪を区別し、法律は世俗的な犯罪のみを対象とすべきであるとしたのである。この法律は十九世紀初頭に、ナポレオン軍と共にヨーロッパ中に広まったが、ドイツ、イングランドなどはこれを採用せず、相変わらず男色は犯罪であり続けた。ナポレオン法典は男色をめぐる近代的態度への足がかりとなるが、男色に対する人々の感情まで変えることはできず、いずれの国でも男色が嫌悪の対象であることに変わりはなかった。

ところで、ナポレオン法典が各国に普及した頃、ナショナリズムの機運も同時に芽生え始めていた。この近代ナショナリズムは、男性社会のホモソーシャルな紐帯と格別な適合性を持つものだった。[12] ナショナリズムは情動を超越した、意志と精神力に溢れた男性性を、自らの理想として象徴化した。他方、ベネディクト・アンダーソンは、国民国家とは常に深く、水平的な兄弟愛として認識されるものだとして、国家的紐帯の根本に男性間の盟約関係を見ている。[13] 情熱的な兄弟愛として象徴される近代国民国家において、男性間の紐帯には常にホモエロティシズムがつきまとい、表面に浮上しようとした。このエロスを統御するために、中流階級の規範（＝リスペクタビリティ）にかなったホモソーシャルな関係と、よりセクシュアルな男性間の関係とは峻別されねばならない。つまり、近代国民国家は男性同性愛を定義し、孤立させ、さらに病理の中に封じ込める必要に迫られたのである。[14]

しかしながら、西欧が男性同性愛をタブーとしたもっと大きな要因は、家父長制の社会構造にある。身体にまつわる中流階級の規範意識の総体であるリスペクタビリティは、家父長制を支持して、男性による女性の支配に適合するジェンダーの振る舞いを規範化した。この規範からして、男性同士が性的関係を結ぶことは許されなかった。それは男らしさからの逸脱であり、この規範から脱落した者には男と女の間の位置が割り当てられた。十九世紀後半に勃興した性科学は、彼らに対して、「第三の性」あるいは「中間的性」というカテゴリーを新たにつくった。性科学は医学から派生したものであり、その研究対象である逸脱した性は、病として、しかも精神病として扱われた。

一八七〇年代には、ウィーン大学教授で精神病理学の権威、リヒャルト・フォン・クラフト＝エビングが、同性愛を変質（＝退化）と結びつけた。同性愛という病は、脳の中にある微細な神経細胞の変質に起因するとされた。変質は、最初は外的な要因によって獲得されるものの、一旦獲得されると子孫に伝わる遺伝的疾患となる。変質という観念は、ダーウィニズム以降、いっそう明瞭な遺伝の用語で語られるようになった。変質者の中には、同性愛者や精神病者、生来性犯罪者、娼婦、アルコール中毒患者が加えられ、彼らは種族からの脱落者であり、人類進化を妨げる者とされた。こうして同性愛者は、植民地原住民と等価の、ヨーロッパ内部の異人種にされたのである。[15]

西欧で同性愛に対する様々な解釈が唱えられ、新たな命名が試みられていた頃、日本では、性習俗の大変革が進行していた。[16]性や身体に関わる習俗の近代化についてはすでに触れたので詳述しないが、明治政府が行った法律改革のうち最も重要なものは、一八八〇年の刑法（旧刑法）制定であった。これによって、性的行動の「文明化された」基準が、法律的に体系化された。こうして、明治の日本において男同士の愛は禁断のエロスとなり、法律のみならず、「口にしてはならない」ものとして、言語的にも抑圧されていった。前章で指摘したように、この抑圧の操作は男色をもっぱら「過去」の時間の中に封じこめる形でなされた。

明治期の日本が経験した男同士のエロスのあり方の変容を、このように視野に入れるならば、漱石が『門』に仕掛けたプロット、もう一つの「口にしてはならない」プロットが浮上してくるだろう。「過去」という言葉には、男同士のエロスが封印されているのである。近代化と共に罪となり、その名を口にすることすら許されなくなったエロス。そのエロスに身を捧げた者が社会から放逐され、国をも棄てなくてはならないことを、漱石はイギリスで目の当たりにした。蒙古という周縁でしか生きる場のない安井や坂井の弟は、そのエロスの犠牲者であり、漱石にとってのワイルドだ。作者は、この禁断のエロスを過去という表象の中に隠蔽することで、かろうじて表現し得たのである。

7　他者としての女

近代化によってもたらされたさらなるエロスの悲劇は、男と女のセクシュアリティが絶対化され、個として屹立する女たちと一対一で向かい合わねばならなくなったことである。そのような女たちは、夫の愛を得られなければ妻たる資格がないと考えるようになった。この時期に確立した異性愛のシステムによって、女性たちの間でも恋愛をめぐる感情革命が起こっていた。これについて、津田梅子が西洋に向けて発信した興味深い証言がある。これは、ロマンチック・ラブが人類に普遍的な現象ではないことを説くイギリスの性科学者、ハヴェロック・エリスが引用しているものである。津田は以下のように述べる。

西洋の意味での「愛」という言葉は、これまで日本の娘たちには知られていないものだった。義務感、従順さ、親切心――こうしたものが、娘たちの結婚相手としてあてがわれた未来の夫のところへ持っていくべき感情だった。その結果、多くの仲睦まじい、幸福な結婚生活が営まれていたのである。ところが欧米からご婦人方がやってきて日本の娘たちに吹き込んだ。「愛もないのに結婚するなんてとんでもありません。そんな形で両親に従うなんて「自然」とキリスト教に対する冒瀆です。もし殿方を愛したならば、その方との結婚のためにはすべてを犠牲にしなくてはならないのです」[17]。

西洋から近代的恋愛観が流入することによって、女たちにとっても男女間の恋愛が絶対的なものになった。夫の愛を勝ちとることが、妻の第一のつとめとなったのだ。妻は夫の愛を得るために技巧を弄する。男たちは自分を嵌めるための技巧には乗せられまいとする。それは愛というよりはむしろ、闘いに近いものだっただろう。

漱石が真に希求した女性は、技巧を知らない天真爛漫な大らかさを具えた過去の女性たちだ。だがそのような女は、今では墓の中にしかいない。『それから』で代助がフランスにいる姉婿に注文していた、古代ギリシャの墳墓の中から掘り出されたタナグラの人形のように。[18]

明治の男たちの不幸は、もはやタナグラの人形であるはずもない生身の女と向き合うに際して、過去に帰属していた男性共同体からは、永遠に個として切り離されてしまったことである。坂井のような例外を除いて、男への愛と女への愛は同時には成立しない、過ぎ去った時間を取り戻すことが決してできないように。ホモソーシャルとホモセクシュアルが一体となった男性的連帯を過去へと葬り、異性愛を絶対的に現在に君臨させること、それが明治期の日本が近代国家として出発する時点で選び取らねばならなかった決断だ。これは、西洋のようにホモフォビア（同性愛嫌悪）によってホモソーシャルとホモセクシュアルが分断されていなかった、日本の不幸であった。こうして男たちは、過去のエロスと現在のエロスとに引き裂かれることになったのである。

この断絶は近代化のプロセスとしては不可避のものだったが、個人の精神には原罪意識として内面化された。女を愛することは、男性共同体を裏切る罪を犯すことであり、男を裏切った以上、もはや男性共同体の成員たる資格を失ってしまう。男性同士の掟を破り、禁断の木の実を味わって初めて現在の時間が、つまり近代の歴史が流れ始める。裏切られた男には、安井という名が与えられている。だが、安井と名指された登場人物の背後には、もう一人の裏切られた男の影が控えている。徳川慶喜である。明治という時代は、慶喜が象徴する封建的過去を切り離し、明治天皇を新たな支配者として迎え入れたことによって始まった。人々は慶喜という過去を不用のものとして葬り去り、明治天皇を指導者と仰ぐ近代化の道を選んだのだ。慶喜が君臨していた江戸時代は武士道的な男性文化を象徴し、他方、近代は西欧由来のロマンチック・ラブが導入された時代である。

坂井という人物には、いくらか慶喜の影がある。彼は「瓦解の際、駿府へ引き上げなかつたんだとか、或は引き上げて又出て来たんだとか」（九）噂される、徳川の旧幕臣だった。この曖昧さが象徴するように、彼は男性的連帯と異性愛との間の分裂を、例外的に免れている。それは彼が、慶喜を裏切らなかったからだろう。作品中で表現されている、彼の過去とのつながりがなによりの証左である。

『門』という作品の深層に表現された性愛についての思考をこのように読むならば、これは、近代化によって女という他者と対峙せねばならなくなった明治の男たちの嘆きであり、徳川時代の男性共同体とそれを支えていた男性文化への、追慕の念の表白である。この両価の感情に折り合いをつけることができず諸所を漂泊し続ける主人公、宗助に救いの言葉を投げかけるのは、救済者である坂井だ。

寺での参禅を経て御米のもとに戻った宗助は、さっそく安井の消息を探るために坂井を訪れた。この時彼は「妙な菓子」（二十二）を振る舞われる。「一丁の豆腐位な大きさの金玉糖《きんぎよくとう》の中に、金魚が二疋透いて見えるのを、其儘庖丁の刃を入れて、元の形を崩さずに、皿に移したものであつた」。これを坂井は、「ある人の銀婚式に呼ばれて、貰つて来た」「頗《すこ》ぶる御目出度《おめでたい》」菓子だからあやかったらどうかと、宗助に勧める。

「何実を云ふと、二十年も三十年も夫婦が皺だらけになつて生きてゐたつて、別に御目出度もありませんが、其所《そこ》が物は比較的な所でね。私は何時か清水谷の公園の前を通つて驚ろいた事がある」と変な方面へ話を持つて行つた。（中略）

彼の云ふ所によると、清水谷から弁慶橋へ通じる泥溝《どぶ》の様な細い流の中に、春先になると無数の蛙が生れるのださうである。其蛙が押し合ひ鳴き合つて生長するうちに、幾百組か幾千組の恋が泥渠《どぶ》の中で成立する。さうして夫等《それら》の愛に生きるものが重ならない許に隙間なく清水谷から弁慶橋へ続いて、互に睦まじく浮いてゐると、通り掛りの小僧だの閑人《ひまじん》が、石を打ち付けて、無残にも蛙の夫婦を殺して行くものだから、其数が殆んど勘定し切れない程多くなるのださうである。

「死屍《しし》累〻とはあの事ですね。それが皆夫婦なんだから実際気の毒ですよ。詰りあすこを二三丁通るうちに、我々は悲劇にいくつ出逢ふか分らないんです。夫《それ》を考へると御互は実に幸福でさあ。夫婦になつてるのが悪《にく》らしいつて、石で頭を破《わ》られる恐れは、まあ無いですからね。しかも双方ともに二十年も三十年も安全なら、全く御目出たいに違ありませんよ。だから一切位牌《あやか》つて置く必要もあるでせう」と云つて、主人はわざと箸で金玉糖を挟んで、宗助の前に出した。宗助は苦笑しながら、それを受けた。（二十二）

この異様な情景は、漱石も何度か言及しているラファエロ前派の画家、ダンテ・ゲイブリエル・ロセッティの「祝福されし乙女」(一八七五〜七八)に想を得たものではないかと推測される。この絵は、天国に先立った乙女が地上に残してきた恋人と再会する日を、橋の欄干にもたれて待つ姿を描いたものだが、彼女の背後には天上で再び結ばれた恋人たちが抱擁し、接吻し合っている。魂になった後に抱擁し合う恋人たちの、霧でかすんだように輪郭が淡く青白い姿は、乙女の背景を埋め尽くし、一種異様な後景をなしている。その異様ぶりは、坂井の語る、蛙の夫婦の死骸が死屍累々と浮かぶありさまに通じるものがある。

生長し、恋を謳歌したと思ったら殺されて昇天し、死して後に夫婦として浮かんでいる蛙たち。これら「死屍累々」と浮かぶ蛙の夫婦の死骸は、ロセッティの天上の恋人たちのように、死後の彼方にしか真の男女間の恋愛が成立しないことを伝えている。漱石にとって理想の女性とは、死者の副葬品として墓の中に埋められたタナグラの人形のように、天上で恋人を待っている死んだ女なのだ。天上で恋焦がれるほどに男性を必要としながらも、生身の人間としての欲求を、ましてや性的欲望の充足を男性に求めることなどない。男たちが自らの主体性を危険にさらすことなく安心して対峙できるのは、このような死んだ女たちだった。

ロセッティ「祝福されし乙女」

こうした死女崇拝とも呼ぶべき文化現象は、世紀末のヨーロッパで流行したものだったが、漱石はロセッティやワイルドの表象を巧みに摂取して我がものとした。近代が強いる異性愛体制に漱石が窒息しかけていたことは、蛙の死骸の描写のグロテスクさによってよくわかる。池の上で死んで浮いている蛙とは、漱石のことでもある。死んだのは彼の理想とする女だけではない。漱石本人とて、ロマンチック・ラブの主体であることを強いられる近代の愛のシステムにあって、もはや息が吐けないのだ。

ロマンチック・ラブとは、そもそもこの世では成就しないものだったではないか。一つになることを焦がれながらも、現世では決して叶うことのない欲望に身を焼き尽くす、これがロマンチック・ラブの本領だ。だから生身の男女がロマンチック・ラブを成就するというのは、そもそも矛盾である。つまり、弁慶橋の下で死んで浮いている蛙の夫婦は、このエロスの本来の姿ということになる。

自らの主体性を持たず、自己の欲望も持たず、永遠に受動的で男たちの意のままになる死んだ女たち。近代ヨーロッパが中世から蒸し返したロマンチック・ラブのイデオロギーにおいて、男たちが身勝手にも夢見た愛の対象は、このような幽霊でしかありえなかった。真に理想的な異性愛は、死者たちのものであり、彼岸にしかない。坂井は、宗助にそのことを伝えているのだ。そして彼は、友に対する裏切りと男性共同体からの放逐という犠牲をはらってまで宗助が紡いでいる夫婦生活を、こうして祝福している。夫婦が長の月日を共に享受し合えるということ、現世においてこれ以上の何が望めるか、と。

これは、あの事件の後、失意の底にいる宗助がようやく得た慰藉である。恋愛や情熱が永遠に続くというのは偽りだ。結婚が永続する恋愛であるはずがない。西欧においてさえ痛感されているこの事実には触れられずに、結婚は愛によって結ばれるべきものという幻想だけが、エロスの近代化の過程のなかで、先の津田梅子の告発にもあるように、西欧のプロパガンディストたちによってばらまかれた。その結果、漱石の作品の主人公たちは、ことごとく愛の幻想を追い求めるも見出せず、不幸に陥る。坂井の言葉は、この欺瞞を衝いている。作品中で、この夫婦は子を生すことができない。それは「自然」から見放された証拠である。

しかし、「自然」からも見放されたこの夫婦さえも、坂井は祝福する。この男は「自然」を超越している。そんな坂井とは、一体何者なのか。確かに、坂井にはいくらか神のイメージがある。だが、それは「自然」と対峙する超越的な神のイメージではなく、毎年同じ時季になると、富士の北側に広がる赤土だらけの寒村からやってくる甲州の織屋を思わせる、年神様のようなほのぼのとした神だ。この作品は、季節のめぐりとともに物語が進行する、「自然」に支配された世界である。超越的な神にとってかわる「自然」、これもやはり、もう一つの支配のイデオロギーではある。

8　現在を呪う過去

これまで、『門』を読みながら、男性間のエロスと異性愛のエロスとが、それぞれ過去と現在として時間化されていることを明らかにしてきたが、その結果、「現在」を呪う「過去」というプロットが浮上してきた。最後に、過去と現在の相克というこのプロットの意味を考えてみたい。
この当時確かに、時間は大きなテーマだった。十九世紀後半のダーウィン革命によって、従来の聖書的な時間の流れの枠組みから、それよりもはるかに長い歴史的時間へと、人々の時間意識が大きく変容したからである。それまでの、聖書に基づく六千年などという長さの歴史ではなく、気の遠くなるほど長い時間をかけて人類は猿から進化してきた。人間は、そのように個人の生を超える悠久の歴史を、個々の背後に持った歴史的存在であると認識されるようになってきた。今ある個々の人間は、個人として生きている現在の時間だけではなく、先祖から受け継いだ過去を背負った存在なのだ。しかもその過去は、遺伝という生物学的現象によって発現するものとされた。

ダーウィン革命後その勢いをいや増していた科学、なかでも医学は、遺伝という、当時その仕組みさえよく知られていなかった現象にとびつき、魂と身体の問題をキリスト教の用語ではなく、世俗の科学の用語を使った遺伝的解釈によって説明することで、権力を獲得した。[19] ありとあらゆる問題――生物学的現象から社会的・政治的問題まで――が、遺伝によって説明された。しかも熱力学の第一法則の発見によって、すべての現象は失われることなく保存されることになったのだ。この原理は、記憶と歴史にまで適用される。以下は漱石も読んでいたフランスの心理学者、テオデュール・リボーの『遺伝』からの引用である。

我々は日々、無数の認知を経験しているが、(中略)何一つなくなるものはない。(中略)

我々のすべての経験は、我々の中で眠っている。人間の魂は深く冥い湖のようなもので、光はその表面にしか射さない。しかし水底には動物と植物を含むすべての世界が眠っており、嵐や地震で突如その部分が浮かび上がれば、意識の世界は驚愕する。(20)

これが人類の進化の歴史的過程をすべて留めた記憶であり、つまり個人が遺伝として背負う記憶である。そのような記憶を、無意識の水底に個々人が眠らせているというのだ。『門』に戻れば、そうした記憶こそ、寺で修行中の宗助を悩ませた有象無象に他ならない。

彼の頭の中を色々なものが流れた。其あるものは明らかに眼に見えた。あるものは混沌として雲の如くに動いた。何所《どこ》から来て何所へ行くとも分らなかつた。（中略）頭の往来を通るものは、無限で無数で無尽蔵で、決して宗助の命令によつて、留まる事も休む事もなかつた。断ち切らうと思へば思ふ程、滾々《こんこん》として湧いて出た。（十八）

当時の知的パラダイムに従えば、じつに、人に罪を犯させるのも、こうした記憶的遺伝の発現の結果だとされたのである。宗助と御米の過ちは、自然の為せるわざとして描写されている。「大風は突然不用意の二人を吹き倒した」（十四）。御米はその後も「魔物でもあるかの様に、風を恐れ」（十七）ている。彼らに罪を犯させたのは風であるとでもいうように。風とは自然のことである。また、身体に現れる遺伝という生物的現象も自然である。ということは、彼らは、個人を超えて先祖たちから受け継いだ遺伝という自然によって、罪を犯す人たちなのである。その犯罪は、正体なく眠りこけていた宗助が、無意識下にある記憶によって泥棒を犯すのと同じからくりだ。個人の自由意志を超越した遺伝という生物的自然が、彼らを支配しているのである。これは、俗に運命とも宿命とも呼ばれるものでもある。しかもこのような無意識の発動によって犯した罪に対してまで、人は責任を引き受けなければならないというのだ。

　人が罪を犯すのが先祖からの遺伝的資質の発現に因るものだとする考えは、当時、イタリアで犯罪人類学を率いていた医学者、チェーザレ・ロンブローゾが中心になって唱えた「生来性の犯罪」という考えによる。[21] ロンブローゾによれば、「生来性犯罪者」とは、隔世遺伝によって何世代も前の祖先の、進化の階梯でははるかに動物に近い人類に先祖返りした、現代に生きる未開人・野蛮人である。彼らは道徳心を持ち合わせておらず、善悪の判断がつかないために、罪悪感なしに平然と犯罪的行為を繰り返すのだという。

　ところで、宗助が最初の日曜日に電車の中で見た広告、「露国文豪トルストイ伯傑作「千古の雪」（二）とは、トルストイ作の『復活』を脚色した活動写真と推測されるが[22]、この作品も、ロンブローゾらが主張していた生来性の犯罪というテーマを扱ったものだ。『復活』の女主人公カチューシャは無実の罪に問われ、裁判で「科学的知識の最後の言葉としていまもなおもてはやされている最新式のもの[23]」によって理論武装した検事補の弁論によって、「生まれながらにして犯罪の萌芽をその身に持っていた」犯罪者として断罪される。この検事補の弁論には、「遺伝もあれば、先天的犯罪性もあり、ロンブロゾー《（ママ）》もあれば、タルドもあり、進化もあれば、生存競争もあり、催眠術もあれば、暗示もあり、シャルコもあれば、デカダンも」盛り込まれていた。これらすべての用語と名前に、漱石は馴染んでいた。彼はこうした知的風土の中に生きていたのだった。

このロシアの文豪はしかし、犯罪者を遺伝によって宿命づけられた狂気の犠牲者として括る遺伝的変質論に挑戦するために、老いてなお筆を執った。なぜなら彼自身も、マックス・ノルダウの著書『変質論』（一八九二）のなかで、変質した芸術家の一人として言及されていたからだ。ロンブローゾに捧げられたノルダウのこの書は、精神医学の一学説だった変質論を、世紀末文化論へと架橋した。この書は、十九世紀の終末を飾るにふさわしい大ベストセラーとなったのだった。

しかしながら、アジアの一小国に過ぎない後進国に生まれた漱石にとって、これを否定し去ることは容易ではなかった。彼とても、『復活』中の「農奴制の遺伝的産物」たる登場人物たち同様、後進的アジアの遺伝的産物である身体特性を免れているわけではなかった(24)。彼自身の貧相な身体が、何よりもその劣等な遺伝の証左だった。しかも、西洋諸国に追いつき追い越せと猛烈な勢いで近代化の路線をひた走る明治の日本は、「揃つて神経衰弱になつ」（『それから』六）ているばかりか、「精神の困憊と、身体の衰弱」とを伴い、「道徳の敗退も一所に来てゐる」。このような国民はカチューシャ同様、「遺伝の犠牲」となり果て、自らの意志ではいかんともしがたい遺伝的病理ゆえに、罪を犯してしまう。また国民的スケールで進行する身体的退化の果てに、歴史の表舞台から消え去る宿命にあるというのである。

こうした認識の根拠となっていた変質論のパラダイムによれば、同性愛もこの悪しき遺伝の結果、生じるとされた。例えばロンブローゾは肛門性交を、生得的犯罪者が犯す犯罪と同じ次元の、先祖返りによって生じるものだとした[25]。漱石が直接この言及を読んだ可能性は低いものの、こうした認識は変質論の文脈では広く共有されていた。ロンブローゾの生来性犯罪者説をイギリスに紹介するために書かれた、ハヴェロック・エリスの『犯罪者論』（一八九〇）を、漱石は読んでいた。そこでは、文明の発達した種族の間で犯罪とされる行為、例えば嬰児殺しや父親殺し、窃盗などが、未開種族では犯罪どころか社会的な有用性さえ認められており、そうした行為が何ら反社会的とは見なされていない、と紹介される[26]。

これは犯罪を文化相対的に見る視点であり、そこから演繹されるのは、現在のヨーロッパ社会の犯罪者たちは、今の文明の基準によって犯罪とされるものが犯罪ではなかった過去の時代に、本来帰属している人々だ、という見解である。時間的には過去であるが、空間的に見れば、未開種族への先祖返りとされる。これを日本の男色という習俗に当てはめると、男色が罪と見なされていなかった江戸期の日本とは、文明の程度の低い野蛮な社会だったし、現在も男色に耽るものは未開種族への先祖返りということになる。男色を犯罪としなかった日本の過去とは、恥辱の歴史以外の何ものでもなかった。

深い睡眠により発現した宗助の、先祖返りした分身が犯した泥棒という行為が、肛門性交になぞらえられていたというプロットは、時代のイデオロギーによって裏打ちされる。坂井の弟と安井が彷徨する大地が蒙古であったことを、いま一度想起しておこう。ロンブローゾによる生来性犯罪者の定義はこうだ。「一言で言うと、蒙古人種、時に黒人種に近いタイプである」[27]。しかもロンブローゾのこの言葉を受けて、エリスは、当時イギリスで活躍していた精神科医であり、ダウン症の発見者であるジョン・ラングドン・ダウン博士が一八六六年に発表した知見、つまり自分の患者の精神発達遅滞児の中の一割が、典型的な蒙古人種の顔貌の特徴を有しているという説を紹介して、補強しているのである[28]。付言すると、ダウン症は最近まで英語では、Mongolism と称されていた。日本でも蒙古症と呼ばれていたことは、比較的記憶に新しい。ちなみに、ダウン症という呼称はダウン博士の名に由来する。念を押すが、漱石は、こうした知的パラダイムの中で、イギリスに滞在していたのである。

宗助は、先祖が犯した罪の記憶ゆえに過ちを犯してしまう身体を遺伝的に受け継ぐ、悲しき野蛮人である。江戸期以前の日本では、キリスト教文化圏のように、生殖に与する性とそれ以外の性行動を峻別し後者を市民社会から厳格に排除するということはなく、妾や遊女であれ男色であれ、生殖目的に適わない性行動をことさらに非難する厳しさはなかった。だから徳川時代の人々は男色に限らず、さまざまな性を大らかに享受していた。

ところが性が近代のシステムに組み込まれ、欧米の医学や思想にさらされるや、生殖に与しない性行動は進化に貢献することがないとされ、それゆえ国民を退化させる元凶だという非難を浴びるようになった。明治という時代は、表面上は急ごしらえの近代国家の体裁でもって、この呪われた過去のセクシュアリティを糊塗し、隠蔽した。だが過去は、いつ不意に顔を出すか知れたものではない。とりわけ、「安井」という名の過去は、種族の古の起源の地とされる蒙古から、近代人を気取る日本人に、己の出自と、そして過去とを突きつけ続けるのである。
『三四郎』に始まる三部作も、このような視点から見ると、明治におけるエロスの近代的編制過程において、個人が被った感情生活の変容を描いた作品群として、新たな意味を帯びてくる。近代とは、男色が突然、犯罪となり、退化の兆候とされ、さらに同性愛という名称に変わった時代だった。しかも封建制度下では一個の人格として認められていなかった女性たちが突如、他者としての主体を伴って男たちの眼前に現れ、婚姻制度の一方の担い手として立ち上がったのだ。この、国家が裁可する婚姻という制度の中で女性との間に交わされるものだけが、唯一の正しいエロスとなった。『門』の宗助は、異性愛体制に絡め取られ、女に対する男として生きるほかなくなった。しかし過去の罪に呪われたこの一対の男女は、子も生さず、父や母になることさえできないのだ。

しかも西洋を範にして近代化の途を進めるとは、高度に男性的な組織である国民国家を政治制度的には身にまといながらも、西洋という主体に従属する客体、つまり西洋に対して女の立場に身を置くことでもあった。後発の国民国家として近代化の歩を踏み始めることは、男性的な国家体制を装いながらも、じつは女性にジェンダー化された国家として生きることでもあったのだ。かつては、切腹を誇る苛烈なサムライ精神と女性蔑視（ミソジニー）ゆえに、西欧の同性愛者たちによって、超男性的同性愛のモデルとして賞賛された男性共同体が、西洋の軍門に下ったのだ。明治期の日本の男たちにとって、近代を生きるとは、ホモセクシュアルとは決別しながら、ホモソーシャルな男たちの共同体からも切り離され、永遠に一個の女と共に生きることを意味した。

皮肉にもそれは、近代という世界システムのなかで、「女」の場所に位置づけられた国民として生きることでもあった。

註

（1）ルネ・ジラール『欲望の現象学』古田幸夫訳、法政大学出版局、一九七一年、第一章「《三角形的》欲望」。Eve Kosofsky Sedgwick, *Between Men: English Literature and Male Homosocial Desire*, New York: Colombia U. P., 1985, pp. 21-7.（邦訳、『男同士の絆―イギリス文学とホモソーシャルな欲望―』上原早苗・亀澤美由紀訳、名古屋大学出版会、二〇〇一年）

（2）坂口曜子『魔術としての文学』沖積舎、一九八七年、二一六頁。

（3）ダーウィンの『人間の由来』（一八七一）により人類進化における性選択の役割が明らかになり、性選択の機能としての婚姻史が当時、にわかに関心を集めていた。漱石はこうした婚姻の歴史、わけても婚姻の原型としての略奪婚の観念をルトゥルノーから学んだらしい。以下にはこの観念の前提としての、所有物としての女性という視点が見て取れる。「Abstraction ノ Process」と題されたノートに以下のような記述がある。「〇女ハ weak ナル故 capture marriage, purchase. 女ヲ道具と思フ観念従ツテ absolute right over her トノ観念。貞節ノ germ ノ例。Letourneau 一〇三」（『漱石全集』二十一巻「ノート」一一〇頁）。Letourneau とは、漱石文庫蔵書中の *The Evolution of Marriage and of the Family* のことである。

（4）『漱石全集』第十九巻「日記・断片」、一五九、一六三頁に泥棒に関する記述がある。

（5）『漱石全集』第十三巻「英文学研究」所収。漱石二十五歳、帝国大学文科大学英文学科二年次在学中の明治二十五年（一八九二）、『哲学会雑誌』に無署名で発表した（同書、注解、六二七頁）。

（6）この点については以下も参照。拙稿「「求道の文学」―『門』における救済の思想―」『論叢』第4号（聖徳大学総合研究所、一九九七年三月）。

（7）宮崎湖処子、「日本情交之変遷」（『明治文学全集』三十六巻「民友社文学集」筑摩書房、一九七七年、

初出、一八八七年）一九頁。宮崎は進化論的観点および啓蒙の使命感から「情交改良」の方途を模索する目的で、中古から現代に至る情交の歴史を叙述している。彼は男色を西洋的価値観から「言フニ忍ヒサル醜風」と表現し、封建時代の男尊女卑の産物たる悪弊として西洋に対して恥じている。この表現は、明らかに英語で男色を表す婉曲的表現 "unspeakable" を翻訳したものと思われる。

（8）ワイルドの生涯については次を参照。Richard Ellmann, *Oscar Wilde*, Harmondsworth : Penguin, 1987. ちなみに一九〇〇年十二月一日付けの *Times* 紙は、ロイター電としてワイルドがパリの安ホテルで客死したことを報じる記事の中で、成功が約束されていたこの希有な才能の持ち主が、裁判の有罪判決によって転落した経歴を、作品名と共に簡潔に記している。むろん、その罪の内容については触れられていない。

（9）キリスト教文化圏では男色は "unspeakable" つまり「キリスト教徒が口にしてはならない罪」とされ、禁句だった。日本にこの風習が入ってきたことについては以下を参照。宮崎湖処子、前掲書、および Gregory Pflugfelder, *Cartographies of Desire : Male-Male Sexuality in Japanese Discourse, 1600–1950*, Berkeley : University of California Press, 1999, pp. 193, 278.

（10）ジョン・ボズウェル『キリスト教と同性愛―1～14世紀西欧のゲイ・ピープル―』大越愛子・下田立行訳、国文社、一九九〇年、九〇、一三八、一八四頁。

（11）ここでの同性愛とは、ソドミー（肛門性交）のことであり、男性同士の関係には限らない。キリスト教が「自然に反する罪」と称して断罪したのは生殖に与しないからであるが、ソドミーとは、男性同士、男女、動物との交わりを含んだ概念である。本書ではソドミーと、近代に生まれた概念であるホモセクシュアルとを適宜使い分けている。尚、この部分の記述は以下に拠る。Havelock Ellis, *The Study of Psychology of Sex, vol. 2., Sexual Inversion*, Philadelphia : F. A. Davis Company, 1901, pp. 205-14.

（12）George L. Mosse, *Nationalism and Sexuality : Middle-Class Morality and Sexual Norms in Modern Europe*, Madison : University of Wisconsin Press, 1985, p. 67.

（13）Benedict Anderson, *Imagined Communities : Reflections on the Origins and Spread of National-*

ism, London : Verso, 1983, p. 16. 尚、本書の邦訳（白石さや他訳、NTT出版、一九九七年）では「兄弟愛」にあたる“comradeship”は同胞愛、もしくは同士愛と訳されているが、本章では敢えてこの訳語を採用する。

(14) Andrew Parker, Mary Russo, Doris Sommer, and Patricia Yaeger, Introduction, in *Nationalism and Sexualities*, London : Routledge, 1992, p. 6.

(15) この間の変化をよく表している例として、同性愛を表象する語の変化が挙げられる。肛門性交という行為そのものを意味するソドミーという語が、主体の生得的かつ本質的状態を意味するホモセクシュアルという語に取って代わられたのである。後者はハンガリー人の作家、ケルトベニーが一八六九年に造語した言葉であり、クラフト＝エビングが『性的精神病理学』の中で、正常の「異性愛」と対立するものとして定式化し、その英訳本（一八九二）を通して英語圏に流入、九五年のワイルド裁判で広まった。Ed Cohen, *Talk on the Wilde Side*, New York : Routledge, 1993, p. 9.

(16) 以下は Pflugfelder, *op. cit.*, Chap. 4, “Toward the Margins : Male-Male Sexuality in Meiji Popular Discourse”, pp. 193–234 による。同書によるとこの周縁化には、日本の南西地方へと男色を地域化することも含まれていた。この地域とは具体的に、九州と四国、中でも鹿児島県、熊本県、高知県だったが、とりわけ薩摩は侍の間の男色が盛んな地域として名高かった。薩摩藩の男色は巌谷小波によってヨーロッパに紹介されてもおり、Samurai-comradeship と呼ばれていた（Edward Carpenter, *The Intermediate Types among Primitive Folk*, London & Manchester : George Allen, 1914, pp. 137–160.）。ちなみに『三四郎』の主人公、三四郎が熊本県出身であることに注意。さらに追記すると、カーペンターを翻訳し日本へ紹介したのは石川三四郎である。

(17) Havelock Ellis, *Studies in Psychology of Sex, Vol. 6, Sex in Relation to Society*, Philadelphia : F. A. Davis Company, 1913, p. 135. さらにそうした西洋流の愛の流儀の普及に北村透谷も関わり、巌本善治が発行していた『女学雑誌』が果たした役割が指摘できる。日本における異性愛体制の確立を女性の手になる言説から辿った、牟田和恵『戦略としての家族―近代日本の国民国家形成と女性―』（新曜社、一九九六年）、第五章「戦略としての女」も参照。「婦人の中心生命である恋愛を成就させるか、させないか」、「ひいては婦人の全生活を幸福にするか、しないかの重要な第一条件」（同書、一四三頁）が処女性にあるという言説に注目。

（18）ギリシャの古都、タナグラの墳墓から発掘された素焼きの人形。ちなみにワイルドは作品中でたびたび言及しているし、部屋にもこの人形が飾られていた。ノルダウが『変質論』で、世紀末の頽廃した唯美主義者の部屋を飾る小道具として指摘するのは、ワイルドのことである。Max Nordau, *Degeneration*, translated from the second edition of the German work ; originally published : New York, 1895 : introduction by George L. Mosse, Lincoln and London : University of Nebraska Press, 1993, p. 10.

（19）Ian R. Dowbiggin, *Inheriting Madness : Professionalaization and Psychiatric Knowledge in Nineteenth-Century France*, Berkeley : University of California Press, 1991, p. 6.

（20）Theodule Ribot, *Heredity. A Psychological Study of its Phenomena, Laws, Causes and Consequences*, translated from the French, London : Henry S. King, 1875, p. 47.

（21）ロンブローゾについては以下を参照。Cesare Lombroso, *Crime : Its Causes and Remedies*, translated by H. P. Horton. Boston, 1910. Gina Lombroso Ferroro, *Criminal Man According to the Classification of Cesare Lombroso*, New York, 1911. 漱石はロンブローゾの *The Man of Genius* (London, 1891) を所蔵し、よく読み込んで詳細なノートを作っていた。『漱石全集』二十一巻「ノート」参照。

（22）『漱石全集』第六巻、脚注六四四―五頁。

（23）トルストイ『復活』上、中村白葉訳、岩波文庫、一九七九年、一二二頁（トルストイの原書は一八九九年刊）。

（24）同前。留学中の書簡に以下の記述がある。「日本に居る内はかく迄黄色とは思はざりしが当地にきて見ると自ら己れの黄色なるに愛想をつかし申候」、「其上脊が低く見られた物には無之非常に肩身が狭く候向ふから妙な奴が来たと思ふと自分の影が大きな鏡に写つて居つたり抔する事毎々有之候」。だから子供はなるべく椅子に座らせて育てるようにと妻宛に書いている。『漱石全集』二十二巻「書簡上」、明治三十四年一月二十二日夏目鏡宛書簡二二四。

（25）C. Lombroso, *L'amore nel suicido e nel delitto*, p. 34, quoted in Rudi C. Bleys, *The Geography of Perversion : Male-to-male Sexual Behaviour outside the West and the Ethnographic Imagination, 1750-1918*, London : Cassell, 1996, p. 155.

（26）Havelock Ellis, *The Criminal*, London : Walter Scott, 1890, p. 205.

（27）*Ibid*., p. 206.

（28）*Ibid*., p. 84.

III　もう一つの聖書物語

『心』における血の盟約

1　鮮烈な赤

『心』は、血液の鮮烈な赤が印象に残る作品である。先に、『草枕』から『それから』の系譜へと連なる、異性愛における血液の交換・流通のメタファーを読み解いてきた。ところが、『心』という作品においては、この血液メタファーが引き継がれながらも、男と女の間に流通するものではなく、男と男の絆を染めるものとして描かれている。

スパーマティック・エコノミーから漱石作品を読んできた眼には、『心』という作品を彩る赤い血のほとばしりは、これまでの血液の表現とは趣を異にしつつも、作者の血へのこだわりにおいて、共通な意識に貫かれているように見える。この血液の最も鮮烈な描写は、Kが自らの頸動脈を切った際に襖に飛び散った絵模様として表現されるものである。

Kは小さなナイフで頸動脈を切つて一息に死んで仕舞つたのです。外に創《きず》らしいものは何にもありませんでした。私が夢のやうな薄暗い灯で見た唐紙の血潮は、彼の頸筋から一度に迸《ほと》ばしつたものと知れました。私は日中の光で明らかに其迹《そのあと》を再び眺めました。さうして人間の血の勢といふものの劇しいのに驚ろきました。（百四、強調引用者）

この血液が描いた絵模様は、作品全体を貫いている。引用中に「再び」とあるのは、「先生」がKの死に初めて接した時に、「薄暗い灯」でそれを見ていたからだ。「さうして振り返つて、襖に迸ばしつてゐる血潮を始めて見たのです」（百二、強調引用者）。わざわざ「始めて」と断っているこの表現からして、日中に「再び」見たのが最後ではないことが窺える。それは、事件後この家から引っ越した理由が、「其夜の記憶を毎晩繰り返すのが苦痛だつた」（百五）ことからもわかる。

「先生」は、この後毎晩、この血潮を見ていたのだ。事件直後に「奥さんと私（＝「先生」）は出切る丈の手際と工夫を用ひて、Kの室を掃除しました」とあるように、この時血潮が染め付けられた唐紙も片付けられたにもかかわらず、「先生」の脳裏には、血潮の描いた絵柄が焼き付けられていた。さらに、引っ越した後にさえも、「先生」は背後に妻の静が控える襖を見て、そこにあの時のほとばしりを見なかっただろうか。

「私は私自身さへ信用してゐないのです。つまり自分で自分が信用出来ないから、人も信用できないやうになつてゐるのです。自分を呪ふより外に仕方がないのです」

「さう六づかしく考へれば、誰だつて確かなものはないでせう」

「いや考へたんぢやない。遣《や》つたんです。遣つた後で驚ろいたんです。さうして非常に怖くなつたんです」

私はもう少し先迄同じ道を辿つて行きたかつた。すると襖の陰で「あなた、あなた」といふ奥さんの声が二度聞こえた。「先生」は二度目に「何だい」といつた。奥さんは「一寸」と「先生」を次の間へ呼んだ。（十四、強調引用者）

この「襖」に、「先生」が何ら赤い色のほとばしりを認めなかったと想像する方が、困難というものである。直前の会話で、「先生」の心を衝き動かしているのは、Kを死に追いやった罪悪感である。その自分の罪を、このような形にせよ告白しているこの場面において、「襖」は、あの時の「襖」以外にはあり得ない。少なくとも「先生」の眼に映っていた襖は。

その上、「先生」は、あの事件が起る直前にも、Kの部屋の襖と向き合っていたのだった。「時々眼を上げて、襖を眺めました。然し其襖は何時《いつ》迄《まで》経つても開きません」（九十一）。「先生」は、この後もずっと、こうして襖を眺め続けねばならなくなり、そして、ある時から、その襖にすさまじい血のほとばしりが映し出されることになる。こうしてみると、この時、襖の背後に控えていた「奥さん」、つまり静は、「先生」にとって、いくらかKに似ていたはずだ。

ところで、『心』のテクストには、特に「先生」の語りにおいて、血液のメタファーが頻出する。最も印象的なものは、「先生」が遺書の中で「私」に、そのような形で自らの過去を明かすことを決断するに至った、心の経緯を説明するくだりである。

> 私は其時心のうちで、始めて貴方を尊敬した。あなたが無遠慮に私の腹の中から、或生きたものを捕《つら》まへやうといふ決心を見せたからです。私の心臓を立ち割つて、温かく流れる血潮を啜らうとしたからです。其時私はまだ生きてゐた。死ぬのが厭であつた。それで他日を約して、あなたの要求を斥《しり》ぞけてしまつた。私は今自分で自分の心臓を破つて、其血をあなたの顔に浴せかけやうとしてゐるのです。私の鼓動が停つた時、あなたの胸に新らしい命が宿る事が出来るなら満足です。（五十六、強調引用者）

『それから』で見てきた吸血モチーフが、このように踏襲されているのである。しかも、この血液の交換、もしくは吸血が、スパーマティック・エコノミーという異性愛の文脈から、ここでは、同性愛のエロスを匂わせる、男性間の師弟関係に移植されている。

Ｋは血潮を「先生」の「顔に浴せかける」代わりに、二人を隔てる襖の唐紙に浴びせかけて死んだ。「先生」は、Ｋが死んだ時の血潮のほとばしり、飛び散った一滴一滴が残した染みを内面化して、それを心から消すことができなくなっている。だから自らの死に際してそれを繰り返そうとしているのだ、強迫観念のように。「血潮を啜らう」という表現は、「私」が「先生」の内面、つまり心を知りたがったことを喩えたものである。それにしても奇妙なのは、心という内面の秘密を知るには、その心の所有者が死ななくてはならないことを、「先生」が勝手に前提としていることだ。過去の告白は、死を代償にしなければならないとでも言わんばかりに。

右の引用でさらに異様なのは、最後の一文である。「先生」の死と引き換えに、つまり「先生」が血を「私」の顔に浴びせかけることによって、「私」の胸に「新しい命が宿る」ことが嘱望されているのである。「胸」は、心臓をほのめかしているようであり、その心臓が、ここでは、まるで女性の子宮の代わりにされているかのようだ。

しかし、ここで異常なまでに強調されている血液は、もはや、生殖なぞを思わせるものではない。むしろ、スパーマティック・エコノミーから女性の介在を殊更に排除した、男性間の血液の交換である、イエスの贖罪の血を想起させるのだ。なぜなら、新しい命と引き換えに「先生」は死ぬからだ。というよりも、「先生」の死によって、新しい命がもたらされる。つまりこれは贖いの死である。そして、世俗の生、肉体としての生を死ぬことで、託された弟子の心の中に精神として蘇るという「先生」の遺志とは、イエス・キリストの復活をなぞっているかのようである。本章では『心』を、漱石によって書かれた、明治の日本を舞台にしたもう一つの聖書物語として読み解いてゆきたい。

2　なぜキリスト教なのか

明治二十二年（一八八九）、大日本帝国憲法が発布され、近代的な国民国家としての政治形態が整い、制度的な近代化が一段落した。次なる課題は、その国家の構成員たる「国民」の創出であり、つまり近代的個人の形成であった。だがこれは、人間の器たる国家を制度的に近代化するのに比べ、はるかに厄介な問題であり、西欧の国民国家にとっても国民の創出は、大きな課題だった。制度として外から、もしくは上から押しつけることはできない。構成員一人一人の、つまり「個人」の主体の問題である。その「個人」とて、「個人」というものがあったとしての話であり、国民国家を構成し得る近代的個人というものすら、これから作り上げねばならなかったのである。

西欧においては啓蒙期に人間が初めて社会的・政治的なしがらみから解放され、裸の身体のみに基づいたアトムとしての個人として認識されてから、内面を具えた近代的個人が成立するまでの約二百年の過程を、日本は十年、二十年の単位で遂行しなければならなかった。しかも、日本が近代的個人を構築しようとしていた時期は、西欧において、まさにその近代的個人の主体性に対して疑念が呈され始めていた時だった。西欧において揺らぎ始めていたこの概念を、日本が取り入れようとしたのだから、この摂取と確立のプロセスは、根本から捩れていたことになる。

憲法発布の翌年に交付された教育勅語は、国家にとって有為かつ理想的な人間像を提供し、国民に植え付けようとしたものであった。教育勅語によって、国家が理想とする人間像を全国に喧伝し、またこれに従わない者を思想弾圧の対象にするという、国家にとって好ましい国民の基準を示したものだった(1)。

だが、教育勅語や御用哲学者らによって提起される理想的人間像などが簡単に支持されるはずもなく、ましてや、そのような倫理観や理想像が、すみやかに個人に内面化されるなどとは、考えられるべくもない。個の確立や、個人の内面、心の問題の追究は、皮肉にも、こうして思想弾圧の対象となったキリスト教思想家たちによって推し進められることになった。宗教弾圧によって浮上する個人の良心、信仰の自由といった問題群が、個と国家の関係や、個人の内面についての省察と思考を刺激し、弾圧や攻撃を受けることによって、逆にそうした概念が立ち上げられてきたのである。

当然のことながら、個の確立や、その内面性についての思考は、おもに宗教思想として展開された。「心」についての思考が、近代になって初めてなされたわけではむろんない。これは、宗教、特に日本においては仏教の様々な宗派が専らとしてきた領域である。だが、明治二十四年(一八九一)の内村鑑三の不敬事件に象徴されるように、個人の内面の自由と国家の対立というテーマの追究に先んじたのは、キリスト教だった。

ここで重要なことは、近代において、個と内面の問題が国民一人一人にかかわるものとなったことである。精神的および宗教的なエリートのみならず、一般の国民においても個と内面が確立されなくてはならない、この均質化と平等性の原理が、国民国家の要請なのである。キリスト教思想は、この局面において、議論を広範に巻き起こし、多くの知識人を巻き込んだという点で大きな役割を担った。このような文脈に『心』を置くと、近代人の心の生成というものが、キリスト教と無縁ではあり得なかったことが理解できよう。

ただし、明治三十年代になると、キリスト教思想は過激すぎるという反感を買い、これに代わって、近代的な装いに一新した仏教思想が、「個と内面の時代」をリードすることになった。

Kが寺の生まれで、仏教思想を哲学的に勉強しているらしく、同時に聖書も読み、コーランを読む野心まで明らかにしていたことも、この背景を視野に入れると理解できる。Kとは、内面を追究し、近代的個人の「心」を確立しようとしていた、主として仏教思想家たちが担っていた時代精神が具肉化された象徴であろう。

にもかかわらず、この作品に濃厚に漂う、かの始原の物語である聖書の気配を否定することはできない。「先生」と「私」との師弟愛には、イエスとその弟子たちのそれを髣髴とさせるものがあるし、「私」が、Kの墓参りに出かけた「先生」を追って行った雑司が谷墓地では、意外にも「依撒伯拉《いさべら》何々の墓だの、神僕ロギンの墓だの」といった西洋人の墓が前景化される。ここで「安得烈」と彫り付けた墓標を前に、「私」は「先生」に読み方を尋ね、「先生」は「アンドレとでも読ませる積でせうね」（五）と苦笑している。この墓地は、神式の葬儀を奨励する新政府によって、明治五年（一八七二）に、雑司が谷神葬祭地として作られたものである。神式とはいえ、「一切衆生悉有仏生《しつうぶつしよう》と書いた塔婆《とうば》」などもある一般的な墓地である。だが、物語で語られているこの墓地にはどこか国籍不明な気配があり、キリスト教の匂いを否定するのは難しい。ちなみにアンドレは、キリストの十二使徒の一人の名であり、ペテロの兄弟である。

『心』における聖書もしくはキリスト教との呼応関係について、もう少し詳しく見てみたい。まず、Kは東京に出てきた最初の夏休みを、帰省せずに駒込の寺の一間を借りて勉強に明け暮れ、だんだん「坊さんらしくなつて」（七十四）いったと「先生」に記憶されている。「先生」は、K

が仏教の勉強をしているものと思っていたから、彼の部屋に聖書を見出して「一寸驚ろ」いた。Kは聖書について、「是程人の有難がる書物なら読んで見るのが当り前だらう」と言っている。しかし聖書についての言及は、これ以上なされない。

だがこの後、Kが死んでから、「先生」は恐らくKの遺品として残されたこの聖書を読んで、それを自らの心に内面化したと思われる。なぜなら、「先生」の語りに聖書的な表現が頻繁に現れてくるからだ。

さらに、「先生」に対する一途な尊敬の念を、エロスの領域に近いところまで高めてのぼせ上がる「私」を諫《いさ》めようとして言う言葉、「かつては其人の膝の前に跪《ひざま》づいたといふ記憶が、今度は其人の頭の上に足を載せさせやうとするのです」(十四)。これを「私」は、「先生」と奥さんの関係を言及したものと取るが、これが「先生」とKのことを指しているのは言うまでもない。「先生」は、Kを自分の下宿に呼ぶ際に、経済的な援助を動機としながらも、それをKに感づかれないように、言葉を弄して彼を説得する。それはこう表現されていた。「私は彼の剛情を折り曲げるために、彼の前に跪まづく事を敢てした」(七十六)。Kにこうして跪いた「先生」が、後にKを裏切る、つまり「頭の上に足を載せた」。この表現は、ヨハネの福音書十三章にある、イエスが弟子たちの足を洗うしぐさを思わせる。これはイエスが、「あなたがたの一人がわたしを裏切ろうとしている」と、ユダの裏切りを予言する直前の行為であった。他に、こんな例もある。「先生」が「私」に、「今に私の宅の方へは足が向かなくなります」(七)と言うのだが、「先生の予言は実現されずに済んだ」(八、強調引用者)。

お嬢さんのことでKを出し抜く前後を回想する、「先生」の遺書になると、こうした表現は頻出する。お嬢さんへの恋心を打ち明けたKに対して、「精神的に向上心のないものは馬鹿だ」という言葉で応じた時の自分を、「狼の如き心を罪のない羊に向けた」（九十六）。その後、Kへの策略に対して罪の意識を覚えたことは、「Kに対する良心の復活」。「復活」という言葉は、今では我々にも十分になじんだ言葉となり、「復活折衝」などと本来の文脈から離れたところで使ってもなんら違和感を感じずにいるが、これはもともとイエスの「復活」を意味する“resurrection”という、特殊にキリスト教的な言葉の翻訳語である。トルストイの『復活』は、この言葉が日本語に定着するのに多大な貢献をしただろう。[2]

同様の例は他にもある。「もしKと私がたつた二人曠野の真中にでも立つてゐたならば、私は屹度《きつと》良心の命令に従つて、其場で彼に謝罪したらうと思ひます」（百、強調引用者）。「曠野」とは、やはり聖書の言葉、“wilderness”の訳語であり、これはエデンの園のような囲われた楽園の外部にある。ルカやマタイの福音書が伝えるところによれば、イエスが霊によって引き回され、四十日間悪魔の誘惑を受けた場所である。ここには魔物が住み、また楽園が天上の調和を範とした場とすれば、荒れ野は楽園の反対をなす、混沌の場の象徴である。

『心』に戻ると、先ほどの「先生」の良心は、奥にいる人の気配が邪魔をして「永久に復活しなかった」。さらにKの死後、「先生」は「Kの墓の前に跪まづいて月々私の懺悔を新たに」（百四、強調引用者）したとあるが、跪いて参るような墓とは、どんな墓だろう。少なくとも日本の墓地にありふれた光景ではない。このような身振りは、地面にはめ込まれた墓石に跪く、キリスト教徒のそれである。

このようにみると、「先生」の遺書は、まるでキリスト教徒の懺悔のようだ。その他の箇所でも「跪く」や「鞭打つ」は度々現れる。これらの例から明らかになるのは、「先生」は、自らを裏切り者のユダに喩え、Kをイエスになぞらえているということだ。さらに恋愛事件の核心部分では、「先生」が「良心を復活」させて罪悪感を感じるに至る心模様は、後に詳しくたどることになるが、まさに聖書の言葉に即して物語られている。ついでに聖書に倣って表現すれば、この時の「先生」の心には「悪魔」が入ったと言えるだろう。「先生」は、女性を手に入れるために友を裏切ったという罪悪感を、聖書の言説に沿って作り上げ、それを自らの「心」の中に内面化しているのである。

だから、Kへの懺悔を新たにするために訪れるという墓地も、「先生」の「心」にとっては、聖書で語られている墓地と同じ意味を持つことになる。そうすると、この雑司が谷墓地という固有名を持つはずの墓地が、どこでもない墓地、しかしすべてのキリスト教徒の心の中にある、あの墓地の気配を漂わせ始めるのだ。墓地の区切り目に生えている大きな銀杏の木の下を「先生」と共に歩いている時、「私」は次のような情景を眼にする。

向ふの方で凸凹《でこぼこ》の地面をならして新墓地を作つてゐる男が、鍬の手を休めて私達を見てゐた。(五)

「私」はこの情景を脳裏に焼き付けている。焼き付けられた心象風景は、勝手に物語を紡ぎ出すだろう。そしてその物語において、この墓地は限りなく、イエスの埋葬された墓地に近づくのだ。ヨハネの福音書によると、「イエスが十字架につけられた所には園があり、そこには、だれもまだ葬られたことのない新しい墓があった」（ヨハネ福音書、19.41）。イエスの墓所の近くに「園」、つまり庭園があったのだ。一方、Kの墓があるこの「墓地の手前」にも「苗畠」（五）がある。この「苗畠」は、“garden”の訳語としては、むしろ「園」よりもふさわしいと思われる。楽園というよりも、若木や苗木を育てている、「曠野」ではない場所である。ここで育てられている木々は、人類の罪のきっかけとなった「知恵の木」を象徴しているのかもしれない。ところでイエスは、新しく墓地にされつつある「園」に埋葬された。先の引用文で、「新墓地」が作られている「向ふの方」とは、墓地の手前にある「苗畠」の方角なのではないか。

　イエスの復活が語られている次の章では、イエスを見に来たマグダラのマリアが、イエスの遺体がなくなっていることに気づき、泣いていた。

> イエスは言われた。「婦人よ、なぜ泣いているのか。だれを捜しているのか。」マリアは、園丁だと思って言った。「あなたがあの方を運び去ったのでしたら、どこに置いたのか教えてください。わたしが、あの方を引き取ります。」イエスが、「マリア」と言われると、彼女は振り向いて、ヘブライ語で、「ラボニ」と言った。「先生」という意味である。（ヨハネ、20.15–16[3]、強調引用者）

ヨハネの福音書のこのよく知られた場面で、マリアはイエスを園丁と思いこむ。イエスは、埋葬された墓のある園の園丁に擬されているのだ。エデンの園丁として園におかれていたアダムのように。キリスト教の図像では伝統的に、この時のイエスは鍬を持った姿で描かれる。新しい墓地で地面をならしていたあの男、原初の人間としてエデンの園の園丁であったアダムの生まれ変わり。「鍬の手を休めて私たちを見ていた」男とは、復活したイエスをほのめかしているのではないだろうか。すると、そのイエスとは、Kに限りなく近いのではないか。

しかし性急な解釈は戒め、『心』と聖書との呼応関係をさらに丁寧に辿ってみよう。「私」は、故郷の父母の家に久しぶりに帰ったときの違和感を、「儒者の家へ切支丹《きりしたん》の臭を持ち込むやうに、私の持つて帰るものは父とも母とも調和しなかつた」（二十三）と表現している。「切支丹の臭」に喩えられているのは、「先生」に感化された結果の「父にも母にも解らない変な所」のことである。またこの母は、死につつある父のことを、「病気の時にしか使はない渇くといふ昔風の言葉を、何でも食べたがる意味に用ひてゐた」とあるが、「渇く」という表現は、聖書に特有の言い回しであり、イエスが死の直前に発した言葉でもある。「この後、イエスは、すべてのことが今や成し遂げられたのを知り、「渇く」と言われた」（ヨハネ、19.28）。

その他にも、「覚醒」（単行本、初出は「自覚」）や「新しい生活」、「鞭打つ」、「洋燈の光」といった聖書的表現が散りばめられている。このように見てゆくと、『心』という物語が、聖書をメタ・テクストとしていることは疑いようがないと思われる。現に、「先生」はお嬢さんに対して抱いていた愛を、宗教的な愛であると遺書の中で語っている。

私は其人に対して、殆んど信仰に近い愛を有《も》つてゐたのです。私が宗教だけに用ひる此言葉を、若い女に応用するのを見て、貴方は変に思ふかも知れませんが、私は今でも固く信じてゐるのです。本当の愛は宗教心とさう違つたものでないといふ事を固く信じてゐるのです。

（六十八）

しかも、ここでの宗教の意味は、かなりの程度キリスト教に限定されると考えてよい。たとえば『道草』の健三は、妻へ愛を捧げる自分の身振りをキリスト教徒に倣っている。「神の前に己れを懺悔する人の誠を以て」、ヒステリーの発作の起こった「細君の膝下に跪づい」（五十四）ており、このキリスト教徒の身振りでもって妻に接することが、「夫として最も親切で又最も高尚な所置と信じてゐた」のだった。妻たる女性に捧げる愛を、キリスト教徒が神に捧げる信仰的愛を模範として内面化しようとしていた、明治の知識人たる健三が、作者自身と重なって見えてくる。

このような「愛」の棲家たる「心」は、どうやら、キリスト教の語彙による、裏切りと復活と救済のストーリーに即して織り上げられていったらしい。「自己の心を捕へんと欲する人々」が読むべきであると作者によって推奨される、「人間の心を捕へ得た」というこのテクストは、明治の男性知識人の「心」の秘密が、キリスト教の言葉によって織り上げられ、内面化されていった、そのプロセスの物語として読むことができる。

3 血のメタファーの変転

一章で『草枕』から『それから』へと、血液を異性間のエロスの流通のメタファーとして考察したが、同じ血液メタファーの背景が、『心』においては大きく変わっている。

ここではそうした変容を視野に収めるためにも、頻出する血液にまつわる描写・表現を、全体に渡って辿ってみたい。そうすると、このテクストが全編、薄気味悪いほどに、血にまみれていることが明らかになるだろう。

ただ、血といっても、その含意するところは、作品では大きく二つの系列に分かれている。一つは、キリスト教に由来すると思われるものと、もう一つは、一族を縦に貫く遺伝的係累、もしくは血縁としての血である。先に引用した、「先生」が「私」に宛てた遺書に認《したた》められていた「血をあなたの顔に浴びせかけ」る、などという表現は、すでに指摘したキリスト教の系譜である。だが、当時一般的に流通していた血という言葉の含意は、「血のつながり」などという表現に見られる、肉親の係累関係を指す場合が圧倒的だ。この作品では、しかし、作者は敢えてこのシンボリズムを逆転させて、血縁を覆し、それを超える新たな関係性を、イエスが全人類の罪を贖うために流した血の象徴に託していたと思われる。つまり、「血」という使い古された言葉に、新しい意味・象徴を盛り込もうとしたのである。「先生」が「殉死」という言葉に新しい意味を見出したように。

まず、血縁、血族の意味の例を検討すると、実はこれが意外に少なく、次の一例のみである。「先生」の遺書の中にある、「先祖から譲られた迷信の塊も、強い力で私の血の中に潜んでゐたのです」（六十一）という表現。だからと言って、この意味を作者が軽んじていたわけでは決してない。それというのも、『心』の次の作品である『道草』に、興味深い呼応例がある。それは、作者をモデルとしているらしい主人公、健三が外国留学から帰国し、東京に一家を構えつつあった頃、何十年も前に縁を切ったはずの養父につきまとわれ、さらには、老いが迫り、病み衰え、衰亡の相を顕わにする兄姉たちに取り囲まれて、己の血というものについて思考を巡らせる場面である。

彼はまた自分の姉と兄と、それから島田の事も一所に纏めて考へなければならなかつた。凡てが頽廢《たいはい》の影であり凋落の色であるうちに、血と肉と歴史とで結び付けられた自分をも併せて考へなければならなかつた。（二十四）

「血と肉と歴史」、これが遺伝と呼ばれるものである。これを「骨肉」と言い換えるとどうなるだろうか。ここはやはり、「骨」ではなく、どうしても「血」でなければならない。なぜなら、「血」は流れ、混交し、伝えるからだ。しかも、男と女の間に流通する白い液体の隠喩になりうるし、生命がその中で宿ることもできる。スパーマティック・エコノミーの観点から書かれているもう一つの作品である『道草』は、何よりも、赤い血の物語なのである。赤い血が過去から未来へと伝えゆくことになる、遺伝という形での肉体の継承。この遺伝の行く末は、血族の「頽廢と凋落」以外のものではあり得ない、という暗澹たる予感。それは過去に犯した先祖の罪に由来する。そうすると、血液は、過去の罪を現在に伝え、そしてその暗い影を未来へと投影もする媒介である。赤い液体が支配するもう一つのエコノミーには、ダーウィニズム以降、こうしたペシミスティックな宿命の諦念が絡みつき、暗い影を落としていた。

『心』に戻ると、このような意味での血への言及は、先の一箇所のみである。だが、「私」の手記の中では、血という言葉こそ出てこないが、まさにこの意味の血と、そしてキリスト教の血とが、対立・拮抗している。そもそも「私」の手記とは、生を与えてくれた父を選ぶか、精神的な師である「先生」を選ぶか、という究極の選択のドラマであった。つまり血族としての父を選ぶか、契約としての父を選ぶか、である。

私は心のうちで、父と先生とを比較して見た。両方とも世間から見れば、生きてゐるか死んでゐるか分らない程大人しい男であつた。他《ひと》に認められるといふ点からいへば何方も零であつた。それでゐて、此将碁を差したがる父は、単なる娯楽の相手としても私には物足りなかつた。かつて遊興のために往来《ゆきき》をした覚のない先生は、歓楽の交際から出る親しみ以上に、何時か私の頭に影響を与へてゐた。たゞ頭といふのはあまりにも冷《ひやや》か過ぎるから、私は胸と云ひ直したい。肉のなかに先生の力が喰ひ込んでゐると云つても、血のなかに先生の命が流れてゐると云つても、其時の私には少しも誇張でないやうに思はれた。私は父が私の本当の父であり、先生は又いふ迄もなく、あかの他人であるといふ明白な事実を、ことさらに眼の前に並べて見て、始めて大きな真理でも発見したかの如くに驚ろいた。（二十三、強調引用者）

ここには、肉親としての父と、精神的な父としての「先生」が対比して書かれている。「私」は、明らかに生みの父を飽き足りなく思い、それに引き比べて「先生」の影響力の大きさに思いを致し、血縁を否定し、こちらを真の父であると思い始めている。さらに、「私」は「先生」から精神的影響を受けた結果、自分の「血のなかに先生の命が流れてゐる」とまで感じている。こうして、「先生」の精神的影響は、頭よりも胸に及び、さらには血液にまで及んでいく。つまり、「精神」に限定された影響などではもはやなくなる。

　このときの「血」とは、血縁の血ではむろんなく、すでに別の意味へと変容を遂げている。それは、ある意味で「心」そのものに近いものだ。先の引用も、端的にそのことを示している。「先生」から受けた影響が、頭から胸へ及ぶというところまでは理解できる。両者とも、「心」のありかとして一般に想定されているものである。しかし、それが「血」にまで及ぶというのは、尋常な発想ではない。だが、この作品においては、「血」がこうして「心」の象徴性を担っているのだ。他の例としては、「先生」の遺書中にある、「私は冷かな頭で新らしい事を口にするよりも、熱した舌で平凡な説を述べる方が生きてゐると信じてゐます。血の力で体が動くからです。

言葉が空気に波動を伝へる許《ばかり》でなく、もつと強い物にもつと強く働き掛ける事が出来るからです」（六十二）という表現。ここでも、血は人の心を動かし、訴えかけることのできる媒体とされている。

次に考察するのは、神経衰弱になりかけ、精神状態が不安定になったKへの「先生」の批評。「私は彼を人間らしくする第一の手段として、まづ異性の傍に彼を坐らせる方法を講じたのです。さうして其所から出る空気に彼を曝した上、錆び付きかゝつた彼の血液を新らしくしやうと試みたのです」（七十九、強調引用者）。この「血液」とは、「心」のことであり、キリスト教的に言えば、「魂」のことでもある。直前に次のような表現があるからだ。「使はない鉄が腐るやうに、彼の心には錆が出てゐたとしか、私には思はれなかつたのです」（強調引用者）。この二つの引用例において、「血液」と「心」は、ほとんど等価な記号となっている。

このテクストにおいては血液が心を表すようになり、しかもエロスの表現の重要なメタファーとなっている。但し、エロスとは言っても、男性間に限られている。そうすると、血液は男と男の間に交わされる交情を伝える媒体である。

さらに注目したいのは、『心』において、このエロスは、血族の関係を超えるものへと昇華されている点だ。血縁としての血を解体し、これを超えさせることのできる新しい意味を担った「血」。肉親を結び付け、過去の罪によって現在と未来をも縛る遺伝の導管としての「血」の意味を解体し、新たな意味をもたらす「血」。そんな意味を担いうる「血」とは、キリストが人類の罪を贖うために流した血以外にはあり得ない。「血」の意味するもう一つのシンボル、それこそが、キリストが万民のために流した血なのである。

キリスト教にとって血液は非常に重要な象徴である。端的な例として、聖餐のパンとワインが、キリストの肉と血の象徴であることが挙げられよう。この血は全人類の罪を贖うとされる。このように、キリスト教にとっては、血とは何よりも、贖罪と契約を表すものだった。

そしてもう一つは、命の源としての血である。この考え方の背後にあるのは、血は生命の宿るところとして、ヤハウェに捧げられるものであり、神聖にして犯されざるものであるという信仰である。レビ記には以下のような記述がある。「……血を食べる者があるならば、わたしは血を食べる者にわたしの顔を向けて、民の中から必ず彼を断つ。生き物の命は血の中にあるからである。わたしが血をあなたたちに与えたのは、祭壇の上であなたたちの命の贖いの儀式をするためである。血はその中の命によって贖いをするのである」（レビ記、17. 10-11）。だから「いかなる生き物の血も、決して食べてはならない。すべての生き物の命は、その血だからである」（17：14）。

他方、贖罪の血、契約の血という思想は、旧約よりも新約において展開されており、より限定的には、イエスが流した血のことである。この思想は、聖餐の儀式である最後の晩餐においてはっきりと表明されている。マタイの福音書から最後の晩餐の場面を引用したい。


一同が食事をしているとき、イエスはパンを取り、賛美の祈りを唱えて、それを裂き、弟子たちに与えながら言われた。「取って食べなさい。これはわたしの体である。」また、杯を取り、感謝の祈りを唱え、彼らに渡して言われた。「皆、この杯から飲みなさい。これは、罪が赦されるように、多くの人のために流されるわたしの血、契約の血である。……」（マタイ、26.26–28、強調引用者）

イエスがこうして流した自らの血による贖いによって、かつてのモーセの契約に代わり、新しい契約が結ばれた。イエスより以前の祭司たちは、自分の罪のためと民の罪のために、自分の血ではない、生贄の雄牛や山羊の血を毎日捧げなくてはならなかった。だが、雄牛や山羊の血では、罪を完全に取り除くことができない。イエスはただ一度だけ、自分自身の血を流すことにより永遠の贖いを成し遂げ、そしてその血によって、新しい完全な契約を仲介したのである（ヘブライ人への手紙、8–9）。

こうしてみると、キリスト教にとって血がいかに重要な象徴であるか、という認識を新たにできよう。さらに、『心』という作品を貫いている血液のメタファーは、聖書とキリスト教の象徴群に由来することも理解できる。これは、スパーマティック・エコノミーによる系譜とは明らかに異なる。つまり、同じ血液による表現が、『心』において、スパーマティック・エコノミーから、キリスト教的、聖書的なものへと転換されているのだ。これは、異性間から同性間へと血液の流通回路を変えたことに、まず対応しているだろう。スパーマティック・エコノミーにおいては、女たちが吸血鬼として男たちの生血を啜っていた。だが、『心』では、男が男の生血を啜り、男が男の血潮を浴びせかけられる。そして、男の血液の中に、別な男の命が宿るのである。

ただし、この男たちは、世代が異なる。つまり、年長者から若者へと注がれる血液の奔流である。Kについては、「先生」と同世代ではないかという反論があるかもしれない。だが、Kには周到に過去という時代性の象徴が付与されていた。Kは過去を大切に「積み上げ」てきて、「昔の人」を尊重する人物だった。「投げ出す事の出来ない程尊《たつ》とい過去があつた」（九十七）。この重さゆえに、「覚醒」（単行本、初出は「自覚」）して「新しい生活」へ身を投じることのできなかったとされるKは、過去の象徴である。そうすると、血液のメタファーが担っているのは、ある世代から次世代への、男たちの愛と友情と精神的文化の継承である。

　ところで、異性間における血、もしくは精液の流通というエコノミーでは、基本的に両性間の生殖が前提とされ、子供がもうけられる。この継承のラインに沿って生物的な形質が遺伝され、物質的な富が遺産として相続される。これは、「私」の場合、父が郷里で死病を患い死に赴きつつあるという設定によって、差し迫ったものとなる遺産相続として、物語の中で前景化されている。しかも、この遺産の継承が正当に行われないかもしれないという危惧が再三、「先生」の口から表明される。

> 「君のうちに財産があるなら、今のうちに能く始末をつけて貰つて置かないと不可《いけな》いと思ふがね、余計な御世話だけれども。君の御父さんが達者なうちに、貰うものはちやんと貰つて置くやうにしたら何《ど》うですか。万一の事があつたあとで、一番面倒の起るのは財産の問題だから」（二十八）

執拗に繰り返される「先生」の懸念は、このラインに沿った継承が近代化によって滅茶苦茶にされ、機能不全に陥っていることの警告と受け取ることができる。そうするとこの懸念は、父の代の遺産や文化が、子の世代に正しく継承されていないという、「先生」の明治期の日本の状況への批判とも読める。また、この批判は、もう一方の相続、つまり生物的形質の相続である遺伝という機能の失調の、暗喩ともなり得る。それは、退化・変質として、江戸時代に男色をはじめとする異形のエロスを享受してきた日本人に、暗くのしかかる宿命の影であった。

他方、生殖が前提とされる異性間のエロスと異なり、同性間のエロスの交換には、肉体的な子孫を残すということがあり得ない。このエロスは、社会において登記されていないばかりでなく、生物的・肉体的な再生産エコノミーにおいても登記されていない。つまり、綿々と繰り返される誕生と死という、類としての命の永遠性からは排除されているのだ。この、名前を与えられないエロスは、「生きてゐるか死んでゐるか分らない程大人し」い。存在していることさえ、社会の多数の人々には知られていない。だからこそ、このエロスは、そしてそれを育んできた文化は継承されねばならない、文学作品の中に。継承のラインを何としても守らねば、この文化はただ消えゆくのみだ。継承の可能性を作者は、聖書のシンボリズムの中に見出した。新約聖書は漱石にとって、イエスと弟子たちとの間の精神的遺産の継承の物語だったのである。

さらに、キリスト教の血の象徴には、血縁・血族といった意味がほとんどない。むしろ、キリスト教においては、意図的に血縁や血族といった親族関係を解体に向かわせる力さえ感じられる。

というのも、新約には、イエスが部族や種族を超越して、すべての人間の罪を贖うという発想があるからだ。イエスとは、キリスト教の神話体系において、個人性・個別性を超越し、全人類という抽象的概念へと転換し、さらにイスラエルの民の苦難の歴史を「永遠の相の下に」普遍化し、人類全体の歴史へと転換させる、象徴としての存在であった[4]。キリストの出現によって、個別の人間の歴史が全人類の歴史になったと、オスカー・ワイルドは看破している。

　イエスの流した血による新しい契約によって、地縁、血縁、領主といった封建的な共同体において人々を支配していた旧い様式が解体され、そこから解放された人間は、一人の個人として、一元的に神とラディカルに対峙することになる。その意味で、キリスト教の教義の本質には、民主化かつ近代化へと向かわせる力が潜んでいる。マックス・ウェーバーが、プロテスタンティズムの精神の根底に、近代資本主義の確立を準備するエトスを見据えたゆえんである。そうすると、スパーマティック・エコノミーからキリスト教の象徴へ移し変えるという『心』の戦略には、「血と肉と歴史」なるものによって結び付けられ、衰亡へと向かう運命から、人々を救済し、遺伝という血の宿命から解放しようとする期待が、託されているだろう。

　ところで、このように『心』の血液メタファーがキリスト教に由来するとすれば、Kの流した血は、贖いの血ということになる。また、Kと「先生」の死も、罪を贖うためであったという解釈が導かれる。『三四郎』の「迷羊《ストレイシープ》」や美禰子の「われは我が愆《とが》を知る」（十二）といった言葉からも、漱石とキリスト教の関わりは知られている。現在、東北大学の漱石文庫に所蔵されている英文聖書には、“Natsume San / With Mrs. Nott’s most / Kind regards— / S. S. Preussen

／10th October 1900" という献辞が記されているが、これは金之助が一九〇〇年、イギリス留学に向かうプロイセン号の船上で、ミセス・ノットから贈られたものであった。この船上には宣教師が多数いて、彼らにとって船に乗り合わせた大勢の異教徒たちは、改宗を勧める格好のターゲットだったが、金之助にとって、その光景は苦々しいものだった。唯一絶対の真理を主張する宗教としてのキリスト教に対する批判を、この時に英文で書いたものが、「断片」に収められている。

だが、文学作品として聖書を読み、一人の芸術家としてイエス・キリストを見るという態度を、漱石はその後わがものとし、そして『心』を書いた。漱石のこの精神的態度に影響を与えたのは、まず当時の欧米の思想風土であった。キリスト教は確かにダーウィニズム以降、宗教としての権威は失墜していたものの、十九世紀という世紀は一貫して、イエス・キリストに対する関心を持ち続けていた。「十九世紀後半の神学を特徴づけるものに、イエス伝への関心ほど顕著なものはなかった」と、一九〇〇年にある批評家が『コンテンポラリー・レビュー』誌に綴っている。[5] 一八五〇年から一九〇〇年の間に、おびただしい数のイエスの評伝が出版されているが、中でも有名なのは、エルネスト・ルナンの『イエス伝』（一八六三）である。これらに共通するのは、キリストを歴史的人物として探求することによって、時代に固有な思想的問題を解決する手がかりを得ようとする態度だった。そして同時代人のキリストへの共感の中にあって、その深さと特異さで異彩を放っていたのは、オスカー・ワイルドの『獄中記』である。

『獄中記』は、一八九五年の悪名高い裁判の有罪判決によって投獄されたワイルドが、二年間の獄中生活の終盤に、アルフレッド・ダグラスに宛てて書いた長い書簡の抜粋である。この手紙は、ワイルドが収監されていたレディング監獄からは投函されず、出獄した日にワイルドがロバート・ロスに渡し、ロスはその写しをダグラスに送り、さらに、一九〇五年に書簡の一部をこのタイトルで出版した。ダグラス宛ての手紙の中で、ワイルドは見事なイエス論を展開する。

漱石文庫には、一九〇五年版の『獄中記』があり、漱石はこれを読んでいる。現在残っているこの書には、漱石がワイルドから確かに、キリスト教と、そして芸術家としてのイエスの美学を学んだことを示す痕跡――傍線――がある。漱石は留学中に、トマス・ア・ケンピスの『キリストに倣いて』の英訳書に詳細な書き込みをしているし、聖書も熱心に読み込んだことが窺える。だが、漱石はワイルドのイエス論にもっとも深い影響を受けているだろう。ワイルドの哀切な叫びと、本文の傍らに長々と引かれたインクの線には、そう確信させるものがある。『心』というテクストに刻印された聖書とイエスの精神を、しばらく我々は、ワイルドを通して辿ることにしたい。

4　ワイルドの「イエス論」

漱石が作品中で、ワイルドの名に言及しているのは、『草枕』の一箇所のみである。「基督《キリスト》は最高度に芸術家の態度を具足したるものなりとは、オスカー、ワイルドの説と記憶してゐる」（十二）。これは、『獄中記』を受けた一文である。ところで、この前後で展開されているワイルドのイエス論は、希代の名文である。漱石が所蔵し、かつ読んだ彼の書簡集は、現行の版のようにすべてが掲載されたものとは異なり、主にこの部分を中心にしたものの抄録である。漱石はこのイエス論を読み、延々と傍線を引いている。

古代ギリシャ通で快楽主義を標榜したワイルドであるが、母の影響もあって、幼少の頃から、ローマ・カトリックの儀式的様式美に共感を抱き、何度か改宗も本気で考えたようだが、父の反対で叶わなかった。そんなワイルドが、じつに死の前日、カトリックの神父に簡略な洗礼を受け、終油の秘蹟を受けたのだ。人事不省に陥っていたワイルドの姿を見て、カトリックの神父を呼びに行こうと決断したのは、無二の親友、ロバート・ロスだった。ワイルドのそれまでのカトリックへの深い愛着を知っていたからである。このときワイルドは、もはや口も利けなくなっていた。とはいえ、ロスは彼にその意思を問い、ワイルドはそれに応えてかすかに手を挙げ、同意の意を示したのだ。(6)

あのワイルドが、生涯の終わりに駆け込むようにしてカトリックに改宗し、カトリック信者として死んだ。この事実は、やはり、彼のイエス論の見事さに通じる何がしかの根拠になろう。そしてこれを書かずにいられないまでにワイルドを駆り立てたのは、彼の世俗の不幸、汚穢の中の苦役、肉体の荒びであった。歴史上初めて同性愛者の烙印を押されたワイルドは、女からうつされた梅毒によって、その肉体は腐りかけていたのだから、皮肉という他ない。

ワイルドは汚辱にまみれた監獄生活の中で、「新しい生」への復活の希望をイエスに託し、自らをイエスになぞらえてイエス論を書いたのだ。世にも稀な天分を授かり、華やかな名声と豪奢な逸楽の只中にあったのが、突如の転落の後、かほどの屈辱の中で人生の終幕を迎えなければならなくなった者がすがったのは、イエスが説いた美しい「魂」という思想だった。牢獄の藁の寝床に横たえねばならぬ、堕落し果てた肉体を抱えて、「魂」というものを信じなければ、一体どうやって生き永らえ得ただろう。往時、「魂」やら「内面性」やらに敵対し、それらの虚偽を暴くことにおいてニーチェと渡り合ったワイルドが、「魂」に辿り着いた。監獄の、「内面性」の象徴たる独房の中で。いかにもそれは当然の帰結だった。

私が辿り着いたのが、魂の究極の本質であったのは言うまでもない。私は多くの点でそれに敵対していたというのに、魂は友として私を待っていてくれたのである。(7)

イエス論に通底する、美しいまでに哀しい苦悩は、漱石に尋常ならざる感慨と霊感を与えた。そして、かつては写生文という形式で内面を書かない実験をしていた漱石さえもが、魂に辿り着き、これと向き合った。それが『心』である。

ところで、ここで漱石が尋常ならざる感慨を持ったと言うのには、根拠がある。漱石にとって、このイエス論の直後の一節は看過できないものだったからだ。それは、近代社会が男色者もしくは同性愛者に雨霰と投げつける石つぶての酷《むご》さと痛さを書いて、余すところがない。

一八九五年十一月十三日に私はロンドンからこの監獄へ移送された。その日の午後二時から二時半までの間、手錠を嵌められ、囚人服を着た私は、クラパム・ジャンクション駅のプラットフォームに立たされ、世間の晒し者になった。一刻の猶予も許されずに、医療監獄から追い出されたからだった。その場に居合わせたありとあらゆる人および物の中でも私ほど醜悪なものはなかった。人々が私を見ては笑った。汽車が着く毎に見物人の数が増えていった。彼らにとってこんなに楽しい見世物はなかったのだ。それとて、私が誰なのかを連中がまだ知らずにいたときのことだ。知ってからの嘲笑のむごさたるや言語を絶する。半時間という時が長いのか短いのか、私にはわからない。ともかく、その間、私は嘲りと侮蔑の笑いに晒されながら、十一月の灰色の空から降りそぼる冷たい雨の中を立ち尽くすだけだった。私はその後の一年間というもの、毎日同じ時刻に同じだけの時間を泣き暮らした。(8)

ここに、漱石が長々と傍線を引いていたということを述べさえすれば、十分だろう。これが、ホモフォビアの文化（同性愛を嫌悪し忌避する文化）の実態なのだ。そして、明治期の日本はこのようなものになろうとしていたのだった。漱石は、この文化変容のはざまにあって、ワイルドの悲哀と苦悩を理解し、それらをわが身に引き受けたに違いない。

ついでに付言すると、ワイルドがこの屈辱を味わったクラパム・ジャンクションという駅は、ロンドンの郊外、クラパムにある大きな接続駅であるが、漱石の五軒目の下宿から歩いて二十分ほどのところにある。ここに逗留していた一九〇一年当時、漱石は、ワイルドがこの駅で遭遇した悲劇など知るよしもなかった。ただ、漱石がロンドンに落ち着いた直後の一九〇〇年十二月一日に、ワイルドの訃報（死去は十一月三十日）はパリから届けられていた。

漱石が所蔵する『獄中記』は一九〇五年に刊行されたものである。一九〇六年に書かれた『草枕』に言及があることから、漱石はほぼこの時期に読んだものと考えられる。その三年後の一九〇九年、『永日小品』に「霧」と題した作品で、この駅に触れている。

昨宵は夜中枕の上で、ぱち〳〵云ふ響を聞いた。是は近所にクラパム、ジヤンクシヨンと云ふ大停車場のある御蔭である。此のジヤンクシヨンには一日のうちに、汽車が千いくつか集まつてくる。それを細かに割附けて見ると、一分に一と列車位宛出入をする訳になる。その各列車が霧の深い時には、何かの仕掛で、停車場間際へ来ると、爆竹の様な音を立てゝ相図をする。信号の燈光は青でも赤でも全く役に立たない程暗くなるからである。

漱石はロンドン名物の深い霧の中で、右往左往する。「二間許り先」しか見えない。「世の中が二間四方に縮まつたかと思ふと、歩けば歩るく程新らしい二間四方が露はれる。其の代り今通つて来た過去の世界は通るに任せて消えて行く」。囚人服を着せられたワイルドがこの駅で笑いものにされた過去も、霧の中に吸いこまれて行っただろう。

『草枕』で漱石が引用しているように、ワイルドは芸術家としてのイエスについて語った。イエスの資質の特に秀でているのは、詩人としてのそれであると言う。イエスは、詩人の想像力のみが可能にする、「共感の神秘主義」とでも呼びうるものによって、個々様々な人間たちの核にある一つの共通な大いなる命を、すべての人間において見出したのだ。

特にキリストのロマン派的資質に言及するとき、ワイルドが想定したのは、ロマン派詩人が共通に宿していた、「精神の内奥にある神秘的かつ宗教的な詩想の核」[9]というようなものだっただろう。「キリストこそは、様々な民族を一つの統一体として考えた最初の人である。キリストよりも前には、たくさんの神々とたくさんの人間がいた。彼のみが、生命の丘の上に、神と人間だけがいるのを見た」[10]。ワイルドがここで述べているのは、イエスという個人の生涯と、その芸術的観点から見たときの象徴性についてである。このワイルドのイエス理解をもっともよく説明している、西山清の『聖書神話の解読』に従って、しばらくこの考え方を辿りたい。

西山によると、旧約の世界で語られた「ユダヤ民族の苦難と信仰の歴史が、イエスというひとりの人間の行為とことば（＝新約の世界、挿入引用者）に収斂してキリスト教信仰の核となる」。それが、イエスが再三語る、「わたしは（モーセの）律法を破壊しにきたのではなく、成就するためにきた」ということの意味である。つまり、新約聖書は、旧約聖書の内容を成就するものとして捉えられ、「旧約の世界でなされた行為や語られた言葉は、新約の世界で成就され、逆に新約の世界でなされ、語られることはすでに旧約の世界で予言されていたこと」とされるのである。新約の、旧約に対するこのような関係を、キリスト教神学では、予型論（タイポロジー）と呼ぶ。そうすると、イエスの生涯は単なる個人としての生涯ではなく、民族、さらには人類全体の歴史という普遍性に支えられた信仰を体現することになるのだ、と西山は言う。

かくして、イスラエルの民の歴史という個別の歴史は、イエスの生涯において「永遠の相のもとに普遍化され、人類全体の歴史、あるいは人類のたどるべき道筋を示すのである」。イエスの行為は、旧約を「永遠の相のもとに、普遍的なかたちで成就する」のだから、具体的な時と場を超越し、「誘惑する悪魔の姿や、荒野の場所、時すら問題にならない」。あらゆる時代の人間が生きるすべての場において、イエスの生が指針となる。(11)

ワイルドが描くイエス像とは、まさにそうしたものである。

ガリラヤの身分卑しき若者が、自らの双肩に全世界の苦悩を負っているなどと想像したということが、私にはいまだよく信じられないのだ。かつてなされ、苦悩され、そしてこれからなされ、苦悩されるであろうすべてのことども、それをこの若者は自らの肩に担ったのだ。ネロの、チェーザレ・ボルジアの、そしてローマ教皇アレクサンデル六世の、ローマ皇帝にして太陽神の司祭たりし者の罪、そして、その名は無数であり、その住居は墓の中にあるとされた人々、虐げられた諸国民、工場で働く子供たち、泥棒、囚人、社会からの追放者、圧制の下で言葉を奪われ、その沈黙が神にのみ聞き届けられる人々、こういった人々の罪と苦悩とを、だ。さらに、このことを想像しただけでなく、実際に行いさえした。だからいま現在、彼の人格に触れた人は、たとえ彼の祭壇に頭を下げたり、彼の司祭の前に跪いたりすることはなくとも、皆、自分たちの醜い罪が取り払われ、美しい悲哀が姿を現すのを眼にするのである。(12)

有史以来すべての時代を通じて、人々の罪と苦悩を贖うイエスのイメージ、これこそがワイルドが到達した、象徴の本質的な理解であり、イエス・キリストをこのように描き得るのは、イエスが究極の、そして永遠の象徴だからである。「ものごとを外見によって判断しないのは、浅薄な連中だけだ」、「真の神秘は目に見えるものであって、見えないものではない」などと言ってのけ、内面を否定し、外見と内面についての才気走った逆説を振りかざす『ドリアン・グレイの画像』（一八九一）の作者が晩年に辿りついた、これが、象徴と人間の魂についての思想である。

ワイルドは言う。監獄の独房の中で悲哀を友として生きる彼の生を、「新生」などとダンテに倣って言ったとしても、所詮、新生などありえない。いま現在の生は、自分の過去からの単なる継続であり、発展であり、進化以外の何ものでもない。だから、彼が快楽の中でのみ生を送ってきた過ちとその帰結は、すべて彼の芸術において、予知され、予言されていた。『幸福の王子』にも、『ドリアン・グレイの画像』にも、『サロメ』にも、血肉となって表現されていた。そしてそれ以外の可能性は、あり得なかったのだ。「人生のどの瞬間においても、人は、これからなるであろうものであるのと同時に、これまであったものでもある。芸術は象徴である。なんとなれば、人間が象徴なのだから(13)」。

ワイルドのこの言葉を理解するには、ワイルドや漱石を恐らくは先達として、個人の生と象徴について考察している我々の同時代人、村上春樹を手がかりとするのがよいと思う。例えば、漱石作品の、特に『心』をメタ・テクストとする『海辺のカフカ』の重要なメッセージとして、村上は「世界はメタファーである」という言葉を発し続ける。「世界はメタファー」であり、私たちが生きる個人としての生は、何か別なものの隠喩表現なのである、と。

何か別なものとは、すでに預言された人間の運命である。『海辺のカフカ』では、登場人物たちはみな、かつて語られた預言、神話、物語をなぞっている。彼らの言語、動作、行動は、すでに語られた物語の無数の引用からなる。私たちが、今生きていて、これが現実だと思っている生、それを私たちは、唯一かけがえのない存在である個人が、まったく新たに切り開きつつある人生だと信じている。だがその実、この地球上で語られた物語を、ただあらかじめ決められたようになぞっているにすぎないのだと、村上は考える。だから主人公の田村カフカも、オイディプスの神話のように、父を（象徴的にせよ）殺し、母と交わるという運命を辿ったのだった。「さくら」という名の姉は、象徴的には、その母との間に生まれる彼の娘であり、また妹でもあるアンティゴネーであろう。このような意味において、私たちの人生とは、象徴であり、メタファーなのである。

私たちは個別的な、一回限りの生を生きているのと同時に、象徴の次元においては、物語のメタファーとして生き、それを表現してもいる。ワイルドも言う、自分の人生は自身が芸術において物語っていたように、「それ以外にはあり得なかったのだ」[14]、と。それはあたかも、旧約聖書で預言されていたことを、イエスがその受難の生と、十字架上の死、そして復活という形で成就したように。

教会の至高の役割は、このキリストの受難劇を、血を流さずに演じることなのであり、対話と衣装と身振りによって、キリストの受難を神秘として表現することであると、ワイルドは述べる[15]。

そして、そのことに彼は、感謝の念を捧げずにはいられないのだとも。なぜなら、キリストが全人類の苦悩と受難を象徴することによって、またそれを芸術に顕現することによって、生身の人間の血が流されずにすむからだ。キリストとは、すべての人間の生の象徴だからである。人は自分自身の魂を所有することによって、ある程度は、キリストになることができる。そのような魂の次元では、人間は一つなのだ。

あなたがたは皆、信仰により、キリスト・イエスに結ばれて神の子なのです。洗礼を受けてキリストに結ばれたあなたがたは皆、キリストを着ているからです。そこではもはや、ユダヤ人もギリシア人もなく、奴隷も自由な身分の者もなく、男も女もありません。あなたがたは皆、キリスト・イエスにおいて一つだからです。(ガラテヤの信徒への手紙、3.26–28)

一方、ワイルドはエマソンの句を引いて、人間の根源的な統一性について述べる。「人間において、その人独自の行為というものほど稀なものはない」(16)。「殆どの人間は、他の人間でもある。ある人間の思考なぞというものも、誰か他の人の思考だし、人生だって他人の模倣で、感情は、他人の引用なのだ」。人間の内面、心を探ろうとすればするほど、人間の多様性というよりは、一つの本質に行き当たる。人は、人が信じているほど、またその外見が異なるほどに個性的・個別的な存在ではない。内面や心を掘り下げれば掘り下げるほど、人々は相互に似てくる。だからワイルドは警告を発していた。「表面の下をさぐろうとするものは危険を覚悟すべきである。象徴を読みとろうとするものもまた危険を覚悟すべきである」[17]と。

ところで、先に引用した、人類の全歴史に通じるというキリストのイメージは、我々がすでに検討した、ウォルター・ペイターの描くモナ・リザに似ていなくはないだろうか。あらゆる時代に生きる無数の女性たちの個別性を超越する、永遠の女性としてのモナ・リザ。もう一度引用しよう。

世のありとあらゆる思想と経験とがこの女において洗練された美しい形姿を与える力を得て、ギリシャの獣的欲望、ローマの淫蕩、霊的渇望と想像上の愛を伴った中世の夢想、異教的世界の回帰、ボルジア家の罪業などをその上に刻み象った。

そうするとワイルドのイエスは、モナ・リザに対峙する永遠の男性である。モナ・リザが女性の原型であれば、イエスは男性の原型である。『草枕』の那美に、明らかにモナ・リザの面影があったように、漱石にとってモナ・リザは、すべての女性に通じる象徴だった。イエスも漱石にとって、すべての男性の象徴になり得る人間の原型、と言うべきかもしれない。

だが、やはりワイルドといい、漱石といい、彼らのミソジニー（女性嫌悪）を考えると、ここでは人間の、ではなく男性の象徴と限定しておきたい。確かに、『それから』の代助は、聖餐のワインを飲んでいた。つまり、キリストの血の象徴を飲んだのだ。イエスの血を分け与えられた代助は、こうしていくらかイエスの人生をなぞる者になるだろう。なぜならイエスの人生とは、象徴としての生なのだから。イエスは言う。

わたしの肉を食べ、わたしの血を飲む者は、いつもわたしの内におり、わたしもまたいつもその人の内にいる。（ヨハネ、6.56）

この言葉にあるように、イエスとは、彼の肉を食べ、血を飲んだすべての人のことである。かくして、キリストは有史以来のすべての時代を通じて、人々の罪と苦悩を贖うことができるのである。それは、キリストが象徴だからである。「芸術は象徴である。そして人生も象徴なのだ」。弟子による裏切り、十字架上の磔刑、そこで流した血、その後の復活。このキリストの人生を芸術として表現することによって、生身の人間の血が流されずにすむ。それこそが、芸術が象徴である限りにおいて有する、究極の価値なのではないか。とすれば、Kと「先生」が流した血も、象徴として、明治期の日本に生きる、あるいは生きた、そしてこれから生きるであろう、すべての罪深い男たちが現実に流さねばならなかった、あるいはならないはずの血の代わりになっただろう。女への愛のために、友を裏切るという罪を犯した、あるいは犯す男たちの。Kと「先生」の死は、その意味で象徴的な死であり、代理の死である。

遺書中、「先生」は、乃木大将の殉死によって自分も自殺する決意をしたことを告白する。

「私は殉死といふ言葉を殆んど忘れてゐました。平生使ふ必要のない字だから、記憶の底に沈んだ儘《まま》、腐れかけてゐたものと見えます。妻の笑談《じょうだん》を聞いて始めてそれを思ひ出した時、私は妻に向つてもし自分が殉死するならば、明治の精神に殉死する積だと答へました。私の答も無論笑談に過ぎなかつたのですが、私は其時何だか古い不要な言葉に新らしい意義を盛り得たやうな心持がしたのです。（百十、強調引用者）

「先生」が「古い不要な言葉に新らしい意義を盛り得たやうな心持がした」のは、殉死という言葉に、キリストの身代わりの死の意がひそかに結びついたからである。殉死という言葉の古臭さは、過去の恥ずべき蛮行として、すでに長く禁じられていたことに由来する。殉死、あるいは追い腹には、主君の死の後を追う者の、篤い忠誠心と、そして主君への深い情愛が込められていた。死の瞬間、その情愛は、赤い血のほとばしりと共に最高度に純化され、純然たるエロスとなる。野蛮だとされ、禁止された「殉死」という言葉は、「妻の笑談」によって、突然忘却の淵から「復活」した。あの禁じられ、忘れ去られていたエロスを色鮮やかに伴って。

かくして、切腹によって流される血液に、新たな意味がもたらされた。キリストの贖罪の血である。殉死という、過去の武士道のエトスを讃える言葉に、『心』において、キリストの受難と血液の意味がひそかに結合した。キリストの受難とその後に流される血液には、殉死と同様、男たちのエロスが充塡されている。『聖書』とは、言葉になる手前のところに潜む、この世のすべての男たちの絆に存在する、ひそやかなエロスを書き記した文学作品である。漱石にこれを教えたのは、獄中で自らをキリストになぞらえた、ワイルドだ。ワイルドは珠玉の言葉をイエスに捧げながら、キリストの受難劇に究極のエロスを見出したのだ。

「先生」の死は、殉死の形を取った贖罪の死、代表としての死である。このひそかな結合によって、キリストの受難と血液はエロス化された。それを媒介したのは、世のすべての男色者たちを、そして漱石自身をも代表して断罪された、同性愛の犠牲者たるオスカー・ワイルドだった。

5　三人には名前がない

これまで検討してきたような、すべての人間に共通するある本質があるという人間観は、『心』という作品にも共有されている。そもそもこの物語では、三人の主要な人物に名前が与えられていない。その一方で、雑司が谷や鎌倉など、土地の固有名は比較的明瞭である。しかしその割には、場所を特定するのは難しく、迷路の中を連れてゆかれるような感覚を覚える。さらに、人間の外見描写も性格描写もなく、全体として謎に包まれた神秘的な印象がある。この物語で名前が与えられているのは、「先生」の妻の静子、「私」の母の光、そして妹の夫の関、くらいである。

「関」という語は、しかし、境目の意があり、現実世界が終わり、物語の世界の始まりを穿つ境界線である。あの名前のない猫が、「竹垣の崩れた穴から」苦沙弥の屋敷内に侵入することによって物語が始まったように、「関」は「竹垣の穴」と等価な記号であり、尋常な固有名ではない。「静」は乃木大将夫人の名でもあるが、彼女の不在ぶりや、発話の少なさ、「先生」にも指摘されている、琴の稽古中の声の小ささなどは、彼女が文字通り、言葉と声を奪われた「静」かな存在であることを物語っている。つまり、この名は彼女の特性でもある。母の「光」という名は、『三四郎』においても郷里の許嫁の名としてあり、聖母マリアのような女性による救済を暗示している。つまりこれらの名前は、単なる符号ではなく、物語においてそれぞれ意味を担った象徴であり、それ自体意味のない記号としての固有名とは異なる。そうすると、この物語の特徴である、登場人物が個性化されていない理由も、理解できよう。つまり、登場人物の類型化は、この物語の神話性によるのであり、登場人物たちはそれぞれにある概念の抽象化を担わされているのである。彼らは、具体的な誰それなのではなく、誰でもない、そして誰にでもなれる者らである。

さらに、登場人物が類型的であるのと同時に、それぞれの登場人物が未分化なままで、十分に差異化されていない、という特徴もある。とりわけ、「先生」と「私」には、明瞭な人格および個性の区別がほとんど認められない。このテクストを読み進めていく読者が共通に感じるのは、前半と後半で、語り手が変わっているにもかかわらず、ほとんど語りの主体の変化を感じないということである。つまり、文体が著しく類似しているのである。

二人とも地方の素封家の息子であり、上京して東京帝国大学で教育を受ける、そしてその間に経験する物事もほとんど相違がなく、違いといっても、せいぜい変形の域を出ない。例えば、物語のしょっぱなから語られる「私」の友人のエピソードも、どこかで聞いたような話だ。友人が田舎の両親から気の進まない結婚を強いられている（「先生」）、夏休みに帰るべきところを帰らない（K）、母親が病気だという電報が来て田舎に呼び寄せられる（私）。その結果、「私」は一人鎌倉に取り残され、「先生」と出会うことになった。この序章とも言える短いエピソードは、後にすべてが繰り返されることになる。

反復と言えば、「私」の手記と「先生」の遺書とで繰り返されることも多い。夏の海での海水浴（鎌倉、房総）、雑司が谷墓地での散歩、Kと「私」それぞれの静との親密さ、親の腎臓病、静に着物を誂えてもらうこと、などである。これらの語りにおいて前景化されるのは、せいぜい、とはいえこれは明白なのだが、時代の変遷である。

先に指摘したように、『それから』の代助は、キリストの血の象徴を飲んでいた。つまり代助は、多かれ少なかれ、ある程度はキリストであった。キリスト教色のはるかに濃い『心』において、Kや「先生」や「私」も、そうすると、代助の末裔として、キリストの血を託されているに違いない。そして彼らも、友に裏切られ、弟子に売られ、血を流して死ぬというキリストの運命を、いくぶんかは共有するだろう。

> 既にその中の一人が彼を売り渡していた弟子たちとのささやかな食事、静かな月光の降るオリーヴの園での苦悩、キリストであることを敵に知らせるためにキスをしようと近づいてきた偽りの友、キリストをまだ信じ、そしてキリストも石の上のようにして彼の上に避難所をつくることを望んでいたのに、暁に鶏が鳴いたとき、我その人を知らず、と言った友。[18]

ワイルドの要約になるキリストの人生は、かつて繰り返されたし、これからも繰り返されるだろう。かつて生き、今生きている、これから生きる男たちによって。そして、『心』の三人の登場人物たちによって。Kと「先生」は、すでにこの道を辿った。それは「先生」によって痛切に自覚されている。「さうして又慄《ぞつ》としたのです。私もKの歩いた路を、Kと、同じやうに辿つてゐるのだといふ予覚が、折々風のやうに私の胸を横過り始めたからです」(百七)。原罪として、痛切に「先生」の心に刻まれた、友(＝K)への裏切りが、この反復の基点にあるのだ。友の裏切りのために死ななければならない男の死、そして復活。これと同じ物語が、ワイルドその人といい、歴史上、何度繰り返されたことか。「私」も「先生」と同じ道を辿ることになるだろう。それはつまり、血を流すという意味においてではなく(すでに贖罪の血は流されているのだから)、「先生」を裏切るという意味で。その予感は確かにある。

多くの論者が指摘していることだが、「私」が物語の始まりにおいて、「余所々々《よそよそ》しい頭文字抔《など》はとても使ふ気にならない」(一)と述べているのは、「先生」が遺書で友人を、Kと頭文字で表記していることへの批判を含んでいる。さらに、初めて墓地で「先生」と会った「私」は、「依《い》撒伯拉《さべら》何々の墓だの、神僕ロギンの墓だの」(五)が並ぶ外国人用の墓地の中を歩く。これら様々な意匠の墓標に、「私」が滑稽とアイロニーを感じ、小賢しい論評をするのに対して、「先生」は「貴方は死といふ事実をまだ真面目に考へた事がありませんね」との一言で応酬する。

ところで、外国人墓地が聖書において意味するものに眼を向けると、この先生の言葉は、新たな意味を帯び始める。マタイによれば、ユダがイエスの「血」を売った報酬として貰った銀貨によって買われた土地が、外国人墓地にされるというのだ。以下はマタイ福音書の記述である。

そのころ、イエスを裏切ったユダは、イエスに有罪の判決が下ったのを知って後悔し、銀貨三十枚を祭司長たちや長老たちに返そうとして、「わたしは罪のない人の血を売り渡し、罪を犯しました」と言った。しかし彼らは、「我々の知ったことではない。お前の問題だ」と言った。そこで、ユダは銀貨を神殿に投げ込んで立ち去り、首をつって死んだ。祭司長たちは銀貨を拾い上げて、「これは血の代金だから、神殿の収入にするわけにはいかない」と言い、相談のうえ、その金で「陶器職人の畑」を買い、外国人の墓地にすることにした。このため、この畑は今日まで「血の畑」といわれている。(マタイ、27.3–10)

外国人の墓地、という表象によって喚起されるユダの裏切り、その後の後悔と煩悶、裏切り者の自殺、血の代償(=銀貨)として得られた土地(=妻)、これらはすべて「先生」によって生きられた人生でもある。

さらに、このとき墓地にいた「私」と「先生」は、すでに触れたように、鍬を手にしたあの男に見られていた。「向ふの方で凸凹《でこぼこ》の地面をならして新墓地を作つてゐる男が、鍬の手を休めて私達を見てゐた」。先に、この男が鍬を手にしていることから、復活したイエスであるという解釈を示したが、この引用文が聖書と同一ではない以上、この解釈に限定されるわけではない。この男が二人を見ていた、という表現に着目すれば、ペトロの裏切りを語る、聖書のある一節との照応関係も見えてくる。先のワイルドの書簡にあった、「キリストをまだ信じ、そしてキリストも石の上のようにして彼の上に避難所をつくることを望んでいたのに、暁に鶏が鳴いたとき、我その人を知らず、と言った友」とは、キリストの最も有力な弟子、ペトロのことである。イエスは最後の晩餐の折、「あなたは今夜、鶏が鳴く前に、三度わたしのことを知らないと言うだろう」（マタイ、26. 34）と、彼の裏切りを予告していた。言下にそれを否定したペトロであったが、いざ、イエスが捕らえられ、連行されると、そ知らぬ顔で大祭司の屋敷の中庭で火に当たっていた。

人々が、「お前もあの男の弟子の一人ではないのか」と言うと、ペトロは打ち消して、「違う」と言った。大祭司の僕の一人で、ペトロに片方の耳を切り落とされた人の身内の者が言った。「園であの男と一緒にいるのを、わたしに見られたではないか。」ペトロは、再び打ち消した。するとすぐ、鶏が鳴いた。（ヨハネ、18. 25-27、強調引用者）

「鍬の手を休めて私達を見てゐた」、つまり「先生」と「私」が墓地に一緒にいるところを、鍬を手にした男は見ていた。漱石の表現は、ヨハネ福音書のこの言葉を喚起してやまない。彼は後に、「園であの男と一緒にいるのをわたしに見られたではないか」、と「私」をなじることになるのではないか。この物語における反復の原則といい、「先生」の「同じやうに辿つてゐるのだといふ予覚」といい、聖書のこの言葉は、予言として成就される予感が確かにある。「私」は、いつの日か、「先生」のことを知らない、と言うだろう。それは、「私」の裏切りなのかもしれないが、同時に、弟子がいつかは師を乗り越えねばならないという、不可逆的な時間の流れを生きる人間の、避けられない運命でもある。

このように、『心』の名前のない三人の男性登場人物は、聖書との関連からすると、三位一体をなしている。さらに、これまで指摘してきたように、この小説は、登場人物における個人性の欠落、性格と外見の描写の欠如といった特色によって、小説たることを止め、物語へと、さらには神話の次元へと立ち至るのである。彼らは、明治の日本を生きた具体的な誰それではなく、あらゆる男たちでもある。『心』という物語は、明治期の日本における、漱石が個人で紡いだ神話である。そうした読みの根拠を、もう少し挙げてみよう。

Kが少なくとも、「先生」の人格と未分離であるのは、彼に独立した一つの名前が与えられていないことからも想定できる。より重要な手がかりとして、「先生」とKとが暮らしていた家の個室の構造に注目したい。私たちが室内空間といった意味で思い浮かべる「インテリア」という言葉は、英語の原義では内部の意であり、そこから室内を意味するようになったが、この語には、心の内面という意味もある。いわゆる近代的個人の確立に伴い発達してきたプライバシーの観念によって、十八世紀以降、西洋の室内空間は大きな変容を遂げる。個人の物理的な孤立を可能にする個室が、居宅に出現するのである。(19) それは、プライバシーを確保したいという欲求に裏打ちされていた。この時代に先立つ時期に建立されたヴェルサイユ宮殿やピッティ宮殿などの王宮に、一度でも足を踏み入れたことのある人は気づくが、これらには各人の寝室に面する廊下というものは存在しない。空間の移動は、それぞれの部屋を通り抜ける形でするしかないのである。当然、そこには個人のプライバシーなどという観念はない。これら、自立した個人とか、プライバシー、内面などという概念は、十八世紀以降につくられ、発達してきたものである。

しかもそれらの発達には、近代小説によって産み出された言説が大きく寄与していた。この時代に発達し、充実した展開を遂げた近代小説とは、個人の内面の秘密を告白する、あるいは暴露するという特徴をもつ物語の様式であるが、この種の語りが逆に、個人の内面や主体を構築しもした。つまり、個人の「心」の秘密を扱うテクストが、近代小説なのである。一人きりになることのできるプライベートな個室という空間において、初めて人は自分の内面と向き合い、それを言葉に紡ぎ、そうして語られた物語を読むことができた。室内空間は、個室が発達していった十八世紀において、しばしば人間の精神や心に喩えられてもいた。そうすると、我々とて『心』というテクストを読み解くために、室内空間の構造に着目しておくのも無駄ではあるまい。

6　室内空間の構造

『監獄の誕生』において、フーコーは、監獄における監禁という処罰の制度の発展の歴史の中に、近代人が個人として確立されていく過程を辿っている。その中で、近代の規律・訓練の権力がそうした個人に効果的に行使されるための必須の前提条件として、孤立化ということを第一に挙げている。監獄に監禁することを処罰とみなすことができた近代（それよりも前の時代には、拘禁ではなく、見せしめのために身体表面へ行使される暴力としての拷問）における権力にとって、刑罰とは、「個人別であるのみならず、個人化を行うものでなければならない[20]」ものだった。それはまず、犯罪者たちが共謀して陰謀や叛乱を起す芽を摘むという意図からだが、それ以上に重視されたのは、孤立化によって受刑者が自分自身と向き合い、反省し、後悔するという、その心に作用する矯正力なのだった。「自分の独房のなかでひとりきりの被拘禁者は、自分自身にゆだねられる。自分の情念および自分をとりまく世界に静寂のうちに相対していると、被拘禁者は自分の良心のなかで反省し、良心に問いかけ、人間の心の中でけっして完全に消滅しはしない道徳感情が自分の良心に目覚めるのを感じる」[21]。

孤独な被拘禁者に作用するのは、良心の働きそのものである。このような心理状態を、我々はちょうどワイルドの手紙の独白に見たばかりである。「ペンシルヴァニア州の監獄では、矯正をもっぱら行なう操作とは良心であり、良心がぶつかる沈黙せる建物（つまり独房）である」。「この壁が罪にたいする罰であって、独房に入れられると被拘禁者は自分自身と対面し、自分の良心の声を聞かざるをえない」のである。

こうして促された、犯罪者を個人化するプロセスにおいて、いかに建築構造上の個室（独房と言い換えてもいい）と、それを画する壁が重要であったかが確認できる。ことは囚人に限らない。規律・訓練の権力がおこなう最初の処置は、まずもって閉鎖であり、例えば十八世紀後半の工場では、工員宿舎において、「各個人にはその場所が定められ、しかもそれぞれの位置には一個人が置かれるのである」[22]。この原則による空間は、「配分しなければならぬ身体ないし要素が存在するその数と同じだけの小部分へ分割される」という原則にのっとっていた。

近代的個人というものを何世紀にも渡って作り上げてきた、西欧近代の知と権力のプロセスがこのようなものだったとすると、『心』における「先生」とKとの部屋割りは、まったくこの原則にかなっていない。「先生」が、未亡人の家に移る前に住んでいた下宿は、当時のご多分にもれず、「一つ室によく二人も三人も机を並べて寐起」するようなものだった。つまり個人に専用の個室はなかった。「Kと私も二人で同じ間にゐました」（七十三）。こうした状況は、しかし日本では、当時だけでなく、比較的最近まで見られた光景である。とはいえ、個室というものが個人の内面の形成にいかに重要な意味をもつかを確認した以上、この状態は、『心』というタイトルのテクストにとって、尋常でないことは確かだ。

だが、もっと尋常でないのは、未亡人の下宿にKを連れてきてからのことである。間取りは、「茶の間、御嬢さんの部屋と二つ続いてゐて、それを左へ折れると、Kの室、私の室」というものだった。

> 私の座敷には控えの間といふやうな四畳が付属してゐました。玄関を上つて私のゐる所へ通らうとするには、是非此四畳を横切らなければならないのだから、実用の点から見ると、至極不便な室《へや》でした。私は此所へKを入れたのです。尤《もっと》も最初は同じ八畳に二つ机を並べて、次の間を共有にして置く考へだつたのですが、Kは狭苦しくつても一人で居る方が好いと云つて、自分で其方のはうを択んだのです。（七十七、強調引用者）

彼ら二人は一応、襖で隔てられた個室に暮らしている。だが、「先生」の部屋に入るためには、必ずKの部屋を横切らなくてはならない、という点で完全な個室ではない。だから「先生」が帰宅して、自分の部屋へ引き上げる時には、「先生」の方が早ければKの「空室を通り抜ける丈」（八十）だが、「遅いと簡単な挨拶をして自分の部屋へ這入るのを例にして」いたとある。「Kはいつもの眼を書物からはなして、襖を開ける私を一寸見ます。さうして屹度《きつと》今帰つたのかと」問いかける。「私は何も答へないで点頭《うなず》く事もありますし、或はたゞ「うん」と答へて行き過ぎる」ということもあった。

この部屋の特殊な構造は重要である。なぜなら、後に「先生」がKを出し抜くために、仮病を使って大学を休んだ際に、決定的な役割を果たすことになるからだ。

Kに対する私の良心が復活したのは、私が宅《うち》の格子を開けて、玄関から座敷へ通る時、即ち例のごとく彼の室を抜けやうとした瞬間でした。彼は何時もの通り机に向つて書見をしてゐました。彼は何時もの通り書物から眼を放して、私を見ました。然し彼は何時もの通り今帰つたのかとは云ひませんでした。彼は「病気はもう癒《い》いのか、医者へでも行つたのか」と聞きました。私は其刹那に、彼の前に手を突いて、詫《あや》まりたくなつたのです。（百）

「先生」の良心が復活したのは、フーコーの紹介になる独房の囚人とは異なり、自分の個室ではなく、Kの部屋を通り抜ける瞬間だった。そうすると、Kの部屋とは、すでに「先生」の個室の一部と見なされる。そして、ここにおいて良心が復活したのだから、ここを通らないと自分の部屋に辿り着けないKの部屋とは、「先生」の心の良心の部分である。つまりKとは、「先生」の心の中に住む良心の部分と言える。

このように特殊に区切られた二つの部屋に隣り合う人間同士が、独立した内面を持つ近代的個人として措定されていないのは、詳しくたどったフーコーの説からも、明らかだ。彼らは完全に独立した人格を有する、二人の異なる人間なのではない。Kは「先生」の分身である。そして、この構造、「先生」が自分の部屋、つまり内面性に辿りつくまでに、K（の部屋）を通過しなくてはならない、という特殊性は、作者によって意図的に作り出され、強調されたものだ。

彼らの部屋は、縁側に面して並んでいる。だから、「先生」が留守の間、お嬢さんがKの部屋に上がり、談笑していた、ということがあった時、お嬢さんは縁側伝いにその部屋から出て行った。「私は恰《あたか》もKの室から逃れ出るやうに去る其後姿をちらりと認めた」（八十六）とあるが、これは縁側伝いに出て行ったのでなければ、あり得ない状況である。その直後にお嬢さんが「先生」の部屋にお茶をもって来てくれるが、「御嬢さんはすぐ座を立つて縁側伝ひに向ふへ行つてしまひました」とある。

だから、Kが自殺した日の朝、奥さんはKの部屋を通らずにいきなり、「先生」の部屋に来ることができたのである。ということは、家の構造上、「先生」は、「是非此四畳を横切らなければならない」というわけでは必ずしもなかった。むしろ、是非横切らなければならなかったのは、「先生」だけであった。それは、家の構造上ではなく、「先生」の精神の構造上の問題だったのだ。繰り返すが、それは、Kが「先生」の分身であり、その人格が完全には分離されていない存在だからである。Kを通過しないと、自分自身の内面にたどり着くことができない、そういった存在なのである。

分身性を示す表現を一つ引用しておく。夏休みにどこかに行こうと提案する「先生」に対して、Kは渋る。「無論彼は自分の自由意志で何処へも行ける身体ではありませんが、私が誘ひさへすれば、また何処へ行つても差支へない身体だつたのです」（八十一、強調引用者）。これに対応するのは、次の表現だ。

私は自由な身体でした。たとひ学校を中途で已めやうが、又何処へ行つて何う暮らさうが、或は何処の何者と結婚しやうが、誰とも相談する必要のない位地に立つてゐました。（七十）

全く違う文脈で使われているために、つながりがあるようには一見、見えない。だが、ここで敢えて、「身体」という語にこだわっていることは不自然であり、この語は逆に、「身体」ではないもの（＝「魂」）の気配を喚起する。「自由な身体」、「自由にならない身体」という表現に誘われて、Kを、「先生」と同じ身体を共有する分身としての魂、として読めば、先の一文は鮮やかなまでにその例証となっている。

人格の未分離ということならば、奥さんとお嬢さんもそうだ。この二人の居室の構造は以下のように書かれている。「御嬢さんの部屋は茶の間と続いた六畳で」（六十七）、「奥さんはその茶の間にゐる事もあるし、又御嬢さんの部屋にゐる事もあ」った。「つまり此二つの部屋は仕切があつても、ないと同じ事で、親子二人が往つたり来たりして、どつち付かずに占領してゐた」。

お嬢さんには独立した人格がない、という指摘は、多くの読者が感じることである。自分の言葉で自分の考えを述べる機会がまるでない。お嬢さんは、まるで生きている女性として描かれていない。「先生」が結婚を申し込むに当たってさえ、奥さんが娘の考えを聞かずに即決している。こうした母と娘の人格的未分離性は、ギリシャ神話では、例えばデーメーテールとペルセポネのように、二相一体の神格として表現されている。これは一つの身体に二つの頭部を持つ形で表現された神像であり、女性の生における娘と母という二つの時期、および側面を具象化したものである。

だから、母親の作為と娘の純真が、完全に独立して存在する、ということはあり得ない。ペルセポネという女神は、死者たちの腐敗せる肉体に君臨する黄泉《よみ》の国の女王という側面と、エンナの園で花を摘んでいる間にハーデスにさらわれた処女の側面という、あまりにかけ離れ、両立不可能に思われる二要素を、一つの神格において体現している。だが、これが女性性の本質なのだ。それをこの神話は伝えている。

とすると、Kが同居する前に、「先生」が一人で下宿にいた間、奥さんへの猜疑にかられ、「母に対して反感を抱くと共に、子に対して恋愛の度を増して行つた」（六十八）という、母と娘への感情の分裂状態に至るのも、ある意味で、女性性の本質を突いている。つまり、女性とは、一人の存在のなかに、忌むべき技巧性とともに、愛すべき天真さも並存しているものなのだ。それを古代ギリシャ人が見抜いて、ペルセポネという女神によって表現したのである。「先生」の悲劇は、この二人への分裂した思いを一つに統合できないことにあった。古代ギリシャ人が、二つの分裂した要素をペルセポネという一つの神格に統合した知恵に、「先生」は学ぶことができなかった。

ところで、静が、独立した女性の人格としてたち現れるのは、「御嬢さん」から「奥さん」へと変容を遂げた後のことである。この時には、母親はすでに亡くなっていた。こうして、子どもがなく、母にはなりきれずにいた静も、死んだ母親を内面化することで、少しずつ女性性の本質たるペルセポネに、つまり、一身に母性と処女性とを併せ持つ存在になっていったのだろう。と同時に、静は、近代小説の主体たる地位にも近づきつつある。「先生」の自分に対する愛情への不信によって、その「心」に煩悶が生じ、秘密ができてから、彼女は自分の言葉で自分の内面を語ることになる。そうした「心」の秘密を抱えて初めて人は、小説で語られるに足る、一人の登場人物になることができるのである。

Kと「先生」の分身性に加えて、登場人物たちの内面の相似についても触れておきたい。ここで人間の内面における共通な本質という、ワイルドが指摘していたことを、漱石に即して考えてみよう。

考察の対象にするのは、「先生」の人間観である。「先生」は再三、「私」に、父親が存命中に財産を分けてもらえ、と忠告する。このあまりに実際的な忠告は、主人公のみならず、読者をもいささか当惑させる。高踏的で、物質的なものに拘泥しない生活を送っている「先生」の発言としては、破綻を来たしているのではないかとさえ思わせる。だからこそ、こうした発言は、素通りできないのだ。

「……然し悪い人間といふ一種の人間が世の中にあると君は思つてゐるんですか。そんな鋳型に入れたやうな悪人は世の中にある筈がありませんよ。平生はみんな善人なんです、少なくとも普通の人間なんです。それが、いざといふ間際に、急に悪人に変るんだから恐ろしいのです。だから油断が出来ないんです」(二十八)

この引用で「先生」が述べているのは、人間には固定した個性や性格といった、確固たる自己などはなく、常に移ろいゆき、変化してゆくものなのだということ、さらに、その根本において人間の本性はさほど違わないということである。そういう意味では、人間にある種の本質を想定する本質主義的な人間観の否定を、先取りしていることになる。実はこうした人間性への省察は、初期の作品の『坑夫』において、すでに開陳されていたものでもある。

本当の事を云ふと性格なんて纏《まとま》つたものはありやしない。本当の事が小説家抔《など》にかけるものぢやなし、書いたつて、小説になる気づかひはあるまい。本当の人間は妙に纏めにくいものだ。神さまでも手古《てこ》ずる位纏らない物体だ。(三)

然し此赤毛布《あかげつと》の取扱方が全然自分と同様であると、同様であると云ふ点に不平があるよりも、自分は全然赤毛布と一般な人間であると云ふ気になつちまう。取扱方の同様なのを延き伸ばして行くと、つまり取り扱はれるものが同様だからと云ふ妙な結論に到着してくる。自分はふらふらと其処へ到着してゐたと見える。長蔵さんが働かないかと談判してゐるのは赤毛布で、赤毛布は即ち自分である。（中略）

所が不思議にも此の赤毛布が又自分と同じ様な返事をする。被《かぶ》つてる赤毛布ばかりぢやない、心底から、此の若い男は自分と同じ人間だつた。そこで自分はつく〴〵詰まらないなと感じた。（二十三）

人間の本質を掘り下げれば下げるほど、大差がないということ、生身の人間に定まった性格などというものはない、人間とは移ろいやすく当てにならない存在だという見解が、このように表現されている。人間の意識とは、刻一刻、変わりゆくもので、人間の内面は捉えどころがないものだ。そして、そうした意識の場である、統一された安定的な自己などというものは存在しない。その意識の流れを逐一、小説に書き尽くすことはできない。だが、自己がない、などと言ってしまったら、小説自体が成り立たない。小説において一定の性格類型が設定されているのは、そうしないと小説にならないからであり、それは小説が編み出した嘘である。こうして、造形芸術と同様に、意識において滑らかに流れ行く時間というものを完全には表現し切れず、いくらかは固定化してしまっているという弊を、小説も免れてはいない。

漱石には、確かに、この人間観に則って、人間の内面を書かないことを志向していた時期がある。『坑夫』は、その実験的成果の一つである。他にも、写生文として絵画のように表層のみを描こうとした『草枕』がある。そこでも「非人情」という言葉でもって、人間の心理を描かない手法を宣言していた。

その漱石が、ついに人間の「心」という内面と正面から向き合い、いわゆる内面的真理の探求という、小説の本題に真っ向から取り組んだ。だが、すでに述べたように、この作品は、近代小説に特有のテーマであり、またそれについて語ること自体の上に近代小説というものが成り立っている「心」を扱いながら、その類型をすり抜けてもいる。なぜなら、「心」を主要テーマとしながら、これは、主体性をもつ近代的個人なるものを設定してはいない。その証拠に、登場人物に固有名が与えられていない。

繰り返すが、この作品における登場人物の類型化と没個性的描写は、作者がこの作品を神話化するために取った、意図的な戦略である。この戦略における一つの命題、それは、人間とは本質的なある一つの生を反復する、ということだ。さらに、内面の奥深くに遡った本質において、人類に共通の大いなる生命、というようなものに行き当たること。これは、ワイルドがキリストの共感的想像力という言葉で表現したものであり、宇宙的生命、あるいはベルグソンならばエラン・ヴィタル（生命の躍動）、ウィリアム・ジェームズならばフェヒナーを援用して地球的魂(earth-soul)と表現したものとも重なるだろう。

人間の心の内奥にある、人類に共通の本能の存在というのは、フロイトや、人間の心理を科学すると称する学問研究が対象とし、明らかにし始めていたものだった。人間の心理が科学の対象になるということ自体、そこに一定の法則性や科学的合理性が認められることが前提とされている。人間の心と向き合い、言葉によって語り尽くすことが、近代小説の使命だったとすれば、その使命をまっとうすればするほど、登場人物の個性などというものを否定し去り、アメーバのようにすべてを同一化して呑み込んでしまう、のっぺりとした無意識の領域に行き当たる。『心』という作品は、近代小説が背負うこの背理を表現してもいるのである。

7　三角関係の解剖学

Kが宗教思想に対して学問的かつ求道的な情熱をもっていたことの背景として、冒頭で触れたように、内面の確立が声高に追求されていた当時、宗教思想が大きな役割を果たしていたことを視野に入れておきたい。この視点から見ると、Kは、内面を追求し、近代的個人の「心」を確立しようとしていた、主に仏教思想家たちが率いていた時代精神の象徴であろう。すると、Kとは、「心」が形成されるプロセスのモデルであり、内面性の象徴であると考えられる。これで、「先生」とKとが精神的に未分化であり、Kが「先生」の分身関係にあったことも、理解しやすくなるだろう。身体こそ別個であるものの、内面を共有しあっている、という分身の関係。それこそが、あの特殊な個室の構造、というよりも、個室をことさら特殊に使わせることによって作者が表現しようとした、「先生」とKとの特殊な関係だっただろう。

一見すると、この分身関係は、いまだ確立されざる近代的個人の象徴という、近代日本に固有の問題であるように思える。事実、個の確立の追求というテーマの下に、おびただしい数の近代日本精神史が書かれてきた。

だが、漱石が考えていた「先生」とKの特殊な関係は、そのような問題系には根ざしていなかったと思われる。漱石の精神は、英文学と西欧的知のすさまじい摂取によって、ある意味で明治の日本を超えたところに、自らの足場を見出していた。柄谷行人は、漱石が『吾輩は猫である』という、ローレンス・スターンの『トリストラム・シャンディ』(一七六〇)に影響を受けた(柄谷に言わせると、影響を受けたのではなく、独自にスターンを発見した)作品によって、小説家としてのスタートを切ったことを、近代小説の終わりから始めたのだ、と評している[23]。

スターンのこの作品は、近代小説の語りの様式といったものが確立されるより前に書かれた、小説の黎明期のものである。この時期より少し前、いわゆる啓蒙主義の時代において、西洋近代は、人間の内面を発見し、同時に、アトムとしての個人と、その個人を取り囲む空間的領域としてプライバシーといった観念を発達させた。草創期におけるこうした内面性についての思考が、今読み返してみると、驚くほどラディカルで前衛的であるのと同様に、スターンのこの小説もとてつもなく前衛的だった。『猫』の書き出しで語られているような意識の流れを延々と語るスターンにおいても、一つの安定的な自己は想定されていなかった。柄谷は、近代小説が確立される時期に書かれたこの小説が、すでにそれを根本的に解体してしまうようなものであった、と述べる。近代小説を徹底的に研究し、その成立の根源に戻ることによって、漱石は逆に、小説が解体し終わる瞬間に立ち会い、そこから出発するというアイロニーを体現してしまったのである。

と同時に、漱石の同時代も、近代初頭と同じように、個人の内面とそれを支える自己という概念を疑問に付しつつあった。ウィリアム・ジェームズやベルグソンなどの、最先端の心理学や哲学の議論を摂取していた漱石にとって、個人の内面は、ただ、これから確立すればいいというだけのものではなかった。ここでは、すでに、個人の内面性の解体が始まっていたのだ。

例えば漱石が、読んで美しいと思う哲学書は稀だ、これはその稀なものの一つだ、という読後感を前扉に記している、ベルグソンの『時間と自由』(一九一〇)には、二つの自己という概念が提唱されている(24)。それは本源的な自己と、空間的・社会的表象としての自己であり、真に自由なのは本源的な自己の方であるとベルグソンは述べる。本源的自己の外在的な投影が、空間的・社会的表象としての肉体を具えた物質的自己であるとされる。前者、つまり内面的な自己の心的状態は、絶えず生成と変化のうちにあり、外在的存在のように相互に明瞭な境界があるのではなく、境界線は常に相互浸透して曖昧である。これは空間において存在するのではなく、持続性においてのみ実在している。ベルグソンは、こうした内面的自己の空間的実在性を否定し、時間的な持続性においてのみ、これを捉えることを提起している。そのような内面的自己には、空間においての存在しているもののように、隣接するものとの間に明確な分節性も、固定的な同一性もないが、分節性と同一性の幻想を信じることによって、人間存在に対して固定的な名を与え、対象化し、社会的存在として位置づけることが可能となる。

ベルグソンがここで内面的自己、あるいは心的状態と呼ぶものを「心」として措定するならば、我々が読んできた、Kと「先生」の「心」の分身性も、こうした内面的自己の状態として理解できる。さらに漱石が『坑夫』以来主張している、人間の内面の流動性、性格といった固定的同一性の欠落、といった考えとも適合する。

そうすると、『心』という作品は、近代日本において確立しようとしていた個人の内面が、同時に解体されてゆく特殊な瞬間を描いたものとして立ち現れてくる。表面的には、この作品において、個人が曲がりなりにも確立され、心、つまり内面が充実してくる過程が、恋愛事件を通して描かれているように見える。と同時に、その内面とは、近代的個人という概念を裏切る、もしくは侵食するようなものでもある。少なくともそういうものとして立ち現れる、そういう意識の次元が存在することを、作者はひそかに表現している。だから「先生」は、Kの死後、すっかり人が変わってしまい、「私」と出会った頃にはすでに、生の半ばが侵食されたようになっていたのだ。

このようなものとして「先生」とKの「心」を理解した上で、お嬢さんを巡る三角関係の核心に入ってゆきたい。度々触れていることだが、この作品は特殊に、人格や魂の相互浸透、あるいは相互転換といった瞬間にこだわっている。これについて例を挙げて検討したい。

房州の旅行中、一時だけ、二人とも心、つまり魂が抜け出た状態になったことが記されている。先に引用した、色とりどりの魚を見ていた「先生」が、急にKへの嫉妬心に駆られる場面の後のことである。この一触即発の状況は、その後の、強い日差しの下で延々と歩き続けるという苦行を自らに強いることで、回避された。この時の様子は、次のように表現されている。

斯んな風にして歩いてゐると、暑さと疲労とで自然身体の調子が狂つて来るものです。尤も病気とは違ひます。急に他の身体の中へ、自分の霊魂が宿替をしたやうな気分になるのです。私は平生の通りKと口を利きながら、何処かで平生の心持と離れるやうになりました。彼に対する親しみも憎しみも、旅中限りといふ特別な性質を帯びる風になつたのです。つまり二人は暑さのため、潮のため、又歩行のため、在来と異なつた新らしい関係に入る事が出来たのでせう。（八十四、強調引用者）

「自分の霊魂が宿替をした」というのは、二人の分身性という観点からすると、見過ごせない。これは、お互いの魂と身体が入れ替わると解することができ、具体的に考えれば、Kの身体に「先生」の魂が入る、及びその逆、ということであろう。これはいかにも分身にふさわしい。

ところで、ここには同性愛エロスを暗示する気配があることを指摘しておきたい。漱石の作品で比較的明瞭にこのエロスを読み取れるのは、『坑夫』である。青年が坑夫となって鉱山の内部に入り込むという、冥界下りとも胎内回帰とも取れる題材を中心に据えるこの作品は、『心』に呼応する要素がある。[25] 女性との恋愛の挫折とその痛手から、半ば死者として生を送ろう（その覚悟が坑夫になるという選択である）という態度は、二つの作品の主人公に共通するものである。大地の「穴」から内部に進入し、狭くて曲がりくねった、まるで大腸を思わせる坑道を進む『坑夫』の主人公は、地の底で「安さん」という人物と出会い、彼から慰藉を得て人生をやり直す決意をする。「安」という語は、漱石作品では同性愛エロスをほのめかす記号である。例えば、『門』の安井。この字の中には「女」という文字が含まれるし、音韻的にも "y-ass" と分解すれば、尻を意味する英語、"ass" を含んでいる。

『坑夫』中で、無茶苦茶に歩いている間に魂が抜け出てしまう、という主人公の体験の箇所を引用してみよう。すでに引用した、赤毛布と自分が同じ人間ではないかという疑いを抱く箇所である。

長蔵さんが働かないかと談判してゐるのは赤毛布《あかげっと》で、赤毛布は即ち自分である。何だか他人が赤毛布を着て立つてる様には思はれない。自分の魂が、自分を置き去りにして、赤毛布の中に飛び込んで、さうして長蔵さんから坑夫になれと談じつけられてゐる。（二十三）

そもそも「自分の魂」がこうふらふらしているのも、「無茶苦茶に歩い」たせいだった。松原を歩く場面から始まるこの小説は、無茶苦茶に歩くことによって、自我を滅却させる状況を作るという実験小説である。そうして、「只眼前の心より外に心と云ふものが丸でなくなつちまつて、平生から繋続《つなぎ》の取れない魂がいとゞふわつき出して実際あるんだか、ないんだか頗る明瞭でない」（九）という心持ちを現出させる。「没自我の坑夫行《ゆき》、即ち自滅の前座としての堕落」（三十四）と諦めをつけ、身体を酷使して疲弊させる。

この小説では、肉体を痛めつけることで、魂を身体から切り離そうと試みる。そうすると『心』の、房州の徒歩旅行で魂が宿替えをしたという二人の状態も、これに頗る近いものであることがわかる。要するに、自分の魂なり霊魂なりが他者の身体に入り込む状態である。自分の精神が他者の肉体の中に入り込んで、一体となる。これは、同性愛エロスが目指す究極の状態である。自己の肉体と他者の肉体の結合はセックスである。だが、たとえ肉体と肉体が結合して一つになっても、心が一つになれないのは、数多《あまた》の凡人が自らの経験から思い知るところである。エロスの理想を、自己と他者の究極の合一と措定すれば、肉体の結合であるセックスは、エロスの彼岸ではない。それよりも自己の精神が他者の肉体の中に入り込んで一体になる、一人の人間のようになる、これこそ、エロスの究極の理想形ではないか。

『坑夫』の主人公は、無茶苦茶に歩いたせいで、「魂に逃げだされ損《そこ》なつてゐる最中」(二十三)にあり、さらに長蔵さんという「明かに自分の人格を認めてゐるな」い人に坑夫になることを勧誘されて、主人公の個人的自我は解体しかけている。長蔵さんは赤毛布であれ誰であれ、「若い男を捕まへて、第二世の自分である如く、全く同じ調子と、同じ態度と、同じ言語と、もつと立入つて云へば、同じ熱心の程度を以て、同じく坑夫になれと勧誘してゐる」。つまり、坑夫になるとは、自己の個人性を捨てて、「赤毛布と一般な人間」となる、あるいは没個性の人間一般になることなのである。「長蔵さんが働かないかと談判してゐるのは赤毛布で、赤毛布は即ち自分である」。

こうして個人としての個別性が滅却され、心が消滅することによって、魂が自我の鎧から解き放たれ、他者の肉体の中にもぐりこむ準備がととのう。魂が自分なのか赤毛布なのか判然としなくなる。そして二人の人格が溶け合い、融合するのだ。このように、二つの人格の間に他我の区別がなくなり一体化した状態こそ、同性愛エロスが至高の状態として憧れていたものである。だからこそ、古代ギリシャでは同性間のエロスは「天上の愛」と呼ばれ、「地上の愛」とされた異性愛に立ちまさるものと認められてきたのだ。古代ギリシャの美学の信奉者であるワイルドは『ドリアン・グレイの画像』の中で、音楽という形式でもって、このエロスを讃えた。先の引用文中にある、「先生」とKとの「新しい関係」とは、そうすると、別々の人間の肉体と精神とが一つになるという、他者と一体化した特別に親密な関係性であることがわかる。むろんここでは、主人公と赤毛布がそうした恋愛関係にあるというのではない。これは、後に大地に穿たれた穴から坑道の内部へと、本格的に潜入するための伏線である。

実は旅行中、この直前にも二人の関係は不安定になっていた。北条という海水浴場の近くの岩場で、二人が海を見下ろして座っている。「先生」は書物を広げ、Kは何もせずに黙っている。

私は自分の傍に斯うぢつとして坐つてゐるものが、Kでなくつて、御嬢さんだつたら嘸《さぞ》愉快だらうと思ふ事が能《よ》くありました。それ丈ならまだ可いのですが、時にはKの方でも私と同じやうな希望を抱いて岩の上に坐つてゐるのではないかしらと忽然疑ひ出すのです。すると落ち付いて其所に書物をひろげてゐるのが急に厭になります。私は不意に立ち上ります。さうして遠慮のない大きな声を出して怒鳴ります。纏まつた詩だの歌だのを面白さうに吟ずるやうな手緩《ぬる》い事は出来ないのです。只野蛮人の如くにわめくのです。ある時私は突然彼の襟頸《くび》を後からぐいと攫《つか》みました。斯うして海の中へ突き落したら何《ど》うすると云つてKに聞きました。Kは動きませんでした。後向《うしろむき》の儘、丁度好い、遣つて呉れと答へました。私はすぐ首筋を抑えた手を放しました。（八十二）

ここでの「先生」の煩悶のきっかけは、自分と一緒にいる者がKではなく、お嬢さんだったらよいのにと思った刹那に、Kも同じ希望を抱いているのではないかという疑いを持ったことだった。海岸の岩の上に座っていた二人の眼に映ったのは、岩の上から見下ろす、「特別に綺麗な」（八十二）水の中に泳ぐ、「赤い色だの藍の色だの、普通市場に上らないやうな色をした小魚」だった。

水の中の赤い魚とは、この作品の他の箇所で度々言及される、金魚鉢の中の金魚と等価な記号である。この記号は『草枕』について検討したように、水の中に潜む永遠の女性あるいは人魚、もしくは吸血鬼を含意する。しかも、「赤い色だの藍の色だの」という表現には、さりげなく、「愛」という言葉が秘められている。藍色は、男性的エロスの含意でもあるが、それが「愛」という語に反転され得るという仕掛けによって、エロスの向けられる相手が、女性なのか男性なのか、極めて不安定になってゆく。この時、「先生」はKを水の中に突き落としたい、という衝動に駆られる。Kは、ああやってくれ、と答える。もしそうすれば、それはこのエロスの欲求の成就になっただろう。男に向けられているのか、女に向けられているのかさえわからぬが、恋愛が成就するトポスとは、古来、水の中以外にないではないか。

この不安定な表現が暗示するように、嫉妬心にさいなまれる「先生」のKへの心は、嫉妬というよりは、恋愛の情のように表現されてゆくことになる。そもそも、「先生」が狂おしい気持にさいなまれたのは、隣にいるのが自分ではなくお嬢さんだったらいいのに、とKも考えているのではないかと思った刹那だった。この感情は、お嬢さんを思慕するKに嫉妬したのか、Kが自分のことよりもお嬢さんを思っているのではないかと、お嬢さんに嫉妬したのか、どちらとも取れる。というよりも、次の表現を読むと、むしろ後者ではないのかと思えてくるのだ。

> 私は御嬢さんの事をKに打ち明けやうと思ひ立つてから、何遍歯搔《はが》ゆい不快に悩まされたか知れません。私はKの頭の何処か一ヶ所を突き破つて、其所から柔らかい空気を吹き込んでやりたい気がしました。
>
> 　貴方がたから見て笑止千万な事も其時の私には実際大困難だつたのです。私は旅先でも宅にゐた時と同じやうに卑怯でした。私は始終機会を捕える気でKを観察してゐながら、変に高踏的な彼の態度を何うする事も出来なかつたのです。私に云はせると、彼の心臓の周囲は黒い漆で重く塗り固められたのも同然でした。私の注ぎ懸けやうとする血潮は、一滴も其心臓の中へは入らないで、悉く弾き返されてしまふのです。（八十三、強調引用者）

「先生」はKの心臓に血潮を注ぎかけようとしている。この表現は、「私」に対して注ぎかけようとしたのと寸分違わない。「弾き返される」、という以外は。この表現を見る限り、「先生」が嫉妬したのは、むしろ自分へ向いていたKの気持を奪ったお嬢さんに対して、としか解釈のしようがない。そうでなければ、なぜ、お嬢さんへの恋心を伝えるだけの相手であるKの心臓が、「先生」の血潮を受け入れなければならないのか。

8　童話「漁師とその魂」

この不可解な表現の発想源と思われるものが、ワイルドの童話「漁師とその魂[26]」に見出される。以下、簡単にあらすじを紹介しよう。若い漁師が漁に出て、海に住む可憐な人魚と出会い、恋をする。何とか人魚と一緒になりたいと願うが、魂を持っていては人魚と結ばれることはできないと告げられ、魔女から魂の抜き取り方を教えてもらう。人間の影と思われているものは、実は、魂の体なのであり、この影を、魔女からもらったナイフで切り取ると、魂を体から切り離すことができるという。漁師は、自分の体の中にいる魂が、せめて自分の道連れに心だけは付けてくれと懇願するのも聞かずに、魂だけを切り取った。そして人魚と暮らすために海の中に行ってしまうが、魂は一年に一度、この場所で会おうと約束をして、旅立ってゆく。魂は漁師の身体に再び入り込もうとして、漁師に世界で見てきたことを話して誘惑する。それに負けた漁師は、再び魂が自分の身体に入ることを許してしまい、今度は二度と魂を追い出せなくなってしまう。そして、漁師がどんなに人魚を呼んでも姿を現さなくなってしまった。そうなると、漁師は二度と魂の誘惑に耳を貸さず、一向に現れなくなってしまった人魚を思い、海岸近くに家を建て、そこで人魚が姿を現すのを待ち暮らすのだった。

魂は、かつてのように漁師の心臓に入りこんで、完全に一つになりたいと願うが、漁師の人魚への愛が強くて叶わない。それでも、人魚は、漁師が海辺でどんなに呼んでも二度と戻ってはこなかった。もはや漁師を誘惑することをあきらめた魂は、再び漁師の心の中に入って、かつてのように漁師と一つになりたい、と懇願する。漁師は、心をもたずに世界をさまよった魂を哀れに思い、いい、と答える。すると、海から大きな悲鳴が聞こえ、人魚の死体が波に乗って運ばれてきた。それに取りすがって泣きながら人魚に愛の告白をする漁師は、海の大波に呑まれて死んでしまうが、死の刹那、二つに割れた漁師の心臓に魂は隙を見つけて入り込み、漁師と一体となるのだった。

ここにおける漁師と魂、そして人魚の関係が、まさしく、『心』において「先生」とKと静の三角関係に置き換えられている。漱石は、間違いなくワイルドのこの作品を読んでいる。しかもそれを、男性同性愛とそれを脅かす異性愛という三角関係の物語として読んだのだ。漱石の先の引用にある、意味不明の表現、「彼の心臓の周囲は黒い漆で重く塗り固められたのも同然でした。私の注ぎ懸けやうとする血潮は、一滴も其心臓の中へは入らないで、悉く弾き返されてしまふのです」、これは、漁師の心臓に入ろうとする魂の言葉と対応している。「ああ、入り口が見つかりません。あなたの心臓は愛によってすっかり塞がれてしまっているので[27]」。さらに、波に呑まれそうになる漁師に向かって、魂が言う言葉。「逃げて。私は心配なのです。あなたの心臓はあなたの大きな愛のせいで私には閉ざされているのだから。どうか安全な場所に逃げて。まさか、心をもたないまま、あの世に私を送り出そうというんじゃないでしょう」。

漱石の表現は、魂という言葉ではなく、「血潮」である。だが、キリスト教では魂は、心臓に宿るのと同時に、命の源としての血液にも宿るものと考えられてきた。その意味で、血液は心臓とともに、魂のありかである。女性への愛のために閉じられた心臓に、男性の分身は入ることができない。この基本構造は、『心』のそれと同じである。

また、『心』の三角関係は、一般的なそれよりも、「漁師とその魂」に描かれた関係性に基づいてつくられている。漁師は、人魚への愛を貫くためには、魂を取り去らなければならないことを知り、こう叫ぶ。「僕の魂なんて何の役に立つんだ。魂が、僕と愛する人の間に立ちはだかるくらいなら[28]」。

まさにこれと同じ位置関係を、「先生」とKとお嬢さんの三人も再現している。十一月のある冷たい雨の降る日の午後、「先生」は、砲兵工廠の裏手の坂道を下った細い帯のように狭い道で、Kと対面する。

> 私は此細帯の上で、はたりとKに出合ひました。足の方にばかり気を取られてゐた私は、彼と向き合ふ迄、彼の存在に丸で気が付かずにゐたのです。私は不意に自分の前が塞がつたので偶然眼を上げた時、始めて其所に立つてゐるKを認めたのです。（中略）Kと私は細い帯の上で身体を替《かわ》せました。するとKのすぐ後に一人の若い女が立つてゐるのが見えました。

近眼の私には、今迄それが能く分らなかつたのですが、Kを遣《や》り越した後で、其女の顔を見ると、それが宅《うち》の御嬢さんだつたので、私は少からず驚ろきました。御嬢さんは心持薄赤い顔をして、私に挨拶をしました。其時分の束髪は今と違つて廂が出てゐないのです、さうして頭の真中に蛇のやうにぐる〳〵巻きつけてあつたものです。（八十七、強調引用者）

この場面では、細い道の上でKと直面する「先生」の背後に、お嬢さんが控えている。つまり、「先生」とお嬢さんの間にKが立っている。さらに、Kが死んでからは、「妻が中間に立つて、Kと私を何処《どこ》迄《まで》も結び付けて離さないやうにするのです」（百六）。これは三角形というよりも、直線的な関係である。しかも「Kと私は細い帯の上で身体を替せました」という不思議な表現は、Kと私とが、帯の上、つまり上半身だけ取り替えた、という意味を喚起する。なぜなら、「替せました」という表現が尋常でないからだ。尋常な表現なら、「躱《かわ》しました」である。だが、こう表現することによって、「替」の文字が、「躱す」ことよりも、「替える」ことをほのめかすのだ。これらの表現は、Kと「先生」の分身関係を示唆している。

しかしここで、もっと重要なのは、お嬢さんの頭である。彼女の束髪が蛇に喩えられているのだ。女性の髪の毛と蛇とが古来より照応関係にあることは、ギリシャ神話のメデューサの例からもよく知られている。お嬢さんは実は、メデューサのような醜悪な正体を隠しているのかもしれない。だが、この作品が『聖書』に関わりが深いことからすると、むしろイブを誘惑して知恵の木の実を食べさせた、あの蛇を思い起こさせる。イブを騙して知恵の木の実を食べさせ、人類に死をもたらした蛇。その意味するところは、狡猾と奸策である。すると、お嬢さんこそが、狡猾と奸策によってKを陥れ、この物語に流血と死をもたらした張本人なのではないか。

ところで、漁師の心にすっぽりと入ってしまう魂という表現は、漱石にあっては、精神的な愛の成就の意として引き継がれている。Kが死んだ後に「先生」とめでたく結婚した静は、しかし、夫との精神的和合を遂げられなくて、こう言う。「男の心と女の心とは何うしてもぴたりと一つになれないものだらうか」（百八）。この表現は、男の心とぴたりと一つになれる魂、それに比される分身の存在を前提としている。この問は、こう換言できる。なぜ、女の心は、「魂」のようにうまく男の心の中に入り込んで、一つになることができないのだろうか、と。

他方、「漁師とその魂」において、異性愛を象徴する人魚への愛は、同性愛の象徴である魂よりも崇高に描かれている。その点は、漱石との大きな違いである。だが、注意すべきは、人魚は司祭に言わせれば、「亡者」だということだ。漁師は人魚との愛、つまり女性との「肉の愛」を成就するために海の中で暮らすが、これは、女性との性愛の成就は水底でしか望めない、ということを表現している。魂を抜き去り、自らも亡者とならなければ、女という亡者を愛せない。その意味では、司祭の言う「肉の愛」は、事実ではない。人魚には脚がないのだから、性交はできない。しかも、このエロスのクライマックスは、漁師が人魚の死体に取りすがって愛を語るところである。彼は冷たくなった唇にキスをして、泣きながらも歓喜に打ち震えるのだ。ヨカナーンの切断された頭部をかき抱いて赤い唇にキスをするサロメのように。ワイルドにおいても、異性愛のこのエロスは、死の相においてのみ完遂されるのであり、その点からしても、「肉の愛」ではない。

もちろん、魂を抜き去り、自らも亡者となって水底で人魚と暮らすことで表現される異性愛の成就とは、レトリックであり、若い漁師が本当に死ぬわけではない。だが、ロマンチック・ラブというイデオロギーの要請に従って、女性との「肉の愛」に身を捧げることは、男たちの間の盟約からなる家父長制社会において、亡者として水底に生きることに等しいのだと、この寓話は伝えている。

興味深いことに、女との愛を成就することは、漱石においても、この種の表現を受け継いでいる。たとえば、「私」と出会ったときの「先生」は、何の職業も持たず、豊かな学識と優秀な頭脳を何ら社会に還元することもなく、妻と二人で世間から隠れるようにひっそりと暮らす。こうした生き様を「先生」本人は、「死んだ気で生きて行かう」（百八）、「書物の中に自分を生埋にする」（百七）などと言っている。「先生」は、「死んだ積で生きて行かうと決心」（百九）して、生きてきたのだ。Kという「魂」を切り離した後の、静との愛の生活は死に喩えられているのである。

あるいは、『門』における宗助も、職業にこそ就いているものの、世間とは最低限の交わりしか持たず、崖下の家に隠れるようにして暮らしている。しかもこの家は水はけが悪く、じめじめして、水が足元から迫ってくる。彼らのひそやかながらも睦まじい愛の巣は、人魚と漁師が「肉の愛」に溺れる水底のようだ。

ワイルドにおける主体と魂の関係が、『心』の「先生」とKの関係に、とりわけ似ていると思われるのは、どちらも女性を愛するようになってから初めて、分身としての魂と、Kの存在を意識し始める点である。若い漁師は、人魚に「あなたがご自分の魂を捨ててしまえば、私はあなたを愛することができるのですが[29]」と言われて、こう答える。「魂なんて、僕に何の役にたつと言うのか。見ることもできないし、触ることもできない。そんなもの知りもしない」。司祭に魂をどうやって捨てるのかを尋ねにいった漁師は、「私が（人魚への）欲望を果したくても魂が邪魔をします」と述べる。つまり、その存在を知りもしなかったのに、ここに来て初めて人魚への愛の成就を邪魔するものとして意識されるようになる。魔女から教えてもらった方法で、魂を切り去ろうとする直前、魂は漁師に初めて言葉を発して訴える。「ねえ、私はこれまでずっとあなたの中にいて、あなたのしもべとしてやってきました。どうかあなたの体から私を切り離さないでください。私があなたに一体どんな悪いことをしたというのです[30]」。しかし、人魚への愛に夢中になっている若い漁師は、魂の言うことに耳を貸さない。すると、魂はせめて心を与えてくれと哀願する。

「もしどうしても私を追い出そうというのなら、心を持たせずに追い出すなんてことはしないでください。世の中は冷酷なのです。せめて心を持たせてください」。

彼は首を横に振って、微笑みました。「君に心をあげてしまったら、僕は一体どこでもって恋人を愛するのだい」。（中略）

「僕の心は、恋人のものだ」と漁師は言いました。「ぐずぐずせずに行っておしまい」。

「それじゃ、私に愛は必要ない、とでも」と魂は嘆いた。(31)

このように「魂」とは、女性への「肉の愛」が芽生えてから、それを妨げるものとして認識される、そういう存在である。漁師は魂を、聞こえない、触れない、知らない、と言うが、魂とは、そうすると、女性という他者を認識することによって初めて意識に上る自己のことでもあるとわかる。世界から疎外されずに、世界に対して幸福な一体感を持ち、その中で十全な存在として充足している間は、自己を意識することはない。自己を認識するためには、他者の存在を必要とする。つまり、女性という他者への欲望を認識することによって、漁師は初めてそうした「他者」から分断され、「他者」と一つになることができずに、欲望の充足を阻まれている「自己」を認識する。そして、欲望の充足を阻むものとして、「自己」の中にもいる「他者」を見出す。それが魂という分身である。

分身との幸福な一体感に自足していた間は、その分身の存在に気づかなかった。ところが欲望を認識し、しかもそれが充足できずに欲求不満を覚えると、自分が欲望しているにもかかわらず充足できないのは、自分の中に存在する「他者」が阻むからだ、と合理的に認識される。これはよく言われる、「自己疎外」の状況である。そうすると、魂とは、自己の欲望の成就を阻む、倫理や宗教や道徳を刷り込まれた、外在化された自己の分身である。その分身は外在化されているだけに、女性との肉の愛に溺れる者は滅びるとするキリスト教の教えや、女性との性愛をさげすみ、家父長制の権力構造を維持しようとする男性共同体のホモソーシャルなエロスをも、「自己」

の中で体現するのだ。

他者への欲望を認識した後、その欲望充足を邪魔立てする存在を初めて知るという意味では、Kも「魂」と同様である。先の細い帯のような道の引用文でも、「先生」は「彼（＝K）と向き合ふ迄、彼の存在に丸で気が付かずにゐた」。Kが「先生」の遺書に登場するのは、お嬢さんへの恋心が芽生えてからのことだ。「奥さんと御嬢さんと私の関係が斯うなつてゐる所へ、もう一人男が入り込まなければならない事になりました」（七十二）。というよりも、「自白すると、私は自分で其男を宅へ引張つて来たのです」。「先生」のそれまでの語りには、Kは影も形も与えられていなかった。ここに来て、突然登場するのである。

登場してからのKは、「先生」にとっては親しい幼なじみであり、東京に一緒に出てきて一高から東京帝国大学で共に学ぶことになる、非常に親密な存在である。なぜそれまで登場しなかったのかが不思議なほどに。しかも、田舎の幼なじみ同士が、最高学府である東京帝大の、しかも同じ学部に進学するというのは、めったにある話ではない。

Kとは、「先生」がお嬢さんへの恋に目覚めたことによって、「先生」の心に突如現れた「魂」であり、分身である。「異性愛」という言葉が適当でなければ、女へ向けられた「肉の愛」と言ってもいい。それを「先生」が言語を通して認識するためには、その反対の項をなすものが必要だった。なぜなら、ものはそれ自体意味をもつのではなく、それ以外のものによって初めて意味を得るからだ。「いる」はそれだけでは意味をなさないが、「いない」という対立項が存在することにより、初めて意味をもつ。有名なフロイトの「いるいない遊び（いないいないばあ）」の例を引こう。言葉を獲得し始める時期の幼児は、対象が白い布で隠されるのを見て、「いない」ということを知る。この「いないい」という事態を発見して、ようやく「いる」を見出すのである。こうして幼児は、「いる」「いない」に始まる、無限の言語の意味作用のネットワークの世界に参入する。

9　転倒する主体と客体

たかが一人の若者が年頃の娘に恋をしたくらいのことを、なぜこれほど根源的なところから説かなくてはならないのか。それは、女性との恋愛やロマンチック・ラブとは、明治以降、突如、西欧から輸入されたものであり、そうした欲望自体が前近代の日本には存在していなかったからだ。「先生」をはじめとする当時の青年たちは、翻訳小説を手本に、女性との恋愛というものを追求していた。言わば、社会全体が「感情教育」を受けている渦中にあったのだ。

それらの教科書の中には、「肉の愛」を軽蔑し、崇高な「魂の愛」を教えるキリスト教の倫理もあった。「先生」も、そこから男女の恋愛を学んだクチである。「私は其人（＝お嬢さん）に対して、殆んど信仰に近い愛を有つてゐたのです。……本当の愛は宗教心とさう違つたものでないといふ事を固く信じてゐるのです」（六十八）。「もし愛といふ不可思議なものに両端があつて、其高い端には神聖な感じが働いて、低い端には性慾が動いてゐるとすれば、私の愛はたしかに其高い極点を捕まへたものです」。男女の愛に、崇高な愛（＝love）と淫らな性欲（＝lust）という二項対立が作られている。これは前近代の日本にもともとあったのではない、西欧から移植された概念である。

さらに言うと、明治以前には、異性愛と同性愛とをこのような用語で区別立てすることはなく、また同性愛(男色)は、法的に罰せられもしなかった。つまり、その社会においては、異性愛と同性愛を対立項として設定する必要がなく、同性愛を抑圧する必要もなかった。同性の友人に感じるエロスに名前を付ける必要がなく、それを明確に意識することもなければ、抑圧しなければならないものでもなかった。

そこに、近代化が及び、西欧の恋愛の流儀が導入される。それはつまり、同性愛をタブーとしない文化が過去の野蛮なものとして抑圧され、それに代わる絶対的な異性愛支配体制が、西洋という他者によって押しつけられたことを意味した。この文化をラカンに倣って、「象徴界」として想定することにする。象徴界とは、まずは人間の言語活動を始めとする、多様な象徴体系の総体である文化秩序のことである。ここにおいて人は、自己のアイデンティティと欲望を、他者であると同時に他者のものである言語によって構築する。そこでは、異性を欲望するのが正しい欲望であると教えられた。「欲望」とは、象徴界で他者のものである言語によって構築されているから、究極的には他者(西洋という他者でもある)の欲望である。だから、「先生」はお嬢さんへの「欲望」を「欲望」たらしめるために、Kという他者を必要とし、下宿にわざわざ連れて来なければならなかった。そもそも、女という「欲望」の対象は、前近代に起源がある主体の中に、内在的に存在するものではなかったのだ。

求道者であるKを配置することによって、女性との恋愛も、崇高なものと性欲にまみれたものに差異化できる。さらには、このKが「先生」の「魂」でもあるものとして描かれることによって、恋愛の情にも、女性へ向かうものと男性に向けられるものがあることを、暗黙のうちに示すことができる。これは、Kを必要とした作者の側の論理である。

他方、「先生」がKを必要としたのは、その欲望を相対化し、文化と法の下で抑制し、言語化するために、外在化された「自己」、あるいは「魂」がなくてはならなかったからだ。Kとは、そうすると、漱石にとっては金之助のKでもあったことになる。寺に生まれたKが、医者の家に養子に出された後、実家に戻ってきたという大まかな経歴は、漱石自身と合致する。実母を早くに亡くしていたKが、実家から勘当された後、貧しいながらもやさしい姉が心配してくれる、という点でも漱石の人生と重なる。Kは、作家漱石の分身である夏目金之助のことでもあるだろう。『吾輩は猫である』において、迷亭が苦沙弥の分身であったように。

人は誰でも自分の心の中に、「他者」を抱えている。所詮は他者のものである言語によって自分の心を築き上げている以上、自分は、自分の心の中にいる「他者」を意識し、その「他者」との対話を通して、懊悩し、良心の呵責に悩み、罪の意識に怯える。人は、心を舞台に様々なドラマを繰り広げる際に、内なる「他者」を必要とするのである。

「先生」の魂、分身としてのKという観点から、もうしばらく、「先生」とKの関係性を追ってゆきたい。Kに恋の告白を先んじられた「先生」は、自分の部屋に戻った後、襖を前に悶々とする。

私はＫが再び仕切の襖を開けて向ふから突進してきて呉れゝば好いと思ひました。私に云はせれば、先刻は丸で不意撃に会つたも同じでした。私にはＫに応ずる準備も何もなかつたのです。私は午前に失なつたものを、今度は取り戻さうといふ下心を持つてゐました。それで時々眼を上げて、襖を眺めました。然し其襖は何時迄経つても開きません。さうしてＫは永久に静《しずか》なのです。

其内私の頭は段々此静かさに掻き乱されるやうになつて来ました。Ｋは今襖の向で何を考へてゐるだらうと思ふと、それが気になつて堪らないのです。不断も斯んな風に御互が仕切一枚を間に置いて黙り合つてゐる場合は始終あつたのですが、私はＫが静《しずか》であればある程、彼の存在を忘れるのが普通の状態だつたのですから、其時の私は余程調子が狂つてゐたものと見なければなりません。（九十一、強調引用者）

右の引用中の傍点部分、「Ｋは永久に静なのです」という表現はレトリックである。なぜなら、Ｋが自殺したのはこの時ではなく、この後、何度も「先生」と会って話をしているからだ。テクストには「静」に「しづか」という振り仮名が振ってある。それは作者本人がそう振ったからだ。だが、この表現がレトリックであることを確認した以上、我々には、この文字を「しず」と読む自由がある。むろん、お嬢さんの名前だ。すると、Ｋは永久に静（＝お嬢さん）である、というメッセージが浮かび上がる。つまり、こう読める。Ｋが「先生」にお嬢さんを恋していることを告げた途端に、Kは「永久に」お嬢さんになった、と。「永久に」という強調は、Kが「静になった」、つまり自己の一部が切り離されたことについての、身を切るような喪失の痛みを伝えている。

　この引用文中の主役は、Kと「先生」との間の「仕切りの襖」である。この一節が伝えるのは、襖が閉じられたままであるということであり、かつそのことを「先生」が苦にしていることである。「先生」は、襖の向こうで静かなKの存在が気になって仕方がなく、そしてそれは常ならぬことなのだと言う。「私はKが静であればある程、彼の存在を忘れるのが普通の状態だつた」のだ。なぜならそれは、今までは「Kは静かだった」のだが、今度は「Kは静であ」るからだ。ここでKは、自己の分身から、静と同じ場所に位置する他者になってしまったのだ。静かであればあるほど、その存在が気になるというのは、彼が「対象」であり、主体から切り離された「他者」だからである。自分の分身であれば、静かであればあるほど忘れていられるはずだ。いつまでも開かない「仕切りの襖」は、この二人の新たな関係を象徴している。

　その後、「先生」はKに対して、完全に観察の「対象」として接することになる。「私は丁度他流試合でもする人のやうにKを注意して見てゐたのです。私は、私の眼、私の心、私の身体、すべて私といふ名の付くものを五分の隙間もないやうに用意して、Kに向つたのです」（九十五、強調引用者）。ここにあるような、「私」つまり自我という鎧に身を包んでKに向かったのであるから、「先生」とKとのかつてのような分身関係はもはやない。Kは完全に、「先生」の身体から切り離されてしまっている。ワイルドの描く「魂」のように。しかもこの文章は矛盾を露呈している。「私といふ名」とあるが、「私」は名ではなく代名詞だ。にもかかわらず、「私」は名とイコールにされている。「私」の固有名は、このように徹頭徹尾排除されている。ここにも作者の、固有名を発話することを拒否しようとする強い意志を読み取ることができる。

このような、分身（＝主体の一部分）が客体になる転倒ということならば、この作品には、もっと徹底した主体と客体の転倒とも言えるプロットがある。「私」の語りの中で、「先生」の家の近所に泥棒がしばしば出没したことがあり、「先生」の留守に、物騒だからと、「私」が泥棒の見張りを頼まれたことがあった。泥棒の見張りを期待されていたのに、「私」は奥さんと話しこんでしまった。「私」は、「先生」の、奥さんへの愛をめぐる心を割った親密な会話をするうちに「丸で泥棒の事を忘れてしまつた」（十八）のである。

これは、ミイラ取りがミイラになるように、見張る者（＝主体）が、見張られる対象に成り変ってしまう瞬間を描いている。泥棒を見張り、警戒していた「私」（＝泥棒番）が泥棒になる。泥棒になった「私」は、奥さんの心を「先生」から奪った。「疑ひの塊りを其日〳〵の情合で包んで、そつと胸の奥に仕舞つて置いた奥さんは、其晩その包みの中を私の前で開けて見せた」。奥さんは心の奥深くに大切に包んであった秘密を開いて見せ、「私」とその秘密を共有した。「私」はこの時、奥さんの心を泥棒した。これが「私」の、奥さんへの恋の始まりである。近代小説において、恋心とは、いつでも心の秘密として描かれてきた。

このように主体と客体の関係なるものも、実に簡単に転倒してしまい、その拠って立つ所は脆弱である。見張る者だった自分は、見張られる者でもある。近代小説の前提となるはずの、主体なるものの安定性は虚構にすぎず、主体を囲繞《いにょう》する境界線は常に脅かされている。主体と客体という、言語秩序の根本をなす二項対立も、かくのごとく不安定なのだ。

こうした秩序解体の不穏な空気が、これをきっかけに急速に作品に漂い始める。この空気の中で読むならば、『心』という作品の大きな枠組みに、主体と客体の転倒という構造が組み込まれていることに気がつく。そもそも「先生」が遺書のかたちで、自らの過去を語りかける相手（＝客体）であった「私」が、「上」と「中」の語りの主体なのだ。しかも、すでに指摘したように、「上」、「中」の語りと、「先生の遺書」の語りとは連続している。

主体と客体とが繰り広げる、この永遠の循環運動は、Kが手首にかけていた数珠のようでもある。「私がそれは何のためだと尋ねたら、彼は親指で一つ二つと勘定する真似をして見せました」（七十四）。Kにとってはこれが生きることの比喩だった。「Kはどんな所で何んな心持がして、爪繰る手を留めたでせう」。すると「爪繰る手を留めた」とは、Kの死の比喩表現である。「円い輪になつてゐるものを一粒づゝ数へて行けば、何処迄数へて行つても終局はありません」。この神話的物語における主体とは、数珠の一粒のようなものなのかもしれない。生を生きるという循環運動の中にあって、一粒はどこにもその輪の中での位置を特定できない。始まりは終わりであり、終わりは始まりでもある。

これは、物語のクライマックスにおける主体と客体の転倒の伏線である。こうしていよいよKの死へと向かう悲劇に突入するのである。

「先生」とその分身であるKが切り離されたことを、先の「漁師とその魂」の観点から考えてみよう。漁師は「魂」を、人魚との性愛の成就に邪魔だとして切り離した。一方、Kがお嬢さんへの恋心を告白したことから、「先生」とKは期せずして切り離された。だが、Kの役割は当初、「魂」と同じように、自分はもっと高尚な宗教の道を究めるという立場から恋愛を軽蔑し、その意味では「先生」が恋の道に突き進むことの抑止力となることだった。房総旅行中のある晩、「精神的に向上心がないものは馬鹿だ」(八十四)とも言っていたほどだ。Kのそんな態度から、「先生」は、お嬢さんへの気持を打ち明けたくとも打ち明けられなかった。つまり、Kの存在によって嫉妬心が刺激され、お嬢さんへの気持が募る一方で、それを言語化することもできないという、二律背反の状況が強まったのである。そうすると、Kは、欲望を創造し刺激する媒体でありながら、同時にそれを抑圧もする、文化装置の役割を担っていることが明らかになる。

Kが女への肉の愛を軽蔑して、より高次の精神性を追い求めていたことは一貫しており、お嬢さんへの恋心を告白してからは、彼自身がその葛藤に苦しめられていた。その意味でも、Kは、性的欲望の無際限の充足を抑止する宗教的倫理の役割を十分に果たしている。ところがここからがワイルドと違うのだが、このK(=「魂」)も、その本性が蛇である女の奸計に乗せられた為に、女への欲望を持つようになる。ここで「魂」は欲望の主体となった。それによって主体から切り離され、「他者」の立場に立つことになる。

これ以降の、一般的に了解される次の展開は以下のようになるだろう。Kがお嬢さんに欲望を抱いた時点で、ライバルが誕生し、主体はライバルに負けじと、女の獲得へ一歩を踏み出す。対象への欲望が発動するためには、ライバルという「他者」が必要だ。「他者」の欲望を模倣することでしか、人は何にせよ、正しく欲望することができない。欲望とは、自己に内在する生理的な欲求――例えば、食欲や排泄や睡眠の欲求――とは異なり、帰属する文化の要請に従い、「他者」のものである言語を媒介にしてつくられるものだからだ。以上が、いわゆる三角関係と言われているものの一般的な展開であり、我々もこの関係性を暗黙のうちに読み取ってきた。それは、我々が無意識のうちにも、異性愛が絶対的に支配するこの文化（＝象徴界）の抑圧を受けているからである。

10　同性愛エロスの発動

ここで、「漁師とその魂」に再び戻って考えてみたい。「魂」は、かつては自分と一体であった漁師が人魚に夢中になってしまい、「魂」には用がないと言って切り離されたことを悲しく思い、人魚から漁師を取り戻そうと必死に甘い言葉を囁く。つまり、人魚を取り合うという、異性愛の三角関係は成立していない。むしろ漁師を人魚と「魂」とが取り合っている。

実は、『心』がひそかに描いている三角関係とは、この構図なのではないだろうか。主体（＝「先生」）はかつての自己の半身（＝K）が、もはや自分の従者ではなくなり、自分を捨て、自分以外の「他者」を愛するようになったことが気に入らない。つまり、「先生」はKにお嬢さんを取られるのではないかと危惧しているように見えながら、その実、Kがもう自分のことを愛していないのではないかと心配しているのである。事実、Kの決定的な告白の後、「先生」の頭にあるのは、お嬢さんのことではなく、Kのことばかりなのである。

『心』における三角関係の変形バージョンを一言で要約すれば、「先生」がKへ抱く、抑圧され言語化されていない（Kと一体になりたいという）「欲求」が、女性という「他者」への「欲望」の形を偽装して回帰する、ということである。これをわかりやすくするために、セジウィックの生前埋葬のメタファーを借りて説明したい。彼女はゴシック小説に描かれている恐怖を、生前埋葬のメタファーで読み解く。ゴシック小説の恐怖とは、生きながら埋葬されたために常に墓の中から回帰しようとして、生者を脅かすものがもたらすものとされる。これを彼女は、男性同性愛の比喩と解釈するのである。(32)

確かにKへの「欲求」は言葉を与えられないままに抑圧され、また言葉のない冥い世界へと葬られた。だが、完全に息の根を止められたわけではなかった。だから「欲求」は幽霊のように、墓の中から回帰する。今度はお嬢さんへの「欲望」を語る言語として、異性愛を強要する文化の掟に従い、「欲望」の形を取って回帰する。「欲望」の対象であるところのお嬢さんの前に立ちはだかり、つきまとい、覆い尽くすのだ。つまり、言語が与えられなかったために抑圧されていた分身への「欲求」が、異性愛を語るプロットを得て、同性愛として言語化される。こうして、文化的な抑圧の産物であった異性への欲望は、本源的な同性への「欲望」（この時点では、「欲求」はすでに「欲望」になっている）によって覆われてしまうのである。

その証拠に、Kがお嬢さんへの恋心を告白して、「先生」にとって「対象」となってからというもの、「先生」はKのことばかり考えている。じっとしていられなくなり「正月の町を、無暗《むやみ》に歩き廻つ」（九十一）ても、「私の頭はいくら歩いてもKの事で一杯になつてゐ」た。そもそも「自分から進んで彼の姿を咀嚼しながらうろついて居た」とまで言う。その後しばらくの間、「先生」は「永久に彼に祟られた」と形容するほど、Kに取り憑かれてしまう。その間、お嬢さんのことはほとんど眼中にない。ついに、大学の図書館でKが「先生」に話し掛けてくる。「すると突然幅の広い机の向ふ側から小さな声で私の名を呼ぶものがあります」（九十四）。ふと眼を上げると、Kがいる。「Kはその上半身を机の上に折り曲るやうにして、彼の顔を私に近付けました」。それは大声で話して人の邪魔にならないようにという当然の配慮からだった。だが、「私は其時に限つて、一種変な心持がしました」。

この二人の間には、もう同性愛エロスが発動している。だからKに顔を近づけられて、「先生」は「変な心持がし」たのだ。一人の異性をめぐっての、ライバルへの嫉妬という形を借りながら、葬られたはずの分身への「欲求」が「欲望」となって回帰し、異性愛エロスを呑み込みながら同性愛が輪郭をなし始めている。Kが死に、文字通り彼の骨が墓に埋められた後も、Kは墓の中から甦ってくる。「先生」と奥さんとの結婚生活を脅かしにやってくるのだ。

私は妻と顔を合せてゐるうちに、卒然Kに脅かされるのです。つまり妻が中間に立つて、Kと私を何処迄も結び付けて離さないやうにするのです。（百六）

今度は、「先生」とKとの間に妻が立っている。Kと妻とは微妙に位置関係を変えながらも、

「先生」に対峙する。これは同性愛エロスと異性愛エロスの立ち位置のメタファーである。結婚してからでさえ、異性愛は同性愛に背後から脅かされるのである。

断っておくが、ここで「同性愛」という言葉を使うのは便宜上のことであり、漱石が周到にこの言葉を避けていたことだけは、指摘しておかねばならない。同性の分身とも言える友人との間に存在する、ある種の強度を伴った感情の交流。前近代の日本の文化と社会において、これに対して特別な名前は与えられていなかった。ところが、近代以降の日本は、これに「同性愛」という名前を付けた。作られたばかりのこの日本語は、何よりも医学の用語であり、この言葉にはセクシュアリティの病理的様態の意が、抜きがたく込められていた。漱石が徹底して「先生」の固有名に言及するのを避けていることを、先に指摘したが、それは確かに、「同性愛」という名称を使わないようにするための作者の配慮と無関係ではない。

明治になって突然、法的に禁止されることになった男性間の性行動は、身体的もしくは社会的なダメージがつきまとうとして、医学的権力の担い手たちによって、その危険性が強調されることになる。彼らは、むろん、当時の西洋の性科学者たちの研究成果に学び、最先端の倒錯理論を採用した。「同性愛」という言葉は、西洋でもソドミーに代わって当時作られたばかりの、新しい概念であり用語でもあった"homosexuality"の訳語として、一八九〇年代に流通し始め、一九二〇年代までに完全に定着していた。(33)

この概念および名称は、十九世紀の精神病理学の集大成となった、リヒャルト・フォン・クラフト＝エビングの『性的精神病理学』(*Psychopathia Sexualis*)の、一八九四年の翻訳を通して日本に導入されたが、クラフト＝エビングは、同性愛をディィジェネレーション（変質・退化）の症候の一つであり、つまりは精神病の一種の色情狂（erotomania）とみなしていた。明治維新後の社会による、身体にまつわる作法の近代化によって編制されつつあった「象徴界」の中に、男性間のエロスを取り込むことは、それを狂気や病理と規定する名を与えることに他ならなかった。そして、「同性愛」と名づけられるや否や、このエロスは、精神医学や社会衛生といった権力の監察と行使の対象になる。

近代の権力はこのように、雑多でおぞましい性現象を「立ち上がらせるようにして名付ける」[34]ことによって、異形な性的欲望を管理した。十九世紀の精神医学者たちが分類し、命名した無数の性的倒錯の名称――露出狂、フェティシスト、動物愛好症、視姦愛好症、死体愛好症、冷感症、ニンフォマニア、等々――を、少しでも思い起こすがよい。分類と名付けこそ、近代が禁忌と抑圧という手段に代わるものとして、個人の身体と性の上に機能させた権力の型なのである。権力は「異形な性的欲望」[35]を細分化し、それら「雑多な性的変種を生産し固定」したのである。

ところで、分身から対象になったKが、そもそも他者であり、他者によって作られた欲望の対象であるお嬢さんと等価になるのは、なぜだろうか。自己の分身であるところの自己同一性を欲望の対象にしてはならない、というのは、エディプス・コンプレックスの要諦であった。「自己のなりたいもの（＝父）を欲望してはならない」。これがエディプス・コンプレックスによって主体に内面化された、異性愛体制の法度である。この観点からすると、同性愛者とは自己のなりたいものを欲望する者らの謂である。そして同性愛とは、この体制からすると、主体（＝同一性）と対象という、文化の根底をなす二項対立を攪乱することになる。そうすると、Ｋ（＝自己同一性）と静（＝欲望の対象）とが等価になるという事態は、「父の法」に対する重大な謀反であり、同性愛の発動である。「先生」にはエディプスの掟が内面化されていなかったために、この禁じられた事態が引き起こされたのだと考えられる。

そういえば、「先生」は、比較的早くに両親を亡くしている。実の父を亡くした後に、叔父という象徴的な父も、彼の裏切りによって失っている。二重の意味での父の喪失を経験することにより、「先生」は「父の名」を継ぐ者にはならなかった。財産を狙って、叔父が「先生」に、彼の娘との縁談を強要しようとしたことは、抑圧的な「父の名」としてもたらされた異性愛の象徴と解釈できる。この縁談を拒むことによって、「先生」は「父の名」の支配に服することも同時に拒んだのである。その意味で、「先生」は完全にエディプスの掟に従っていたわけではなかった。

こうしていったんは、「父の名」の支配から脱して、ただ一人、個として東京というもう一つの近代世界に参入したのである。「先生」は実の父と象徴的な父とを喪失したことの埋め合わせに、Ｋを父の代理としようとする。「先生」が叔父の裏切りを知り、「父の名」の相続を放棄したのとほぼ時を同じくして、Ｋも養家への偽りを自白して絶縁された。つまりＫも、養父という象徴的な父を失ったのと同時に、実の親にも勘当される。Ｋが「私より偉大な男」であることを認める「先生」にとって、Ｋはいくらか父の代理になったであろう。だが、そのＫを、自分の下宿に騙して連れてきて、陰にまわって経済的な援助を始める。「先生」は、金の力によって自らが強引にKの父になろうとした。このように二人の関係は、互いが互いの父同士でもあるような、不安定なものであった。

すでに実の父と象徴的な父を二重に喪失している二人が、近代世界において、新たな父を見つけることは困難だった。だから、彼らは父という他者になり損ねた、永遠の分身同士であった。「父の名」と義絶し、文化から孤立した寄る辺ない彼らの心理状態は、次のように描写される。「山で生捕られた動物が、檻の中で抱き合ひながら、外を睨めるやうなものでしたらう。二人は東京と東京の人を畏れました」（七十三）。新たに参入しなければならなかった近代社会と、二人がいかに不和であったかは、彼らが動物に喩えられていることからも窺える。彼らは、共通の言語さえ持たない、人間未満のものでしかなかった。「先生」は、このようにして、「父の法」であるエディプス・コンプレックスの内面化に失敗したのであった。

この一連の叙述を、歴史上の出来事の象徴と解すれば、実の父の早世とは、過去の正統な継承者、徳川の支配になる旧時代の終焉のことである。叔父の裏切りと財産の横領は、血縁関係にあり身内である者の裏切りという意味で、西洋という他者とは別の、明治維新の立役者である薩長土肥による近代化政策を指しているだろう。彼らは、表面上は日本国の将来のためにとして、徳川から支配を引き継いだ。そしてよきものとして異性愛体制を導入するものの、その本心は、経済的利害のために愛を利用しようとする点で、彼らは叔父と同種の輩であった。こうして「先生」にとって、異性愛とは経済的利害に裏打ちされたトラウマとして内面化された。だからお嬢さんの愛には、常にこの経済的利害と打算への疑念がつきまとうのである。

これまで見てきたように、異性愛の装いをまとった同性愛の発動によって、かつては自己の分身として、自己の一部でもありながら外在化されてもいたKは、純然たる他者になってしまった。そのKが死ぬと、不思議なほどに、二人の関係は近くなる。テクストの表面でKが自害するよりも前に、象徴的にKは「先生」に殺されていた。「先生」がKに向かって、かつて自分が言われた言葉、「精神的に向上心のないものは馬鹿だ」（九十五）という同じ文句を、主体の立場になり代わって吐いたとき、実は象徴的にはKを殺してしまっていた。「先生」のこの行動は、遺書の中で「狼が隙を見て羊の咽喉笛へ食ひ付く」（九十六）ことに喩えられている。

この日の夜中に「先生」は自分の名を呼ぶ声で眼を覚ました。

> 見ると、間の襖が二尺ばかり開いて、其所にKの黒い影が立つてゐます。さうして彼の室には宵の通りまだ燈火《あかり》が点いてゐるのです。急に世界の変つた私は、少しの間口を利く事も出来ずに、ぼうつとして、其光景を眺めてゐました。
>
> 其時Kはもう寐たのかと聞きました。Kは何時《いつ》でも遅く迄起きてゐる男でした。私は黒い影法師のやうなKに向つて、何か用かと聞き返しました。（九十七、強調引用者）

「急に世界の変つた」とあるように、この時「先生」の目に映った世界は、日常の世界ではない。本源的自己が属するもう一つの世界、異界を垣間見たのである。その世界では、Kは「黒い影法師」だった。ということは、「先生」がすでに、心のこの相において、Kを殺したことが暗示されているし、その世界でのKの本性とは、「先生」の「黒い影法師」だということもわかる。「先生」がこの時見た光景が、日常世界では隠された類の真理であったことは、「先生」がこれを忘れられず、思い出しては、「何だか不思議」だと感じていることからも推測される。ちなみに、これは「漁師とその魂」の、漁師と「魂」の関係を反復してもいる。あの物語の中で、人の影は、魂の肉体のことなのだとされているのだから。Kとは、「先生」の「黒い影法師」であるところの、「魂」のことなのである。

この後、Kが「開けた襖をぴたりと立て切り」、「私の室はすぐ元の暗闇に帰」ったとあるように、Kは「先生」にとって光が指してくる源である。「先生」が、あの「細い帯」の上でお嬢さんを通すために、自分はどろどろの泥濘の中に片足を踏み入れ、さらに、奥さんに「どろ〲した蕎麦湯」を飲まされ、どろどろの混沌の中に捕えられようとしている一方で、Kは「先生」に光をもたらしているのである。それは死して後も続く。

Kが自殺した晩、「先生」は「枕元から吹き込む寒い風で不図眼を覚まし」た。「見ると、何時も立て切つてあるKと私の室との仕切の襖が、此間の晩と同じ位開いて」いたので、Kの部屋を覗くと、「洋燈《ランプ》が暗く点つてゐ」た。これはその後も、明け方、奥さんを連れて来る時まで細々と点っていたのだった。洋燈の灯、もしくはろうそくの炎は命のメタファーである。この時、洋燈がまだ暗く点っていたということは、Kは表現の上では、完全に事切れてはいない。

Kが死んだこの夜、不思議なことに、襖はずっと開けられていた。奥さんを起して「先生」の部屋に連れて来た時に初めて、この襖は閉められた。「私は室へ這入るや否や、今迄開いてゐた仕切の襖をすぐ立て切りました」。「先生」は、死んだKの姿を見た後、自分の部屋に戻り、八畳の中を「檻の中へ入れられた熊の様」にぐるぐると廻っている間中、襖を開けたままにしていたのだ。友人が死んでいる部屋の襖を。いや、友人ではない。隣の部屋で死んでいるのは、分身であり、魂なのだ。だから「先生」が襖を閉めることなど、できるはずがない。これは、「先生」が、自己の一部分の死を自分の身内に取り込むための、儀式である。

しかし、この行動もある程度予告されてはいた。Kと「先生」が上京して間もなく、同じ下宿の一部屋に暮らしていた頃の様子を、「先生」はこう表現していた。「山で生捕られた動物が、檻の中で抱き合ひながら、外を睨《にら》めるやうなものでしたらう」(七十三)。Kが死んだ夜に、Kの屍骸が横たわるその続きの部屋で、「先生」はあの時動物に喩えられていた、「父の名」を喪失したみなし児に戻ったのだ。この表現には、「先生」がKの殺害者であることが、再び暗示されている。熊に喩えられた以上、「先生」が流血に関わっていなかったとは考えにくい。『道草』からの一節を再び引く。「彼は血に餓えた。しかも他を屠る事が出来ないので已を得ず自分の血を啜つて満足した」。原稿を書き終えた健三は「獣と同じやうな声を揚げ」た。血を啜る健三は獣である。一方、「先生」も先には、狼に喩えられ、今度は熊に喩えられている。そうすると熊のメタファーは、こう読める。獣に成り下がり、熊に喩えられた「先生」は、分身であるKを屠り、その血を啜ったであろう、と。

こうして、血を媒介とした男性間エロスの儀式は完成された。「先生」はかつてKの心臓に自分の血潮を注ぎ込もうとしていた。今度は、Kの血を啜ることで、Kの魂を自分の心臓に再び納めたのである。そうすると、この時点で、「先生」の心臓にお嬢さんへの愛が宿る可能性は、もはや失われていたのだ。

分身としてのKの死は、ある程度「先生」の死である。Kが死ぬことにより、「先生」の、あの本源的自己においてKと共有していたある部分が死んだ。「先生」は、その後、「生きてゐるか死んでゐるか分らない程大人しし」く生きてゆく。つまりは生きながら死ぬ、もしくは死にながら生きることになる。Kの分ち難い分身として。

11　Kの「復活」

だから、「先生」はKの墓参りをしているところを「私」に訪ねられた時、言葉にならないほど驚いたのだった。「何うして……、何うして……」(五)。「其言葉は森閑とした昼の中に異様な調子をもつて繰り返された」。


「誰の墓へ参りに行つたか、妻が其人の名を云ひましたか」

「いゝえ、其んな事は何も仰しやいません」

「さうですか。――さう、夫《それ》は云ふ筈がありませんね、始めて会つた貴方に。いふ必要がないんだから」(五、強調引用者)

この会話には墓の秘密が隠されている。後に「私」によって「誰だか分らない人の墓」と言及されているように、この墓の主の名は、テクストにおいて一貫して謎であり続ける。テクスト上で決して名を与えられない人の墓、名前のないものの墓。これは男性同性愛（ソドミー）の墓以外には考えられない。英文学、ひいてはキリスト教文化圏では、歴史を通じて男性同性愛は「言葉にはできない」(unspeakable)、「名づけられない」(unnameable) という「名」を与えられてきた。「名前がないもの」といえば、英文学では、男性同性愛を指す常套句である。そうすると、テクストの中で不明であり続けるKの名、そして「先生」の名も、男性同性愛を指し示す記号であったことになる。Kとは、一人の人物として物語で表現されてはいるものの、同時に、男性同性愛の象徴的表現でもある。

但し、作者がこれほど念入りに具体的な名を与えることを拒み続けているものに対して、「男性同性愛」という名を与えていいものか、という問題がある。むしろそのような名付けに回収されない、あるいは言語以前の未分化なものとして、作者はこれを捉え、表現しようとした。その表れが、Kという符号であり、一貫した名づけの拒否の姿勢なのである。

過去の時代に男たちが享受していた、男性同士の濃密な紐帯を軸とした精神的文化。Kの墓とされているものは、そうした文化の墓標である。ここに葬られているのは、Kだけでなく、「先生」でもある。そのような紐帯を、一人だけで築くことはできないのだから。「先生」の動揺と言葉は、墓が自分の墓でもあるという秘密のゆえである。「先生」が、自らを墓の中に「生埋《いきうめ》」(百七) にしているという秘密の。

「妻が其人の名を云ひましたか」という言葉は、象徴として読まれるべきであろう。これまで見てきたように、物語の語りの主体である「先生」と、その背後にいる作者は、一貫して、名づけと名指しを拒み続けている。「先生」は、「私」という代名詞まで「名」であるかのように語り、固有名を排除した。それは男性間エロス、もしくは「同性愛」として立ち上げられつつあったものに対して、そのような名で呼ばれることを許さない、という意志の表明でもあったはずだ。それは、漱石が築いていた男性共同体における掟のようなものだったのではないか。

先に、この墓の主は、一人Kだけではなく、むしろ過去の時代の男性共同体的文化である、という解釈を示した。すると、「妻が其人の名を云ひましたか」とは、女性としての妻が、彼ら男たちの掟を侵犯して、あのエロス的文化の名を口にしたのか、という意味に解釈できる。あの女は、というより、「女」は、あのタブーまでも犯して、男たちの文化を踏み躙るのだろうか、と。

さらに「先生」のこの問の背後にあるのは、妻が墓の秘密を共有しているのではないか、という疑いである。「妻が生きてゐる以上は、あなた限りに打ち明けられた私の秘密として、凡てを腹の中に仕舞つて置いて下さい」(百十、強調引用者)。ここで言っている「秘密」とは、墓の「秘密」でもある。「妻が己れの過去に対してもつ記憶を、成るべく純白に保存して置いて遣りたい」とは、妻に対する愛情とは逆の、排除に他ならない。女を真実から排除する。それは復讐である。「先生」は「妻に血の色を見せないで死ぬ積です」とも書いているが、これは、妻を、男たちの間で交わされてきた、血の盟約にも喩えられる、あのエロスの継承と流通には決して加わらせないという、「先生」の決然たる排除の意志として理解できる。「私」がこの遺書を公表する以上、物語の現在において、妻、静は死んでいるだろう。静が死んでから発表された「私」の手記と「先生」の遺書からなるこの作品は、静が生きている間にはできなかった、彼女の罪の告発と痛罵にも思えてくるのである。

だがこの墓は、ただ単に死者の墓標なのではない。死のしるしであるだけでなく、生命のしるしでもある。そのことに、「私」は気づいている。「先生の頭の中にある生命の断片として、其墓を私の頭の中にも受け入れた」(十五、強調引用者)。だが、まだ「先生の生活に近づきつゝありながら、近づく事の出来な」かった私は、その墓を「二人の間にある生命の扉を開ける鍵」とすることができなかった。墓は、「生命の扉を開ける鍵」である。つまり墓の中には死ではなく、生命が息づいているというのだ。この墓に込められた秘密こそが、「心」の秘密を解く鍵である。

Kの死は、ただの死ではない。聖書をメタ・テクストとするこれまでの読みからしても、Kが死後、復活するであろうことは予想できる。さらにKの死んだ部屋の様子にも、これがただの死ではなく、再生でもあったことがほのめかされている。『心』の次に書かれた『道草』には共通する部分が多く、度々言及しているが、ここでは健三の妻が産婆が間に合わないまま、分娩した直後の情景を見てみたい。

> 産婆は容易に来なかつた。細君の唸る声が絶間なく静かな夜の室を不安に攪《か》き乱した。五分経つか経たないうちに、彼女は「もう生れます」と夫に宣告した。さうして今迄我慢に我慢を重ねて怺《こら》へて来たやうな叫び声を一度に揚げると共に胎児を分娩した。

「確《しっ》かりしろ」

すぐ立つて蒲団の裾の方に廻つた健三は、何うして好いか分らなかつた。其時例の洋燈は細長い火蓋《ほや》の中で、死のやうに静かな光を薄暗く室内に投げた。健三の眼を落してゐる辺《あたり》は、夜具の縞柄さへ判明《はっきり》しないぼんやりした陰で一面に裹《つつ》まれてゐた。

彼は狼狽した。けれども洋燈を移して其所を輝《てら》すのは、男子の見るべからざるものを強ひて見るやうな心持がして気が引けた。彼は已を得ず暗中に摸索した。彼の右手は忽《たちま》ち一種異様の触覚をもつて、今迄経験した事のない或物に触れた。其或物は寒天のやうにぷり〳〵してゐた。さうして輪廓からいつても恰好の判然しない何かの塊に過ぎなかつた。彼は気味の悪い感じを彼の全身に伝へる此塊を軽く指頭《しとう》で撫でゝ見た。塊りは動きもしなければ泣きもしなかつた。（八十、強調引用者）

「例の洋燈」とあるのは、この洋燈が居間のものよりも暗く、寝室の様子がよく見えないことが、すでに言及されているからだ。このほの暗い灯りの下で、健三はヒステリーを起こした妻の介抱をする。この洋燈の薄暗さは「死のやうに静かな光」と形容され、死を連想させるものであることがわかる。しかし不思議なのは、赤子が生まれた直後、新たな生命が誕生した直後に、死が連想されていることである。確かにこの時はまだ産声を上げていなかったから、新しい生命といっても、「死んでゐるか生きてゐるかさへ弁別《みわけ》のつかない」健三ではあった。そしてその「塊りは動きもしなければ泣きもしない」。新しい生命とて、誕生の瞬間には、生か死かの見分けさえつかない。生は、誕生の瞬間においてさえ、あるいはだからこそ、じつは、かくも死と近くにあるのだ。ならば死とても、生の誕生の近くにあるのではないのか。

そこで、『道草』における生命の誕生の場が、意外なほど、Kの死んだ部屋に似ているのに気がつく。

私は暗示を受けた人のやうに、床の上に肱を突いて起き上りながら、屹《きっ》とKの室を覗きました。洋燈が暗く点つてゐるのです。それで床も敷いてあるのです。然し掛蒲団は跳《はね》返されたやうに裾の方に重なり合つてゐるのです。さうしてK自身は向ふむきに突ツ伏してゐるのです。

私はおいと云つて声を掛けました。然し何の答もありません。おい何うしたのかと私は又Kを呼びました。それでもKの身体は些《ちっ》とも動きません。私はすぐ起き上つて、敷居際迄行きました。其所から彼の室の様子を、暗い洋燈の光で見廻して見ました。（百二、強調引用者）

この死の部屋を支配しているのも、やはり「暗い洋燈」である。暗い洋燈は、明らかに二つの作品を貫いている。死んでいるKの姿勢は奇妙だが、そのお蔭で「血潮の大部分は、幸ひ彼の蒲団に吸収され」（百四）た。健三の妻、御住《おすみ》も準備の整わない所で分娩をしたために、大量の血が蒲団に吸収された。その後の始末は、Kの場合とよく似ている。

一切も綺麗に始末されてゐた。其所いらには汚れ物の影さへ見えなかつた。夜来の記憶は跡形もない夢らしく見えた。彼は産婆の方を向いた。

「蒲団は換へて遣つたのかい」

「えゝ、蒲団も敷布も換へて上げました」（八十一）

作者が健三の妻の分娩の場面を、Kの死の情景から作り上げたことは確かだろう。とすると、Kの死は生命の誕生と一つに繋がる。「一粒の麦は、地に落ちて死ななければ、一粒のままである。だが、死ねば、多くの実を結ぶ」（ヨハネ、12.24）。死は新しい生命の始まりでもある。そして、そのような死と生の秘密の営みは、居間の明るさに属していないのはむろんのこと、暗黒のものでもない。寝室という、昼と夜とのあわいのほの暗さの領域のものなのだ。

Kは、死んで蘇った、イエスのように。Kはその肉体が死ぬことで、「先生」の心の中に蘇ったのである。『心』における生と死をめぐるこの逆説的転倒は、キリスト教に由来するだろう。

わたしたちは、いつもイエスの死を体にまとっています、イエスの命がこの体に現れるために。わたしたちは生きている間、絶えずイエスのために死にさらされています、死ぬはずのこの身にイエスの命が現れるために。（コリントの信徒への手紙二、4.10–12）

イエスの肉体が滅びることによって、その霊が信徒の心の中に蘇る。これを『心』の読解に応用すると、過去の時代の男性的文化が終焉することによって、現在を生きる人間の心にその文化の精神性が内面化された、ということだ。Kは「先生」から切り離されて死ぬことで、「先生」の精神に内面化され、再び息づいた。ワイルドの寓話に即して言えば、「先生」の心臓にKという魂が入り込み、ぴったりと一つになったのである。だから「先生」はKの死後、あれほど人が変わった。「然し人間は親友を一人亡くした丈《だけ》で、そんなに変化できるものでせうか。私はそれが知りたくつて溜らないんです」(十九)。Kの残した聖書を内面化したように、「先生」はKそのものも心の中に取り込んだ。Kは、つまり過去のあの男性文化は、死ぬことで、「先生」の心の中で生きることになり、一層「先生」と強い絆で結ばれることになった。だからあの墓も、「生命の断片」の何がしかと結び付いていたのである。

こう読むと、冒頭の鎌倉の海で、「私」が初めて「先生」とあいまみえる折に、そのきっかけを作ることになる、「先生」と一緒にいた西洋人とは、いくらかイエスに見えてくるのである。そもそも、この西洋人の身なりは奇妙だった。由井が浜で見た西洋人たちは、皆「胴と腕と股は出してゐなかつた」(二)し、「大抵は頭に護謨《ごむ》製の頭巾を被つて」いたのとは対照的に、その西洋人は着ていた浴衣を脱いでから、「我々の穿く猿股一つの外何物も肌に着けてゐなかつた」。まるで十字架上で磔刑に処されたイエスのように。

このイエスにも見える西洋人は、復活したKでもある。Kの墓は空っぽであろう。イエスが蘇った後のあの墓のように。Kは、抑圧され、まだ息があるのに墓に埋められた分身だったではないか。それは墓を抜け出し、異性愛を呪うために、女の身体を仮そめの宿にして蘇るのだ。こうして、明治日本における異性愛は、同性愛に呪われ、脅かされ続けるという宿命を背負うことになる。

　そしてこの構造は、「私」にも継承されている。じつに、「私」も、「先生」と静を同一視することを反復する。

> 先生は何時も静《しずか》であつた。ある時は静《しずか》過ぎて淋しい位であつた。私は最初から先生には近づき難い不思議があるやうに思つてゐた。それでゐて、何うしても近づかなければ居られないといふ感じが、何処かに強く働らいた。斯ういふ感じを先生に対して有《も》つてゐたものは、多くの人のうちで或は私だけかも知れない。然し其私丈には此直感が後になつて事実の上に証拠立てられたのだから、私は若々しいと云はれても、馬鹿気てゐると笑はれても、それを見越した自分の直覚をとにかく頼もしく又嬉しく思つてゐる。（六、強調引用者）

「先生」はいつも静（しず）である。Kが永久に静になったように。このレトリックは、引用の直後に語られる文章によって、レトリックであることを明かされる。「今云つた通り先生は始終静かであつた」（強調引用者）。この反復は、これがレトリックであることを読者に気づかせるための仕掛けである。作者は、前出の「静」に対して、後ではわざわざ「静か」と送り仮名を付している。「私」にも、「先生」への同性愛的欲望が静への異性愛的欲望を覆うという、あの同じ事態が起こっている。この段階では、「私」は静への欲望を駆動させていない。だが、いずれそうなることがここで予言される。「先生」が言うように、同性に惹かれるのと異性に惹かれるのは同じことなのである。こうして、三角関係はいつでも発動できるよう、テクストの水面下に息を殺して潜んでいるのだ。

「何うしても近づかなければ居られないといふ感じ」が、私だけには「後になつて事実の上に証拠立てられた」という表現は、そうすると、「先生」の亡き後、「私」が静を引き受けることになる、という運命を指していると思われる。「先生」と「私」を結び付けるものが後に「事実」になるとは、「私」が「先生」の継承者として静と結ばれること以外には、考えられないからである。

その後、静と「私」との間には子どもが生まれるだろう。Kと「先生」が流した贖罪の血によって、「私」はもう血を流さずとも、男たちのエロスの、その先にある異性愛にたどり着くことができるだろう。「先生」が血のメタファーによって託した過去の男性的精神文化を継承する「私」は、ようやく、女性という他者との間に肉体的継承を実現することができる。明治の男たちの神話は、こうして生命の再生産という新たな循環のサイクルへと入り、ここに完遂したのである。

「私」が血を流すことなく、また、生身の人間たちの流血を見ずしてこのことが実現されたのは、ひとえに『心』という文学の言葉がもつ象徴の力による。この意味において、確かに文学言語は世界を救済できる、イエス・キリストのように。『心』は、過去の時代に花開いた特有な男色文化を西洋という他者に恥じながらも、近代日本が屈辱とひそかな矜持の中で産み出した、同性愛文学の稀有な傑作である。

12　名辞の彼方へ

この作品において描かれている師弟間の感情の交流の強度については、漱石が一高の英語教師、夏目金之助として、教え子たちと交わしたリアルな情愛の交換が参考になるだろう。次に引用するのは、明治三十九年に、小宮豊隆に宛てて書いたものである。

> 僕をおとつさんにするのはいゝが、そんな大きなむす子があると思ふと落ち付いて騒げない。僕は是でも青年だぜ。中々若いゝんだからおとつさんには向かない。兄さんにも向かない。矢つ張り先生にして友達なるものだね。
> おとつさんになると今日の様な気分で育文館の生徒なんかと喧嘩が出来る訳のものぢやない。世の中に何がつまらないつて、おとつさんになる程つまらないものはない。又おとつさんを持つより厄介な事はない。僕はおやぢで散々手コズツタ。不思議な事はおやぢが死んでも悲しくも何ともない。（明治三十九年十二月二十二日付）

養子縁組をして戸籍上の父と息子になりたいと迫る弟子、豊隆に対して、師である金之助は右の書簡のように諌めている。恐らく、自分の師に対して募る熱烈な憧憬と思慕の念を、何らかの形にせずにはいられなくなった豊隆であったろう。だが、金之助は自分たちの関係を、父と子という既成の関係性に嵌めることを躊躇する。父でも兄でもない、「先生にして友達」という曖昧なものにしておこうと言う。父や兄という、血縁によって結ばれた、もしくは戸籍によって登録された人間関係は、社会に認可された、堅固な関係性である。人間関係という、本来は目に見えない絆に、父なり兄なりという名前が付けられている。そのことによって絆は可視化され、固定化され、社会生活の中に組み込まれるのだ。一方が死んだ後にさえも、例えば法律によって遺産相続が認められることにより、その絆は消失しない。あるいは、死後、墓を守るという役割もある。

社会の中でこれほどまでに、その関係性が認められている絆がある一方、「先生にして友達」といった名前の付けようのない絆には、何の社会的裁可もない。お互いの好意と愛情のみによって成立し、その条件が一つでも満たされなくなれば、そんな感情の交流があったという痕跡すらなくなり、泡と消えてしまうような、はかない関係性である。豊隆にとって、自分の師への敬愛の情を、そのように不安定ではかないままにしておくのは、耐えがたかったに違いない。だが、師は、名前がないからこそ、その絆は尊いのだということを、この手紙で弟子に伝えようとしている。父や兄といった肉親は、自らの選択によって結ばれた関係性なのではなく、運命として与えられたものである。だから、必ずしも互いの愛や好意のみによって結ばれているわけではない。その意味で、純粋な関係性ではない。そう考えると、当事者の感情以外の何ものも介在しない

「先生にして友達」なる関係の、何と純粋なことか。

しかもこうして曖昧かつ定義不可能であるからこそ、名による同定を免れることができる。何の名前も付けられない、いや、付けられずにすむ、ということは、近代の社会にあってこの上ない特権である。なぜなら、そうすれば「同性愛」とか「男色」とか「変態」などと呼ばれずにすむからだ。漱石が一貫してこのテクストで名付けを拒否したのには、このエロスを名辞以前の世界にとどまらせるのだという、強い意志が感じられる。

こうしたエロスの例を、漱石の書簡の中から、もう一つ引きたい。次に挙げるのは、一高時代の教え子、和辻哲郎から後年、告白された思いに対する漱石の応答である。

私はあなたの手紙を見て驚ろきました。天下に自分の事に多少の興味を有《も》つてゐる人はあつてもあなたの自白するやうな殆んど異性間の恋愛に近い熱度や感じを以て自分を注意してゐるものがあの時の高等学校にゐやうとは今日迄夢にも思ひませんでした。夫《それ》をきくと何だか申訳のない気がしますが実際其当時私はあなたの存在を丸で知らなかつたのです。和辻哲郎といふ名前は帝国文学で覚えましたが覚へた時ですら其人は自分に好意を有つてゐてくれる人とは思ひませんでした。

私は進んで人になついたり又人をなつけたりする性の人間ではないやうです。若い時はそんな挙動も敢てしたかも知れませんが今は殆んどありません、好な人があつてもこちらから求めて出るやうな事は全くありません、内田といふ男が来て先生は枯淡だと云ひました。然し今の私だつて冷淡な人間ではありません。あなたに冷淡に見えたのはあなたが私の方に積極的に進んで来なかつたからであります。

（中略）

私はあなたを悪《にく》んではゐませんでした、然しあなたを好いてもゐませんでした。然しあなたが私を好いてゐると自白されると同時に私もあなたを好くやうになりました。是は頭の論理で同時にハートの論理であります。御世辞ではありません事実です。だから其事実丈で満足して下さい。（大正二年十月五日付）

この手紙は、『心』のモチーフとして度々言及されている。確かに漱石（金之助）と和辻の関係は、「先生」と「私」の関係の原型となっていると思われる。和辻が教師時代の漱石に対して、「異性間の恋愛に近い熱度や感じ」を抱いていた、このエロス的感情を、「同性愛」と表現することも、あながち見当はずれではないだろう。だが、この言葉を当てはめたとたん、その感情が何と陳腐に見えてくることか。だからこそ、漱石も注意深くこの言葉を避けているのだ。

これまで見てきたように、漱石は一貫して、男性間のエロスを名前で表現しなかった。師と弟子との間のエロチックな感情を濃密に含む紐帯。古代ギリシャの軍事的同性愛制度、パイデラスティアにも比されたこのエロスに、名付けを拒否し、父子関係にも収斂させず、あらゆる既成の関係性に帰属させることを排し、ただ「先生にして友達」という、名辞による同定を免れるものにすることによって、漱石はこのエロスを生き長らえさせた。細々と、ひそやかに、そして「生きてゐるか死んでゐるか分らない程大人し」いものとして。こうして権力による監視の目を免れた男たちの間に息づくエロスは、死にながら生きるようにして、その存在を許される場を得た。死に赴きつつある実の父の、光に対する影のようにしてある「先生」の生き様は、エロスの、そのような存在の様態のメタファーである。

そもそもこのテクストは、主要な三人の男性登場人物に名前が与えられていないという意味において、特殊に名前のない物語であった。思えば漱石は、名前のない物語にこだわり続けた作家だった。「吾輩は猫である。名前はまだ無い」という書き出しから始まる物語によって、作家生活のスタートを切った。名前を与えられていない「先生」は、この物語の世界の中でも、その存在が登記されておらず、実在感が希薄である。まるで、「私」の語りとそれを読む読者の間にしか存在しないかのようだ。だから「私」は、兄とこんなやりとりをしている。

「先生先生といふのは一体誰の事だい」と兄が聞いた。

「こないだ話したぢやないか」と私は答へた。私は自分で質問して置きながら、すぐ他《ひと》の説明を忘れてしまふ兄に対して不快の念を起した。

「聞いた事は聞いたけれども」

兄は必竟聞いても解らないと云ふのであつた。私から見ればなにも無理に先生を兄に理解して貰ふ必要はなかつた。けれども腹は立つた。また例の兄らしい所が出て来たと思つた。

先生々々と私が尊敬する以上、其人は必ず著名の士でなくてはならないやうに兄は考へてゐた。少なくとも大学の教授位だらうと推察してゐた。名もない人、何もしてゐない人、それが何処に価値を有つてゐるだらう。（五十一、強調引用者）

兄はこのように、すぐに「先生」のことを忘れてしまう。なぜなら「先生」は、文字通り「名もない」し、「何もしてゐない」からだ。名前がなく、社会的な職業も肩書きもない人間を、人は容易に認知しない。社会の中の表象秩序に引っ掛かる手がかりがない、つまり社会的に実在していないに等しいのだ。

以前に引用した箇所で、「私」は、「先生」のことを父とともに、「零」と表現していた。「先生」は「零」であるから、誰にでもなれる。「先生」とは、「私」であり、漱石でもある。この世では「零」であり、透明であるがため誰の目にも見えない漱石の分身。『心』で語られている言葉は、フィクションの言語でありながら、漱石が透明な分身に託して「心」から発した、真実の言葉である。だから、これらの言葉は、百年後においてさえ、こんなにも私たちの心を打つのである。

註

（1）末木文美士『明治思想家論――近代日本の思想・再考Ⅰ』トランスビュー、二〇〇四年、一一〇～一一二頁。

（2）「復活」という言葉自体は、漢語からかなり早い時期に日本語に入っていたが、本格的に使われだしたのは、キリスト教のこの概念の翻訳語として流通してからだと思われる。その証拠として、トルストイの晩年の大作『復活』のタイトルは、当初、その英訳語の「レサレクション」をそのまま使用している例が見受けられる（内田魯庵、近江秋江、島村抱月等）。ちなみにこの作品は、「千古の雪」と題して島村によって戯曲に翻案され、松井須磨子が主人公のカチューシャを演じて大当たりを取った。この上演の車内広告が、漱石の『門』で言及されている。

ところで、幕末の禁教の時代にも細々と布教活動の準備を続けていた伝道師たちは、公然と伝道活動ができる機会を窺いながら、聖書の翻訳と伝道用教書の翻訳・出版を着々と進めていた。明治初年になると、明治新政府の新たな弾圧が始まりかけたこともあり、続々とそれらが刊行された。これらの教書の中には、信徒にキリスト教の教義を問答式に教える『聖教初学要理』、いわゆるカテキズムが代表的なものとしてあげられる。『明治文化全集』第十二巻「宗教編」（明治文化研究会編、日本評論社、一九九二年）に収められている同書は、明治初年に長崎で活動していたフランス人宣教師、ベルナルド・プチジアンが編纂したものの、明治五年の再版である。

同書では、キリストの復活は、「蘇生」もしくは「復活」という漢字に「よみがへり」と振り仮名を振っている。こうした扱いはこの時期の他の教書にも共通する。明治二年に刊行された同じプチジアンの編纂になる『玫瑰花冠記録』（ロザリヨ記録）に、以下のような文言がある。「第一　御主耶蘇基督死し給ひてより三日目に復活給ふこと。第二、御主耶蘇基督蘇生り給ひてより四十日目に御上天し給ふこと」（一〇七頁）。このように復活、蘇生、もしくは復生といった言葉が混在しており、いずれも「よみがえり」と訓読みされていたことが窺える。

一方、聖書の日本語訳の歴史については、鈴木範久『聖書の日本語　翻訳の歴史』（岩波書店、二〇〇六年）が詳しい。それによると、一八八〇年に刊行された新訳聖書の翻訳委員会訳、いわゆる「明治元訳」では、「復生」という語を採用し、「よみがえり」と振り仮名を振っている。その後、この翻訳への批判を受けてなされた改訳、「大正改訳」（一九一二年）では、「復活」となっている。『心』の連載開始は一九一四年、「大正改訳」後のことだ。

（3）『聖書　新共同訳――旧約聖書続編つき』共同訳聖書実行委員会訳、日本聖書協会、一九九二年（初版、

一九八七)。以下、『聖書』からの引用は同書により、(　)内に書名、章、節を記す。

(4) 西山清『聖書神話の解読』中公新書、一九九八年、八頁。

(5) James Stalker, "Our Present Knowledge of the Life of Christ," *Contemporary Review* 77 (1900), p. 124, quoted in Stephen Arata, "Oscar Wilde and Jesus Christ," in Joseph Bristow ed., *Wilde Writings : Contexual Conditions*, The University of Tronto Press : Tronto, 2003, p. 258.

(6) Richard Ellman, *Oscar Wilde*, Harmondsworth : Penguin Books, 1988, p. 549.

(7) *The Complete Letters of Oscar Wilde*, Merlin Holland & Rupert Hart-Davis eds, New York : Henry Holt, 2000, p. 744.

(8) *Ibid*., pp. 756-7.

(9) 西山、前掲書、二一二頁。

(10) *The Complete Letters*, p. 741.

(11) 西山、前掲書、一三二頁。

(12) *The Complete Letters*, pp. 741-2.

(13) *Ibid*., p. 740.

(14) *Ibid*., p. 740.

(15) *Ibid*., p. 743.

(16) *Ibid*., p. 744.

(17) Oscar Wilde, *The Complete Works of Oscar Wilde, Vol. 3, The Picture of Dorian Gray, The 1890 and 1891 Texts*, Joseph Bristow ed., Oxford : Oxford U. P., 2003, p. 168.

(18) *The Complete Letters*, p. 742.

(19) 個人の内面、もしくはプライバシーの観念の発達と連動する室内空間の変容については、以下を参照。フィリップ・アリエス『子供の誕生』杉山光信・杉山恵美子訳、みすず書房、一九八〇年。Michael McKeon, *The Secret History of Domesticity : Public, Private, and the Division of Knowledge*, Baltimore :

The Johns Hopkins U. P., 2005., pp. 212–68.

（20）ミシェル・フーコー『監獄の誕生――監視と処罰』田村俶訳、新潮社、一九七七年、二三六頁。

（21）同前、二三七頁。

（22）同前、一四八頁。

（23）柄谷行人『増補　漱石論集成』平凡社、二〇〇一年、三五三頁。

（24）Henri Bergson, *Time and Free Will*, Trans. By F. L. Pogson, London : Swan Sonnenschein, 1910, pp. 222-40.

（25）鉱山労働者の間に同性間性交が多かったことは、以下を参照。Pflugfelder, *Cartographies of Desire*, pp. 186, 285.

（26）この童話、というよりは寓話は、有名な「幸福な王子」と共に、一八九一年に刊行された短編集 *A House of Pomegranates* に収められている。引用は以下による。Oscar Wilde, *The Complete Works of Oscar Wilde*, Harper & Row : New York, 1989.

（27）*Ibid.*, pp. 270–1.

（28）*Ibid*, p. 251.

（29）*Ibid*. p. 250.

（30）*Ibid.*, p. 256.

（31）*Ibid.*, p. 256.

（32）Eve Kosofsky Sedgwick, *The Coherence of Gothic Conventions*, New York and London : Methuen, 1986, p. vi.

（33）Pflugfelder, *op. cit.*, p. 248.

（34）ミシェル・フーコー『性の歴史学Ⅰ――知への意志』渡辺守章訳、新潮社、一九八六年、五五頁。

（35）同前、六〇頁。

Ⅳ　作家の誕生

『吾輩は猫である』の虚と実

1　講義と実作の同時進行

漱石が作家として誕生した後、今現在われわれに残されているすべての作品を創作するまでに、わずか十二年という歳月しかなかったことを考えると、今さらながらその短さに驚愕せずにはいられない。十二年間に書き残された作品を前にして、その年月に思いを致すとき、イギリスの近代小説が誕生して発展する数百年の歴史を、十二年という彼一人の作家人生の中に凝縮して駆け抜けた感がある。

漱石が『吾輩は猫である』の第一回目を『ホト、ギス』に掲載したのは、明治三十八年（一九〇五）の一月であるが、好評だったので続編を書き、さらに連載となり、いったん十月に五回分をまとめて、単行本として刊行したことは、周知の事実である。だが、意外に知られていないのは、文科大学講師として、夏目金之助がその年の九月から、「十八世紀英文学」と題する講義をはじめたことである。この講義は後に『文学評論』として刊行された。そうすると、『猫』の第六回から十一回までは、この講義とほぼ並行して書き継がれたことになる。『猫』が、イギリスの作家、ローレンス・スターンの『紳士、トリストラム・シャンディの生涯と意見』（一七五九～六七）をある程度もじっていることは、作品中でも述べられており、よく知られたことだ。これは、十八世紀半ばに成立したとされる近代イギリス小説が、まさに成立しつつある最中に書かれた作品であるが、『猫』の第六回以降の執筆とほぼ同時期に、十八世紀英文学の講義が行われていたことを考え合わせると、漱石は、作家としての第一作を書くにあたり、小説が誕生したその時代と作品の中に、自らの小説言語を探したのではないかと思えてくる。生物の個体発生が系統発生を繰り返すというのは、ヘッケルが唱えた有名な説であるが、『猫』の成立の背景を探ると、作家漱石という個体発生の歴史も、英文学の系統発生の歴史とパラレルに見ることができるのではないかと思われる。

これが『吾輩は猫である』を読むにあたっての、取りあえずの前提である。このテクストは漱石の他の作品とは異質であり、小説の常識的前提からアプローチしたのでは、到底手に負えない困難さを抱えている。『猫』の考察をはじめるにあたって、この手に負えない何かが、小説が小説として立ち現れてくる、その生みの過程からもたらされたものなのではないか、本論はまずここから出発したい。

柄谷行人は、漱石が近代小説を否定したところから出発したと述べているが、それは、近代小説が誕生する瞬間に、それをめぐるラディカルな思考や議論が交わされ試行される中で、近代小説の真逆をさえ志向するモメントがあったことを示している。『猫』という作品が近代小説を否定しているように見えるのは、近代小説が終焉した地点から書かれているというよりも、未だ近代小説ならざる地点から書かれていることによるのではないか、と思われる。漱石は自らが作家として立つにあたって、英文学史上の小説の誕生を、自分自身の人生になぞったのではないだろうか。漱石は自らの小説言語を、草創期の近代イギリス小説が虚構の言語を発見しようと模索した中に求めたのではないか。こうした観点から、イギリスにおける十八世紀小説誕生の歴史と、漱石の『文学評論』とを読み比べて、『猫』の言語の特質を考えてゆきたい。

漱石は前述したように、処女作『猫』を執筆するのと同時進行で、十八世紀英文学の講義を行った。しかし、なぜ十八世紀だったのだろうか。じつは『文学評論』をいくら読んでも、なぜ漱石が、小説という様式が発達して名作が多数生み出された十九世紀ではなく、十八世紀を選んだかについては、詳らかにされていない。十八世紀は、いわゆるイギリス小説が誕生した時代である。これは通説だ。だからこの世紀の英文学を論じることは、小説以前、あるいは未満の形式の文学について大部分の時間を割かざるを得ず、その講義の最後にようやく、典型的な小説とされるダニエル・デフォーの『ロビンソン・クルーソー』(一七一九)にたどり着くのだ。

ところがその『ロビンソン・クルーソー』については、たとえばロバート・ルイス・スティーヴンソンの表現に比べると「如何なる事が起ったかを知らしめる手際」しか持たない、それを「見せしめ」たり、「感ぜしめたりする様には決して出来ない」として酷評する。要するに、十八世紀の文学史を紐解いても、小説を十分に論じるには到底至らないのである。この講義で論じられているのは、雑誌『スペクテイター』の編集者として名高いジョゼフ・アディソンやリチャード・スティール、『ガリバー旅行記』(一七二六)のジョナサン・スウィフト、『人間論』(一七三三〜三四)のアレクサンダー・ポープ、そしてようやくデフォーである。その他に、それらの文学を生み出す前提となった十八世紀の歴史と思想史全般も論じられている。

漱石がなぜ、シェイクスピアではなく、ワーズワースやコールリッジでもなく、はたまたディケンズやコンラッドでもなく、これらの作家を扱ったのか、というより、これらの作家が活躍した十八世紀を論じたのか。漱石は『文学評論』の中で明瞭には述べていないのだが、どうもその意図は、小説の発生を辿ることによって、小説の本質を探ることにあったのではないかと思われる。たとえば、通説となっている、『ロビンソン・クルーソー』のような作品でもって、現在小説と呼ばれる文学ジャンルが確立したという類のことは、一言もその講義で述べていない。それでいながら、デフォーの作品を扱う章は、「ダニエル、デフォーと小説の組立」というタイトルが付けられている。つまり、デフォーに至って小説が成立したことは前提とされているのだ。

にもかかわらず、十八世紀文学にその前後と画する特別な特徴があるわけではない、という断りも入れている。「歴史は夫《それ》から夫へと繋がつて進行して行く者であるから文学の発達とか変化とかいふものは自然天然の者で、昨日と今日との間に截然たる区別がつけられぬ如く十八世紀も十八世紀で独立したものでなく、前後と区別が出来ぬ様に密接して居る」(第一編)。「何処からが十八世紀で、何処からが十九世紀か分らない」。こうして、あくまでも十八世紀文学を扱う意図は曖昧にするのである。

第六編でデフォーを論じるにあたっては、それまでのポープの個人的諷刺を承けて語りはじめる。そうした個人的諷刺を生み出す世の中は「智的に狭」く、「道徳的に低」く、「詩的に下等」で、「而《しか》も精力が充満して活動の表現が欲しい様な場合には、そこに現はるゝ小説が如何なる形式を取るかと云へばデフオーの書いた様なものに成るに相違ない」（第六編）。小説の誕生を画する表現はこれだけである。いつのまにか論じる対象が小説になっているだけだ。ポープのときには詩を論じ、デフォーについても、一七一九年に『ロビンソン・クルーソー』を刊行するまで彼が書いていた詩や評論を紹介しているが、この作品が他とは異なる小説というジャンルのさきがけとなる、といった記述は一言もない。

それでいながら、『ロビンソン・クルーソー』の批判をするときは、小説として批判している。たとえば、デフォーの小説がどれもこれも冗長であると非難しながら、小説である以上は有機的な統一が取れていなくてはならないと言う。「一人前の小説である為めには、長くとも是非これ丈は書かねばならぬと」いうところがあるはずだ。「左様いふ小説」であるためには「組立論をやらなければ」ならない、と。つまり漱石は、「一人前の小説」たるに必要な要素を追求しているのである。

さらに論を進めて、有機的な統一がとれるためには、部分と部分とが作者の「自己の本性によつて連結しなければならぬ」と述べる。そしてそのような作家の「自己の本性」によって連結されるような統一感を保護することは、「自然の原則であると同時に人間の要求である」。「人間の自然を観察する」のも、そのような統一感に至らねば意味がない。畢竟、小説を書くとは、自然を観察し、あるまとまった統一のとれた見解を得た結果なのである。「だから小説は自然にあるかも知れない」。この場合の「自然」とは、作り物ゆえの不自然さや無理を感じさせない、いかにも巷間にありそうなリアリティ、くらいの意味であろう。

だが、こうした論考は、語り手が小説とは何ぞや、という問を自らに課していなければ生まれてこないものである。語り手は、デフォーの小説書きとしての不手際を批判しながら、それではよき小説とはいかにして成立するかを、しきりと追求しているのである。つまり第六編は、デフォー批判の体裁を取った、漱石の小説論である。新進作家、漱石は、十八世紀英文学の歴史を紐解きつつ、その小説の萌芽期の歴史に、小説の精髄を探ろうとしていたのではないか。ではなぜ、講義の中でそのことを明言しなかったのか。

2　苦沙弥の写生画はなぜ失敗したか

このころ漱石は、作家として立つ準備を、講義を行いながらしていたのだろう。つまり、教師を辞める準備を、教師として講義を行いながらしていたことになる。おおっぴらにできないのも無理はない。何しろこの講義が始まる直前、「とにかくやめたきは教師、やりたきは創作」（明治三十八年九月十七日付）と、高浜虚子に書き送っていたくらいなのだから。

他方で、ここで小説の成立とされている歴史も、あくまでも後代から見てのことにすぎない。十八世紀半ばに成立したとされる「小説」という文芸ジャンルは、しばらくの間、きわめて不安定なものだったことが、近年の研究によって明らかにされている。その意味では、小説ジャンルを確立したものとはしない漱石の扱いは、正しかったと言える。

デフォーに対する批判の多くは、ただその作品が事実の羅列にすぎず、無味乾燥な記述である点に向けられている。そうした批判は、漱石が『猫』を寄稿していた『ホト、ギス』や、その主宰者である高浜虚子などが主張していた写生文に対する批判に通じるものがある。漱石は、写実のために、あえて小説としての技巧を破るという態度を、「少し寸法を間違へた写実だ」とする。たとえば、教員は品行方正だというのは一般的に了解されていることであるが、それに対して、ある教員が放蕩したことが新聞に掲載された、というプロットを小説中でつくるとする。すると、品行方正であるべき教師が放蕩をしたというのは、まさか作り事ではないだろう、確かな証拠があるからそんなとっぴな例を出したのだろう、と読者は思うだろう。これは、その効果を狙った上での、写実のための技巧である。写実的効果を狙って、「其教師を写実的に活動さした」(＝教師が放蕩した)のだ、と主張する写実派がいる。だが、漱石に言わせれば、こういう表現は写実的でも何でもない。

……活動するや否や、教員たるの資格はなくなつて仕舞ふ。即ち教員としての活動ぢやない、たゞの人間としての活動になるから、つまり教員を写実的に描たものではなくなる訳になる。書かないで済む事、書いて邪魔になる事、余計な事、重複する事を、遠慮なしに書いて、是が写実だと云ふならば、其写実とは外に何の意味も有してゐない、たゞ小説になつてゐない

と云ふ事になる。小説にならない所が写実だらうと威張るならば、もともと小説を一頁でも書くのが間違つてゐる。（第六編）

これは、小説におけるリアルとは何かをとことん思考した者の言葉である。現実をありのままに描くことがリアルなのではない。人生にあるものを観察して「統一の感を起し得る自然を撰んで」、それを書くのでなければならない。自然そのままではないものを自然のように書く。そこにこそ小説家の技量が光るのである。これらは、もはや、英文学の教師としての言葉ではなく、小説家のプロとして語った言葉である。写生文に対する漱石のこうした批判を目にすると、『猫』の第一章、苦沙弥の写生画の失敗の意味も分かってくる。

苦沙弥はある時、友人の美学者、迷亭に写生の重要性を吹き込まれ、それを真に受けて、猫を水彩画に描いてみた。ところが、その絵の出来がすこぶる悪い。本人も不満足であるが、モデルにされたとあって、当の猫の評価も非常に手厳しい。

　我輩は猫として決して上乗の出来ではない。脊といひ毛並といひ顔の造作といひ敢て他の猫に勝るとは決して思つて居らん。然しいくら不器量の我輩でも今我輩の主人に描き出されつゝある様な妙な姿とはどうしても思はれない。第一色が違ふ。我輩は波斯《ペルシア》産の猫の如く黄を含める淡灰色に漆の如き斑《ふ》入りの皮膚を有して居る。是丈は誰が見ても疑ふべからざる事実と思ふ。然るに今主人の彩色を見ると黄でもなければ黒でもない灰色でもなければ褐色でいもない去ればとて是等を交ぜた色でもない。只一種の色であるといふより外に評し方のない色である。其上不思議な事は眼がない。尤も是は寐て居る所を写生したのだから無理もないが眼らしい所さへ見えないから盲猫だか寐て居る猫だか判然しないのである。（二、強調引用者）

迷亭に、画を描こうと思うなら自然をありのままに写せと言われ、苦沙弥がそれを真に受けたために画とも言えないような代物ができあがった。この失敗は、自然や物事をただありのままに写しても画にはならない、ということを逆に突きつけている。写生画を描くときには確かに、自然をありのままに写せ、とよく言われる。だがもし、言われるように、本当にありのままに写したならば、それは画にはならない。ただ写生をすればそれでいいという訳ではないのだ。『猫』が掲載された雑誌『ホト、ギス』は、写生文の唱導者である高浜虚子が主宰する写生派の牙城であった。そしてこの猫も、基本的に「写生文を鼓吹する」と明言している。

二十四時間の出来事を洩れなく書いて、洩れなく読むには少なくも二十四時間かゝるだらう、いくら写生文を鼓吹する吾輩でも是は到底猫の企て及ぶべからざる芸当と自白せざるを得ない。（五）

文章を絵画に置き換えると、苦沙弥の描いた猫の絵の失敗は、この引用文で猫が言っていることに尽きるだろう。いくら写生文（画）とて、完全な出来事の再現は不可能であり、完全な写実の描写も不可能である。不可能であるばかりか、そのような完全な写生を目指すこと自体、文学の営みではない。

やはり『ホト、ギス』（明治三十九年十一月一日）に掲載された「文章一口話」では、絵画の印象派があまりに技巧に走り過ぎているという指摘からはじめて、昨今の文章批評が展開される。

　描き出された部分はそれは極めて明白に巨細に写されて間然する所がない程な技巧を示してゐるかも知れぬ。併し読んだあとで何だか物足らない。淡白で飽き足らないのではない。何だか不満足である。（中略）そこで、彼等に聞いて見ると写生だといふ、成程うまく写生が出来てゐるかも知れない。リヤルかも知れない。併しリヤルであれば其れで充分だと云ふ場合許りはなからう。リヤルでも其物自身がつまらん時は折角《せつかく》の技巧は牛刀を以て鶏を割くと同じ事であらう。余の考ではかゝる場合に於てよし有《あり》の儘《まま》を有の儘に写し了せても attractive でなければ物足らぬ。attractive であれば如上の意味に於てリヤルでなくても構はぬ。神は創造《クリエート》する、人も創造《クリエート》するがよい。一定の時の一定の事物を隅から隅まで一毫一厘写さずとも、のみならず、進で一葉一枝一山一水の削加増減を敢てするとも、宛《あたか》も一定時の一定事物に接したかの感じを与へ得ればよい。更に一歩を進めると、何時か何処かに果して存在し又は存在すべきことを要せぬ、唯、直に全く実在すると感じられ、実在するであらうかせぬであらうかと遅疑する余裕のないものならば其れで沢山だ。是亦一種の意味に於てリヤルである。（中略）斯くて事物の証拠力としては許されぬ創造《クリエーション》は如上の同化の境涯を真覚せしめる為めには許され得べきのみならず又実に必要である。（中略）かうやつたら事実に違はうか、さうしたら嘘にならうか、と戦々兢々として徒《いたずら》に材料たる事物の奴隷となるのは文学の事ではない。

ただし、苦沙弥の猫の写生画が、この文章で批判の対象とされているような「うまく写生が出来てゐる」というレベル以前にあるのは言うまでもない。だが、リアルさをひたすら目指したあげくに、「材料たる事物の奴隷」となっているという点で、苦沙弥は、リアルさだけを追求する写生派の戯画ではあろう。写生とはもとより、「一定の時の一定の事物を隅から隅まで一毫一厘写」そうとするものではない。「直に全く実在すると感じられ、実在するであらうかせぬであらうかと遅疑する余裕」すら与えないような切実さこそを追求するものである。そうした切実さがもたらすリアルは、「創造」によって生まれるものであり、「創造」とは、「如上の同化の境涯を真覚せしめる為めには」許されている「嘘」である。この「嘘」がなければ、絵画は絵画として成立しない。つまり、「嘘」とは人間の創造物であり、芸術のことでもある。

人の言うこと全般、とりわけ横文字が出てくる話をありがたがる苦沙弥は、迷亭のほら話を真に受けて、そうした芸術創造のための「嘘」を無視して、リアルさだけを追求した写生をやってしまった。もし猫が眠っていたとしても、それを画にするためには、たとえ現実を歪曲して「嘘」をついてでも、眼をくっきりと描き込まなければ猫らしく見えない。また、猫に酷評された「一種の色」という表現は、この色にリアリティがなく、統一感が存在しないことを表している。猫の色彩が、ある統一された「意味」に達していないがために、言葉を当てられないのだ。だから「一種の色」としか言いようがない。

こうして猫の写生に失敗する苦沙弥は、その数カ月後、十八世紀英文学史の講義の中で、小説の誕生を画しはしたが小学六年生のような写実主義として漱石に酷評される、デフォーである。「よく要らぬ事を並べる所がデフォーに似てゐる」(「文学評論」第六編)と漱石が評する写生文家に対する批判とは、苦沙弥の写生画への批判でもある。

漱石が作家として立つに当たって、小説なるものについてこれだけ思考を深め、文学史を勉強してもいたことがわかった以上、我々も小説の誕生を歴史的にたどってみたい。『猫』という空前絶後の奇妙なテクストを読み解く鍵は、おそらくその中にしか見出せないだろう。

3　固有名と虚構の逆説

まず、登場人物の名前を考察の糸口としたい。なぜなら、この作品を特徴づけているのは登場人物たちの特殊な名前だからである。これらは、小説には普通、ありえない名である。主人の名前からして苦沙弥、友人は迷亭、これらは固有名ではなく、普通名詞への当て字である。苦沙弥の姓は珍野という大変珍しいものであるが、現実には到底ありそうになく、冗談じみている。越智東風は、会う人ごとに自分の名前を音読みせずに「おちこち」と読んでくれと断っている。また八木独仙も、山羊のような髭を生やしているから八木、と、彼らの名前は固有名というよりは、その人物の特徴を表す有意味の記号である。こうした名付けの様式は、近代小説のものではなく、もっと前の時代の文学によくあるタイプの名に近い。

重要なことには、小説という文学ジャンルの成立にあたっては、固有名の採用こそが決定的な役割を果たした。近代小説というジャンルは、まず文学作品にリアリズムがもたらされることによって成立した。小説というジャンルが成立するに至る精神史の古典『小説の勃興』を書いたイアン・ワットによれば(1)、近代におけるリアリズムとは、まず、個人の感覚・知覚を通した現実の理解というものに全幅の信頼を置くことから始まったものであるが、その起源はデカルトとロックである。特に「我思う、ゆえに我あり」という言葉が示すように、デカルトは、個人の意識の内部における思考のプロセスに至高の重要性を与えた。それ以降、人間は身分として認識されるのでなく、誕生から死まで一貫した同一性(=アイデンティティ)を具えた個人として、哲学者たちによって認識されるようになる。

さらに、啓蒙思想家たちの合理的な精神は、旧来の迷信や信仰や神話など、自由な思考を縛るくびきから解放され、世界を表象する言葉という機能そのものに対する根源的な懐疑を生んだ。十六世紀までは、世界は大宇宙の秩序が反映された小宇宙として認識されており、自然の表面には「記号と相似とがはてしない渦巻模様をなしてたがいに巻きつ(2)」き、人間の解釈を待っていた。「世界は解読せねばならぬ記号でおおわれ、類似と類縁関係を啓示するこれらの記号は、それ自体相似関係の形式にほかならな」かった。世界を「認識することは解釈することであ」り、そこには「イメージや表象以上にリアル」で、人間の解釈など寄せつけない「ものそれ自体」、という観念は存在しなかった。

しかし十八世紀には、世界の認識が一変した。大宇宙／小宇宙が照応しあっていた複雑な意味体系は、自然という一元的な地平に還元される。十七世紀の終わりまでに科学革命と称される「知」の変容をもたらした数々の思潮によって、自然を大宇宙の反映とみなすような世界観は根底から覆された。自然の体系を「存在の大いなる連鎖」に結び付けていた古い象徴体系は、科学的言語によって駆逐される。この新しい世界において何よりも重要なのは、機械論的な「もの」そのものであり、自然の事物であった。同じ精神が文学に及ぶと、言葉は人生を、現実にあるような仕方で再現しなくてはならないという要請が生まれる。

こうして、現実に生きられる個人の人生を忠実に、しかし虚構として再現することが主要命題となる新しい文学ジャンル、「小説」が誕生した。神話や聖書、歴史、過去の文学作品などのプロットに頼るのではなく、社会に現実に生きているような個人の経験を書くという、リアリズム小説が誕生したのである。その意味で、リアリズム小説には、普遍的なものの拒絶と個人の個別性への拘泥という特徴が、顕著に認められる。前の時代の物語やロマンスに登場する人物たちは、多かれ少なかれ類型化され、パターン化されていた。囚われの高貴な身分の美女を救い出す王子もしくは騎士と、これを妨害し、試練を与える魔女などの悪者、というように。

ところが小説においては、何よりも現実の社会に生きている生身の個人が、まったく新しい人生を切り開いてゆくように、彼の経験が語られ、その人物の個性的な性格類型が前景化され、しかもそれを理解するための具体的な背景の情報も与えられる。神話のような人類共通の経験・記憶から、何よりも個性的で個別的な人間の、全く新しい人生の経験にこそ、人々が関心を持つようになったのだ。私たち一人一人のかけがえのない個人は、いまだかつて他の誰によっても生きられたことのない、オリジナルな人生を歩んでいる。だから小説において物語られる人生も、それに対応した、まったく新しい、かつて語られたことのないものでなければならない、というわけだ。

このような登場人物の個別化・個性化が小説において実現されたのは、登場人物の名づけに固有名詞を採用するという方法に依る。現実社会に生きている人間に親が名づけるのと同じように、作家が登場人物に、いかにもありそうな普通の名前をつけるようになったのである。啓蒙期に浮上してきた、個人のアイデンティティという概念に言語的な表現を与えたものこそ、かけがえのないただ一人の個人を指し示す記号である固有名だった。

とはいえ、小説に登場する固有名をもった作中人物は、現実世界に登場しはじめた「かけがえのない個人」のような、具体的な誰彼を指しているわけではなかった。というより、指していると思われてはならなかったのだ。草創期の、小説という名前さえ確立していない時代の「小説」が、具体的な誰それをモデルにすることは、大きなリスクを伴うことになる。名誉毀損でモデルと目される人物に訴えられる恐れがあったからだ。

そうでありながらも、虚構という観念が確立する以前の「小説」では、作中人物は実在する人物でなくてはならない、と考えられていた。例えば、先の『ロビンソン・クルーソー』（一七一九）では作者のデフォーは、ロビンソン・クルーソーという人物が、その名前ではないにせよ、この世に実在するのだということを再三主張しなければならなかった。デフォーが寓話によって反道徳的なことを植えつけようとしているだの、聖書を冒瀆しただのという批判をかわすために、それは実在の人物の事実を記録した歴史であり真実なのだとして、その記述の正当性を主張しなければならなかった。(3)

しかしながら、十八世紀半ばまでの数十年間で、虚構性というものの概念が劇的に変化し、この時代の英文学の言説はまったく新しい語りの様式、つまり「小説」を生み出しはじめる。(4)デフォーが自分の述作中の人物の実在を言い張らねばならなかったときから約二十五年後には、虚構性の新しい概念とそれを表現する形態が、整えられつつあった。それは、具体的に誰をさしているのではないのに、個別性・特殊性を備えた特殊な指示機能をもつ固有名を「小説」に採用することによって、もたらされたのであった。

たとえば、ロマンスでもなく諷刺でもない、「小説」という新しいジャンルの確立に自らが骨折りつつ、ヘンリー・フィールディングは、一七四二年に書いた『ジョゼフ・アンドリューズ』の中で、固有名について、語り手に以下のように述べさせる。固有名とは別に具体的な個人を指し、特定しているのではなく、固有名によって指示された人物について個人的に言及したとしても、それは真実であるか、嘘であるかといった問題を超越しているのである。固有名を挙げることによって「自分には誰か特定の個人を中傷しようなどという意図はない。確かに、すべてのものは自然という書物の中から模倣され、登場人物にしろ行為にしろ、私の経験や観察から引き出されていないものは何一つないが、しかし人物を曖昧にするために私は最大限の努力をしている」[5]。

フィールディングの語り手がここで語っているのは、虚構性という新しい概念の宣言である。文学の一ジャンルとしての「小説」が、虚構性を伴うことができたことの最大の要因は、何よりも固有名の採用にあった。「小説」が生み出した固有名をもつ作中人物は、いかにも具体的な個人の言及へ収斂されていくように見えながら、実際は反対だった。従来のロマンスの語り、あるいは小説の先駆である『ロビンソン・クルーソー』では、物語の中の固有名と現実世界に実在する具体的な個人との間には、照応関係が成立することが前提とされていた。しかし『ロビンソン・クルーソー』から数十年後のフィールディングにおいては、先にみたように、小説とは具体的には実在しない人間について語ったものだ、という認識ができあがっていた。

固有名は、いくら実在しそうだからといって別に具体的な個人を特定しているわけではない。想像力によって生み出された、誰でもない者（nobody）にすぎない。だから彼らについて語られた個別的・具体的な言及は、虚構ではあるが真実でもある、という種類の言説となる。こうして、固有名というもっとも具体的で個別的、かつ限定的な指示力を持つ言葉を使いながら、その実それが指し示しているのは誰のことでもない、抽象的な人間の概念である、という認識を読者共同体が共有することによって、虚構という概念が成立した。

小説の定義となる虚構性とは、人間のある階級やタイプを描くために、人間社会に現実にある事例を選択するのではなく、事例を創作することである。ある階級や集団全体に言及する際に、小説は個別的ではあるが、実在する具体的な誰と限定するのではない、虚構上の個人を使う。それゆえに、そこで語られる個々のものごとがすべて空想上のものであっても、全体としては真実であると判断されることができた。だから、真実であることと虚構であることは、同時に矛盾することなく主張できた。つまり、小説とは虚構ではあるが、真実でもある、そのような新しい語りとして誕生したのである。

先にみたフィールディングの『ジョゼフ・アンドリューズ』において、語り手が力を込めて「小説」という語りについて言及したのは、この新しい様式を確立することによって、個人の中傷誹謗とみなされたそれまでの諷刺文学が蒙っていたリスクを、回避しようとしたためである。これまでの諷刺は、ある個人の秘密を暴く悪意に満ちたスキャンダルに堕してしまい、あげくに名誉毀損で訴えられることがしばしばだった。だからそれとは独立した、まったく新しい語りのタイプとして小説を打ち立てねばならなかったのだ。だが、訴訟を避けるという消極的な理由のためだけに、フィールディングの著作の語り手が、この新しい物語の様式を擁護したのではない。彼は、小説という様式が持ちうる大いなる人間性と高邁な意図とを、高らかに宣言してもいる。

私は自分が（実人生において）見たものに、ほんの少しばかり加味して書いている。弁護士という人間は今現在生きているだけでなく、過去四千年にもわたって生きてきたのだし、G―氏は同じくらいの年月、これからも人生を享受することだろう。この人間は実のところ、一つの職業、一つの宗教、あるいは一つの国などに限定されるのではない。（中略）だがこの世界に弁護士殿が出現されたのには、けち臭い誰彼に似せるなどというよりも、はるかに一般的かつ崇高な目的があった。一人の哀れな悪党を、そいつのちっぽけでつまらぬ仲間の目にさらすなどということではない。万人の私室に鏡を据えつけて皆が眼を全開にし、奴の姿を通して自分たちの欠点を嫌でも見ずにいられないようにしようというわけなのだ。かくして人は、己の欠点をなからしめるよう努め、人には言えぬ己が恥を自覚して、天下に恥辱を曝すなどという事態を、あわよくば回避できるというわけだ。諷刺家と誹謗家の区別がここに立てられる。諷刺家とは、親に成り代わってその人物のためを思い、こっそりと欠点を直してやる人物だ。他方、誹謗家は死刑執行人のように、他人の見せしめとなるようその人物を人前にさらすのである。(6)

フィールディングは、デフォーのように、もはや固有名が指し示す人物が実在するなどと言い訳する必要はなかった。その固有名が指示するものはあくまでも虚構であり、架空の人物である。それが具体的な個人を限定して指示しているのではないことを、彼は小説というものの意義を強調しつつ主張するだけだった。小説の中に登場する固有名を持つ作中人物は、いかにも現実にありそうな具体的な事例を挙げているように見えながら、そのじつそれは、ある種類・階級の人間の抽象化であり、象徴なのである。誰でもない者（nobody）であると同時に、今この本を読んでいるあなたでもあるところの、人間という類の代表である。小説とは、極めて具体的な個人の実例を語る身振りをしながら、じつは人間という類の象徴を描き、人間についての抽象的思弁を繰り広げている、そうした語りの様式を確立したのである。

ところで、今引用したフィールディングの一節を漱石は読んでいる。この『ジョゼフ・アンドリューズ』という書物を、漱石は東京帝大の英文科の学生だった一八九三年に購入しており、本文中にも書き込みがある。だがそうした物的証拠だけでなく、フィールディングがここで高らかに宣言する小説の意図こそ、当時二十五歳の英文学徒だった夏目金之助をして、文学を生涯の仕事と決心させたものだったのではないだろうか。この志こそが、彼に、世の中の役には立たないといわれる文学という生業に生涯を賭け、また文字通り命を削る格闘へと向かわせたのではないかと思われる。後に彼は、小説という瑣末で具体的な事例を物語る形式を使いながら、人間について究極の象徴を表現した作品群をものすことになる。

十八世紀の英文学史をはなれて、『猫』における固有名の問題に戻ろう。小説に固有名が登場して以来、作中人物の名前がいかにも現実社会にありそうなリアリティを有するために、近代小説の作家の苦労が始まったのは、前述した通りである。その例は、著述に贅を尽くしたバルザックのエピソードとして、『猫』中でも語られている。バルザックは、自分の小説の作中人物に名前をつけるために一日中パリの街を歩いて、ようやくある店の看板にZ・マーカスという名を見つけ、満足したのだという。バルザックが現実にありそうな名をつけるためにここまでこだわるのは、リアリズムの要請にかなわなくてはならないという暗黙の前提が、彼のなかにあるからだ。言い換えると、バルザックがリアリズムの作家だからだ。しかし『猫』では、意図的にか、こうした固有名のつけ方を採用しない。「猫」はバルザックと自分の違いについて、次のような意見を開陳する。

贅沢も此位出来れば結構なものだが我輩の様に牡蠣的主人を持つ身の上ではとてもそんな気は出ない。何でもいゝ、食へさへすれば、といふ気になるのも境遇の然らしむる所であらう。

（二）

『猫』で、バルザックのようにリアリティと自然さを装った命名を追求しないのは、猫が、ということは作者が、それほど贅沢のできる境遇にはないからだという。初めて書いた『猫』の第一章が望外の人気を博し、にわか作家になりたての漱石としては、分相応の謙虚さの表明というつもりなのかもしれない。「食へさへすれば」、という表現は、「書きつなげられさえすれば」、と読みかえることもできそうだ。いずれにせよ漱石が、バルザックの手法と自分のそれとに線を引いているのは確かである。そしてとりあえず、『猫』においては、いかにも現実に生きていそうな具体的な人物を描きながら人間についての抽象的想念を表現するというこの志は、別の形で展開されることになる。

その展開を見る前に、漱石が『猫』において、リアリズムに背を向けて固有名を採用しなかったがために招いてしまった失敗談を紹介したい。このエピソードは、まさにフィールディングのような初期の小説家がもっとも危惧していた事態であり、それはつまり、モデルと目された実在の人物からの苦情である。

『猫』中に登場する個性派のなかでも、ストーリーの展開に小さからぬ役割を演じている人物に「多々良三平」がいる。多々良は、漱石の家の書生をしていたことのある俣野義郎がモデルとされている。このモデル論議をめぐって、俣野は漱石をずいぶんと煩わせていたことが、『満韓ところどころ』に記されている。

……所へ何処からか突然妙な小さな男があらはれて、やあと声を掛けた。見ると股野義郎である。昔「猫」を書いた時、其中に筑後の国は久留米の住人に、多々羅三平といふ畸人がゐると吹聴した事がある。当時股野は三池の炭坑に在勤してゐたが、どう云ふ間違か、多々羅三平は即ち股野義郎であると云ふ評判がぱつと立つて、仕舞には股野を捕まへて、おい多々羅君抔《など》と云ふものが沢山出て来たさうである。其処で股野は大いに憤慨して、至急親展の書面を余に寄せて、是非取り消して呉れと請求に及んだ。余も気の毒に思つたが、多々羅三平の件を悉く削除しては、全巻を改板《かいはん》する事になるから、簡潔明瞭に多々羅三平は股野義郎にあらずと新聞に広告しちや不可《いけ》ないかと照会したら、不可ないと云つて来た。夫《それ》から三度も四度も猛烈な手紙を寄こしたあとで、とう〳〵斯う云ふ条件を出した。自分が三平と誤られるのは、双方とも筑後久留米の住人だからである。幸ひ、肥前唐津に多々羅の浜と云ふ名所があるから、責《せ》めて三平の戸籍丈でもそつちへ移して呉れ。是丈は是非御願するとあつたんで、余はとう〳〵三平の方を肥前唐津の住人に改めて仕舞つた。（十一）

この「因縁の浅からざる股野」に、漱石は大連の南満州鉄道会社で偶然再会したのである。ここでは漱石も俣野に対していくらか同情的に書いているが、この騒動の最中には、俣野にもっと厳しい言葉を漏らしている。次は鈴木三重吉に宛てて書いた手紙である。

> 多々良三平と自認せる俣野義郎なるもの五六度も親展至急で大学へむけ猫中の取消を申し来る。新聞で広告して取り消してやらうかと云つたら御免と云ふてきました。当人は人格を傷けられたとか何とか不平をいふて居る。呑気なものである。人身攻撃も文学的滑稽も区別が出来ないで自ら大豪傑を以て任じて居るのは余程気丈の至りだと思ふ。（明治三十八年十二月三十一日付、強調引用者）

「人身攻撃も文学的滑稽も区別が出来ない」――近代小説の成立期に、フィールディングらが目指したのは、まさにこの状態からの脱却であり、人身攻撃と文学的滑稽を差異化したことが、小説の誕生の画期をなした。とすると、漱石は十八世紀イギリスの大先達を模倣したものの、彼らに比べるといくらか無防備に作中人物を創ってしまったことになる。『ジョゼフ・アンドリューズ』の語り手は、実際の人生から観察した人物でも、曖昧になるよう努力していると断っていたが、新進作家の漱石には、その配慮がいささか欠けていたかもしれない。漱石がリアリズムを採用せず、固有名を使わない、しかも猫を語り手にしたというのは、その作品がフィクションであることを、小説とは異なる旧来のやり方で表明したことになる。

というよりも、こうした特徴をもつ『猫』は、小説ではない。「吾輩は猫である」という最初の一文は、これが小説ではないことを宣言している。猫が物語を語るなどということは、現実にはあり得ない。このテクストは虚構だと読者は即座に判断する。漱石は、その虚構性にいくらか甘えてしまったとは言えるかもしれない。いかにもありそうな固有名を作中人物につけるリアリズムの作家は、その作中人物が現実社会の誰それとは容易に想定できないようにするために、一層の工夫と技巧が要求される。これに対して、『猫』のスタイルは虚構性を前面に出したがために、作者は、人物の造形に際して、モデルにしたであろう実在の個人から遠ざける努力を、ことさらにはしなかったのではないか。作家としての経験の浅さから、リアリズムと虚構性をかけ違えてしまったのかもしれない。いずれにせよ、第一作目の華々しい成功の影で、漱石にもこんな新人らしい苦労もあった。

4　滑稽と諷刺の源泉

先の書簡中では、自分の作物が人身攻撃などではなく、文学的滑稽なのだという、漱石の自負が窺える。漱石は『猫』に文学的滑稽の要素を盛り込んだつもりだった。この文学的滑稽という要素は、『ジョゼフ・アンドリューズ』においても追究されているものだった。というより初期小説全般には、中傷とは区別される諷刺性こそが欠かせない要素だった。それは小説という新しい文学を打ち立てるに当たっての気概であり、正当性を主張する論拠でもあった。

漱石がこれを追求するにあたっては、もちろん、『ジョゼフ・アンドリューズ』に相当なインスピレーションを受けたことは間違いない。この書物の序で、フィールディングはホガースの版画作品、「放蕩息子の一生」（一七三三～三五）を賞賛しており、それを物語の枠組みとして『ジョゼフ・アンドリューズ』の第三部が展開されている。フィールディングは、ホガースの版画のカリカチュア性こそ、自身の作物における諷刺に相当するものであると述べる。カリカチュアとは人間ではなく人間の怪物性を描くのが目的であるのに対して、著述における諷刺とは、人間の愚かしい滑稽さを描くのが目的なのだと言う。

漱石も『文学評論』の第二編、三章「芸術」において、ホガースとフィールディングの類似性に触れている。「此ホーガースと云ふ人は疑もなく一種の天才である」。彼が目をつけるのは、一般的な画題や詩的な興趣のあるところではない。「特に汚苦《むさくる》しい貧乏町や、俗塵の充満して居る市街を択んだ。さうして其の内に活動して居る人間は、決して真面目な態度の人間ではない、必ず或る滑稽的の態度を見《あら》はして居る、或は諷刺的意義を寓して居る」。さらにホガースの絵画を、写実画、風俗画と見た場合、フィールディングの文学と密接な関係がある、と述べる。

フヒールヂング抔《など》を読むと、其滑稽的なる点に於て、其無遠慮なる点に於て、其の諷刺的なる点に於て、而《しか》も其の倫理的なる点に於てよく類似して居る。フヒールヂングの書中にはホーガースの画きさうな題目がいくらもある。又ホーガースの画にはフヒールヂングが解題しさうな所がいくらもある。（第二編）

類似点のうち、倫理的というのは一見、意外かもしれないが、フィールディングが述べる、諷刺に込められた道徳的意図のことを指している。人間の愚かな滑稽さを描いて、これを諷刺として表現し、人々に自らの醜さ、愚かさを気づかせる。これこそが、フィールディングが小説という新しい文芸ジャンルに担わせた道徳性だった。社会に小説を受け入れさせるための、方便であった。ちなみに漱石は、フィールディングから諷刺と滑稽の精神は学んだが、この道徳性とは微妙に距離を置こうとしていた。他方、社会の役に立とうなどということを一切志向しない厭世の精神は、ジョナサン・スウィフトの『ガリバー旅行記』から取り入れている。新進作家としての漱石は、十八世紀英文学の特にこの二作品から、人間の愚かさ、醜さの根底にあるおかしみを痛烈に描いて諷刺として表現する、文学的作法を学んだのである。その文学修行の足跡は、『文学評論』の講義中に残されている。

『文学評論』中で最も読み応えのある箇所は、『ガリバー旅行記』についての講義部分である。『ガリバー旅行記』の刊行は一七二六年、『ロビンソン・クルーソー』の後だ。にもかかわらず、後者は小説の先駆とされ、前者は小説以前の形式によるものとされている。漱石は前者も小説であると言ってはいるが、『ガリバー旅行記』に出てくる奇想天外な小人国や巨人国、あるいは馬の国などは、到底リアリズムとは言えないから、小説のジャンルに入れるのには無理がある。この作品は小説でなければ、諷刺文学、漱石流に言えば、厭世文学である。作品を特徴づける痛烈な諷刺の精神は、小説が主に恋愛を扱うジャンルという定義が確立する前に、十八世紀の小説が共通に有していたものである。

この諷刺もしくは厭世観は、西欧であれ、江戸時代の日本であれ、前の時代の楽天的な滑稽の精神とは一線を画するものだと、漱石は指摘する。漱石は『東海道中膝栗毛』（一八〇二〜〇九）や『ドン・キホーテ』（一六〇五、一五）のような「滑稽物と諷刺物とを区別する一大索引」をこうまとめる。滑稽物は読者がそれを再演してみたくなる傾向を有し、諷刺物では、読者がなるべく諷刺の対象になる立場を避けようとする傾向がある、と。

もし此被諷刺的地位に陥る危険を冒せば、個人として自己の人格を傷けると云ふ不安の念を抱いて来る。もし此被諷刺的地位が、人類一般に共通なる普遍性から出てゐて、如何なる王公貴人も、如何なる金満家も、又如何なる学者も、苟《いや》しくも人間である以上は、到底免かれる事が出来ないとなつた時に、諷刺は一変して絶望暗黒なる厭世文学と変ずるのである。

（第四編）

漱石がここで述べていることは、先に引用した『ジョゼフ・アンドリューズ』の一節と見事に呼応している。その文学的諷刺の矛先が、単なる一人の個人ではなく、人類全体に及ぶという気概。さらにその諷刺が、寝室に据えられた鏡のように自らの醜い姿を映し出すがゆえに、人々がその事態を避けようと我が身を正すという点。漱石は、『ジョゼフ・アンドリューズ』において宣言された小説の精神を、スウィフトの文学の諷刺性に見出しているのである。

このような諷刺の精神と滑稽味が見事に調和した例として漱石があげているのが、小人国リリパットの国王からガリバーが命を受けたときの叙述である。漱石が見事だと賛嘆するスウィフトの言葉は省略して、これを評する漱石の言葉を紹介したい。「如何にも厳めしい言葉使ひ」で、「無暗に威張つた所には誰でも一寸驚く」ほどだと言う。

アレキサンダーとかシイザアとか云ふ人の文句としても少々不釣合である。況《いわ》んや普通一般の君主の言葉とすると、猶更狂気を帯びて聞える。然し之を読みながら是程威張つて居る大王が玩具の人形程な大さのであると云ふことを一方に想像して見ると笑はずには居られない。能《よ》くこんなに威張れたものだと、驚くよりは先づ滑稽の感に打たれて仕舞ふ。この滑稽の感を起させる所が則ちこの作の文学的なところ、面白い所である。（第四編）

スウィフトがたくらんだこの滑稽な趣向の目的とは、人間の愚かさを万人に突きつけることである。「人間は自ら帝王だとか金満家だとか云つて自分だけえらい様に大得意で居る」。傍から見れば、おもちゃのようにちっぽけであることにも気づかずに。

奈何《どう》だ、それは皆此小人国の王様と一般で徒《いたず》らに自己の無智を示すに過ぎないぢやないか。人間は斯《か》く迄に愚な者である。――之を具体的に仄めかしたのが此御命令である。此御命令を読むや否や大王の弱点は一辞の説明なくして吾人の胸裏に映じて来る。同時に可笑《おか》しくなる。其可笑味《おかしみ》は大王の弱点と切り離す事がどうしても出来ないのだから、大王は直ちに被諷刺的の地位に立つ訳になる。言葉を換えて云ふと、吾人は大王の様な真似をする気にならなくなる。これが文学的に懲戒的な所で、此懲戒の意味が普遍になればなる程、又だれの上にも応用が出来れば出来る程諷刺は成功したものである。其極は、如何なる人が、如何にして、此懲戒を免かれ様ともがいても、焦つても、どうしても切り抜ける事が不可能になつた時に、絶体絶命、人間は生れながらにして此弱点を具備するものと諦める。是が厭世的な諷刺である。スヰフトが此域に達したか達しないかは後に行つて解る。（第四編）

しかし、この諷刺によって人々がいくらか懲戒の意を汲んで教訓を得、諷刺の対象となる事態を免れたとしても、スウィフトにそんな道徳的意図などないことは言うまでもない。スウィフトの不満足の表現は、「ある目的あっての表現ではない。不満足を不満足として表現する丈である。過去、現在、未来を通じて、古今東西を尽くして、苟しくも人間たる以上は、悉く嫌悪すべき動物であると云ふ不満足である」。徹頭徹尾、不満足だけを表現することを目的とする。ここまで来れば、厭世と人間嫌悪が思想化されている。

之（アディソン――引用者）に反してスヰフトは十八世紀に於て毫《ごう》も満足する所が無い。何処までも不満足である。単に十八世紀に不満足なるのみならず、十九世紀にも廿世紀にも乃至《ないし》唐虞三代の世にも不満足なのである。人間のゐる所、社会の成立する所は一視同仁に不満足の意を表する男である。夫だから世の中に対して希望が無い、希望が無いからして世を救つてやらうの、弊を矯《た》めてやらうのと云ふ親切心も無い訳である。（第四編）

こうした、社会の役に立とうなどという意志が微塵もない、道徳性の超越ないしは脱却こそが、フィールディングとスウィフトを隔てる点である。漱石の『猫』が後者を範としていることは、今さら指摘するまでもない。

これほど徹底したスウィフトの諷刺と厭世の特質を、漱石は「一寸不思議な現象である」という。「こう非常に冷静で、しかも猛烈極つた人類一般の嫌厭は何日如何なる時代だつて滅多にあるものではない」。なぜならイギリスの十八世紀というのは、一六八八年の名誉革命の結果、議会政治が確立し、それによる自由の実現に満足していたからだ。政体において自分たちの右に出るものはないと自負し、理性の価値を信じて疑わなかった、開化の世紀だった。

彼等の開化は前途有望の開化であつた。有望の開化を有する国民に厭世的の音調はない。彼等は過去を目して野蛮時代と呼んだ。過去に未練のない国民に悲哀の声は無い、古《いにしえ》を慕ふ文学は出ない。凡そ吾人の厭世に傾く原因のうちで其最も大なるものは何であらうと考へて見ると、私は斯う思ふ。――吾人が吾人の生活上に、所謂《いわゆる》開化なるものゝ欠くべからざるを覚ると同時に、所謂開化なるものゝ吾人に満足を与ふるに足るもので無いことを徹底に覚つた時である。（中略）然しながら現在にも満足が出来ぬ、過去にも同情することが出来ぬ、所謂文明なるものは過去、現在、未来に亙りて到底人間の脱却することの出来ぬものであると知ると同時に、文明の価値は極めて低いもので、到底この社会を救済するに足らぬと看破した以上は、腕を拱《こまぬ》いて考へ込まなければならぬ、天を仰いで長大息《ちょうたいそく》せねばならぬ。厭世の哲学は這《こ》の際に起るものである。厭世の文学は這の際に起るものである。文明と云ひ開化と云ふものに飽き果てたるにも係らず、その文明なり開化なりを如何ともする能はざる時機に発生するのである。（第四編）

十八世紀のイギリス社会の状態を表現するのに「開化」という言葉を使ったことによって、この一節が、実のところ、明治の日本の文明「開化」に対する漱石の苦い思いを、同時に語っていることが露見する。これは明治の開化に浮かれた世相に対する、痛罵以外の何ものでもない。さらに、ここで語られている徹底的な厭世の精神こそ、漱石の『猫』に貫かれているものである。ここに表明されているスウィフトの「文明」と「開化」への嫌悪感とされるものは、『猫』において表現される、漱石自身の明治の「文明開化」へのそれでもある。このことをよく示しているのは、ハーキュリス（ヘラクレス）の牛のエピソードである。ハーキュリスの牛とは、『猫』中で迷亭が、苦沙弥の妻に話して聞かせる古代ギリシャの故事である。牛を引っ張っていたハーキュリスが居眠りをしていた間に、ヴァルカンの子がその牛を盗んだ。その時ヴァルカンの子は、「牛の尻尾を持って」「後ろへ〳〵と引きずつて行つた」ために、眼を覚ましたハーキュリスが牛の足跡をつけて探したが分らなかったという話である。つまりこの牛は尻尾を引きずられて、後ずさりしながら歩いていたのだ。このトリックが分らなかったハーキュリスは、牛が歩いて行った方向をそこから来たものだと勘違いして、追跡に失敗した。尻尾を引きずられて、後ずさりして進む牛。このエピソードは、天候の逆戻りの話題によって導かれていた。「蟹なら横に這ふ所だが今年の気候はあとびさりをするんですよ。倒行して逆施す又可ならずや」（六、強調引用者）と迷亭はうそぶいている。

こうして見ると、後ずさりして歩く牛というのは、苦沙弥たちのことであるのがわかる。彼らは、明治の日本が歩んでいた近代化という道程を肯定することができない。彼らの生きざまは、未来に背を向け、つまり過去を志向しながら、鍛冶屋の子に引きずられて、いやいやながら明治の時代を歩いてゆくようなものなのだ。この鍛冶屋とは、鉄を精錬して鋼をつくる者であるから、製鉄業を暗示しているだろう。製鉄業こそ近代の牽引役であり、殖産興業政策の要だった。「鉄は国家なり」。製鉄業は、まさに近代国家の象徴である。

ところで、この作品には、もう一人鍛冶屋が登場する。多々良三平だ。固有名が使われていないこの作品において、多々良という名は、無意味なただの記号ではない。「多々良」は、古代のたたら製鉄に由来するだろう。つまり、苦沙弥とその一党は、作品中に出てくるもう一人の鍛冶屋、多々良が象徴する製鉄業もしくは近代国家によって引きずられて、文句を言いつつ後ずさりして歩いている哀しき牛の群れである。

先の引用文中、「這の際に起る」「厭世の文学」とは、他でもない、『吾輩は猫である』のことだ。漱石は、書斎で『猫』を書きつぎながら、教室ではスウィフトの批評の形を借りて、『猫』

を書く自分の精神を解明していた。つまり、『吾輩は猫である』とは、世を呪い、自分自身をはじめ人間すべてに愛想をつかしたスウィフトの厭世の精神を借りた、漱石の『ガリバー旅行記』なのである。こう理解すれば、スウィフトについて語る漱石の言葉の、尋常ならざる高揚ぶりが納得できよう。

またそう考えると、『ガリバー旅行記』と『猫』にはよく似たところがいくつもある。例えば、猫が人間の言葉を語り、人間を諷刺するというプロット。スウィフトの「冷罵のうちで尤も辛辣を極めた第四編」は、ガリバーが「フーインムス」という馬の国に行って、馬の言語を覚えるという内容である。ここでは馬が主人で言葉を話し、人間は言語を持たぬ下等な動物（ヤフー）として貶められている。このプロットは、「人間を正面から蹴落す代りに、馬を人間以上に上げたのである。馬の方が人間よりもえらいからして、人間は馬を学んでも可いと云ふと同時に、人間は馬にも劣ると云ふことを広告したものである」と漱石は説明する。「猫」もまた、これによく似たことを言っていなかっただろうか。「然し人間といふものは到底吾輩猫属の言語を解し得る位に天の恵に浴して居らん動物であるから残念ながら其儘《そのまま》にして置いた」（二）。

あるいは、漱石があげる、スウィフトの想像力が奇抜であるという点と、その奇抜な想像を写実的に描き出すという特徴。特に後者の写実性について、漱石が挙げているのは、写実的な想像をするときに数字を担ぎ出してくるということだ。漱石が中でも最も「驚くべき想像」と言っているのは、ラピュータ島の動くことを説明する際に、それを図（次頁）まで入れてやっていることだ。漱石の訳文をそのまま引用する。

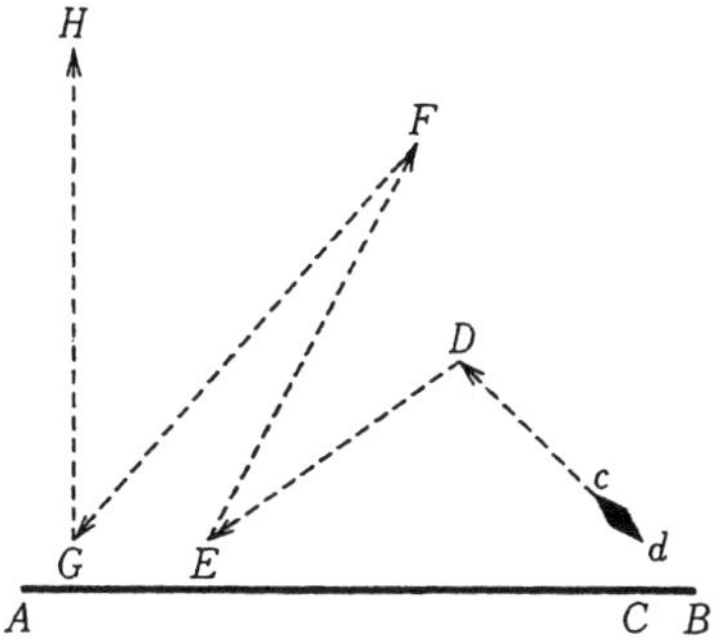

（『漱石全集』第15巻より）

　其進行の状態を説明する為めに、先づABを以てバルニバアビ家の領土の上に画かれたる直線なりとせよ、又該《がい》島嶼《とうしょ》はC点の上にあるものとして、線cdを以て夫の磁石を表はすものとせよ、而《しか》してdは反撥点を表はし、cは求引点を表はすものとす。偖《さ》て磁石をしてcdの位置にあらしめよ。然る時は該島嶼はD点に向つて斜めに上方に進行すべし。（第四編）

　これを引用したのは、『猫』の第二章で寒月が予行演習する演説、「首縊《くびくくり》の力学」に酷似しているからである。このタネ自体は、十九世紀後半の物理学の論文であることが、寺田寅彦によって明かされている。だが、その内容云々ではなく、不愉快なだけで意味がないと思われる皮肉を、数式による辟易するほどの厳密さと執拗さを以て詳述している点で、スウィフトの精神に酷似している。

「先づ女が同距離に釣られると仮定します。又一番地面に近い二人の女の首と首を繋《つな》いで居る縄はホリゾンタルと仮定します。そこでα_1 α_2……α_6を縄が地平線と形づくる角度とし。T_1 T_2……T_6を縄の各部が受ける力と見做し。$T_7=X$は縄の尤も低い部分の受ける力とします。

Wは勿論女の体量と御承知下さい。どうです御分りになりましたか」（三）

こんなぞっとするテーマについての記述の正確さもさることながら、これほど人を不快にさせ毒気のある話題を選んだ点でも、この記述はスウィフト流である。「スヰフトの諷刺は夫れ自身に於て随分毒悪である」。その毒悪は、時に冗談なのか真面目なのか判断できないほどの平静さで表現される。その最たる例として、有名なスウィフトの論文、『愛蘭土に於ける貧家の男女の両親及び国家の負担と成ることを除き、彼等をして社会に有用の材たらしめんとする卑見。一千七百二十九年。』がある。このいかめしい表題につられて本気で読みはじめると、これは法螺話なのである。

余（スウィフト――挿入引用者）は嘗《かつ》て倫敦で懇意に成つた物識りの亜米利加人から、当才位の赤ん坊は健全でよく育つてさえ居れば、スチユーにしても、焼いても、炙《あぶ》つても、茹《ゆで》ても実に美味いもので、滋養分に富んで居るといふことを聞いたことがあるが、フリカシーやラグーにしてもかなり喰へるだらうと思ふ。

そこで余は謹んで世人の一顧を煩はしたい。外でもないが、今計算致した児童十二万の中で、二万人だけは子孫繁殖の為に残して置いても宜《よろ》しいとする。（中略）偖《さ》て自余の十万人をば、一歳位生長したところで、国中の貴族又は富豪へ売附ける。（中略）もし友人を招待するなら小児一人で二皿位は出来る。家族だけなら胴の方でも足の方でも構はない、四半分

で沢山である。それから胡椒と塩で味を附けて殺してから四日目位に茹ると丁度好い、冬は尚更然《そ》うである。（第四編）

漱石も、「これを真面目とすれば純然たる狂人である」とコメントしている。しかし初めから読んでみると、統計などを持ってきて、「頗《すこぶ》る慎重な口調で論じて居る。到底巫山戯《ふざけ》て居るとは思へない」。現に外国のある記者は騙されて真面目な論文と解釈して、アイルランドの困窮と疲弊の例に引いたことさえある。「冗談も休み〳〵云ふ人の冗談は自ら冗談と真面目の境がつくが、平常冗談を商売にして居る者の冗談は普通の談話と区別することが出来ない」。ここで漱石が言及しているのは、迷亭のことだ。平生冗談を商売にしているために、冗談とまじめの区別がつかないという表現は、迷亭の、読むのもうんざりするほど長い法螺話に合致する。『猫』中に炸裂する迷亭の諷刺の精神は、スウィフトを範としているらしい。

だが、漱石がスウィフトを読んで、「暖い感じが無い」、「滑稽もあり頓智もあるけれども陰気な感じばかり起る」と述べているように、『ガリバー旅行記』と『猫』の雰囲気はかなり違う。前者を読んでも、諷刺は痛烈すぎて、面白いという範疇を超え、明るい笑いには誘われない。しかし、文学とは面白くなければだめなのだ。「読まないでもゐられる、買はないでも罰金を取られる憂ひのない文学書を——もし面白くないとしたら、誰が読まう」（第四編）。だから「文学的述作から出る快感」に関して言えば、スウィフトは落第である。「スヰフトの作は不愉快である」からだ。『猫』の滑稽味は、少なくともスウィフトに学んだものではない。この味は、先に挙げた、『ジョゼフ・アンドリューズ』由来とおぼしきものなのである。

デフォーの『ロビンソン・クルーソー』を酷評した漱石だが、約三十年後に書かれた『ジョゼフ・アンドリューズ』ともなると、小説の形式も格段の洗練を見せる。作者は作品の序として、この小説における叙述の性質を定義している。つまり、ロマンスでもなく、諷刺でもない。この種の書物は、まだわがイギリスの読者のお目にかかったことがないもの、喜劇的ロマンスとでもいえるものなのだ、と。

これがただの喜劇と異なるのは、筋や事件、登場人物の広がりや多種多様さの点である。またまじめなロマンスとも異なるのは、謹厳、厳粛の代わりに、警戒、滑稽が支配的であり、人物も低い階級の卑しい人々を描く点にある。作品を支配する情緒や言語表現においても荘重さを捨てて、おかし味を持ち味とする点では、諷刺に似るが、これは諷刺ではなくやはり喜劇である。諷刺の本領は、反自然的なもの、怪物的なものの描写であり、そこでの興は驚くべき馬鹿馬鹿しさから発生する。他方、喜劇作者の観察対象は自然の範疇を出てはならない。喜劇の妙味は自然の正しい模倣にあるのだし、「人生はいたるところで、注意深い観察者には滑稽なものを提供している[7]」。だから、『ジョゼフ・アンドリューズ』という作品は言語表現においてこそ諷刺の流儀を採用するが、登場人物の性格や情緒は、あくまでも自然（＝人生）の観察から着想した、ということはリアリズムによる喜劇である。

このフィールディングの「喜劇」という言葉は、「小説」と置き換えた方がわかりやすいだろう。少なくとも漱石はそう理解している。だから「小説は自然にあるのかも知れない」と漏らしているのだ。小説の真髄は自然から逸脱しないことであると、フィールディングの序の口上をここで確認しているのである。

後に小説として確立されることになる、この「喜劇的ロマンス」という形式において作者が徹底的に追求したのは、滑稽さである。フィールディングは、「滑稽の唯一の根源」とは「気取り」であると看破する。正確に言えば、「気取り」を暴露することから「滑稽」が生まれるのだと。そもそも「気取り」とは、「虚栄」か「偽善」のいずれかによって生じる。だとしたら、フィールディングが定義している滑稽さは、『猫』のそれと本質的に変わらない。『猫』の面白さは、作者の分身、苦沙弥先生の「虚栄」や「偽善」からくる「気取り」を、「猫」が暴く点にある。

ここで、数え切れない笑いの中から一つだけ、少なくともフィールディングに呼応していると思われる箇所を引用しておこう。自分の書斎で鏡とにらめっこをする苦沙弥についての、猫の観察である。

鏡は己惚《うぬぼれ》の醸造器である如く、同時に自慢の消毒器である。もし浮華虚栄の念を以て之に対するときは是程愚物を煽動する道具はない。昔から増上慢《ぞうじょうまん》を以て己を害し他を戕《そこな》ふた事蹟の三分の二は慥《たし》かに鏡の所作である。（中略）然し自分に愛想の尽きかけた時、自我の萎縮した折は鏡を見る程薬になる事はない。妍醜瞭然《けんしゅうりょうぜん》だ。こんな顔でよくまあ人で候《そうろう》と反《そ》りかへつて今日迄暮らされたものだと気がつくにきまつて居る。そこへ気がついた時が人間の生涯中尤も難有《ありがた》い期節である。自分で自分の馬鹿を承知して居る程尊とく見える事はない。此自

覚性馬鹿の前にはあらゆるえらがり屋が悉《ことごと》く頭を下げて恐れ入らねばならぬ。（九）

小説とは、そして『猫』という作品とは、苦沙弥が見入る鏡である。『ジョゼフ・アンドリューズ』の一節に従えば、「自慢の消毒器」として、自らの愚かさや醜さを映し出す鏡の役割を、小説は担うべきである。自分の馬鹿を承知しながら、そんな自分を笑い飛ばす。「自覚性馬鹿」を製造することが、小説の役割なのだ。自我の肥大に苦しむ明治の知識人にとって、これ以上の薬があろうか。

5　分身としての苦沙弥と迷亭

『猫』を、いわゆる小説と画する最も決定的な特徴は、書き出しの二文に表明されている。

吾輩は猫である。名前はまだ無い。（一）

この書き出しから、まず次のことがわかる。話をする動物の登場（ここでは語り手としての猫）は、小説が成立する以前のロマンスにおいて、それが作り物、虚構であることを示す重要な手がかりだった。つまり、「吾輩は猫である」とは物語の始まりを告げる言葉であり、虚構であることの宣言である。しかもそれは、いわゆる小説というスタイル、あるいはリアリズムを採用しないことも宣言している。

「名前はまだ無い」。この表現は意味深長だ。漱石がこの作品を書く前後に参考にしたと思われる十八世紀イギリスの小説の原型では、主人公の固有名が作品のタイトルとなることが多かった。例えば、『ロビンソン・クルーソー』、『モル・フランダース』、『トム・ジョーンズ』、『トリストラム・シャンディ』など。特に『文学評論』ではデフォーの作品について、皆その表題の主人公の出生時から死ぬまで、あるいは老年に至ってロンドンに落ち着くまで、つまり「主人公の生涯の始めから終り迄写すのが主意である」（第六編）と指摘している。漱石はこれを挙げて、デフォーの作品はどれもこれも、読んで長いと感じさせると批判している。芸術としてのまとまりを目指すのではなく、人の一生涯という形式だけにこだわって一つのまとまりとするから、冗長となるのである、と。

デフォーを他山の石としたのかしなかったのか、ともかく漱石も『猫』では、この猫の出生から死ぬまでを扱っている。形の上ではデフォーの小説のようでありながら、この猫には名前がないから、猫の名前をタイトルにすることはできない。『ロビンソン・クルーソー』というようなタイトルを付けられないことを、つまりこの作品の主人公には名前がないことを、さっそく説明しなくてはならなかった。このようにして漱石は、リアリズムと虚構性のひそやかな連携によって到達した、十八世紀英文学の「小説」という概念を転覆しようと取りかかる。

名前のない猫という語り手は、言うまでもなく、フィールディング言うところの「自然」、つまり現実の社会を観察する作者の目であり、また作者の思考の代弁者である。しかし、その他にも作者の分身がいる。苦沙弥と迷亭だ。漱石の妻、鏡子は、漱石が自分の持っている、ものぐさで変人的な気質を苦沙弥に代表させ、江戸っ子で軽口をたたく気質を迷亭に託したと述べている。(8)確かに迷亭の珍野家への神出鬼没ぶりは、他の登場人物たちとは違って群を抜いているし、彼だけが友人たちの中でも姓が与えられていない。これらのことからも、迷亭と苦沙弥はそれぞれに、作者のある要素を分割して与えられたと解釈できる。その「要素」とは、「真実」と「嘘」である。

苦沙弥は「ものぐさで変人」であるばかりでなく、愚直に人の言うことを何でも真に受けては迷亭に笑われる。他方、迷亭は、作品中、徹頭徹尾、法螺吹きであり続ける。例えば、水島寒月を偵察するために苦沙弥邸に乗り込んできた金田夫人に、自分には男爵の伯父がいると法螺を吹く。金田夫人が退去した後に、その伯父のことを「其方が男爵で入《いら》つしやるんですか」と尋ねる苦沙弥の妻に対し、迷亭は「なあに漢学者でさあ」とすまして答える。

「それでも君は、さつきの女に牧山男爵と云つた様だぜ」「さう仰つしやいましたよ、私も茶の間で聞いて居りました」と細君も是丈は主人の意見に同意する。「さうでしたかなアハ、、、、」と迷亭は訳もなく笑ふ。「そりや嘘ですよ。僕に男爵の伯父がありや、今頃は局長位になつて居まさあ」と平気なものである。(中略)「僕より、あの女の方が上《う》手《て》でさあ」「あなただつて御負けなさる気遣はありません」「然し奥さん、僕の法螺は単なる法螺ですよ。あの女のは、みんな魂胆があつて、曰《いわ》く付きの嘘ですぜ。たちが悪いです。猿智慧から割り出した術数と、天来の滑稽趣味と混同されちや、コメヂーの神様も活眼《かつがん》の士なきを嘆ぜざるを得ざる訳に立ち至りますからな」（三、強調引用者）

迷亭は四六時中法螺ばかり吹いている法螺吹きであるが、ここで彼なりにも法螺の美学があることが明かされる。「天来の滑稽趣味」、つまり生まれついての法螺吹きなのだ。しかも、「コメヂーの神様」に捧げられているというところを見ると、この作品も『ジョゼフ』同様、「喜劇的ロマンス」を目指しているのだろう。金田夫人の嘘は、自分を本来の価値以上に見せようとする虚栄から発している。迷亭の嘘に誘われて調子を合わせる金田夫人は、こうして虚栄心から嘘をついたことが暴露される。「天来の滑稽趣味」たる迷亭の嘘は、フィールディング流に言えば、気取りを暴露する嘘なのであり、これこそが、滑稽を生む源泉である。法螺吹き迷亭とは、『猫』という作品の「滑稽」を司る、「コメヂーの神様」だ。

こうしてみると、苦沙弥が試みた猫の写生画が、自然の統一感を考えずにただ自然の真実だけをひたすら写そうとしたデフォーのような、素朴なリアリズムの戯画であるのとは対照的に、迷亭はその対極にある虚構と創作の精神の代表である。

苦沙弥は迷亭の「ア-ン-ド-レ-ア、-デ-ル、-サ-ル-ト」の話を真に受けて、猫の写生を試みるも失敗して、迷亭に笑われる。この写生画の失敗の事情を、漱石は『文学評論』において、こう説明している。

世の中は纏《まとま》つたものではない、冗漫極つたものだといふ人がある。それは同意しても好い。然し自己が世の中を観察する態度がきまると、世の中も存外締め括りのあるものである。此締め括りのある観察を筆にしたのが小説である。世の中が冗漫だと云つて、自分が冗漫な事には頓着せず、無頓着に冗漫なものを書いて是が世の中だといふ。世の中かも知れないけれども、世の中をどこから見たのか分らない。現に世の中を見せられても、明らかな印象がちつとも起らなければ見せて貰はないと一般である。(第六編)

苦沙弥は猫を描くに、ただ自然をありのままに描くことだけを目指したために、「無頓着に冗漫なものを」描いてしまった。苦沙弥が描いた、目をつぶったままの猫とは、「明らかな印象がちつとも起らな」い作品の象徴である。冗漫な世の中を、「観察する人が、一定の態度で、此冗漫の人生を部分に区切つて、一種の纏《まと》まりを附け」る。この「纏りをつけると云ふ事はある結末に達したといふ事」であり、「結末を製造せぬ人生は苦痛である」。虚構の人生を書くにあたっては、嘘でもいいからこの「結末」をつけなければならないのである。猫の絵で言えば、「結末」は猫の眼にあたる。猫が眠っているところを描いたからといって、眼を描かないのは、観察に「結末」をつけないのと同じだ。

作者の分身と見られる苦沙弥と迷亭であるが、苦沙弥は、気の利かない愚直で偏屈な英語教師、夏目金之助であり、法螺吹き迷亭は、すでに『猫』の連載で人気を博しつつあった新進作家、漱石である。だから夏目漱石が本物の作家になるためには、苦沙弥は創作上の嘘をつくことを学ばなければならない。迷亭の法螺自慢に呆れた苦沙弥が言うには、「そんな出鱈目《でたらめ》をいつて若《も》し相手が読んで居たらどうする積りだ」。これに対して、「美学者は少しも動じ」ず、「其時や別の本と間違へたとか何とか云ふ許りさ」と言ってすましている。苦沙弥は「黙つて日の出を輪に吹いて吾輩にはそんな勇気はないと云はん許りの顔をして居る」。それを迷亭は、「それだから画をかいても駄目だといふ眼付で」見るのである。

その後も苦沙弥は、人の話を真に受けることに関しては懲りるということを知らない。八木独仙の消極論を聞いてすっかり心酔していた苦沙弥に、迷亭はついに「あんまり人の云ふ事を真に受けると馬鹿を見るぜ。一体君は人の言ふ事を何でも蚊でも正直に受けるからいけない」(九)と、忠告までするほどだ。

小説とは、所詮は迷亭的言語の所産であるほかない。そうした言語を自家薬籠中のものにしなければ、漱石は、英文学者から小説家になることはできない。六章の後半で、苦沙弥、迷亭、寒月、東風と役者が出揃い、文学談義に花を咲かせるが、この話は苦沙弥の不思議な名文で締めくくられることになる。

「大和魂！　と叫んで日本人が肺病やみの様な咳をした」

（中略）

「大和魂！　と新聞屋が云ふ。大和魂！　と掏摸《すり》が云ふ。大和魂が一躍して海を渡つた。英国で大和魂の演説をする。独逸で大和魂の芝居をする」

（中略）

「東郷大将が大和魂を有《も》つて居る。肴屋の銀さんも大和魂を有つて居る。詐偽師、山師、人殺しも大和魂を有つて居る」

（中略）

「大和魂はどんなものかと聞いたら、大和魂さと答へて行き過ぎた。五六間行つてからエヘンと云ふ声が聞こえた」

（中略）

「三角なものが大和魂か、四角なものが大和魂か。大和魂は名前の示す如く魂である。魂であるから常にふら〳〵して居る」

（中略）

「誰も口にせぬ者はないが、誰も見たものはない。誰も聞いた事はあるが、誰も遇つた者がない。大和魂はそれ天狗の類か」

さすがの名文も唐突に終わり、また「主意がどこにあるのか分りかね」、一同は呆気に取られて次を待っていた。この沈黙を破ったのはやはり迷亭である。

不思議な事に迷亭は此名文に対して、いつもの様にあまり駄弁を振はなかつたが、やがて向き直つて「君も短篇を集めて一巻として、さうして誰かに捧げてはだうだ」と聞いた。主人は事もなげに「君に捧げてやらうか」と聴くと迷亭は「真平《まつぴら》だ」と答へたぎり、先刻細君に見せびらかした鋏をちよき〳〵云はして爪をとつて居る。（強調引用者）

大和魂についての苦沙弥の名文は、表面上はナショナリズム批判として解釈できるが、迷亭のこの反応は、むしろこの文章が、迷亭の法螺と同じ精神によって書かれたものであることを示している。大和魂とは、実体のない空虚なもの、人々の想像において創られたにすぎない亡霊のようなものである。これはとりもなおさず、ナショナリズムの本質を言い当てた言葉であると同時に、皮肉なことに、それが、「虚構」の本質を語ることにもなっている。大和魂などというものも、あれほど世を挙げて大騒ぎをしていながら、結局は「虚構」にすぎない。三角とか四角といった形体など具えておらず、魂だからふわふわしている、というのは魂だから実体などない、雲のようなものだ。所詮、ナショナリズムとは言説によって捏造された虚構にすぎない。これほど皆が口にしながら、その実体を誰も明らかにしようともしない。人々はそれを疑うということさえしないで、受け入れてしまっている。大和魂についてのこれらの文章はすべて、ナショナリズムが想像上の事物であり、フィクションの産物にすぎないことを指摘しながら、同時に、漱石がこれの創作に身を捧げることになる虚構の本質を言い当てたものともなっている。

迷亭が虚構の精神の権化であるから、苦沙弥は「君に捧げてやらうか」と提案するのだ。迷亭は、だからこそ、「不思議な事に此名文に対して、いつもの様にあまり駄弁を振はなかつた」。写生的精神の象徴である苦沙弥が、ナショナリズムという言説の虚構性に気がつき、自らもその種の嘘を生産するようになるとは、苦沙弥と迷亭が一つになることを意味する。その時、迷亭という分身は消失するだろう。迷亭が、苦沙弥に「短篇を集めて一巻と」することを奨めたのも、苦沙弥が虚構の本質を探り当てたからだ。小説とは、透明になった迷亭（＝透明になった虚構性）に苦沙弥のリアルが合体することである。だが、それはこの作品の中ではまだ達成されない。なぜなら、この作品は、虚構とリアリズムの提携から成立したところの「小説」概念を、その虚構とリアリズムを二人の登場人物に別個に託すことによって、裏切ろうとしているからだ。

たとえば、先の文学談義の中では、作者は「送籍」と漢字を変えて、自分まで登場させる。「送籍と云ふ男が一夜といふ短篇を」書いたことが話題になっている。しかしその作品も、「誰が読んでも朦朧として取り留めがつかないので、当人に逢つて篤《とく》と主意のある所を糺して見たのですが当人もそんな事は知らないよと云つて取り合はないのです」。漱石にとっては、文学作品とは必ずしも人がわかるように書くべきものではなく、一種の情緒を醸し出すのが目的という文学があってもいいと考えていた。だが迷亭は、「馬鹿だよ」の一言で送籍君を「打ち留め」る。生まれたばかりの作家漱石は、過去の自分を切り捨てている。それにしても、作者自身が作品中で批評されるというこのプロットは、虚構の枠組みから逸脱している。虚構とリアリズムの提携という小説的前提を掘り崩すように、虚構にリアルが侵入しているのだ。これは、小説の作法ではない。

6　虚構とリアルの関係

　ところで、迷亭だけでなく寒月も、作品に無意味な言葉の増殖をもたらしている。首縊りの力学、団栗のスタビリチー、蛙の眼球の電動作用に対する紫外光線の影響、などの彼の研究テーマとその委細を尽くした内容説明は、物語を笑い飛ばしているかの如くに、無意味な言葉の暴力的氾濫といった体である。これは、『ガリバー旅行記』に見られる、スウィフトの「奇抜なる想像を更に写実的に描き出す」（第四編）という特徴を模倣していると思われるが、それにしても、写実にしてはリアリティがないし、虚構としても、美しさ、つまり物語としての体裁に欠ける。最後の章の寒月のヴァイオリン購入の顚末は、現実をありのままに再現しようとするあまり、現実の出来事と同じ時間をかけて語ろうとして、読者のみならず登場人物たちまで辟易させる。独仙などは居眠りしてしまう始末だ。寒月の語りは、究極のリアリズムを追求する振りをしながら、虚構とそれが両立しえないことを突きつけている。言ってみれば、リアリズムのパロディである。

　ところで、寒月の書いた絵葉書の中に、天女の奏す音楽を一晩中聞き惚れていたという天文学者の小話があるが、彼は「是は本当の噺だと、あのうそつきの爺やが申しました」（三）と結ぶ。金田鼻子に「意味も何もない」と糾弾されるが、「本当の噺」を、「うそつきの爺や」が語る、これこそが虚構の本質である。つまり、嘘つき（＝虚構）によって語られる真実の話なのである。

以下は、『文学評論』からの抜粋である。引用文中の「自然」を「現実」や「リアル」に、「想像」を「虚構」という言葉に、それぞれ置きかえて読んでいただきたい。

……自然の事実には偽と云ふものがない。想像の事実にも偽と云ふものがない。偽と思ふのは人が評する時の言葉で、作家自身から云へば、想像の事実は矢張り何処《どこ》迄も事実である。もし偽《いつわ》りと思つたら始めから書く訳がない。いくら架空の事実でも、事実であつて、偽りではない。もし偽はりを書くと云つたら、学校の先生が私は嘘を教へてゐますと広言する様なものである。従つて真偽の方面から見た材料には、作家自身は好悪がない。皆真ばかりであるからである。(第四編)

虚構という嘘において、いかに真実が成立するか。引用は、この問をめぐる漱石の考察である。「いくら架空の事実でも、事実であつて、偽りではない」。我々は、先にギャラガーの整理に従って、虚構とは、作中人物についての具体的なエピソードや事例によって真実を語る物語の様式である、と確認した。漱石もこの引用文において、同じことを確認している。

寒月の話は、鼻子に糾弾されるほど無意味なわけではない。高い台に上って一心に星を見ていた天文学者とは、寒月のことである。この話は、寒月がようやく買ったヴァイオリンを弾くために、わざわざ人目を避けて夜中に山に登ったという、最終章のエピソードに呼応している。寒月は残念ながら天女に出会えず、その代わりにギャーという不気味な叫びにたまげて、ほうほうの体で逃げ帰っただけだった。翌朝霜に打たれて死んでいた天文学者は物語になるが、寒月はならない。寒月は小説にはなりえないリアルそのものだが、寒月が絵葉書に書いたプロットは小説になっている。ここでは、『猫』という虚構の作品の登場人物である寒月はリアルを体言しており、彼の語る話がようやく虚構となっている。つまり、虚構の中のリアル、その中の虚構、というふうに、虚構とリアルが入れ子になっている。この作品は、ある意味で、虚構とリアル（もしくはリアリズム）の共存可能性についての、漱石の実験のようでもある。

ところで、「本当の噺」をする「うそつきの爺や」とは、「猫」のことでもある。「猫」が話をするはずがないのだから、そもそものはじめからして、「猫」は嘘つきだ。そうすると、『吾輩は猫である』という作品は、「うそつきの爺や」ならぬ、嘘つきの猫が語る「本当の話」、ではなく「噺」、つまり物語なのである。「猫」とは、写生文つまりリアリズムの精神とは相容れない何かである。「猫」は、この作品が小説ではないことをわかりやすく示すための記号である。つまり、作者がこの作品において虚構とリアリズムの連携を目指してはいないことを言明する、何よりも明らかなしるしなのである。

とはいえ、この作品にも立派にリアリズムは実現されている。そうでなければ、これほど長い間読者に支持され続けるはずがない。胃弱で気の利かない中学の英語教師、苦沙弥先生の描写は何よりもリアルではないか。リアルだからこそおかしいのだ。ただ、この作品の目指すリアリズムの根底が、近代小説のそれとは少しばかり違う。小説のリアリズムは、それが虚構であることを隠そうとする。『猫』のリアリズムは、「猫」という嘘つきによって語られることが前提となっている以上、隠しようがない。嘘であること、虚構であることに開き直ったリアリズムである。

そのような例を一つ紹介して、この節を終わろう。七章で語られる、銭湯で衣服を脱ぎ、原始の平等状態に戻ったはずのアダムたちの会話というのが、ものすごい。湯につかる男たちが噂する、御維新前の牛込の旗本に仕えていた下男は、何でも百三十歳だったそうだ。

「そいつは、よく生きたもんですね」「あゝ、あんまり生き過ぎてつい自分の年を忘れてね。百迄は覚えて居ましたが夫《それ》から忘れて仕舞ましたと云つてたよ。夫でわしの知つて居たのが百三十の時だつたか、それで死んだんぢやない。夫からどうなつたか分らない。事によるとまだ生きてるかも知れない」……。（七）

「文明の人間に必要な服装を脱ぎ棄てる化物の団体であるから」、「常軌常道」の通用しない、まさに虚構の世界だ。それでいながらこの語り口は、いかにも市井の人々の会話にありそうだ。人間が百三十歳まで生きるという話の内容は、現実にはあり得ない。だが特筆すべきは、この落語のような絶妙な語り口である。内容としてはあり得ない、つまりリアリズムではないのだが、語りの技法はリアリズムによっている。これは、『文学評論』で漱石が酷評していた、事実そのものの無味乾燥な羅列、というデフォーのリアリズムの正反対の極であり、そしておそらくは落語の語りを範としている。十八世紀の英文学が到達した「小説」というリアリズムの様式に対するに、江戸の文化が生み出した落語の語りを持ってきた。そして、リアリズムの筆の冴えでもって、嘘の世界を書き尽くす。これは、近代小説成立の立役者であるデフォーへの痛烈な批判であり、

「小説」という概念の、落語的リアリズムによる転覆の試みである。

これはこれで、新進作家、漱石の見事な達成である。しかし、後の漱石の名作の数々が、この系譜から生み出されたものでないのは確かだ。

7　危うく名付けられかけた猫

この物語の経過に従って、「猫」は大きくその性質を変えている。たとえば、「吾輩」は、二章で開き直ったように猫らしくなくなり、人間のようになるのだが、それと同時に猫仲間である黒や三毛子が、この章で片付けられてしまう。三毛子は早々に死んでしまい、一方、一章ですでに元気がなくなっていた黒は、無言のまま物語から退場してしまう。

三章の書き出しはこうだ。「三毛子は死ぬ、黒は相手にならず、聊《いささ》か寂寞の感はあるが、幸ひ人間に知己が出来たので左程退屈とも思はぬ」。ちなみに、あまりに好評だったために続編という形で二章が書き継がれたのだが、この三章から連載の方針が見えてきている。以降、車屋を代表するものは、黒ではなく、おしゃべりな「神さん」（女房）に取って代わり、作品中から猫同士の発話は永久に奪われる。そして「吾輩」は舌の構造上、知りえたことを人間には伝えられないというジレンマに苦しめられることになる。見、聞き、思考するものではあるが、物語の中では一切の発話を奪われた存在として幽霊のようになるのである。

それでは他の猫たちは、なぜ急いで殺されたり、退場させられねばならなかったのか。一つには思いがけず好評を得て続編を書くことになったために、方針転換を迫られたのではないかと考えられる。おそらく、はじめの構想では、「猫」を、『ガリバー旅行記』に出てくる「馬の国」の馬のような存在にするつもりだったのではないか。人間であるヤフーよりも精神的に発達した存在であり、言葉を話すフーインムスたちである。しかし、連載の方針が決まり、猫の仲間が退場すると、「吾輩」は人間しか相手にしなくなる。「吾輩」は作品中、自分が物質的な存在ではなく、「霊猫」であることを誇っているが、いよいよその本性を発揮して、ひたすら人間たちの内面の観察者となる。こうして、この作品は、作中人物の内面を語るという近代小説の体裁を整えはじめる。猫は、しだいに物理的な存在感を希薄にし、作中人物の内面に自由に出入りする、内面の語り手に変貌するのである。と同時に、作品もいくらか小説らしくなってくる。

ところで、猫らしくない猫、猫の領分を逸脱した猫という役どころは、そもそもは「三毛子」の得意としていたところだった。何しろ、彼女は二絃琴のお師匠さんの家で、ほとんど人間のような扱いを受けていたのだ。具合が悪くなると、医者の甘木先生の所に連れて行かれた。だが下女に言わせると、「あの御医者は余つ程妙」だ。なぜなら、「三毛をだいて診察場へ」行った、下女の脈を取ろうとしたのだから。「いえ病人は私では御座いません。これですつて三毛を膝の上へ直したら、にやく〳〵笑ひながら、猫の病気はわしにも分らん」と相手にしなかった。人間として扱われなかったために三毛子の風邪が悪化して死んでしまったと、下女は言わんばかりだ。「一体あの甘木さんが悪う御座いますよ、あんまり三毛を馬鹿にし過ぎまさあね」。つまり、猫の三毛子は人間になり損ねたために、死んでしまったというのだ。生きながら、「霊猫」として内面の観察者になりおおせた「吾輩」と違って、三毛子は死んでようやく人間になる。

「世の中は自由にならん者でなう。三毛の様な器量よしは早死をするし。不器量な野良猫は達者でいたづらをして居るし……」「其通りで御座いますよ。三毛の様な可愛らしい猫は鐘と太鼓で探してあるいたつて、二人とは居りませんからね」

二匹と云ふ代りに二《ふ》たりといつた、下女の考へでは猫と人間とは同種族ものと思つて居るらしい。さう云へば此下女の顔は吾等猫属と甚だ類似して居る。（二、強調引用者）

こうしてこの物語の中では、猫と人間の境界線がますます曖昧になってゆく。

だが、三毛子が死んでしまうと、「猫」を先生と呼んでくれるものはもういなくなった。

町内で吾輩を先生と呼んで呉れるものは此三毛子許《ばか》りである。吾輩は前回断はつた通りまだ名はないのであるが、教師の家に居るものだから三毛子丈は尊敬して先生々々といつて呉れる。我輩も先生と云はれて満更《まんざら》悪い心持ちもしないから、はい〳〵と返事をして居る。（二）

教師の家の飼い猫は先生と呼ばれ、さえない苦沙弥に相応の性格と面相を与えられていた。やんごとなき生まれの二絃琴のお師匠さんの家の飼い猫である「三毛子」も、飼い主に相応の上品な性格を与えられ、大事にされていた。また車屋に飼われている「黒」は、「車屋相当の気焔を吐」（一）き、「車屋丈に強い許りでちつとも教育がない」とされ、飼い主の車屋の性格や特徴を反映している。猫は言う、「教師の家に居ると猫も教師の様な性質になると見える」。このように猫たちは、それぞれの飼い主の性質を代表するものとして表現されていた。しかし、黒が物語から退場し、三毛子が死ぬと、状況が変わる。三毛子が死んだのは「吾輩」のせいだと言い募る下女は、悪態の中で「吾輩」を「野良」と呼ぶ。それを聞いた「猫」は、こう不平を鳴らす。

吾輩は名前はないと屢《しば》ば断つて置くのに、此下女は野良〳〵と吾輩を呼ぶ。失敬な奴だ。（二）

名前がないのをいいことに、先生と呼ばれていい気になっていた「吾輩」であったが、野良と呼ばれると怒る。この身勝手さは滑稽であるが、笑い飛ばしてもいられない一面の真理を伝える。つまり、人は、いや猫といえども、もし世界に存在していれば、名無しのままではいられないということだ。「先生」と呼ばれて返事をしていれば、「先生」がこの猫の呼称となるだろう。下女が「野良」と呼んでも、言葉を奪われた「猫」は下女に抗議をすることもできないから、やはりその呼称が定着するだろう。ことほどさように、世界に存在して他者と関わりを持てば、名前がないままではいられない。現に「猫」は名付けられかけている。世界は、ものを、人を、名付けようという意志に満ち満ちている。無名のままでいるのは困難だ。

この名付けの作用は、猫仲間たちの性格にも由来するだろう。猫たちには、車屋には車屋相当の、二絃琴のお師匠さんにはそれ相当の、そして教師には教師相当の性質が想定されていた。それがあれら、おしゃべりな猫たちの存在の意味であった。しかし、人間に職業相当の固定した性質があり、その性質を猫たちが代表していると想定すれば、車屋の飼い猫は「黒」、二絃琴のお師匠さんの飼い猫は「三毛」と名付けられていたように、教師の家の飼い猫にも主人の性質に由来する呼称、つまりあだ名が当てはめられるだろう。それはこのフィクションの約束事である、「吾輩は猫である。名前はまだ無い」というコードの重大な侵犯であり、物語の空中分解を招いてしまう。作者としては何としても、「猫」を猫たちの間に置いておくことはできなかった。人を人々の間に置くと人間になるように、猫が猫たちの間に置かれると、ほんものの猫になってしまう。だから猫たちは、消えなければならなかった。「猫」が無名の猫であり続けるために。

こうして、猫たちが退場して、軌道修正が図られた後に、ようやく「吾輩」は無名の猫に戻ることができた。名前のない猫は、時に透明な幽霊になり、時に探偵にもなる。また人の心の中に入り込み、人の心を代弁することもできる。この「猫」が何ものにもなりうると同時に、何ものでもないのは、ひとえに名前がないからである。

ところで、先に二弦琴のお師匠さんの家の下女の顔が、猫に甚だしく似ていると指摘されていたが、猫のような人間は、この下女ばかりではない。「堂々たる実業家である」（四）金田君は、「承る処によれば人を人と思はぬ病気があるさう」で、「人を人と思はない位なら猫を猫とも思ふまい」と猫に評されている。「人を人と思は」ず、「猫を猫とも思」はないこの男自身が、人にあらざる人、つまり猫のようなのである。「鮪の刺身を食つて自分で自分の禿頭をぴちや〳〵叩く」。

この男は猫の身振りを真似ている。

猫が猫でなく、人も人でないのは、彼らに限らない。「近辺のもの」は苦沙弥を「犬々と呼び、苦沙弥は「彼等を豚々」と呼ぶ（七）。猫も人も、苦沙弥の家の北隣の落雲館中学から飛んでくるダムダム弾のように、種を分割する境界を乗り越えて、猫にも人にも成り変わる。苦沙弥の家と落雲館中学の間を区切る「四つ目垣」の目が大きすぎるため、猫がここを自由に往き来できるように、この物語における言語の境界線も、穴だらけの「四つ目垣」のようだ。猫と人、あるいは動物と人が、相互の境界線を自由に往き来している。人間の根拠は、自分たちが考えているほどに堅固ではない。人間と動物を分け隔てる境界線は、思いのほか柔軟なのだ。だから人間は、自分たちがもっとも偉いと威張りくさっているほどに、偉いわけではない。それどころか、『ガリバー旅行記』のヤフーのように、本当は醜悪で愚かなのかもしれぬではないか。

さらにまた、この物語世界においては、言葉そのものの境界線が、通り抜けられたり、乗り越えられたりしている。この作品においては、言語によって構築された世界の秩序の基礎をなすところの、二項対立の概念が、相互浸透しているのみならず、転倒もしている。

後ずさりしながら進むヴァルカンという古代ギリシャの鍛冶屋の泥棒、同じく後ずさりして近代化の途を進む苦沙弥たちだけでなく、そもそも苦沙弥の住んでいる家からして、屋根の上に草を生やした、逆立ちをしているような家なのだ。

「どうも驚きますな。然し崩れた黒塀のうちと聞いたら大概分るでせう」

「えゝあんな汚ないうちは町内に一軒しかないから、すぐ分りますよ。あ、さう〳〵それで分らなければ、好い事がある。何でも屋根に草が生へたうちを探して行けば間違つこありませんよ」

「余程特色のある家ですなアハ、、、」（四）

「崩れた黒塀」は、この物語における言葉の境界線が一部分、消失していることの象徴だ。黒塀の他にも、この屋敷の境には竹垣に囲まれた一郭があるようだが、そもそもその竹垣の崩れた穴こそが、この物語の発端だったではないか。その穴から「猫」が邸内に潜り込み、命拾いしたのだ。「縁は不思議なものでもし此竹垣が破れて居なかつたなら吾輩は遂に路傍に餓死したかも知れんのである」。（一）

表象と社会規範とによって成立する文明が、結局は言葉によって成立しているにすぎないのだとしたら、そして、その言葉を成す名辞の境界の至る所が穴だらけなのだとしたら、分節化されずに言葉の下に埋没しているもう一人の自己――名付けられない猫――がその穴から侵入してくることを、妨げることなどできない。『猫』というテクストは、笑いと諧謔の言葉の影で、この「もう一人の自己」を、異空間から虚構の中に呼び寄せている。「猫」は、幽霊でもあるのだ。

8　なぜ鼠を取らないのか

次に、「吾輩」に名前が付けられていないことの意味を、作品のプロットのレベルから考察してみたい。「吾輩」が名前を付けてもらえなかったのは、簡単に言うと、鼠を取らないからだ。つまりこの猫が、何の役にも立たないからだ。そもそも「吾輩」が苦沙弥の家に飼われることになったのは、餓死寸前の「吾輩」が、押しかけ女房のように勝手に入り込んできたからだった。おさんに何度も追放されかかったのだが、苦沙弥の「そんなら内へ置いてやれ」の一言で、ようやく居つくことができた。こうした事情だから、「吾輩」は決してこの家で大事にされてはいない。

吾輩は此家へ住み込んだ当時は主人以外のものには甚だ不人望であつた。どこへ行つても跳ね付けられて相手にしてくれ手がなかつた。如何《いか》に珍重されなかつたかは今日に至る迄名前さへつけてくれないのでも分る。（一）

どうしてこれほど「人望」がないのか。確かに居座りはじめた事情もある。だが、それ以上に、「吾輩」はこの時代に猫に期待されていた役割を果たしていないからである。猫の役割とは、鼠を取ること以外に一体何があるか。このことをよく教えてくれるのは、車屋の飼い猫、「黒」である。「黒」は「吾輩」に向かって、「御‐め‐へは今迄に鼠を何匹とつた事がある」（一）と質問した。この問は、「吾輩」にその存在意義を問うたのに等しい。猫は鼠を取るために飼われており、鼠を何匹取ったかは猫の有用性の指標である。だからこの問は「吾輩」の急所を突き、「此問に接したる時はさすがに極《きま》りが善くはなかつた」と白状する。そして「実はとらう〳〵と思つてまだ捕らない」と答える。すると「黒は彼の鼻の先からぴんと突張つて居る長い髭をびり〳〵と震はせて非常に笑つた」。黒は鼠をたくさん取ることができるのが自慢であり、彼の横柄な態度もすべてその自信から来ている。「吾輩」に「君抔《など》は年も年であるから大分とつたらう」と振られると、「「たんとでもねえが三四十はとつたらう」とは得意気なる彼の答であつた」。

黒がこれほど得意なのには訳がある。当時、鼠が媒介するペストの蔓延を防ぐために飼い猫が奨励されていた。その鼠を交番へもってゆくと、一匹につき五銭もらうことができたことは、黒のせりふからもわかる。「交番じや誰が捕つたか分らねえから其た‐ん‐びに五銭宛《ずつ》くれるぢやねえか」。車屋は黒のおかげでもう、「壱円五十銭位儲けて居やがる癖に碌なものを食せた事もありやしねえ」というのが、黒の憤懣の種なのだ。その話を聞いて、「此時から吾輩は決して鼠をとるまいと決心した」。そう決心した「吾輩」は、苦沙弥の家で待遇が良くなることを断念するし、それと同じ意味で名前を付けてもらうことも諦める。こうして一章は、こう締めくくられる。

> 吾輩は御馳走も食はないから別段肥りもしないが先々《まずまず》健康で跛《びっこ》にもならずに其日〳〵を暮して居る。鼠は決して取らない。おさんは未だに嫌ひである。名前はまだつけて呉れないが

欲をいつても際限がないから生涯此教師の家で無名の猫で終る積りだ。（一、強調引用者）

おさんが「吾輩」に対して意地悪な上に、家族が名前をつけてくれないのは、鼠を決して取らないと「吾輩」が決意しているからだ。「鼠は決して取らない」とは、人間社会に役立つ存在になりはしない、と宣言しているのに等しい。このことは、迷亭や多々良がこの猫は鼠を取るか、と挨拶代わりに聞いていることからもわかる。多々良に至っては、鼠も取らない猫なら自分がもらっていって煮て食べようとまで言い出す始末だ。

「……――ちつとは鼠でも捕りますか」
「一匹もとつた事はありません。本当に横着な図々《ずうずう》しい猫ですよ」
「いやそりや、どうもかうもならん。早々棄てなさい。私が貰つて行つて煮て食はうか知らん」（五）

この言葉に震え上がった「吾輩」が鼠狩りを一度試みたほど、この言葉は「猫」にはショックだった。

しかし、こんな「吾輩」であるから、黒のように、自分をないがしろにすると言って人間たちを憤り、食べ物を盗んで、人間社会から攻撃されて「跛《びっこ》に」なるようなことはない。鼠を取らないと決意することで、人間社会の基準によって有用性を判断されるような存在になることを放棄したのだ。そして、ただひたすら捕まって食べられないようにと、「隅の方に小さくなつて居る。そうすることで、猫は人間社会に組み込まれない。役にも立たなければ、格段の悪さもしない。プラスの価値もマイナスの価値も帯びないのである。

その後も、「鼠はまだ取つた事がないので、一時は御三《おさん》から放逐論さへ呈出された事もあつた」(二)。こうして鼠を取らない猫は、名前と言葉によって編制される人間社会のどこにも居場所のない邪魔者、異物として存在し続ける。しかし、何の価値も負わないことによって、透明な邪魔者になりおおすこともできる。この猫は跛にはならずにすむが、これからもたびたび御三から放逐論が出されて、苦沙弥の家から、ということは物語の外へと放逐する力にさらされ続けることだろう。

鼠を何匹取ったかが自慢の種になり、それが猫の社会での価値を計る尺度になるのであれば、鼠とは、猫が物語の中で追求するべき目標であり、ゴールである。十八世紀に確立したリアリズム小説にかぎらず、物語の一般的な構造とは、嘘と幻想にまみれた世界に生きる主人公が、「真理」を追求し、それに到達するまでを、旅というメタファーによって表現するものであった。だからそうした小説の多くが、冒険譚か旅行記という体裁をとっていた。『ガリバー旅行記』、『ロビンソン・クルーソー』、『ジョゼフ・アンドリューズ』も、すべて主人公は旅に出る。ガリバーが難破して発見する国々は架空のものだが、それらはいずれも本国、英国の実態を映し出す鏡である。ロビンソンが漂着した島で彼が見出したものは、中流階級市民が模範とすべき人生の処方である。自然の困難を解決する創意工夫、孤独や恐怖に打ち克ち、自己を律する克己心、これらが、彼が南海の無人島で発見した宝物である。一方ジョゼフの旅程は、奉公先の女主人に誘惑されたのをきっぱり断り、幼なじみの恋人がいる郷里の村へと戻る帰路の旅である。その旅の最後に、彼は自分自身と恋人の出自を知ることになるから、これは真の自己を見つけるための旅でもある。こうして、登場人物たちは困難な旅程の果てに「真理」に到達するが、物語の上で「真理」は、宝物や理想の花嫁として表現されることが多い。この基本構造を『猫』に当てはめると、「猫」にとって追求すべき「真理」とは、鼠である。

物語のプロットにおける「真理」を、ラカン風に表現すれば、ファルス（＝男根）とも言える。とりわけ、猫にとっての鼠という意味に、ファルスという概念はよく適合する。ここで、ファルスの意味について、基本的な認識を確認しておきたい。ファルスとは、古代ギリシャ・ローマ時代には男性性器をかたどったものを表したが、この言葉が文学批評に使われるときは、精神分析の概念から援用されたものである。解剖学的な実在としての男性性器はペニスであるが、それに対してファルスは、男性性器の象徴機能をさす。この意味でのファルスの説明として、次のものがわかりやすい。「ペニスは、男が持っていて女が持っていないものである。ファルスは、男も女も持っていない力の象徴＝属性である」(9)。このようにファルスとは、男性が最初から持っているものではない。象徴界に属するすべてのものの価値評価をする審判者であり、ラカンはこれを、「父の名」や「法」とも言い換えている。これは、象徴界を流通する交換の基本的単位であり、その意味では、貨幣であり、贈与物であり、また女性でもある。これらが象徴する力がファルスであり、近代という象徴界の中で定められたファルスを獲得することが、明治の男たちに「立身出世」という言葉でもって、期待されていたものだった。

さて、猫にとって鼠がファルスである、という話に戻ろう。一章の後半において黒の元気が急速になくなってゆくのだが、これは、黒のファルスの喪失（＝去勢）の過程として読める。初めて「吾輩」が黒と会ったときは、黒は「猫中の大王とでも云ふべき程の偉大なる体格を有し」、かっと見開いた「其眼は人間の珍重する琥珀といふものよりも遥かに美しく輝いて居た」のだ。しかし一章の終わりでは、黒は「跛に」なり、毛は色がさめ、所々抜けて、琥珀のようだった眼には目脂《めやに》がたまっている。「殊に著るしく我輩の注意を惹《ひ》いたのは彼の元気の消沈と其体格の悪くなつた事である」。黒が短期間でこれほど衰弱したのは、去勢されたことの暗示だろう。その原因はどうやら、「い－た－ちの最後屁と肴屋の天秤棒」らしい。ということは、黒が鼠ではなくいたちを襲ったり、魚屋から魚を盗もうとしたために去勢されたと考えられるのだ。しかも、鼠をいくら取っても、人間に泥棒されるだけだとぼやいていた。

もはや黒は、鼠を何匹取ったと言って自慢することはない。鼠を取ることに価値があると思い込み、自慢するのは、人間社会の論理に組み込まれることにほかならず、それはとりもなおさず、人間社会に利用されることである。しかし人間は猫を省みず、人間の論理で猫を一方的に搾取するばかりだ。黒はこの事実に遅まきながら気がついた。それはおそらく、「吾輩」に遭遇して、猫同士の相棒ができ、人間社会に対応する猫社会に組み込まれたからだ。

社会化された言語の論理で黒の得意を表現すると、とたんに、その得意の根拠が鼠を取った数に還元され、鼠を取った数によって自分が威張れば、結局は人間が得をすることが明らかになるだけである。自分の労働は、飼い主の人間に横取りされるばかりで、自分には何の恩恵ももたらさない。取った鼠の数を誇ったところで、所詮、己のファルスを誇示することなどできない。自分が人間社会に利用され、搾取されているという現実を、自慢しているにすぎないのだ。結局、たくさんの鼠を取ることが猫のファルスであるとしても、それは人間が押しつけたファルスであり、それを追求することは人間社会に編入されたことのしるしにほかならない。

明治三十八、九年の『猫』執筆時と思われる頃の断片に、以下のような記述がある。

地方の医学雑誌抔《など》には随分なのがありますよ。ペスト予防法抔とあるからどんな事がかいてあるかと思つて見るとペストの予防法としては第一に猫を飼ふがいゝとある。雄猫なら睾丸をぬけと書いてある。（断片三三）

この記述に従えば、鼠を取ることを期待されて飼われる雄猫は、去勢される。そのような猫はもはや雄猫としての自らのファルスを、男性的力の根源を抜き取られ、ただ人間社会の衛生に役立つためだけの存在になりさがる。猫にとってのファルスとは、人間社会によって植えつけられたものでしかない。自らのファルスが具わっていれば、黒のように自己を主張して、いたちを襲ったり、魚を盗んだりと、人間社会の利害と相反することも敢えてするかもしれない。だから黒は去勢されなければならなかった。人間社会に従順に従わせるために。こうして人間社会に馴致された猫が追求するべきこととは、人間に喜ばれ、役に立つこと、つまり鼠をたくさん取ること以外にない。

たかが鼠をファルスに喩えるとは、という批判があるかもしれない。だが、当時の社会においては、確かに、たかが鼠ではなかったのだ。次の引用は、先のものより一、二年早い時期に書かれた断片だ。

○厨裏に一個の飢鼠を見る一指頭を以て弾じて之を斃す　ぶらさげて門を出る事半町四つ角の交番に至る　恭しく査公に呈して曰く鼯鼠《ごそ》敢て社稷《しゃしょく》の害をなすちよいと之を殺して閣下に献ず　草莽《そうもう》の微臣報国の一端に過ぎざるのみ　若し夫れ五銭銅の如きは敢て乞ふ所にあらずと査公微笑して之を受く（断片一九D）

先にも触れたように、当時はペスト撲滅のために鼠の駆除を奨励しており、交番に鼠の死骸を持って行けば五銭もらえた。鼠が、「社稷」、つまり国家の害をなすからだというのだ。「草莽の微臣」とは、漱石が自分自身を茶化しているのだろう。鼠の死骸を持って巡査に差し出すことが、「報国の一端に過ぎざる」とまで言われている。猫は、実にこの時代、近代国家の疫病撲滅という衛生政策の末端を担うとされたのだ。

しかもペストは、近代になって西欧からやってきた疫病である。ということは、猫の役割は、単に衛生政策に止まらない。猫は、西欧伝来の、近代がもたらした災禍の防波堤になるべく期待されていたのだ。そうであれば、確かに「吾輩」のごとき「鼠は決してとらない」と明言する猫は、近代国家において期待される役割を果たさない、とんでもない謀反猫、ということになる。さらに、鼠を取らない猫とは、無論作者のことでもあろう。漱石は、鼠を交番に届ける人ではなく、本当は鼠を取らない猫でいたかったはずだ。だから五銭を受け取るのを拒んだのだろう。その上、鼠を交番に差し出す自分を、大仰な表現で茶化さずにはいられなかったのだ。

こうして「吾輩」は、「鼠は決して取らない」と宣言することで、近代国家の衛生政策に組み込まれることなく、無用の猫として名づけを免れ、常に苦沙弥家から放逐されそうになりながらも、かろうじて内部に踏みとどまり続ける。それが可能なのは、役に立つことを放棄し、しかし黒のように悪さもしないことによって、この猫が人間から見えないものになったからである。その存在が、人間にとってあまりにも意味がないために無視することのできる存在、つまり、幽霊のように透明になったのだ。これが、この猫に名前が最後まで付けられなかった理由である。さらには、虚構性の象徴でもあった猫が透明になったことは、『猫』という作品が虚構として成熟し、リアリズムに近づきつつあることを示してもいるだろう。

さて、鼠が猫にとってのファルスであれば、人間たちのファルスとは何か。『吾輩は猫である』というテクストは、ファルスの獲得を放棄した猫の視点からみた、明治期の日本の、ファルスを獲得しようとしている男たち、もしくは断念した者らの物語として読める。その観点から見て前景化されるのは、登場人物中一番の出世頭、水島寒月である。以下では、寒月のファルスの獲得と断念の物語を読み解いてみたい。

9　ファルスとしての博士号

これまで鼠という、猫にとってのファルスを分析してきた。次に、人間のファルスについて考察したい。というのも『猫』では、寒月の「真理」への旅程というファルスの獲得プロットが、花嫁を見つけることとセットになっているために、この概念を当てはめやすいからだ。また、現実に猫を去勢するという記事への言及からしても、漱石は相当程度、現在の精神分析批評が言うファルスの概念に近いものを、意識していたと思われる。

作品では、理学士寒月のファルス獲得の過程が物語のプロットとして前景化されている。寒月のファルスとは、言うまでもなく博士号である。しかも寒月の場合は、博士号の取得が金田家の令嬢を娶るための条件となることによって、博士号というファルスは結婚と抱き合わせになっているため、ファルスの意味にいっそうかなっている。これは、マスキュリニティ（男性性）という歴史的な概念に即して考えても、よく理解できる。近代社会において一人前の男性であることを認められるためには、家庭と職業と男性共同体の三つの場における承認が必要とされた(10)。この中で重要視されたのは、家庭を舞台にして発揮される男性性だった。それは何よりも家庭が、自分の名前と財産を次世代の子孫に継承する場であるからだ。この場合の子孫は、男系であることがより期待された。一人前の男性として社会から認められるためには、まず家長であらねばならないし、妻というパートナーを得るだけでなく、子供たちの父であり、使用人の庇護者でもある必要があった。

寒月は苦沙弥の門下生だが、鈴木藤十郎や多々良を除く登場人物たちが皆、ファルスの獲得をあきらめて「太平の逸民」を気取っているなかで、例外的に「今では学校を卒業して、何でも主人より立派になつて居るといふ話し」（二）も聞かれる、出世頭である。さらに日夜研究室に籠って研究に没頭している勉強家だ。その上、彼はかなりの美男子で、今をときめく成金の金田家の令嬢、富子の心を射止めたほどなのだから、ファルスを追求する人として、物語の主人公となる資格は十分である。

近代社会の成功者（ということは苦沙弥たちの敵）である実業家の金田家では、娘が恋慕する寒月を花婿の候補として値踏みし、調査のために金田夫人の鼻子が苦沙弥の家を訪れる。鼻子は一応、寒月の研究テーマを聞くが、到底理解できない。無論鼻子が知りたいのは、そんなことではない。「それを勉強すると博士になれませうか」（三）。博士になれるかなれないか、この一点だ。金田家の腹は、「博士にならなければ遣れないと仰つしやるんですか」という苦沙弥の問に集約されている。「えゝ。只の学士ぢやね、いくらでもありますからね」。

このように、博士号は追求する価値のある対象であり、ファルスである。博士号は、寒月だけでなく、じつは苦沙弥も未練を断ち切れないでいるのみならず、学問や精神性という価値を、理解もしなければ尊重することもない成金の金田家さえ一目置いている、超越的な価値である。それはひとえに、金では買えないものだからだ。

そもそも苦沙弥が金田鼻子に馬鹿にされ、嫌がらせさえされるようになるのも、苦沙弥が博士号を持っていない「只の学士」だからだ。鼻子にさんざん馬鹿にされて、「全体教師を何と心得て居るんだらう」（三）と憤る苦沙弥に、迷亭は「あゝ云ふ人物に尊敬されるには博士になるに限るよ」と言う。「博士なんて到底駄目ですよ」とかわす細君に対して、苦沙弥は「是でも今になるかも知れん、軽蔑するな。（中略）おれだつて……」と未練たらたらの体だ。敵も味方も博士号にだけは一目置く。泣く子も黙る博士号。登場人物たちが、それを持っているか否かによって権力もしくは欲望が割り振られ、その獲得への到達度によって彼らの位置と関係が決められる。さらに、寒月という最もそれに近い所にいる者の獲得へのプロセスが、物語を展開させる動因となっている。まさにこの意味で博士号とは、『猫』におけるファルスなのである。

そのうえ寒月の博士号取得への道程が結婚とセットになっている。博士号を取得して立派な男として世の崇敬を集める、という意味でのファルスの獲得には、妻を娶って、女性に対しても立派な男として振る舞えることが、暗黙の前提となっているのだ。ファルスとは、だから男だけで手に入れられるものではない。女という他者を必要とする。

寒月は一見、いまだ異性愛の経験も知識もなく、女性への幻想に囚われているように見える。それゆえ金田家の令嬢も娶るつもりになっているようにとれる。しかし、モデルとされる寺田寅彦に当てはめれば、妻を結核で亡くした後の時期にあたり、物語でも寒月の最愛の女性が冥界にいることがほのめかされているのだから、これは事実ではない。にもかかわらず、寒月は金田家に対して、あるいは他の作中人物にも、そのように振る舞っている。

彼が真の男性性を獲得するためには、この世のものではない理想の女性を追い求めるなどという幻想から覚醒し、女性伴侶を見つけるための修行の旅に出て、女たちの偽りの愛と真実の愛とを見極めることを学ばなくてはならない。そのような旅路の過程が、このテクストの表向きのプロットだ。事実、寒月は最後に本当に旅に出る。そして故郷に帰って、良き伴侶を見つけて帰還する。しかしそれは、博士号取得の断念を伴ってもいた。この落ちが、作品の真骨頂である。

そのことには後に触れるとして、これが普通の小説と異なるのは、寒月が曖昧な態度を取り続けるために、二つのファルス——博士号と理想の花嫁——が絡み合い、物語の中で真実と嘘の見分けがつかなくなってしまっていることだ。博士号と花嫁という寒月の目標は、当の本人である寒月の意向を無視して、登場人物たちが勝手に解釈し、意味を与えている。寒月は本心では金田家の令嬢を娶るつもりなどないにもかかわらず、とりあえず、『猫』における基本プロット、博士号という寒月のファルスが、成金、金田の令嬢を獲得できるかを中心にして、物語が進行する。それを鈴木藤十郎は、苦沙弥に以下のように伝える。

「それでね。今云ふ通りの訳であるから、先方で云ふには何も金銭や財産は入《い》らんから其代り当人に附属した資格が欲しい——資格と云ふと、まあ肩書だね、——博士になつたら遣つてもいゝなんて威張つてる次第ぢやない——誤解しちやいかん、（中略）。——それでさ本人が博士にでもなつて呉れゝば先方でも世間へ対して肩身が広い、面目があると云ふんだがね、どうだらう、近々の内水島君は博士論文でも呈出して、博士の学位を受ける様な運びには行くまいか。——なあに金田丈なら博士も学士も入らんのさ、唯世間と云ふ者があるとね、さ

う手軽にも行かんからな」（四）

さらにこれが、人を介して聞いた多々良の口から出ると、次のようになる。


「近々博士になりますか」

「今論文を書いてるさうだ」

「矢つ張り馬鹿ですな。博士論文をかくなんて、もう少し話せる人物かと思つたら」

「相変らず、えらい見識ですね」と細君が笑ひながら云ふ。

「博士になつたら、だれとかの娘をやるとか遣らんとか云ふて居ましたから、そんな馬鹿があらうか、娘を貰ふ為に博士になるなんて、そんな人物にくれるより僕にくれる方が余程ましだと云つて遣りました」

「だれに」

「私に水島の事を聞いて呉れと頼んだ男です」

「鈴木ぢやないか」

「いゝえ、あの人にや、まだそんな事は言ひ切りません。向ふは大頭ですから」（五）

単細胞の多々良の言葉は単刀直入だが、的を射ている。「娘を貰ふ為に博士になる」。寒月の博士号取得のための研究の動機は、身も蓋もなく、こう表現される始末だ。ここでは、もはや寒月自身の真意すら問題にならない。彼は本当に金田家の令嬢を貰いたいのか、そのために博士号を取ろうとしているのか、物語の中では誰も問わない。嘘がさらなる嘘を生み、根も葉もない物語を語りはじめている。嘘から出た嘘、これが『猫』というフィクションの基本構造である。だが、このエピソードの落ちは、嘘から出たまこと、である。なぜなら、物語の最後で、多々良は、ここでの言葉どおり、金田の令嬢を嫁にもらうことになるからだ。

それはともかく、寒月が態度を曖昧にしているために、彼の研究の動機すらもが、「娘を貰ふ為に博士になる」ことにされてしまっている。この表現は、博士号に対する大いなる侮辱である。「鼻の娘」などと呼ばれる金田家の令嬢がはじめから馬鹿にされていたのは、言うまでもない。しかし、作品中でもっとも馬鹿にされているこの娘を獲得するための手段とされることで、苦沙弥でさえ内心ほしがっているらしい博士号までもが、一緒に馬鹿にされたことになる。そう考えると、寒月の金田嬢に対する煮え切らない態度も、博士号を馬鹿にするこのプロットの伏線だったのかと思えてくる。

作者漱石は、こうして徹底的に博士号の価値を卑しめ侮蔑することで、いくらか溜飲を下げていると考えられないだろうか。『猫』執筆中に、鈴木三重吉宛の手紙に「中川君抔《など》がきて先生は今に博士になるさうですなかと云はれるとうんざりたるいやな気持になります。先達て僕は博士にはならないと呉れもしな「い」うちから中川君に断つて置きました。さうぢやありませんか何も博士になる為に生れて来やしまいし」（明治三十八年十一月九日付）、と書いている。博士号の取得が期待されている寒月とは、いくぶんは漱石本人のことであった。漱石と寒月が違うのは、寒月は漱石ほど博士号をあからさまに否定せずに、人の期待をのらりくらりとかわしていることだ。

　しかし、この手紙で、博士号をここまで力を込めて否定しているところを読むと、漱石の内心は、それほど単純でもなかったのではないかと思えてくる。何しろ、苦沙弥先生は博士号に未練があるようだったのだから。もちろん、漱石はロンドン滞在中に妻への手紙の中でもすでに、「博士なんかは馬鹿々々敷博士なんかを難有［が］る様ではだめだ」（明治三十四年九月二十二日付）と書き記しているくらいだから、表向きは、博士号に未練などないはずである。現に、のちに博士号授与の通知を受けるも、これを威勢よく断っている。しかしこれが苦沙弥先生だったら、同じ態度を取れただろうか。「吾輩」は、鼠とりにいそしんでいた黒の憤りを聞き、「鼠は決してとらない」と肝に銘じていたというのに、主人の苦沙弥の方が、よほどだらしない。やはり猫の方が人間より賢そうだ。

　英文学という学問の価値を信奉し研究に励んでいる身にとって、博士号は憧れの対象である。だが確かに、漱石はその価値の世界からは訣別しつつあった。『猫』を書くことが、この価値と訣別してそれから解放されることにつながっていた。解放されるだけではない。漱石はじつは、博士号をここまでこき下ろすことによって、これをありがたがる世間に対して、ひそかな復讐を果たしてもいる。世間一般の栄達を歯牙にかけない漱石が、たった一人で崇高な戦いをしていることを理解しようともしない凡庸な人々を、馬鹿にしている。

　馬鹿にしながらもこれが厭味にならないのは、自己の分身、苦沙弥のことも笑いものにしているからだ。フィールディングにならって、自分の愚かさを容赦なく鏡に映し出し、自分を天下の笑いものにする。ここで笑いものにされている苦沙弥とは、博士号なんていらないと啖呵を切った漱石の中にいる、博士号を否定しきれない卑小なもう一人の漱石のことである。幸いなことに、漱石は、博士号とそれをありがたがる俗世間および自分自身を馬鹿にした作品を書くことによって作家として自立し、本当に博士号を必要としない人になりつつあった。書くことは、博士号の呪縛から漱石を自由にしてくれたのである。

物語はといえば、富子が寒月のものになるのかならないのか、を巡って進行する。金田富子とは、金という富の象徴であり、ということは貨幣でもある。貨幣とは、人々の間を流通する交換物の象徴である。この場合の富子の貨幣としての属性、というより交換物としての属性は、男たちの間を流通することによって表されている。父の家政から、寒月の下へと行きそこない、最後にようやく、多々良の家政に落ち着き、彼の所有となった。その間に学生たちの艶書事件などもあり、富子は、結婚市場で店ざらしされている商品のように、多くの男性の視線にさらされている。

一方、寒月は博士号取得を断念して、自分の田舎出身の色の黒い娘と結婚した。ついに、寒月は博士号によって富子を獲得することはできなかった。というより、博士号の取得を放棄することによって、そもそも富子を獲得したいという、これまでの偽りの身振りを否定した。他方、「娘を貰ふために博士になる」なんて馬鹿だ、と豪語していた多々良は、予言通り、博士号など取らなくとも富子をもらった。富子をもらうための博士号という意味の連鎖が成立していたのは、以下の引用からも明らかだ。

「あなたが寒月さんですか。博士にや、とう〱ならんですか。あなたが博士にならんものだから、私が貰ふ事にしました」

「博士をですか」

「いゝえ、金田家の令嬢をです。実は御気の毒と思ふたですたい。然し先方で是非貰ふてくれ〱と云ふから、とう〱貰ふ事に極めました、先生。然し寒月さんに義理がわるいと思つて心配して居ます」（十一、強調引用者）

10　鉄の男と山の芋

結局、富子をもらうための博士号を解体したのは、寒月ではなく、多々良である。それではなぜ、多々良は特別に身分が高いわけでもなさそうだし、博士号もないのに、金田の娘を獲得できたのだろうか。それは彼が、博士号に相当する、近代のもう一つのファルスを象徴しているからだ。

多々良は、鉄の象徴である。この名は日本古来のたたら製鉄を暗示するし（踏鞴《たたら》はふいごのこと）、しかも多々良は福岡の地名であり、彼の言葉も九州の訛を感じさせる。彼は三井物産をもじったらしい、「六つ井物産会社」に勤めていることになっているが、名前の暗示からしてその勤務先は八幡製鉄所を想起させる。ちなみに、鈴木藤十郎の会社はさる炭鉱だそうだが、そうすると、彼の会社は製鉄業に必要な石炭を供給していたことになる。多々良と鈴木は、近代資本主義とそれを支える重工業の申し子であり、その世界の成功者である金田の同類だ。しかし、それだけでは多々良が、寒月から富子を引き継ぐには、不十分だ。その鍵は、作品の中で、人々の間を行き来する博士号の代替物、山の芋である。

そもそも山の芋は、多々良が苦沙弥に送った贈り物だった。それを泥棒に盗まれてしまって、苦沙弥の家族は食べ損ねたのだった。後に泥棒に盗られたものが苦沙弥の家に戻ってきたときも、山の芋は戻らなかった。それは、山の芋が「贈り物」であり、誰の所有物にもならずに、人々の間を行き交う貨幣のような交換品の意味を帯びているからだ。この山の芋が盗まれたとき、細君の枕元に、「四寸角の一尺五六寸許りの釘付けにした箱が大事さうに置いて」あった。苦沙弥邸に押し入った泥棒は、寝ている枕元に置いてあるほどだし、立派な木の箱に入っている、しかも重いから貴重な品に違いないと思い、盗んだ。細君が枕元に置き、立派な箱に釘付けされて入れられている。そして泥棒が盗む。テクストの表面が伝えていることはすべて、山の芋が誰にとっても価値あるものだということだ。

さらにテクストの語りを愚直に信じるなら、この泥棒は寒月である。あまりに長いので引用はしないが、「吾輩」が長々と紙数を割いて語っているのは、神が人間の顔を瓜二つに創るのは至難の技であるということだ。そこに泥棒の「眉目がわが親愛なる好男子水島寒月君に瓜二つであると云ふ事実」を突き合わせれば、この泥棒を寒月ではないと解釈する方がよほど困難だ。ましてや苦沙弥までが、寝言で「寒月だ」と叫んでいる。寒月はなぜ、苦沙弥の家に贈られた山の芋を盗んだのだろうか。

　これが多々良からの土産だということは重要だ。山の芋に続いてやってきた多々良本人は、子供たちに山の芋は食べたかと尋ねるも、泥棒に持っていかれてご馳走にありつけなかった子供たちには通じない。

「まだ食ひなさらんか、早く御母あさんに煮て御貰ひ。久留米の山の芋は東京のと違つてうまかあ」と三平君が国自慢をすると、細君は漸く気が付いて
「多々良さん先達は御親切に沢山難有《ありがと》う」
「どうです、喰べて見なすつたか、折れん様に箱を誂《あつ》らへて堅くつめて来たから、長い儘でありましたらう」（五、強調引用者）

　多々良は山の芋が長いまま届くようにと、これほどの配慮をして送ってよこしたのだ。それなのに苦沙弥の家族は、山の芋の顔を拝むことさえ叶わないまま、泥棒に横取りされてしまった。「山芋変じて鰻と成す」と言うように、山の芋は形が鰻に似ており、食べると精がつくと言われ、栄養価の高さからも鰻に比されてきた。鰻はその形状からして、象徴的には蛇と等価であるから、その意味でもファルスのメタファーたりうる。そして芋一般の象徴としての豊饒性と多産性の意。それは芋が根でもあり、種でもあるからだ。根でもあり、種子でもあるもの。これがファルスの

象徴でなくて、何なのか。細君はこれをありがたがって、寝室に持ってゆき、枕元に置いて寝ているではないか。

鉄の象徴性を帯びていた多々良が送ってよこした山の芋も、やはり、いくらか鉄の意味を帯びている。つまり、鉄のように硬い山の芋。これこそが、近代のファルスであり、中学校の英語教師たる苦沙弥には、到底手に入れられないものだ。だからこそ、おせっかいな多々良が贈与したのだ。山の芋は多々良が象徴するファルスであり、苦沙弥に山の芋というファルスを贈ったことの意味は、彼の次の言葉に要約されている。「さうして実業家になんなさい。金なんか儲けるのは、ほんに造作もない事で御座ります」。実際、一年前に就職したばかりの多々良なのに、もう苦沙弥より貯蓄があると自慢する。

「そんな御金があれば泥棒に逢つたつて困りやしないわ」

「それだから実業家に限ると云ふんです。先生も法科でも遣つて会社か銀行へでも出なされば、今頃は月に三四百円の収入はありますのに、惜しい事で御座んしたな。――先生あの鈴木藤十郎と云ふ工学士を知つてなさるか」(五)

多々良によると、鈴木の平均月収は平均して四、五百円になるのだそうだ。「あげな男が、よかしこ取つて居るのに、先生はリーダー専門で十年一狐裘《いちこきゆう》ぢや馬鹿気て居りますなあ」。多々良は自分が帰属する実業家の世界の価値観に、苦沙弥を組み従えたい。山の芋という、自分が追求するのと同じファルスを、苦沙弥にも追わせたいのだ。現に、この話を聞いた苦沙弥は、「実際馬鹿気て居るな」と、口ほどにもなく節操がない。

苦沙弥の家族は、山の芋というファルスを贈られ、山の芋の恩恵に浴することによって、拝金主義と物質主義にまみれた実業家の世界の価値観の信奉者になるところだった。栄養豊富な山の芋をおいしく食べて、精がつき、そして夫婦円満、子沢山になり、物質的な幸福がこの家族にももたらされるはずだったのだ。豊饒さが象徴する多産性と生産性、および物質的豊かさこそが、多々良の思い描く近代の幸福であり、明治の男性にとってのファルスである。それをもたらすのが山の芋であることを、単純な多々良は信じて疑わない。博士号が寒月のファルスであるのに対して、山の芋は多々良のファルスだ。それなのに、これを寒月が苦沙弥の家から奪ってしまった。

ここで、多々良のファルスである山の芋を寒月が盗む、ということの意味を考えてみたい。多々良は、登場した早々、寒月へのライバル意識をむき出しにしていた。ある人から寒月のことを尋ねられたと言い、「そんな事を聞く丈の価値のある人物でせうか」と、対抗心むき出しだ。それを見越して、苦沙弥が煽る。

「君より余程えらい男だ」

「さうで御座いますか、私よりえらいですか」と笑ひもせず怒りもせぬ。是が多々良君の特色である。（五）

多々良と寒月のどちらがえらいか。じつは、これもこの作品を貫く隠れたテーマである。それを言い換えると、山の芋と博士号のどちらに価値があるか、ということでもある。多々良が博士号を敵対視しているのと同様に、山の芋は寒月の仇敵なのであり、寒月がこれを恩師、苦沙弥先生の家から盗む理由も、十分ありそうだ。

多々良が苦沙弥先生に贈った山の芋を寒月が盗み、多々良は寒月のものになるはずだった金田嬢を横取りした。その意味では、寒月だけでなく、多々良も泥棒である。それは苦沙弥の家の子供たちがすでに指摘していた。泥棒が恐い顔をして入ったと言う母親に対して、子供は「恐い顔つて多々良さん見た様な顔なの」。さらに多々良には禿があるのだが、「御母あさま夕べの泥棒の頭も光かつてゝ」。子供たちは、夕べの泥棒は多々良だったのだと、その無邪気な言葉でほのめかしている。山の芋を盗む寒月の陰画は、金田富子を盗む多々良なのである。

それにしても、なぜ、寒月は苦沙弥の所から山の芋を盗んだのか。実業世界での成功を象徴する多々良のファルスを寒月が羨み、それを自分のものにしようとした、とは考えられない。寒月は、どう考えても、今さら実業界に色気を出すとは思えないからだ。穴倉のような研究室に終日籠もって、研究に没頭する生活に満足している。それよりも、博士号というファルスが支配する世界に、山の芋というファルスが侵入することを阻止するためであろう。

さらに苦沙弥が山の芋の価値になびくのを防ぐためでもある。寒月が苦沙弥の元教え子であれば、多々良も珍野家の元書生であり、二人はその意味で、苦沙弥をめぐるライバル関係にある。そう見れば、寒月と多々良とは、自分たちの世界に引き込むために、苦沙弥の奪い合いをやっていることになる。弟子たちの、師をめぐる争いなのである。苦沙弥先生にそれほどの人望があるようには見えないのだが、そのモデルの漱石本人なら、こうしたことは日常茶飯事だったろう。『猫』という作品は、異性愛の物語であるよりも前に、まず、男たちのエロスの物語だったのではないか。そう考えれば、これは後に書かれる、『心』の原点をなすプロットとも読める。

その後、盗品のほとんどの品が返ってきたのに、山の芋は戻らなかった。寒月の盗みは成功した。山の芋という実業界のファルスは、苦沙弥の家にもたらされなかった。苦沙弥はこうして、近代日本の物質的豊かさと経済的繁栄の恩恵に浴すことなく、胃弱の身体と妻子を抱えて、中学生たちとの悪戦苦闘の日々を、職場でも家でも続けるほかないのである。

ところで、多々良という名前には、山の芋と博士号という、一見何の関連もない記号の仲立ちをする意味がこめられていたことも確かだ。

明治三十七、八年頃の『猫』執筆時の断片に、次のようなものがある。

〇ta, ta, ta, la, la, la ; tala, tala, li ; hanatalali ; talali, talali y-a-a-a-i-i-i! 是西洋の真言秘密の呪符なり之を唱ふる事三遍なれば博士になる事受合なり蓋し真意義に至つては未だ何人も之を明《あき》め得たるものなし　先に千万円の懸賞を以て時事新聞に広告したれども満足なる答をなしたるものなし聊《いささ》か後世の功徳と思ひてこゝに之を訳す　多々々羅々々　多羅々々利、波奈多羅利、多羅利々々々、耶阿々々々矣々矣（断片一九E）

ほとんどまともには受け取れない戯言である。時事新聞に広告したという話が本当とも思えない。迷亭的漱石のお得意の虚言であろう。ただ一つ見過ごせないのは、この呪文の音が「多々良」に似ているということだ。とすると、多々良という名前は、博士号を取るための呪文でもあったことになる。どうりで博士号なんて意に介さないわけだ。ここで博士号は、多々良を介して山の芋と等価になる。博士号のありがたさなんて、山の芋ほどのものだ。これが『猫』において、漱石が博士号に対して出した結論だ。このことを確認するために、漱石はこの物語を書いたのだと言っても過言ではない。博士号というファルスに対して、これを崇め奉る世間に対して、あるいは近代国家に対して、これ以上痛快な意趣返しはないだろう。

ところで、多々良のモデルとされる俣野義郎は、自らを大尽と任じていたと漱石の書簡に書いてあったから、漱石はかつての書生に、大尽にふさわしい名前を贈呈したのかもしれない。それなのに、漱石をずいぶんと煩わせたのだから、師の心、弟子知らず、である。

11　寒月の真意と両義性

作品で一貫して謎なのは、金田嬢との結婚をめぐる寒月の態度である。寒月は決して金田嬢と結婚したいとは言っていないし、じつは富子の名前さえ一度も言葉にしていない。せいぜい彼が口にしたのは、〇〇子さんという伏字の記号だ。寒月が初めてその女性のことを口にしたのは、病気で倒れたその女性が高熱にうなされて、うわごとに寒月の名を口にしたという話を紹介した中でだった。そこでは寒月は、彼女のことを〇〇子さんとしか呼ばない。その語りをもどかしがって迷亭が、「先つきから伺つて居ると〇〇子さんと云ふのが二返ばかり聞える様だが、もし差支がなければ承はりたいね、君」(二)と水を向ける。それでも寒月は「いやそれ丈は当人の迷惑になるかも知れませんから廃《よ》しませう」とにべもない。

金田夫人が苦沙弥邸にやってきて、寒月のことを根掘り葉掘り聞き出そうとした折に、うわごとの主が金田嬢であることが、というよりも、その話が寒月の気を惹くための作り話であることを白状した。その後やってきた寒月にまたも迷亭が絡む。

「寒月君、君の事を譫語《うわごと》にまで言つた婦人の名は、当時秘密であつた様だが、もう話しても善からう」と迷亭がからかひ出す。「御話しをしても、私丈に関する事なら差支へないんですが、先方の迷惑になる事ですから」「まだ駄目かなあ」「それに〇〇博士夫人に約束をして仕舞つたもんですから」「他言をしないと云ふ約束かね」「えゝ」と寒月君は例の如く羽織の紐をひねくる。(三)

ここでも金田嬢の名を明かすことを拒み続ける。このときひねくっていた羽織の紐は「爺が長州征伐の時に用いた」という年代ものだが、その色が「売品にあるまじき紫色」だと苦沙弥たちから苦言を呈された寒月は、「此紐が大変よく似合ふと云つて呉れる人もありますので――」とお安くない答えだ。それは誰か、という問には、「それは御存じの方なんぢやないんで――」「去る女性なんです」、と言葉を濁す。この女性を迷亭たちは、金田嬢だと決めつける。「当てゝ見様か、矢張り隅田川の底から君の名を呼んだ女なんだらう」という迷亭に対して、

「へゝゝゝゝもう水底から呼んでは居りません、こゝから乾の方角にあたる清浄な世界で……」「あんまり清浄でもなさゝうだ、毒々しい鼻だぜ」「へえ？」と寒月は不審な顔をする。

寒月は誰にしろ、女性の名という名を、とにかく明かさない。そのためにこの会話は横滑りして、寒月の意図とは全く違う方向に逸脱してゆく。そうして無理矢理に、鼻の娘、金田嬢との色恋沙汰の話へと導かれる。「去る女性」とは、おそらく「清浄な世界で」永遠の眠りについているに違いない。「乾の方角」とは、雑司が谷墓地の方角である。寒月が四六時中例の羽織の紐をいじっていることから、この墓の中で眠っている女性が寒月の本命だったらしいことが推測される。寒月は生身の女性ではなく、死んだ女を、つまり女の霊（精神）を愛する男なのだ。

ところが唯一、寒月が本気であるらしいこの恋愛談は、唐突な妨害によって突然中断される。さらに不思議なことに、寒月の言葉は常に最後まで発話されないまま、迷亭に邪魔をされ、完結することを阻まれ続ける。例えば、故郷に帰って嫁を娶った寒月が、船の中で鼠に齧《かじ》られないように鰹節を抱いて寝た（鰹節はここでは女性との性愛の象徴だ）、という話をする。そこでも、

「ヴァイオリンも抱いて寐たのかい」

「ヴイオリンは大き過ぎるから抱いて寐る訳には行かないんですが……」と云ひかけると「なんだつて？　ヴイオリンを抱いて寐たつて？　夫《それ》は風流だ。（後略）」（十一）

ここでも迷亭が最後まで語らせずに混ぜっ返している。寒月はここで、嫁を娶ったと告げようとしていたのだ。だが迷亭が、嫁の話をさせまいとでもするかのように、邪魔をする。もっとも、ここでは「ヴイオリンを抱いて寐た」という表現は、女性を抱いて寝たことの隠喩として十分に成立してはいるが。寒月の女性についての語りは、物語のなかで常に曖昧にされる、金田嬢の話以外は。

こうして見ると、迷亭は寒月に意がないのを承知の上で、意図的に金田嬢の話へと導いているとしか思えない。そうしながら、寒月が鼻の娘を貰うために博士論文に着手したという法螺を、おもしろおかしく吹聴しているのだ。そしてじつに、『猫』という物語を駆動しているのは、迷亭のこの法螺話なのである。『猫』という虚構は、迷亭の嘘によって物語として成立する。虚構にふさわしい体裁である。

寒月の異性愛、もしくは金田との縁談について語る言語は、このように、常に曖昧さと言い逃れに付きまとわれ、中断・散逸し、未完結を余儀なくされる。主にそのきっかけをつくっているのは、迷亭だ。先に、迷亭は苦沙弥の虚構的分身だと指摘した。とすると、迷亭が寒月の異性愛を語る言葉の邪魔立てをするということは、迷亭によって表現される苦沙弥の内心が、じつは寒月が異性愛を成就することを望んでいないと考えられないだろうか。

また寒月は寒月で、女性に対する恋愛感情を言語によって表現しようとはしない。それは絶えず逸脱し、霧消してしまう言語未満にすぎず、寒月の異性愛は明瞭な形をなさない。例えば、「それは誰か」という問に対して、「去る女性です」という答えしか返さない。この曖昧さが、金田嬢という嘘の対象を呼び起こす。このとき主に金田嬢の名前を出すのは、迷亭の役割である。それをまた寒月が明白に否定せず、そのために他の登場人物のおもしろおかしい噂の的となり、プロットが展開してゆく。こうして、物語に君臨する博士号＝山の芋というファルスは、とりあえず、金田嬢という嘘の対象に向かうしかない。

要するに、この物語では博士号というファルスからして嘘なのだ。寒月の博士号を取ろうとする野心が、テクストで繰り返し否定されていることが、何よりの証拠だ。まず、寒月が博士論文の草稿を起こしたことを報告する迷亭によって、「寒月はあんな妙に見識張つた男だから博士論文なんて無趣味な労力はやるまいと思つたら、あれで矢つ張り色気があるから可笑しいぢやないか」（四）と茶化され、次に多々良三平も「矢つ張り馬鹿ですな。博士論文をかくなんて、もう少し話せる人物かと思つたら」と手厳しい。

その一方で、寒月自身の博士論文への熱意がどうも怪しい。論文のテーマは、「蛙の眼球の電動作用に対する紫外光線の影響」、このテーマは、これまでも寒月の講演や論文の題目であった「団栗のスタビリチー」や「首縊の力学」と同じくらいにいかがわしい気配がある。大体において、金田嬢がお待ちかねだから早く論文を提出しろという迷亭のからかいへの、寒月の反応も妙だ。

寒月君は例の如く薄気味の悪い笑を洩らして「罪ですから可成早く《なるべく》出して安心させてやりたいのですが、何しろ問題が問題で、余程労力の入る研究を要するのですから」と本気の沙汰とも思はれない事を本気の沙汰らしく云ふ。（六、強調引用者）

ここで猫が慧眼にも指摘しているように、寒月が金田嬢との結婚のために博士論文を書くなどという話は、誰にとっても「本気の沙汰」には聞こえない。それでも彼は、蛙の眼球のレンズのモデルとするために、丸い硝子の球を磨くことからはじめねばならず、これが十年かかるか二十年かかるかわからないと続ける。「そいつは大変だ、それぢや容易に博士にやなれないぢやないか」と主人。この話を真に受けているのは苦沙弥だけであろう。金田には「二三日前行つた時にも能く事情を話して来ました」ととぼける寒月に、細君が、金田家は家族で先月から大磯へ行っていると絡む。

こうしたやり取りを延々と続けている彼らは、苦沙弥以外は皆、この話が出鱈目であることを承知しているし、読者とてそう承知せざるを得ない。先に確認したように、寒月の話とは、「うそつきの爺やが話す本当の噺」という構造を取っている。迷亭はむろん、金田嬢のための博士論文脱稿が虚構だということを承知の上で、この言説生産に加担している。むしろ寒月の異性愛成就の邪魔をしたい迷亭にとって、金田嬢はある意味で安全弁である。金田嬢とのロマンスを吹聴したところで、こんな話が現実になるはずもないし、誰もそれを信じない。嘘を吹聴すればするほど、この話は現実味がなくなり滑稽味を帯びてくる。かくして迷亭のこの法螺話は、異性愛全般を馬鹿にして、その価値を貶めるという機能を果たしているのである。

つぎに、寒月のいわゆる博士論文のための研究について考えてみたい。蛙の眼球を再現実験するためにガラスの球体を磨くのが大変だと、寒月は言う。「元来円とか直線とか云ふのは幾何学的のもので、あの定義に合つた様な理想的な円や直線は現実世界にはないもんです」。だから、現実には存在しない、理念的に完全な球をつくるために、寒月はあたら青春の時を無駄にして、日夜研究室にこもりガラスを磨いているというのだ。

この会話の中で、「丸い硝子の球」は、いつしか「珠」へと横滑りしてゆく。「全く目下の所は朝から晩迄珠許《たまばか》り磨《こす》つて居ます」。球を敢えて珠と使い分けるならば、球は球体のことで、珠は真珠や宝石の珠を指す。漱石にあっては、真珠や珊瑚珠は女性性の象徴として表現されている。(11)

ついでに言うと、このエピソードの直前に、迷亭の十四通りに使えるという珍しい鋏が紹介される。今で言うスイス製のアーミーナイフのようなものだと思われるが、この鋏には「蝿の眼玉位な大きさの珠」が付いている。珠を覗くと、中に美女の写真が見えてくるという仕掛けだ。しかもこの美女は、苦沙弥の妻によると、「実に奇麗」な「裸体の美人」なのだそうだ。ならば、寒月の「珠」の中にも、美女が潜んでいるのではないだろうか。「目下の所は」「珠許り磨つて居ます」。これは、現在のところは、本来の研究から脇道にそれて、女性美の追求ばかりをしています、の意にとれる。

このように博士論文のための研究をしている寒月には、女性美の理想を追求するという姿が重ね合わされている。博士号のためにする研究とは、理想の女性の追求と表裏一体なのである。かくして、多々良の表現になる、娘を貰うために取る博士号という、これまでテクストを駆け巡っていたこのファルスの嘘が露わになる。寒月が博士号を取るための努力は、ガラスを、自然界には存在しない完全な球体に磨くことに比されており、それに理想の女性の追求の意が込められていることもわかった。つまり、博士号とは、自然界には存在しない完全な球体のようなものであり、また現実の人間社会には存在しない、理想の女性のようなものである。これこそが、寒月が真に求める博士号であり、花嫁である。

だから、金田嬢と結婚するための博士号というファルスは、はなから嘘だった。この嘘を流通させた張本人は迷亭である。法螺吹き迷亭の役割は、この法螺話を物語のなかに撒き散らし、増殖させることだ。そうすることで彼は、成金の令嬢を娶ることと、博士号を獲得することを等号で結び、博士号を徹底的に揶揄したのである。ある意味では、『猫』という物語の、一見するとき無意味な駄弁と法螺話の羅列も、じつのところ、これら二つ、というより博士号に追求するべき価値などないことを読者に突きつけることだったと言えなくもない。あるいは、漱石の迷亭的分身が、煮え切らない苦沙弥的分身に、そんなものに追求するべき価値などないと、言い聞かせているともとれる。作家漱石が誕生するためには、苦沙弥がひそかに抱いていた博士号への未練を断たなくてはならなかっただろう。

ところで、寒月が郷里から同郷の花嫁を連れ帰ってきたのは、理想の女性を見つけたのではなく、理想の女性を追求することをやめたからだ。これは、寒月が博士論文を書くのをやめたことに対応している。こうして寒月は、この世にありもしない理想を追求することをやめ、現実の人生を生きはじめる。

このとき寒月は、高知と思しき郷里から鰹節をお土産に持ってきた。鼠にかじられないように、大切に抱いて持ってきたという鰹節は、多々良が大事に木箱に入れて送ってきた山の芋に似ている。山の芋がファルスであれば、男根と豊饒の象徴である鰹節もまた、ファルスである。山の芋を苦沙弥の家から盗んだ寒月は、その代わりだとでもいうように、鰹節を持ってきたのだ。山の芋が多々良のファルスだったように、鰹節は、寒月が博士号を断念したあげくに、ようやく手に入れた、正真正銘の寒月のファルスである。鰹節は、色が黒く、田舎育ちの花嫁をも連想させる。これを師匠である苦沙弥にもたらす寒月は、曖昧でどっちつかずのモラトリアムから脱して、近代化を突き進む明治の日本で知識人としていかに生きてゆくか、ようやく答えを見出して、師に捧げたのである。

付言しておくと、寒月の両義性は、エロスの両義性をも示唆する。死せる女性へ向けられるエロスと、生身の女性へのそれ。さらに、女性へ向けられるエロスと、男性へ向けられるエロス。先に苦沙弥をめぐる三角関係を指摘したが、寒月と苦沙弥は確かに怪しい。郷里に帰る前の晩、寒月は苦沙弥を誘って、上野動物園に虎の鳴き声を聞きに行く。夜中になって、「公園内の老木は森々として物凄い」(十)中、「深夜関寂《げきせき》として、四望《しぼう》人なく、鬼気肌に逼《せま》つて、魑魅《ちみ》鼻を衝く際に」、「虎が上野の老杉《ろうさん》の葉を悉《ことごと》く振ひ落す様な勢で鳴く」のを、わざわざ聞きに行こうというのだ。

「どうです冒険に出掛けませんか。屹度《きっと》愉快だらうと思ふんです。どうしても虎の鳴き声は夜なかに聞かなくつちや、聞いたとは云はれないだらうと思ふんです」(十)

森鷗外の『ヰタ・セクスアリス』(一九〇九)でも性欲が虎に例えられている。鷗外は、羅漢の一人、跋陀羅《ばつだら》が傍に置く馴らした虎を、性欲の象徴かもしれないと考察している。一方、鈍感な苦沙弥は寒月のこの誘いを、一瞬赤坂と勘違いする。「どこへ行くんだい。又赤坂かい。あの方面はもう御免だ……」。赤坂とは、赤い色が繚乱するエロスの楽園として、芸者を代表とする女性のセクシュアリティをほのめかす言葉だ。しかるに、森閑とした山を思わせる上野動物園で虎の咆哮を聞くことは、男色を喚起する。まず、虎は恐ろしいが、檻の中にいるから絶対に身の危険はない。この冒険は、冒険と言っても、怖いもの見たさでお化け屋敷に行くのに似ている。『心』の「先生」は、女のエロスに到達する前の階梯で、まず男へ向かうものとして、男性間のエロスを位置づけていた。女との本格的な色恋沙汰は確かに恐ろしい。迷亭は、近眼になりながら逃げ帰ってきたではないか。

男性間のエロスをその予行演習のようなものという、「先生」の見解を採用するならば、檻の中に飼い馴らされた虎に喩えられるセクシュアリティとは、男色である。男二人の夜の「冒険」と言えば、スティーヴンソンの『自殺クラブ』に出てくる、ボヘミアのフロリゼル王子とジェラルディン大佐の「冒険」を髣髴とさせる。「冒険」という言葉、およびボヘミアのフロリゼル王子は、漱石をはじめとする同時代人たちに、どうやら同性愛を含意する隠語として流通していたらしい。ワイルドの言葉を引用しよう。「思索はすばらしいけど、冒険はもっと素敵だ。僕らがボヘミアのフロリゼル王子に遭遇しないとも限らないじゃないか[12]」。

寒月はこうして、花嫁を娶りに故郷に帰る前の最後の一夜を、苦沙弥先生と共に過ごす。苦沙弥先生と一緒に上野の老杉が黒く迫る闇の中で、虎の咆哮を聞き、これを最後に、セクシュアリティのモラトリアムからも脱したのである、いや、そのはずなのである。

12 禿を隠す女たち

『猫』というテクストの女性嫌悪、というよりも女性蔑視は、まず猫と同様、苦沙弥の細君に名前が与えられていないことにすでに刻印されている。もう一人、テクスト中に名前を与えられていない者がいる。金田の妻である。彼女は取り敢えず、「吾輩」によって「鼻子」と呼ばれ、苦沙弥たちには「鼻」と呼ばれていたが、夫の金田氏までもが彼女を「鼻子」と呼んでいた。「――なあ鼻子さうだな」(四)。これは、彼女には固有の名前が与えられていないことの証拠である。このテクストで名前を与えられていない者は、「猫」と苦沙弥の細君、そして金田夫人となる。「猫」の無名性についてさんざん考察した以上、ここで苦沙弥の妻と金田の妻が共に名付けられていないことにも、意味を見出さないわけにはいかない。

「猫」が名付けられないのは、期待した役割を果たさず、近代社会には調和しない邪魔者だからである。しかし、苦沙弥夫人や金田夫人の場合に同じ理由は当てはまらない。彼女らがそれなりに妻としての役割を果たしているのは、夫たちの意見はともかく、明らかであるからだ。さらに言うと、彼女たちは女性だから名前がない、というわけでもない。雪江さんや富子がいる。名前がない彼女たちの共通項は妻であることだ。一方、雪江さんや富子は未婚の乙女である。そうすると、なぜ妻には名前がないのだろうか。

英語で、妻たる女性の正式な名称は、夫の名前の前に Mrs. が付くだけである。妻自身の名前はどこにも出てこない。固有名を持った男性たる夫の妻でしかない。たとえば、漱石よりも少し後の時代に、ロンドンの街を歩く女性の脳裏に一瞬宿った意識を、ヴァージニア・ウルフは、こう書き留めた。「もう私はクラリッサでさえない、ただの、リチャード・ダロウェイ夫人[13]」。彼女はもう、リチャード・ダロウェイという男の妻としてしか、社会にその存在を認められない。

日本語でも同様に、夫人という呼称を名前につけると、珍野苦沙弥夫人としか言いようがない。役割を果たさないから名付けられない猫とは反対に、妻たちは、役割でしか存在を認められない人々である。妻でなければ、とん子、すん子、めん子の「お母さん」である。夫の「妻」か、子供たちの「母」か、つまり役割と関係性でしかその存在を認められない。それは、結婚して花嫁となり、夫の家政に入ったとたんに始まる女たちの運命である。雪江や富子といった個別的存在であった娘は、花嫁となり妻となった瞬間に、その個別性を失う。そのような意味において、妻とは、近代社会にあって、固有名を剝奪された存在なのである。しかし、固有名を近代人の自我の病の原因とみなしているこの作品で、夫にさえ「鼻子」としか呼んでもらえない妻が、単に作者の女性嫌悪の表出であるとも思えない。
しかるに立派な固有名を誇る、苦沙弥の姪の雪江さんだが、彼女は名前がきれいなのに、逆に顔はそれほどでもないなどと、「猫」に余計な批評を加えられている。へたに目立つ名前をつけられても、やぶへびだ。概して、生意気な女学生の雪江さんと苦沙弥は折り合いが悪く、九章では、雪江さんは苦沙弥と喧嘩したあげくに泣かされてしまう。戻ってきた盗難品を取りに、日本堤の警察署から戻ってきた苦沙弥は、吉原で珍しい形の花活を買ってきた。それを有難がる苦沙弥に対して、雪江さんは、「吉原なんて賤業婦《せんぎょうふ》の居る所」（十）と、吉原をすごい剣幕で軽蔑している。

彼女の軽蔑は、当時の日本における遊女に対する評価の変化を反映している。明治期、女性を国民国家に編入するために、様々な女性像が模索された(14)。その中では、廃娼論や婦人参政権、女子教育論も議論され、女子を、国民たる男子の母と妻として、積極的に国民国家に編入させようと模索する向きがあった。当然、それとは反対の、男尊女卑や保守的な家父長制イデオロギーから、良妻賢母論や順風美俗論などの主張もあったことは言うまでもない。しかし、一時期、進歩的女子教育はかなり盛り上がり、その中でもキリスト教系の女学校では、西欧風の恋愛観や家族観を通して、女子教育を近代化しようという動きがあった。雪江さんも金田富子嬢も、こうした教育の薫陶を受けた世代である。彼女らが受けていた、夫婦間の愛情に基づく一夫一婦制家族を理想化する西欧のキリスト教的イデオロギーでは、売春制度や娼婦は家族制度を脅かすものとして非難される。

こうした西欧的なセクシュアリティの価値観が流入する以前は、よく知られているように、花魁文化は高度に発達したものであり、そこには娼婦をことさら軽蔑する価値観はなかった。彼女たちの多くは、明治を支配した有力政治家の正妻の座についてもいた。ところが、婦人の解放を謳う西欧から移植された性道徳は、女性の中に売春婦という軽蔑的なカテゴリーを作り出すことになったのだ。

雪江さんはこうした先進的女子教育の申し子である。彼女の吉原に対する軽蔑は、苦沙弥のこの文化に対するノスタルジーと衝突する。苦沙弥が掘り出し物だと称する薄汚い花活は、吉原の文化を支えていた女性観を象徴している。この花活は、雪江さんに言わせると、「花活にしちゃ、口が小ぃさ過ぎて、いやに胴が張ってるわ」。しかしそれを「どうだ、いゝ恰好だらう」と苦沙弥は賞賛する。これはおそらく、古代人が多産と豊穣を託して造形した、あの腰が大きく広がった土偶を想起させる形状なのだろう。この花活の口の小ささは、女学校教育の成果を得意気に言葉で表現することのできる、雪江さんのような雄弁さへの批判である。苦沙弥はこの花活けの形を愛でながら、近代的自我などというものに毒されていなかった女たちの、ただ豊かな母性と生殖の力がもてはやされた、過去の女性の文化への郷愁に浸っているのである。

それとは別に、『猫』には、雪江さんの小賢しい婦人解放論などものの数にも入らない、怪物のような女たちが登場する。最も強烈なのは、迷亭の失恋の相手だ。彼女は、近代も前近代もない、そんな範疇を超越した、神話や昔話の世界からやってきたキャラクターだ。

迷亭がある年の冬、越後の国の蒲原郡筍谷を通って、蛸壺峠から会津へ抜けようとする所で、日が暮れてしまった。そこで峠の一軒家に一夜の宿を求めた。

「……御安い御用です、さあ御上がんなさいと裸蠟燭を僕の顔に差しつけた娘の顔を見て僕はぶる〳〵と悸《ふる》へたがね。僕は其時から恋と云ふ曲者《くせもの》の魔力を切実に自覚したね」「おやいやだ。そんな山の中にも美しい人があるんでせうか」「山だつて海だつて、奥さん、其娘を一目あなたに見せたいと思ふ位ですよ、文金の高島田に髪を結ひましてね」（六、強調引用者）

この嘘とも本当ともつかない話はまだ続く。注目すべきは、鄙には珍しいこの美貌の娘が、「文金の高島田」に結っていることだ。これは花嫁の典型的な髪型である。花婿がいるわけでもないのに、高島田に結った美しい花嫁が、辺鄙な山の中で、しかも日も暮れようというあらぬ時間に迷亭と出会う。あたかも、いつ来るか知れない花婿を、今か今かと待ちわびていたかのようだ。とすると、迷亭の出現は千載一遇のチャンスだったのだろう。迷亭は、彼女の、というより、蛇女の餌食に危うくなるところだった。彼女は、迷亭がその本性に気づかなければ彼女の「蛸壺」に迷亭を夫として迎え入れ、二度と逃れられないよう監禁したことだろう。

迷亭は蛸壺峠の美女に失恋してからというもの、「此歳になる迄独身」なのだそうだ。つまり迷亭は、この美女の禿頭を目撃してからというもの、女嫌いになったというのである。高島田の鬘を脱いだあとの禿頭とは、一体何を意味しているのだろうか。
ところで、迷亭はこの家で蛇飯をご馳走になった。蛇飯の作り方はこうだ。釜の中に米と蛇をいれ、大小十個ばかりの穴が開いている蓋をかぶせ、火にかける。そうすると蓋の穴から蛇が次々と鎌首をひょいひょい出す。

「……又出たよと云ふうち、あちらからも出る。こちらからも出る。とう〳〵鍋中蛇の面《つら》だらけになつて仕舞つた」「なんで、そんなに首を出すんだい」「鍋の中が熱いから、苦しまぎれに這ひ出さうとするのさ。やがて爺さんは、もうよからう、引つ張らつしとか何とか云ふと、婆さんははあーと答へる、娘はあいと挨拶をして、名々《めいめい》に蛇の頭を持つてぐいと引く。肉は鍋の中に残るが、骨丈は奇麗に離れて、頭を引くと共に長いのが面白い様に抜け出してくる」「蛇の骨抜ですね」と寒月君が笑ひながら聞くと「全くの事骨抜だ、器用な事をやるぢやないか。夫から蓋をとつて、杓子で以て飯と肉を矢鱈《やたら》に掻き交ぜて、さあ召し上がれと来た」(六)

この蛇飯はなかなか美味であるらしい。迷亭は「御饌《ごぜん》も頂戴し、寒さも忘れるし、娘の顔も遠慮なく見」て満足したところで、眠りに入った。翌朝起きてみると、薬缶頭が顔を洗つているのが目に入る。その薬缶頭の主は、何と「僕の初恋をした昨夜の娘」だった。昨夜の立派な高島田は鬘だったのだ。「……薬缶は漸く顔を洗ひ了つて、傍《かた》への石の上に置いてあつた高島田の鬘《かずら》を無雑作に被つて、済《すま》してうちへ這入つたんで成程《なるほど》と思つた。……」。

このエピソードが、迷亭の初恋と失恋と称されていることからしても、異性愛の成就と失望を表現していることは疑いようがない。そもそも蛇は、ファルスを象徴することもあるし、イブの誘惑という聖書の記述以来、性欲の象徴として巷間に伝わる。ファルスの象徴と取れば、鍋蓋の穴から鎌首を出す蛇とは、男女の性交を暗示しているだろう。しかもこの穴を通過する蛇という表現には念が入っており、蛇の頭を穴から引っ張って骨から身をほぐし、これを「蛇の骨抜」と称しているのだ。再び蛇＝ファルスの象徴として読めば、骨抜きにされた蛇とは、娘に惚れ込んで「骨抜」にされた迷亭のことである。「僕の初恋をした昨夜の娘」という表現は、迷亭とこの娘との恋愛の成就を暗示しているが、明るくなってから見ると、この娘は禿だった。夕べの美しい姿は鬘で化けていたことが、判明したのである。

この娘の禿と蛇飯は無関係ではない。ギリシャ神話の女神メデューサの髪の毛が蛇として表されているように、女性の髪の毛と蛇には意味の照応関係があり、女性の髪の毛をむしり取ると、それが蛇になると信じられていたという。娘の禿は、蛇飯を食べ過ぎたせいだと迷亭は言う。蛇には栄養がありすぎてのぼせるのだそうだ。そうすると、迷亭がご馳走になった蛇飯の蛇とは、娘の髪の毛をむしり取ったものだと解釈できる。そのせいで娘は禿になったのだ。この娘は、「鶴の恩返し」譚の、鶴が化けた美女が美しい織物を織るために、自分の体から羽をむしり取るように、みずからの肉体から髪の毛をむしり取り、それを蛇飯にして迷亭を、そして遠来の男たちをもてなしていたのだ。ここまでくれば、髪の毛が蛇に化けたという蛇飯の馳走にあずかることの意味は、もう明らかだ。それが女性の肉体によるもてなしでなくて、何であろう。

そもそも、この娘はメデューサでもあろう。そう解釈すると、彼女の頭には、もとから蛇の髪の毛が生えていたことになる。つまり娘の隠された本質は、怪物のような醜女であり、それを高島田の鬘によって普段は隠している。迷亭が享受した性的な快楽（＝蛇飯）は、娘の禿頭によって提供されたのだ。彼女は男性に満足を与えるために、自らはそれほどに醜い姿になってしまった。それなのに、迷亭はその本当の姿を見て、怖気づく。女性との性愛の満足は、裏面の醜さによって支えられている。迷亭はこの発見に耐えられず、彼は以降、独身を貫くというだけでなく、近眼にまでなってしまった。近眼とは、オイディプスの失明のように、去勢を暗示するだろう。（迷亭にとって）禁じられたエロスを享受した罰としての去勢でありながら、これは救いである。なぜなら、こうして彼は、女性のセクシュアリティの裏面の醜悪さを、ありありと見なくてもすむようになったからである。

禿のある女性は、作品にもう一人登場する。苦沙弥の妻である。ある春の日曜日の午後、縁側に腹ばいになって甲羅干しをしていた苦沙弥の眼に入ってきたのは、洗髪したばかりの緑なす自慢の黒髪を乾かすために、肩から背に振りかけた後ろ姿であった。自分の吐いた煙を追った主人の眼が上に行き、「漸々脳天に達した時、覚えずあつと驚いた」（四）。

——主人が偕老同穴を契つた夫人の脳天の真中には真丸な大きな禿がある。而《しか》も其禿が暖かい日光を反射して、今や時を得顔に輝いて居る。思はざる辺に此不思議な大発見をなした時

の主人の眼は眩ゆい中に充分の驚きを示して、烈しい光線で瞳孔の開くのも構はず一心不乱に見詰めて居る。（四）

「何だつて、御前の頭にや大きな禿があるぜ。知ってるか」と指摘した苦沙弥に対して、細君は、「女は髷《まげ》に結ふと、こゝが釣れますから誰でも禿げるんですわ」と返す。自覚してはいた細君であったが、予想外に大きくなっていたというショックを隠せない。

「そんな速度で、みんな禿げたら、四十位になれば、から薬鑵《やかん》ばかり出来なければならん。そりや病気に違ひない。伝染するかも知れん、今のうち早く甘木さんに見て貰へ」と主人は頻《しき》りに自分の頭を撫で廻して見る。（四、強調引用者）

ここでも禿頭が「薬缶」に喩えられている。先の迷亭の失恋の相手、高島田の鬘を被った薬缶頭の女性が連想される。こうしてみると、自分の妻の頭に禿があった、という思いがけない苦沙弥の発見とその後の動揺は、迷亭の初恋および失恋体験とパラレルな関係にある。さらに、迷亭と苦沙弥とは作者の分身同士であったことを思い起こせば、苦沙弥の妻の禿も、山中の美女の薬缶頭のヴァリエーションと考えられる。

女性の見るべからざるものを目撃して以来、失恋したと称して妻帯しない迷亭は、女性のセクシュアリティを垣間見たのち、恐れをなして嫌悪するようになったミソジニスト（女性嫌悪者）

であるが、それが苦沙弥の分身であるのだから、夫婦生活を営んでいる苦沙弥の中にも、迷亭的なミソジニーがあるということだ。つまり、苦沙弥は妻の禿（＝セクシュアリティ）を目撃して衝撃を受け、怖気づきながらも、内心の女性嫌悪を何とか懐柔し、折り合いをつけて夫婦生活を忍耐のうちに維持しているのだということがわかる。

実際、漱石の妻、鏡子にはここで描かれているような禿があり、それを漱石はずいぶん気にしていたらしい。ロンドン留学中に鏡子へ宛てた手紙では、禿を心配して、次のように書き送っている。

髪抔《など》は結はぬ方が毛の為め脳の為よろしいオードキニンといふ水がある是はふけのたまらない薬だやつて御覧はげがとまるかも知れない（明治三十四年一月二十二日付）

妻の禿の原因は髷である。外見上、美しい髪型にするために禿ができ、しかもそれは見かけの良い髷によって隠されている。そうすると禿には、外見を美しく飾るために犠牲にされる隠された部分、美しい外見を作るために必然的に生み出される、隠された醜の意味が込められているとも読める。女性の美しい外見の背後に、禿のように醜い裏面が隠されている。ここに漱石が女性性の本質を読み取ったとしても不思議はないし、だとしたら、妻の禿をそれほど気に病んでいたことも理解できよう。

髷を結うために禿ができる。ならば髷をやめるがよい。女性に禿があってはならない。眼につかないところにできる禿であればこそ、なおさらあってはならない。見えない所にある禿を隠蔽している美を、漱石は許すことができない。だが、これが女性性の本質だとしたら……。そして、その本質が女性のセクシュアリティでもあるならば、虚構の上でこれを拒絶した迷亭と違って、苦沙弥であるところの漱石は、彼の人生においてこれを引き受けなければならなかった。引き受けはしたものの、しかし妻の禿を消し去ろうと、遠い異国の地からでさえ気に病むのだった。

そう考えると、『猫』というテクストは、男たちによる、禿頭に象徴される女性のセクシュアリティの発見と、その排除のプロセスとしても読むことができるだろう。寒月の語りの中で紹介される、ホメロスの『オデュッセイ』中、ペネロペーの十二人の下女が絞殺される話のグロテスクさは、異彩を放っている。これを得意気に語る寒月の内心にあるだろう女性嫌悪の深さを想像すると、薄気味悪ささえ感じる。最後の章を締めくくる、延々と続けられる夫婦和合の不可能性についての漫談。すなわち、寒月の理想の花嫁探しというプロットの背後には、禿のない女性の追求という、もう一つのプロットが隠されていたことが明らかになる。

13 衣服という記号

最後に、名前のない猫によって語られるこの作品における名前の意味を考察して、まとめとしたい。一章では、固有名を採用したことが近代小説の発展の大きな契機となったことを確認し、にもかかわらず、『猫』という作品が、固有名を採用していないことを指摘した。ここで考えたいのは、この作品が、固有名を採用していないどころか、むしろ、これを否定しているのではないか、ということである。

それは例えば、作品中の、唯一名前らしい名前である鈴木藤十郎という固有名への、徹底的な虐待ぶりから窺い知ることができる。苦沙弥邸を訪問した鈴木が差し出した名刺を、苦沙弥は便所に持っていき、その後の消息がないことからして、何とこの名刺はその穴の中に放棄されたと推測される。また、苦沙弥邸には表札というものがなく、名刺をご飯粒で貼っているだけだから、雨が降るとすぐに落ちてしまう、と噂されてもいた。固有名詞を使用することが、近代におけるリアリズム小説の発展の契機となったのであれば、英文学を研究した漱石にあって、この固有名の虐待ぶりは意図的なものだったと考えるべきである。

さらに言えば、漱石にとって個人の名前としての固有名は、近代的自我の象徴だったに違いない。先に見たように、小説という虚構における固有名は、近代において確立した個人のアイデンティティという、新しい概念に与えられた表現の形式だった。これを小説の中で使用することによって、近代的個人のアイデンティティと、それによって支えられた自己の内面を告白するスタイルが確立された。またそうした小説的言説によって、近代的自我なるものも作られていった。

漱石は自分の子供の命名にさえ、無頓着なそぶりを見せている。ロンドン留学中に生まれた次女の名付けに関して、妻に宛てて、「どうせいゝ加減の記号故簡略にて分りやすく間違のなき様な名をつければよろし」いと書き送っている。彼がこのとき提案している名前は、まるで言葉遊びのようだ。「親が留守だから家の留守居をする即ち門を衛ると云ふので衛門抔《など》は少々洒落て居るがどうだね門を衛るでは犬の様で厭なら御止《およ》し」。その他にも「名前丈《だけ》でも金持然としたければ夏目富《トム》がよからう」、「女の子なら春生まれたから御春さんでいゝね」（明治三十四年一月二十四日付）等々。よく見るとこれらの名前の中には、『猫』で使われている「雪江」というのもある。だが、この作品において、猫は、名前が「どうせいゝ加減の記号」であるというのとは反対の思考も開陳していた。風呂場の場面である。衣服を脱いで丸裸になった人間たちが、うじゃうじゃひしめいている風呂場の光景を覗き見た猫は、カーライルの『衣服哲学』（一八三三〜三四）を援用し、「抑《そもそ》も衣装の歴史を繙《ひもと》けば――長い事だから是はトイフェルスドレック君に譲つて、繙く丈はやめてやるが、――人間は全く服装で持ってるのだ」（七）と断言する。トイフェルスドレック君とは、『衣服哲学』の主人公の名である。

　衣服は斯の如く人間にも大事なものである。人間が衣服か、衣服が人間かと云ふ位重要な条件である。人間の歴史は肉の歴史にあらず、骨の歴史にあらず、血の歴史にあらず、単に衣服の歴史であると申したい位だ。だから衣服を着けない人間を見ると人間らしい感じがしない。丸で化物に邂逅した様だ。

人間を人間たらしめているのは、人間の生まれたままの姿である裸ではなくて、その外側を包む衣服である。ここでいう衣服とは、文明の意でもある。衣服をつけない真っ裸の人間は、文明化の段階にまだ至っていない化物であるという。だから人間は、衣服という記号によって人間として象徴されることで、かろうじて人間たりうるのだ。

さらに、象徴としての衣服は、個々の人間の差異の記号でもある。その意味の衣服で最も重要なものは名前である、と漱石が依拠するカーライルは、というよりもその著述の語り手であるトイフェルスドレックは言う。

実際、名前には実に多くのものが含まれている。いやほとんどすべてのものがあると言ってもいい。名前はこの世に生れ落ちたばかりの「自我」をつつむ最初の衣服である。そしてそれ以来、皮膚よりもしっかりと（なぜなら有史以来延々と生き延びてきたのは名前なのだから）君たちの「自我」に張り付いているのだ。そして今や、外部から内部に向かって、中心にさえ、何という神秘的な影響力を及ぼしていることか。（中略）名前がかほどか、と問われるかもしれぬ。もし私が、あらゆる衣服の中でも最も重要な名前というものの意義を、解明することができたら、私は二代目にして初代をも凌ぐトリスメギスタスともなれよう。我々が普通に取り交わす言葉のことごとくのみならず、科学もそして詩さえも、よく考えれば、正しい命名以外の何物でもないのだ。アダムの最初の仕事は、自然現象に名前を付けることであった。そして我々の仕事も、この同じ仕事の継続にほかならない。（中略）諺にあるではないか。人を泥棒と呼べ、そうしたらその人は盗みを働くだろう、と。[15]

「あらゆる衣服の中で最も重要な名前」、この一節は、本質主義の否定であり、名前という言葉によってものの本質がつくられるという、構築主義の言明である。人間の衣服という外側にある名前が、内部の本質をも決める要素であると言っている。後半部分で主張しているのは、差異化された個人の本質は、個人に本来、内在しているというよりも、自分の外部にある他者——先の引用ではアダムや科学——によって命名されることでもたらされる、ということだ。先に個人の差異があるから個性や自我が発達するのではなく、他者と異なる記号を与えられるから差異が生まれるのだ、と。つまり、異なることを示す外部の記号が差異をつくるというのだ。

このカーライルの認識において、固有名と個人のアイデンティティの立場が逆転する。啓蒙期には、新しく浮上した個人のアイデンティティという観念と、それに対応する固有名があったが、ここでは、固有名こそが、人間が他の人間と自己を区別して、自己のアイデンティティなるものを作るきっかけであると認識されている。衣服とは、そのように構築され、発達してきた個人のアイデンティティが、目に見えるような形で表現された外的なしるしである。固有名を物質化し、可視化したものなのである。

其昔し自然は人間を平等なるものに製造して世の中に抛り出した。だからどんな人間でも生れるときは必ず赤裸である。もし人間の本性が平等に安んずるものならば、よろしく此赤裸の儘で生長して然るべきだらう。然るに赤裸の一人が云ふにはかう誰も彼も同じでは勉強する甲斐がない。骨を折つた結果が見えぬ。どうかして、おれはおれだ誰が見てもおれだと云ふ所が目につく様にしたい。夫《それ》については何か人が見てあつと魂《たまげ》消る物をからだにつけて見

たい。（七、強調引用者）

こうして他の人々から自己を際立たせるために、衣服が発明されたのだと「吾輩」は言う。他から区別されたい、抜きん出たい、という自己心を象徴しているという意味で、衣服は確かに固有名の象徴である。ところが「人間は平等を嫌ふ」。「既に平等を嫌つて已を得ず衣服を骨肉の如く斯様につけ纏ふ今日に於て、此本質の一部分たる、これ等を打ち遣つて、元の木阿弥の公平時代に帰るのは狂人の沙汰である」。つまり衣服を脱いで赤裸になるのは狂人の沙汰だ。というのも、裸になったとて、もはや公平時代、つまり平等な状態に「帰る事は到底出来ない」からだ。なぜなら、

世界が化物になつた翌日から又化物の競争が始まる。着物をつけて競争が出来なければ化物なりで競争をやる。赤裸は赤裸でどこ迄も差別を立てゝくる。此点から見ても衣服は到底脱ぐ事は出来ないものになつて居る。（七）

衣服を「到底脱ぐ事」ができないのは、衣服を脱いだとて、他の人々から何としても抜きん出たい、という肥大した自我を抱えている限り、真っ裸になっても人間は競争をせずにはいられないからだ。衣服の機能は、他者と自己とを差別して「おれはおれだ誰が見てもおれだと云ふ所が目につく様にした」もののことだったが、いったん衣服を身に着けて、個人の自覚心を発達させ

てしまった以上は、衣服を脱いで裸になったからといって、その自覚心が消えてなくなるわけではない。衣服の機能はすでに人格に浸透し、人間の自我にべっとりと付着している。だから裸でも差別が十分に立てられるのだ。

近代において自我に目覚め、個性の伸張を望み、自己を主張してやまない人間たちの自覚心は、もはや衣服という、差異を指し示す外的形態など必要としない。そんなものがなくとも競争はできる。その肥大した自我が、十分に衣服の代わりをしてくれるからだ。風呂場で「赤裸でも競争をしている化物」という猫の観察は、肥大した自我一つで赤裸で競争をしている近代人たちはみな化物なのだ、という作者の喝破でもある。つまり、自我を内面に抱え、それが透けて見えるほどに肥大させて自己主張し続ける近代人は、化物のように醜い、と。

衣服を着ることから生まれた、人間を化物のように醜くする、その肥大した自我と自意識に表現を与え、これを主要なテーマとする文芸の様式が近代小説なのであり、近代小説なるものが、この自我を表現するのに固有名を採用して今日の発達に至ったことは、確認した通りである。そうすると、テクスト全体を覆う、固有名を虐待しているらしい気配の意味が理解できよう。衣服という人間を差異化する記号は、すでに近代人の自意識にまで影響を与え、ついに脱ぎ着できる衣服レベルでの差異化ではなく、人間の内奥に自意識というものまでつくりあげてしまったのだ。

そのように自意識過剰の個性化した自覚心を、衣服よりももっとよく代表し、逆に支えてもいるのは、個人の固有名である。漱石が『猫』において固有名をほとんど使わず、かつ無関心に冷遇しているのは、固有名が代表する個人のアイデンティティというものに対する、根本的な不信があるからであろう。この世にある唯一人の人間を選り分けて指し示すための固有名とは、この世にいる人間の数だけ存在し、一般性に収束・抽象することができず、「かけがえのない個人」という発想を支える。漱石にあっては、固有名とは、近代人の肥大した自我のメタファーだったはずだ。

14　古井武右衛門君の艶書事件

妻への手紙といい、『猫』といい、漱石の名前に対する考えは、姪の雪江さんについての「吾輩」のコメントに代表されていると思われる。「吾輩」は言う、「名前がいざと云ふ場合に役に立つなら雪江さんは名前丈で見合が出来る」(十)。雪江さんはせっかく「奇麗な名」を持っているのに、「顔は名前程でもない」。この場合は、奇麗な名前が奇麗な顔をちっとも保証してくれていない。雪江さんの場合、彼女の美しい名前は容貌とは無関係であり、この名前は彼女の特徴や本質を正しく表現していない。彼女を象徴する記号(=固有名)は、自我にべっとりと付着したものではなく、名前が所詮、名前にすぎないこと、名前は自我とは無関係であることを例証している。これは、漱石本人が子供に名前を付けるときの態度でもあった。奇麗な名前を付けたからと言って、将来美人になるわけではないのだから、名前なんて適当に付ければよいではないか。個人の固有名を自我に成り変わるほどに重要視してはならないのだ。名前にそれほど多くの意味を負わせてはならない。多くの意味を担わされた固有名が、相応に肥大した自我を生むのだから。

「顔は名前程でもない」雪江さんのような人物が、テクストにもう一人現れる。名前がその人間を正しく代表していないような人物が。古井武右衛門君という、苦沙弥の担任の中学生である。この学生が金田嬢宛に、仲間と共謀して艶書を送るという事件を起こし、自分の名前を貸したため、露見したら学校を退校処分になるのではないかと心配して、苦沙弥のところに相談にやってくる。この古井君は、見るからに昔風の立派な名前の持ち主であるが、そのことは苦沙弥にも指摘されている。「古井武右衛門――なる程、大分長い名だな。今の名ぢやない、昔の名だ。……」この昔の名を持つ少年は、また際立って大きな頭の所有者でもある。その「大頭は入学の当時から、主人の眼について居るんだから、決して忘れる所ではない。のみならず、時々は夢に見る位感銘した頭」と評されるほどである。後にやってきた寒月にまで指摘されている。


「大変大きな頭ですね。学問は出来ますか」

「頭の割には出来ないいがね、時々妙な質問をするよ。此間コロンバスを訳して下さいつて大に弱つた」

「全く頭が大き過ぎますからそんな余計な質問をするんでせう。先生何と仰やいました」

（十、強調引用者）


この少年は、大きな頭の割には学問ができず、古い名前の割には、集団で艶書を送るなどという、昔の人間には考えもつかないような、とんでもないことをしでかす。雪江さんの名前が奇麗な割には、「顔は名前程でもない」のと同様に、彼も振る舞いが名前ほど古風ではなく、学問も大頭ほどにはできない。彼らに共通しているのは、その外見・名前は、内実をまったく保証していないことである。

しかも、彼はコロンバスという名を訳せと言って苦沙弥を困らせた。コロンバスという名は固有名なのだから、他の言葉には翻訳不可能である。それを無視して、苦沙弥に翻訳させようとする古井君は、固有名とその他の言語の区別がついていない。古井君は、苦沙弥の言うように、頭はあまり良くないのかもしれない。金田嬢への艶書事件で、三人の役割分担のうち、名前を貸すという一番馬鹿なことをしでかして、自分だけが咎められるのではないかとしおたれているくらいなのだ。つまり、古井君には名前というものの役割がわかっていない。名前を軽んじすぎているのだ。

この少年に対して冷淡な苦沙弥を評して、「吾輩」はこう述懐する。

> 彼は平生学校で主人にからかつたり、同級生を煽動して、主人を困らしたりした事は丸で忘れて居る。如何にからかはうとも困らせ様とも監督と名のつく以上は心配して呉れるに相違ないと信じて居るらしい。随分単純なものだ。監督は主人が好んでなつた役ではない。校長の命によつて已を得ず頂いて居る、云はゞ迷亭の叔父さんの山高帽子の種類である。只名前である。只名前丈ではどうする事も出来ない。（十、強調引用者）

「監督」という任務の名前が苦沙弥の本質を保証しないのは、古井君や雪江さんの名前と同じだ。

ところで、この少年の大頭が頭脳の良し悪しと関連づけて話題になっていることに、もう少し注意を払いたい。古井君の登場の端から指摘されていた大頭であったが、「こんな頭にかぎつて学問はあまり出来ない者だとは、かねてより主人の持説である」と、これも念入りに苦沙弥の解釈が早々に紹介されている。こうして、古井君の大きな頭が脳みその立派さを保証しないことが繰り返し強調されているのだが、逆にこれほど強調されていることから、一般的には大きな頭の人は頭がよい、という前提が存在していたらしいことが浮かび上がってくる。現在なら、大きな頭蓋骨の人間が知能指数が高いなどと信じている人は誰もいないから、頭が大きいからといって、学問ができるかと質問する人もあり得ない。しかし、少なくともこのテクストが執筆された時点では、寒月の先のような質問が、何ら不自然さを伴わず成立する文化的コンテクストがあった。また、こうした外見が内面の本質と照応しているという前提が、学問の言説によっても主張されていた。

大きな頭蓋骨の持ち主が高い知能を有するというこの見解は、例えばシャーロック・ホームズを書いたコナン・ドイルにも共有されている。「青いざくろ石」（一八九二年、『シャーロック・ホームズの冒険』所収）の中で、ホームズは置き忘れられた帽子の大きさから、その持ち主の頭脳の程度を推理している。ワトソンに、どうして知能の高いことがわかるのかと尋ねられたホームズは、すっぽりと自分の鼻まで来る帽子を被りこう答える。

「容積の問題だよ。これだけ大きな頭を持つ男なのだから中身も立派だろうよ[16]」

立派な頭蓋骨が立派な内容物を反映しているという前提を、名探偵ホームズともあろう者が、何の疑問もなしに受け入れているのだ。そうすると、苦沙弥は孤軍奮闘、こうした社会通念を否定していると見たほうが正しそうだ。

今となってはあまりにナイーブなこうした発想は、しかし漱石が生きていた当時、特に十九世紀半ばまで全盛を誇り、ダーウィニズム以降の時代にまで影響を及ぼした観念だった。これが観相学と言われるものであり、その基本的な考え方は、個人の性格や本性が外見と照応するというものである。頭蓋骨の形状に関心を絞ったものは骨相学と呼ばれ、こちらは学問として、より洗練されたシステムを誇っていた。西欧の近代小説の愛好者なら、登場人物の容貌が過剰なまでにこと細かに描写されていることに、疑問を感じたことがないだろうか。そこでは、人物が新しく登場するときには、顔の輪郭、目の形、瞳の色、唇の形、首から肩の線などの描写でもって紹介される。それはこうした容貌上の特徴が、登場人物の理解に欠かせない要素と信じられていたからなのであり、観相学によってもたらされた共通理解なのだった[17]。その意味では、金田夫人の鼻の描写は、こうした叙述を模倣しているようでありながら、他方で茶化しているパロディである。

頭の大きい割りに勉強ができないという古井少年の集団艶書事件に戻ろう。まず彼は、大きな頭という記号が、脳の大きさ（＝頭の良さ）に照応していないという点で、近代の表象秩序に従っていない。何よりも、金田嬢をからかうために友人と共謀して艶書を送るに際して、自分の名前を貸すという一番愚かなことをやらかしたことによって、自我にべったりと付着した名前というカーライル的前提を覆している。この艶書を書いた金田嬢への欲望の主体がすでに嘘であり、虚構であるが、その虚構の主体に古井は、自らの名前を貸し与えた。苦沙弥が評するように「是が一番愚だ」(十)。この愚行が、じつは、結果的に固有名を無化する意味をもつことを寒月だけは了解している。「夫《そ》りや、近来の大出来ですよ。傑作ですね」。

こうして、古井少年の思いや欲望をまったく語っているわけではない艶書の、仮りそめの主体として、彼の名前が一人歩きするだろう。大体、大変長い巻紙の艶書に、「古井武右衛門」という立派な名前が記されている。いかにも出来すぎで、何だかうそ臭い。だからこれを受け取った側にあっても、この名前は意味をなさない。


「おや、いやらしい。誰なの、そんな事をしたのは」

「誰だかわからないんだつて」

「名前はないの?」

「名前はちやんと書いてあるんだけれども聞いた事もない人だつて(後略)」(十)

これは苦沙弥の妻と雪江さんの会話である。これからわかるように、古井君の名前は、猫の足のように、あっても無きがごとし。この名前は、あまりのうそ臭さゆえに、古井という人間個人には全く収斂してゆかない。古井本人の主体性や意志や欲望からは、切り離されているのである。

かくして、彼はこの古風で立派な名前によって救われる。古井君は、それほど心配することはなかったのだ。これもまた「只名前である」。苦沙弥の「監督」という任務の名前と同様、実体のない、空虚な、ただの名前にすぎないのだ。

金田嬢へ宛てた艶書に記された「古井武右衛門」という名は、嘘に始まり嘘に終わる名前である。その名前はリアルな人生に存在の根拠がなく、その名前が表象しているものには何の実体もない。この名前は、自我などという大層なものを引き受けてはいない。ただ、少し古臭すぎて滑稽で、巻紙の艶書にはおあつらえ向き、というだけだ。この名前は救いである。艶書を受け取った金田嬢本人さえ、こんな名前が実在の誰かの本名とは思っていないのだから。ただのふざけた、つくりものめいた空虚な名である。しかるにこれが、漱石の考える正しい固有名のあり方だ。自我にべったり張り付く固有名など、もってのほか。だからこの集団艶書事件は、寒月の言うように、「近来の大出来」、「傑作」なのである。

15　夏目漱石の誕生

『猫』という作品について、固有名の考察からはじめて、ここまでたどり着いた。古井武右衛門君の名前などは、近代小説には登場するはずのない名前である。固有名とは、それ自体が無意味なはずだが、この大げさに古風な名前には、明らかに作者のある意図を嗅ぎつけることができる。その意味でも、これは近代小説を成立せしめた固有名とは役割を異にする。

『猫』は、近代小説の範疇に完全には入らないが、しかし漱石の作品全般を思い起こすと、固有名らしくない作中人物の命名は、いわゆる小説らしい他の作品でもいくつか思い当たる。主要な登場人物の三人に名前が与えられていない『心』は、真っ先に思い浮かぶ。その他にも、『それから』の「代助」と「三千代」も微妙な名前である。固有名として普通にありそうでいながら、やけに意味ありげなのだ。代助は、代わりに助ける人の意にもとれ、あの特別なワインを飲んで、聖餐の場面を再現したことからしても、イエス・キリストを連想させなくもない。『門』の主人公の名前、「宗助」は、「代助」のバリエーションとして、宗教に助けを求める人、と読める。『心』の読解において、聖書との関連、「先生」やKがイエスと想定されうることを指摘したが、そうすると、漱石は初期三部作から自分の作品に、身代わりとしての文学、贖罪の文学、という要素を託していた可能性がある。

「三千代」とは、読んで字の如く、三千の代、つまり悠久の時間を意味している。漱石はこのタイプの女性名をよく使っており、『彼岸過迄』には、千代子と百代子という姉妹が登場している。この姉妹には、オイディプスの娘たちであるアンティゴネーとイスメネー姉妹を髣髴とさせる要素がいくつかあり、彼女たちは、原型としての姉妹像を象徴しているようだ。簡単に記すと、気性が激しく、自分の愛する人のためには公然と社会をも敵に回し、自らの命を投げ出すことさえ厭わないような姉娘の千代子はアンティゴネーに似て、他方、姉よりは気が弱く、社会制度に従順に従い、結婚して、姉を含む自分の一族の係累を残す連結環としての妹、百代子には、イスメネーの面影がある。作中人物は、どんな作家においても多かれ少なかれ、抽象化され類型化されているのは当然であるが、漱石が描く女性たちは、ことに「永遠の女性」、もしくは女性性の本質として描かれていることが多い。彼女らは、ペイターが『ルネッサンス』で論じた、あのモナ・リザのバリエーションである。

その一方で漱石作品には、いかにも市井にありそうな名前も多数、採用されている。先の、神話的な構えを持つ作品群に比して、極めて私小説風の味わいの濃い『道草』には、それが顕著だ。「健三」という、これこそどこにでもありそうな名の作中人物に漱石自身の半生を託し、自在の筆致で、自らの半生に表現という抽象化を施す。作者自身をモデルにしているからこそ、「健三」などというありふれた名前にしたのだろうか。だがそうすることで、固有な生い立ちを持ち、独自の人生を歩んできた夏目金之助という個人の半生の域を超えて、彼よりももう少し平凡に育ち、はるかに凡庸な頭脳と、なけなしの才しか持ち合わせていない我々の誰もが自分の姿を重ねることのできる、誰でもない者、それゆえに誰にでもなりうる者、の半生の記録となっている。

『道草』で描かれた時期は、ロンドン留学から帰国し、東京に一家を構えつつあり、『猫』の執筆へといたる、精神的に追い詰められていた頃のことだ。『猫』で笑いものにされていた苦沙弥先生は、『道草』では、陰鬱な健三となって現れる。小説の言語を模索しながら、苦沙弥を笑い飛ばすことで精神の安定を得ることを覚えた作家、漱石は、その後の変遷を経て、小説言語を見事に自家薬籠中のものとし、再び自らを描いた。フィクションの嘘を真に受けては、迷亭的分身に馬鹿にされていた苦沙弥だったが、その後の苦沙弥は、ついに迷亭的分身をわが身の中に何とか封じ込め、迷亭と一体となって本物の作家、夏目漱石になった。そして、百年後の日本においてさえ未だ達成されざる水準の、象徴と修辞をみごとに駆使したフィクションの言語を獲得して、『吾輩は猫である』を書く自分を「小説」に書くのである。

註

（1）Ian Watt, *The Rise of the Novel*, 1957; Berkeley and Los Angeles: University of California Press, Second American Edition, 2001, p19. 以下の固有名の採用と小説の勃興については、同書の pp. 9-34 による。その他にも以下を参照。Firdous Azim, *The Colonial Rise of the Novel*, 1993; London & New York: Routledge, 2003.

（2）ミシェル・フーコー『言葉と物――人文科学の考古学』渡辺一民・佐々木明訳、新潮社、一九七四年、五七頁。

（3）Paul Baines, *Daniel Defoe, Robinson Crusoe / Moll Flanders: A Reader's Guide to Essential Criticism*, Palgrave Macmillan, 2007, pp. 8-11.

（4）以下の固有名の逆説的な機能と虚構の成立については次の論考に多くを負った。Catherine Gallagher, 'The Rise of Ficitionality,' in Franco Moretti ed., *The Novel Vol. 1; History, Geography, and Culture*, Princeton: Princeton U. P., 2006.

（5）Henry Fielding, *The History of the Adventures of Joseph Andrews*, Adam Potkay ed., New York: Longman: Pearson, 2008, p. 9.

（6）*Ibid*., p. 180.

（7）*Ibid*., preface, pp. 4-5.

（8）夏目鏡子（松岡譲筆録）『漱石の思ひ出』岩波書店、二〇〇三年（初版、一九二九年）、一五六頁。

（9）Jane Gallop, *The Daughter's Seduction: Feminism and Psychoanalysis*, Ithaca: Cornell U. P., 1982, p. 97.

(10) John Tosh, 'What should Historians do with Masculinity? Reflections on Nineteenth-Century Britain', in *History Workshop Journal* No. 38 (1994) : pp. 179-202.

(11)『彼岸過迄』においてこの表現は顕著である。例えば、夭折した松本の娘、宵子は「真珠」に喩えられていたし、古渡りの珊瑚珠についてのやりとりが松本と姪の千代子の間である。

(12) Oscar Wilde, 'The Critic as Artist', in *Complete Works of Oscar Wilde*, New York : Harpers & Row, 1989, p. 1016.

(13) Virginia Woolf, *Mrs. Dalloway*, 1925 ; London : Penguin Books, 1996, p. 9.

(14) 牟田和恵『戦略としての家族——近代日本の国民国家形成と女性』新曜社、一九九六年、第五章参照。

(15) Thomas Carlyle, *Sartor Resartus : The Life and Opinions of Herr Teufelsdrockh, in The Works of Thomas Carlyle,* (Complete), Volume Twelve, 1831. Reprint, New York : Peter Fenelon Collier, 1897, p. 67. 強調は引用者。

(16) Sir Arthur Conan Doyle, *The Penguin Complete Sherlock Holmes*, 1981 ; Harmondsworth : Penguin Books, 1985, p. 247.

(17) 観相学については以下を参照。Mary Cowling, *The Artist as Anthropologist : The Representation of Type and Caracter in Victorian Art*, Cambridge : Cambridge U. P., 1989. Graeme Tytler, *Physiognomy in the European Novel*, Princeton : Princeton U. P., 1982.

あとがき

ようやく「あとがき」なるものを書くところまで辿り着くことができた。漱石について一書をまとめて世に出すというお話をいただいてから、もう五年が経つ。この間、「あとがき」なんて書く時は、永遠に来ないのではないかという思いに打ちひしがれたこともあったから、今は、刊行にまでこぎつけることができ、ひたすら安堵している。

外国文学研究の礎を築かなければ、という責任を一人、双肩に担っていた漱石の時代とは異なり、現在はまた別の意味で、外国文学研究の存続があやうくなってきている。グローバル化が進展した現在、外国文学研究者はその外国語、もしくは英語で論文を書き、発表しなければ、認めてもらえないという状況にある。そんななか、文学作品について日常の言語で考え、それを身近で生活している人たちに届ける文学批評という営みは、瀕死の状態にある。少なくとも、外国文学研究から日本語による批評は生まれようがない。

誤解のないよう断わっておくが、私は外国文学研究の意義を否定するつもりは、さらさらない。それどころか、本書は、英文学研究のなかから生まれてきたものである。そもそも、

『心』論で試みた聖書に即した読解は、イギリスの作家、ラドヤード・キプリングからヒントを得た。彼の『園丁』という作品のおかげで、不勉強な私も、ヨハネ福音書中のイエスが復活した場面に目を向けることができた。私は、英文学界という制度のなかでいささか反逆児であると自覚しているが、英文学から得てきた恩恵ははかりしれない。

今、文学研究の意義が認められにくいのは、日本に限ったことではない。そして日本では、批評がずいぶんと力を失ってしまっている。衰退したのは外国文学研究だけでなく、日本文学の研究や批評とて同じことだろう。結局、さまざまな国の言語で書かれた文学に対する熱い関心がなくては、いかなる文学の研究も批評も、そして文学そのものの生産も、豊かなものにはならないと思う。

だが本当は、今ほど文学研究がおもしろい時はない。少なくとも私が関係している英文学研究の水準は高い。本格的に英文学の研究をしようと意気込んでイギリスに渡った漱石が、そこには未だ英文学研究なるものが存在すらしていなかったことを発見したのは約百年前のことだが、今では隔世の感がある。その手法を使って、英文学の作品を読むように漱石を読んでみたところ、こういうものができあがった。本書では、漱石作品を、言葉こそ日本語であるが、同時代の英文学作品と同等に扱い、同じような手法でもって研究・批評することを試みた。もし本書の読みをおもしろいと思ってくださる読者がいたら、どうか、これをきっかけに、英文学の作品や批評の世界の扉を叩いていただけるとありがたい。

書名の意図を記しておく。「余は吾文を以て百代の後に伝へんと欲するの野心家なり」とは、書簡中の漱石の言葉である。漱石は、同時代の無理解を託《かこ》ちつつも、「百年計画」を立て、百年かけて勝負をするつもりで書いた。ロラン・バルトはかつて作者の死を宣告したが、私はむしろ、百年後に漱石を新たに甦らせたいという思いで本書を書いた。

漱石の専門研究者ではない私が、こういう本を出すことになったのは、ひとえに、前岩波書店編集部の秋山豊氏のおかげである。秋山氏は、いちばん新しい、そして画期的な平成版『漱石全集』の編集者である。この全集の恩恵は、本書でも充分に賜った。と同時に、秋山さんご自身も、『漱石という生き方』『漱石の森を歩く』という名著を著されている。その秋山さんが、私が雑誌に発表した『門』論を読んで激励してくださり、トランスビューの中嶋廣氏に紹介の労をとってくださった。そして中嶋氏は、亀の歩みのような私の筆に忍耐強く付き合ってくださった。お二人に対しては、感謝の言葉も見つからない。

また、数年前から私のゼミに参加して、漱石の作品を読むことにつきあってくれた学生たちにもお礼を言いたい。彼らの新鮮な読解から、多くの刺激を受けることができた。そして、約五年にもわたり、ろくに家事を省みず、夜中に起きて何やら書いているという変な生活をしていた私を、見捨てずに温かく見守ってくれた家族にも感謝している。これらの人々の力添えがなかったら、この本が日の目を見ることはなかっただろう。

最後に本書の各論考の成り立ちを記しておく。

I・IIは既発表論文を大幅に改稿したもので、III・IVは書き下ろしである。

Iは左の二本にもとづいている。

「白百合の香を嗅ぐ―『それから』における同性愛表象―」(『横浜国立大学教育人間科学部紀要II』人文科学　第九集　二〇〇七年二月)

「椿の花と吸血鬼―スパーマティック・エコノミーから読む『それから』―」(『横浜国立大学教育人間科学部紀要II』人文科学　第十集　二〇〇八年二月)

IIは次の論考を加筆・修正した。

「エロスの罪と呪われた過去―『門』に読むエロスの近代的編制と男たちの欲望の行方―」(『文学』岩波書店、二〇〇四年一月)。

なお本書は、日本学術振興会科学研究費補助金(基盤研究(c)平成十九年〜二十二年度、課題番号＝一九五二〇二〇四)の交付を受けた研究成果の一部である。記して謝意を表する。

二〇〇九年六月

著　者

宮崎かすみ（みやざき　かすみ）

1961年生まれ。東京大学大学院総合文化研究科博士課程中退。専攻、英文学・思想史。横浜国立大学を経て2009年４月より和光大学表現学部教授。編著書に『差異を生きる―アイデンティティの境界を問いなおす―』（明石書店）、訳書にアルベルト・メルッチ『現在に生きる遊牧民―新しい公共空間の創出に向けて―』（岩波書店、共訳）などがある。

百年後に漱石を読む

二〇〇九年八月五日　初版第一刷発行

著　者　宮崎かすみ

発行者　中嶋　廣

発行所　株式会社トランスビュー

東京都中央区日本橋浜町二－一〇－一
郵便番号一〇三－〇〇〇七
電話〇三（三六六四）七三三四
URL http://www.transview.co.jp
振替〇〇一五〇－三－四一一二七

印刷・製本　中央精版印刷

ISBN978-4-901510-76-9 C1095